Thilo Corzilius

Dorn

PIPER

W0242197

Zu diesem Buch

Drei unerwartete Besuche verändern das beschauliche Leben des jungen Markgrafen Deckard für immer: Ein trauernder Bote, der den Tod des alten Königs verkündet. Eine geheimnisvolle junge Elbin, die um Zuflucht bittet. Und ein finsterer Attentäter, der auf der Suche nach etwas ist, das die Welt Dorn für immer aus dem Gleichgewicht bringen könnte. Deckard begibt sich auf eine Reise, die zunächst nach der lästigen Erfüllung einer Pflicht aussieht, doch schon bald findet er sich in einem Netz aus Intrigen, Machtgier und Verrat wieder. Und ein großer Krieg beginnt an allen Ecken und Enden des Reiches zu nagen – wie ein hungriges und nimmersattes Tier …

Thilo Corzilius, 1986 in Dortmund geboren, studierte in Münster Evangelische Theologie. Er spielt in diversen Bands und reist leidenschaftlich gerne in Länder mit rauem Klima – zum Beispiel nach Schottland. Mit »Dorn« widmet sich der Autor erstmals dem altehrwürdigen Genre der High-Fantasy, dem er durch seinen bildhaft-poetischen Schreibstil einen ganz besonderen Zauber verleiht.

Weiteres zum Autor unter: www.thilocorzilius.de

Thilo Corzilius

DORN

Roman

Piper München Zürich

Entdecke die Welt der Piper Fantasy:

Piper-Fantasy.de

MIX
Papier aus verantwortungsvollen Quellen
FSC® C083411
FSC
www.fsc.org

Originalausgabe
Januar 2014
© 2014 Piper Verlag GmbH, München
Umschlaggestaltung: Guter Punkt, München / www.guter-punkt.de
Umschlagabbildung: René Aigner
Karte: Thilo Corzilius
Satz: Fotosatz Amann, Aichstetten
Gesetzt aus der Minion
Papier: Munken Print von Arctic Paper Munkedals AB, Schweden
Druck und Bindung: CPI – Clausen & Bosse, Leck
Printed in Germany ISBN 978-3-492-26942-1

Und so zog der junge Sohn des Falkenkönigs aus, um seine Schwester aus der Gewalt des Drachen zu befreien und das Untier zu erschlagen.

Doch da wusste er noch nicht, wie schwer seine Prüfung in Wirklichkeit war. Denn bevor er das Untier vom Liliengebirge würde töten können, musste er zunächst den Drachen in seinem eigenen Inneren finden und zur Strecke bringen. Erst dann wurde sein Blick frei sein und ungetrübt die eigentliche Bedrohung erkennen.

(Die Legende von Pewynna und Palaan)

DAS HARJENNER REICH
EULEN-
STEIN
GRAMEN-
FELD
TJERKE
GAMAR
Der rote Forst
Der große Kamm
DINSTER
Der Wald Arith
MARNSTADT
FALKEN-
BERG
TANNE
ANSELIET
Dorn
DAS EHERNE REICH
UND DIE NAHEN LÄNDER

DAS LAND
DER RIESEN
DIE
VERLORENEN
LANDE
LUKAE
PANTRITZ
DAS
SEENLAND
WILNFURT
Die Ronar
DIE FÜNF FREIEN STÄDTE
NIEBENHEIM
Das
leuchtende
Moor
HELMSTADT
Die lange Ronar
Die kurze Ronar
Der Ammsee
LILIENBACH
BALIEN
Die Sümpfe
von Leith
AMMHAUSEN
QUAINMAR
NOIENNA

Präludium

Worauf es sich zu warten lohnt

In Wahrheit ist die Hoffnung ein wildes Tier, das sich ungezähmt und mit markerschütterndem Geschrei immer wieder gegen seine Gitterstäbe aus Vernunft wirft.

Abwägen, lautet die magische Formel stets.

Abwägen, worauf es sich zu warten lohnt und worauf nicht.

Eine Übung, die niemals leichter wird – ganz gleich, wie viel Jahre jemand dafür auch aufwenden mag.

Hinck war der Junge des örtlichen Gastwirtes. Hier an einem verschwindend kleinen Ort an der südlichen Küste des Ehernen Reiches auf dem großen Kontinent Dorn. Ein Ort, der niemanden interessierte und der wahrscheinlich auch in den nächsten hundert Jahren völlig uninteressant bleiben würde.

Das Leben war beschaulich hier und … na ja, beschaulich eben. Es kam stets darauf an, den Spagat zu schaffen, zwischen jugendlichem Eifer und den Erwartungen der Alten. Überhaupt wurde Tradition hier groß geschrieben. Alles, was fremd war oder auch nur fremd schien, wurde misstrauisch beäugt.

In Hincks Vorstellung konnte man auf einer Karte unendlich viele interessante und spannende Orte finden. Und der eine Ort, der am weitesten entfernt von ihnen allen lag, war hier. Hier, wo Hinck groß geworden war.

Selbst die politischen Unruhen im Ehernen Reich, die sich über die vergangenen Monate erstreckt hatten, hatte man hier nur am Rande gespürt. Wenn überhaupt. Obwohl die angeblich so tief schneidenden Ereignisse mitunter gar nicht so weit entfernt stattgefunden hatten.

Doch etwas war anders seit ein paar Tagen. Etwas war spannender, mysteriöser als zuvor und trug einen Hauch von Abenteuer mit sich.

Es war der Gast, der sich seit einigen Tagen im Gasthaus seines Vaters eingemietet hatte. Kein gewöhnlicher Gast, soviel stand fest.

Im Stall stand ein großer blasser Wallach von einer Pferderasse, die Hinck noch nie gesehen hatte. Ein stolzes Tier, beinahe erhaben. Das alleine war schon aufregend andersartig genug. Doch da war auch noch der Gast selbst.

Hinck schätzte ihn auf irgendetwas um die dreißig Sommer, vielleicht etwas mehr, vielleicht auch etwas weniger. Er wirkte auf eine eigenartige Weise entrückt, obwohl er sich nicht so gab. Im Gegenteil, er war äußerst nett und zurückhaltend, trank nicht viel, war im Großen und Ganzen bescheiden. Vielleicht war er ein Adeliger? Schwierig einzuschätzen. Seine Haare gaben das auf jeden Fall nicht her. Die waren von einem satten Braun, leicht gelockt und derart widerspenstig, dass sie jeden Barbier in den Wahnsinn treiben mussten.

Eine dünne Narbe zog sich über seine linke Augenbraue und über Teile der Wange – ob sie jedoch aus einer Schlacht (das war die abenteuerliche Variante) oder von einem einfachen Unfall herrührte, war nicht zu beantworten.

Auffällig war auch seine Kleidung. Die war … irgendwie anders. Die Schnitte von Oberhemd und Hose passten nicht in diese Gegend. Wenn Hinck an Berichte von anderen Reisenden dachte, hätte er die Kleidung vermutlich am ehesten an einem Nordmann aus dem Harjenner Reich vermutet. Wulstige, große Nähte, die dennoch sauber in einem ungewöhnlichen Kreuzmuster verarbeitet waren. Grober Leinenstoff, der trotzdem sehr gründlich in dunklem Grün durchgefärbt war. Dazu trug der Fremde breite Stiefel mit einer Krempe aus Fell. Bequemes, aber auch sehr warmes Schuhwerk, das im sonnigen Herbst eigentlich noch nicht wirklich angemessen war.

Quer über dem Rücken trug er stets ein Schwert in einer langen, dünnen Scheide, eben auf jene Weise, wie man solche Waffen auf der Reise transportierte. Niemals ließ er die Waffe unbeaufsichtigt – ihr Wert schien hoch zu sein, zumal Hinck ein derart schlankes Schwert noch nie zuvor gesehen hatte.

Am Hals baumelte an einem silbernen Kettchen ein ebenso silberner Anhänger. Ein Symbol. Hinck hatte es noch nie gesehen und auch nicht im Entferntesten eine Ahnung, um was es sich handeln könnte.

Geredet hatte er nur das Nötigste seit seiner Ankunft. Ab und an ging er an der Kaimauer spazieren oder auf den wenigen Straßen des Ortes.

Das Eigenartigste aber war die Art und Weise, wie er stundenlang auf der Bank vor dem Gasthaus sitzen konnte und mit seinen tannengrünen Augen aufs Meer hinausblickte. Sein Blick dabei war nicht einzuschätzen – mal wirkte er versonnen, mal traurig, mal vollkommen leer. Ab und an ließ er sich von Hincks Vater einen Becher kalten Kräutertee bringen. Seltener lieh er sich das Königsturm-Spiel, stellte das Spielbrett vor sich auf den Steg und spielte offenbar gegen sich selbst. Jeden Zug bedachte er viele Minuten, während die Herbstsonne über ihm ihre lange Bahn zog. Die Geräusche des Hafens, das Geschrei des örtlichen Marktes und überhaupt jede Geschäftigkeit ließen ihn dabei völlig unbeeindruckt.

Seinen Namen hatte er niemandem verraten. Und niemand hatte ihn danach gefragt. Hinck vermutete, dass er seinem Vater das nötige Kleingeld extra zugesteckt hatte, damit ein Name keine Rolle spielte.

Kurzum, der namenlose Gast gab Hinck ein interessantes Rätsel auf.

Es dauerte noch einige Tage, bis Hinck sich traute, den Fremden anzusprechen.

Zögerlich versuchte er es, als der Gast wieder einmal draußen auf der Bank saß und so eigentümlich auf die schillernden Wellen des Großen Golfs hinausblickte.

»Guten Tag, Herr«, sagte Hinck, genauso artig, wie er es gelernt hatte. »Brauchst du irgendetwas? Kann ich dir mit irgendetwas zu Diensten sein?«

Der Blick des Fremden glitt vom Meer hinüber zu ihm.

»Guten Tag, Hinck«, meinte der Fremde. »Nein, ich brauche nichts. Aber danke der Nachfrage.«

Verlegen trat Hinck von einem Fuß auf den anderen.

»Dann wünsche ich dir … äh … *sanfte Wege,* Herr«, wählte Hinck eine der üblichen Abschiedsformeln, mit denen man Reisende bedachte.

Der Hauch eines amüsierten Lächelns huschte über das Gesicht des Gastes.

»Du brauchst mich nicht zu verabschieden, Hinck. Ich bleibe möglicherweise noch eine Weile.«

»Was … was heißt denn *möglicherweise?*«, erkundigte Hinck sich neugierig. »Wieso weißt du denn nicht, wann du weiterreist?«

»Oh, das weiß ich schon«, antwortete der Gast. »Ich erkenne den Zeitpunkt, wenn er da ist. Aber ich weiß nicht genau, wann es soweit ist.«

Nun wurde Hinck forscher.

»Also wartest du hier auf etwas? Darauf, dass etwas Bestimmtes passiert?«

Der Gast nickte nur. Und Hinck hakte behutsam nach.

»Aber wie kann man denn auf etwas warten, von dem man nicht weiß, wann es eintrifft?«, fragte er weiter. »Ich meine, was ist, wenn das, worauf du wartest niemals passiert?«

»Ach, Wirtsjunge«, seufzte da der Gast. »Du kannst gerne noch ein wenig fragen, aber ich werde dir keine Antwort geben, die dich zufriedenstellen wird. Ja, ich warte hier darauf, dass etwas Bestimmtes geschieht. Und nein, ich weiß nicht *wann* und ehrlich gesagt nicht einmal *ob* es irgendwann einmal geschieht. Aber ich hoffe doch sehr darauf, um ehrlich zu sein.

Und wenn du jetzt weiter fragen solltest, wie man sich auf so ein unsägliches Geschäft mit der eigenen Hoffnung einlassen kann, dann muss ich dir sagen: Es lohnt sich darauf zu warten.

Wenn die Dinge so geschehen, wie ich es mir erhoffe, dann lohnt es sich auf jeden Fall.

Denn eines habe ich gelernt in der letzten Zeit: Geduld macht sich nur dann bezahlt, wenn man weiß, worauf es sich zu warten lohnt.«

Diesmal huschte ein wirkliches Lächeln über die Mundwinkel des Gastes. »Und bevor du fleißig weiter fragst, Hinck: Nein, ich werde nicht mehr dazu sagen. Du weißt jetzt alles, was ich dazu zu sagen habe.«

Diesmal, war es Hinck, der nickte.

»Danke, Herr«, sagte er und versuchte, nicht allzu respektlos zu klingen. »Ich denke, ich habe verstanden.«

Und damit ließ er den Gast in Ruhe. Vorerst zumindest.

Denn Hinck wäre nicht Hinck gewesen, wenn er nicht eine gewisse Beharrlichkeit an den Tag gelegt hätte. Andere Leute – besonders sein Vater – sahen darin bisweilen so etwas wie Starrköpfigkeit. Aber starrköpfig zu sein, hätte bedeutet, nicht zu wissen, wann eine Grenze erreicht ist. Und Hinck wusste genau, dass er noch keine Grenze erreicht hatte, solange ihm die Ideen nicht ausgingen.

Denn im Nachbardorf gab es den alten Bermert. Ein bärbeißiger Mann, jenseits der Sechzig. Früher einmal war er Fischer gewesen, wie die meisten hier in den Dörfern der südlichen Küste. Nach dem Tod seiner Frau hatte er jedoch umgesattelt und betrieb nun den winzigen Náia-Tempel am Marktplatz des Nachbardorfes. Jeder Ort im Reich, der vom Meer lebte, hatte mindestens einen kleinen Schrein der Gezeiten-Göttin. Immerhin stand und fiel mit den Fluten alles hier.

Und der alte Bermert war seit jeher für eine besondere Beschäftigung bekannt: Er sammelte kleine Bilder aller Persönlichkeiten des Ehernen Reiches. Hauptsächlich natürlich von Adeligen, aber auch von verdienten Legaten oder jenen berühmten Marschällen, die in missionarischer Absicht unermüdlich die Verlorenen Lande durchkämmten.

Und im Laufe eines langen Lebens hatte Bermert eine beträchtliche Sammlung angelegt.

»Ach, der junge Hinck«, knarrte die Stimme des Alten im Türrahmen.

Hinck hatte mehrmals forsch angeklopft und eine halbe Ewigkeit gewartet – immerhin war er für die fünf Meilen zum Nachbardorf eine Stunde lang stramm marschiert. Zwischenzeitlich hatte er sich ausgemalt, wie das Leben doch auf bittere Weise mit ihm spielen würde, wenn der alte Bermert ausgerechnet jetzt das Zeitliche gesegnet haben und auf der sonnenlosen Straße wandeln sollte. Schließlich bestand die Gefahr bei Leuten eines gewissen Alters quasi immerzu.

Aber Bermert hatte ihm schließlich aufgemacht.

»Was, kann ich für dich tun, Wirtsjunge?«

»Guter Bermert«, sagte Hinck. »Wir haben seit einigen Tagen einen seltsamen Gast bei uns im Haus und … ich …«

»Du bist neugierig, wer er ist?«, vollendete der Alte den Satz für ihn.

Hinck nickte unbeholfen.

»Und außerdem hegst du die Hoffnung, euer Gast könnte sich vielleicht in der Ahnengalerie meiner Sammlung befinden?«, fragte Bermert weiter, obwohl beide wussten, dass es eigentlich keine Frage war.

»Na ja«, meinte Hinck. »Im Grunde ist es nur eine Idee. Es ist nur eine Vermutung, dass der Fremde aus Adelskreisen stammen könnte. Er trägt ein sicherlich teures Schwert mit sich herum …«

Bermert rümpfte die Nase. »Das könnte er gestohlen haben.«

»Ja, ich weiß«, sagte Hinck. »Aber er trägt außerdem einen seltsamen, silbernen Anhänger um den Hals …«

»Den könnte er *auch* gestohlen haben.«

»Aber er wirkt nicht wie ein Dieb«, warf Hinck ein.

»Gerade das würde ihn ja zu einem guten Dieb machen«, grinste Bermert ein Grinsen, dem einige Zähne fehlten. Die kleinen Augen des ehemaligen Fischers strahlten Belustigung aus.

»Er spielt das Königsturm-Spiel«, bedachte Hinck.

»Dann könnte er also auch ein gelehriger und sehr neugieriger Wirtsjunge sein«, erwiderte Bermert amüsiert und zwinkerte erneut. Er spielte darauf an, dass er Hinck vor Jahren einmal das Königsturm-Spiel beigebracht hatte, was dieser seitdem ab und zu mit einem Gast auf der Durchreise spielte. Meist verlor er dabei kläglich.

»Nein, nein, nein. Er spielt es mit sich selbst. Ich habe noch nie jemanden gesehen, der das Königsturm-Spiel gegen sich selbst spielt. Ich wäre ja nicht einmal auf die Idee gekommen, dass man es auch mit sich selbst als Gegner spielen kann.«

Bermert seufzte. »Kurzum, Junge«, brachte er es auf den Punkt. »Du möchtest gern einmal einen Blick auf die Ahnengalerie werfen. Sag das doch einfach!«

Er stieß die Holztür weit auf, die zur Wohnung neben dem Tempel gehörte. Durch seine Lage direkt an den Mauern des Tempels, besaß das Häuschen des örtlichen Priesters den Luxus einer gemauerten Wand. Als Bermerts Arme noch ein wenig mehr Arbeitswillen hergegeben hatten, hatte er persönlich auch noch eine zweite gezogen. Der Stabilität halber, hatte er behauptet. Das war wohl nicht gelogen, denn die Behausung seines Vorgängers hatte vor einigen Jahren zugegebenermaßen schon ziemlich windschief ausgesehen. Und wenn im tiefen Herbst die Stürme von den Weiten des Golfs herüberzogen, konnte man nie sicher sein, dass alle Wände hielten, was sie im Sommer noch versprachen.

Hinck duckte sich unter den Querbalken hinweg und ließ sich von Bermert durch die Unordnung der Wohnung bis in die Stube führen.

Aha, dafür war die zweite Steinwand also auch gut, dachte Hinck, als er erspähte, wonach er suchte. Die sogenannte *Ahnengalerie*. Bermerts Sammlung kleiner Portraits und Bilder. Die meisten kaum größer als eine halbe Handfläche. Fein säuberlich mit selbstgezimmerten Holzrahmen umgeben. Dicke Wachsschnüre verbanden die Abbildungen untereinander, um Verwandtschaftsgrade anzuzeigen.

»Da ist sie«, wies Bermert den Wirtsjungen mit einer weitläufigen Geste an. »Links beginnt es mit den hohen Adelshäusern, den Familien der Markgrafen. Je weiter nach rechts man kommt, desto unbedeutender werden die Adelsgeschlechter. Es gibt sogar manche, die kaum mehr Geld besitzen als wir Fischer hier im Dorf. Denen ist bloß noch ihr Name geblieben.«

Die Sammlung war beeindruckend. Und obwohl die Qualität der Bilder sicher nicht die Beste war, konnte Hinck sich vorstellen, dass es den ehemaligen Fischer im Laufe der Jahre einige Erträge gekostet haben dürfte, seiner exzentrischen Freizeitbeschäftigung nachzugehen.

»Noch weiter rechts findest du ein paar bedeutende Kaufmannsgeschlechter und verdiente Ritter des Reiches. Eben jeden, den man irgendwie kennen könnte. Selbst, wenn man in so verlotterten Käffern am Ende der Welt wohnt wie wir.«

Wieder grinste Bermert sein Lächeln mit halber Zahnstärke.

Hinck starrte ungläubig auf die kleinen Bildchen. Es waren Hunderte! Seine Mission schien mit einem Mal ziemlich aussichtslos zu sein. Wie sollte er hier überhaupt irgendjemanden finden?

Aber Bermert gab Hilfestellung. Und wie!

»Dann frag ich einmal, Junge«, begann er. »Auf welches Alter schätzt du denn euren geheimnisvollen Gast?«

Hinck überlegte kurz.

»Etwa dreißig Sommer«, sagte er schließlich. »Vielleicht etwas älter.«

»Haarfarbe?«

»Sattes Kastanienbraun, stark gelockt«, meinte Hinck.

»Hm ...«

Hinck betrachtete die Bildchen. Die wenigsten waren farbig und mit Öl gemalt. Vielfach hingen dort nur Wachszeichungen, Radierungen oder ähnliches. Woher um alles in der Welt, wollte Bermert also die Haarfarbe kennen?

»Also, beginnen wir mit der unwahrscheinlichsten Lösung. Der hier müsste mittlerweile etwa so um die zweiunddreißig oder dreiunddreißig Sommer alt sein.«

Bermert deutete auf einen Adeligen ziemlich weit am linken Rand seiner Sammlung. Und Hinck blieb beinahe das Herz stehen.

Das Bild war aus Öl und zeigte einen Jungen, der etwa so alt war wie er selbst. Aber das Gesicht war unverkennbar. Die Narbe, die sich über Augenbraue und Wange zog, hatte der Junge noch nicht. Aber die Gesichtszüge sowie das unbändige Haar, waren ziemlich markant.

Hinck riss sich zusammen. Der Alte durfte nichts merken. Bei den Göttern! Denn selbst jetzt, wo sein Plan zur Hälfte aufgegangen war, durfte außer Hinck niemand wissen, wer bei ihnen zu Gast war. Die andere Hälfte seines Plans wäre nämlich sonst zunichte. Also zeigte Hinck sich ebenso interessiert an den drei oder vier weiteren Möglichkeiten, die Bermert ihm im Laufe des Nachmittags anbot. Zu jedem hatte er einiges an Geschichten zu erzählen. Ob sie stimmten, wusste Hinck nicht.

Er leistete Bermert bis in die frühen Abendstunden Gesellschaft. Dann zog er mit gespieltem Enttäuschen von dannen. Die Arbeit im Gasthaus wartete und außerdem hatte er ja immer noch die Stunde Fußmarsch vor sich.

Innerlich aber lächelte er. Hatte er doch dem Alten einen Gefallen getan, da dieser endlich einmal wieder jemandem seine Geschichten erzählen konnte. Und das Beste war, dass er nun wusste, wer sie als Gast beehrte und seinen Namen nicht verraten wollte. Hinck konnte es ihm nicht einmal verdenken. Wäre sein Name im Ort bekannt, so hätten die ruhigen Stunden des Wartens für den Mann sicherlich der Vergangenheit angehört.

Tags darauf suchte er den Gast auf. Tja, sollte doch ruhig noch mal jemand sagen, Hinck sei auf den Kopf gefallen!

Der Fremde (oder eben der Nicht-mehr-ganz-so-Fremde) saß am Ende des kurzen Stegs und ließ die gestiefelten Beine herunterbaumeln. Das gleißende Herbstlicht ließ den Großen Golf glitzern und über ihnen schrien die Möwen, während der Gast wieder einfach nur hinaus aufs Meer blickte.

»Was gibt es denn?«, fragte der, als Hinck noch einige Schritte entfernt war. Der Wirtsjunge fühlte sich ertappt, ging aber unbeirrt weiter und setzte sich neben den Fremden an die Kante des Stegs.

Er erntete einen skeptischen Blick.

»Ich habe dir doch gesagt, dass ich dir nicht erzählen werde, worauf ich warte.«

Hinck begann zu grinsen. Es mochte ein wenig unverschämt wirken. Aber das war nicht so wichtig.

»Ich wäre ja dafür, dass du es mir doch erzählst, Herr«, meinte Hinck beinahe beiläufig, wie er fand, während er ebenfalls auf das Meer hinausblickte. »Andernfalls muss ich wohl jedem hier erzählen, wer du wirklich bist. Und dann ist es um deine Ruhe des Wartens geschehen.«

»So?«, fragte der Gast. Es klang weit weniger aufgeregt, als Hinck es sich insgeheim erhofft hatte. Es ärgerte ihn ein Stück weit, kannte er doch das Geheimnis des Mannes. »Und wer glaubst du, bin ich?«

Hinck spielte seinen Trumpf aus.

»Markgraf Deckard von Falkenberg.«

Es war für einige Augenblicke still zwischen ihnen. Wieder waren nur die Brandung und das Gekreische der Möwen zu hören.

Schließlich sagte der Fremde behutsam: »Das ist richtig.«

Hinck war etwas verblüfft. Mit dieser Offenheit hatte er nicht gerechnet. Er hatte vermutet, der Markgraf würde es zunächst leugnen.

»Aber sag mir, Hinck«, fuhr der Adelige fort, »warum solltest du Unfrieden stiften wollen? Ist es so dringend, dass du erfahren willst, warum ich hier bin und worauf ich hier warte?«

Der Wirtsjunge seufzte ergeben und schnippte einen Span ins Wasser, den er mit den Fingernägeln aus dem Steg gepult hatte.

»Weißt du, Herr, es ist so unfassbar langweilig hier im Ort. Das Leben spielt sich da draußen ab.«

Er wandte sich um und deutete ins Landesinnere. »Das Eherne Reich«, schwärmte er wie von einem schmackhaften Kuchen. »Dort spielen sich Kriege und Abenteuer ab. Dort gibt es Ritter und Elben. Alleine die große Krise, wie sie hier alle nennen. Die hat sich im selben Land abgespielt, in dem ich lebe.

Gar nicht mal so weit entfernt. Aber bis auf den einen oder anderen abgehetzten Söldner, der hier nächtigte, haben wir nichts davon mitbekommen. Gar nichts.«

Deckard von Falkenberg überlegte kurz.

»Weißt du«, meinte er zu dem Wirtsjungen, »dass ihr damit eine Menge Glück hattet?«

Hinck sah ihn an. Der Ausdruck in seinem Blick musste nahe an Entsetzen herangekommen sein. Natürlich konnte so etwas nur ein Fürst und Regent sagen! Wenn er die Geschichten der jüngsten Zeit, die an den Tischen im Gasthaus erzählt wurden, richtig verstand … dann hatte ausgerechnet Deckard von Falkenberg genug Abenteuer für zehn Menschenleben erlebt. Kein Wunder, dass er die Nase voll hatte. Aber Hinck hatte eben auch die Nase voll vom Dasein eines Wirtsjungen. Auf seinem Weg lauerten keine Riesen und keine Elben, keine Drachen und Jungfrauen, keine Ritter und kein ruhmreicher Krieg. Auf seinem Weg gab es nur das Gasthaus, das er eines Tages übernehmen würde, um sich weiterhin nur die Geschichten der Durchreisenden anzuhören.

Deckard sah ihm tief in die Augen. Hinck schluckte. Da war schon wieder dieser Blick. Wie tiefgründig er war, wie eigenartig. Alt, viel zu alt für das Gesicht des Mannes.

Doch er sprach eine eindeutige Sprache: *Ich weiß, worum es dir geht, Wirtsjunge Hinck.*

Hinck wandte sich ab, bevor ihm die Tränen in die Augen schossen. Natürlich konnte er dem Graf Ärger machen. Aber was sollte das bringen?

»Ich habe einen Vorschlag«, sagte Deckard von Falkenberg auf einmal.

Hinck sah wieder hin, mit großen Augen.

»Die Geschichte, die mich hierher führt, ist ziemlich lang«, fuhr der Markgraf fort. »Und das, worauf es sich hier für mich zu warten lohnt, wird frühestens in einigen Tagen geschehen … wenn es denn überhaupt passiert.«

Hinck meinte für die Zeit eines Wimpernschlags einen Anflug von Wehmut in den grünen Augen des Gastes zu entdecken. Aber bevor er näher hinsehen konnte, war sie auch schon wieder fort.

»Ich werde dir einfach erzählen, was in den letzten Monaten geschehen ist. Warum ich hier bin. Und warum ich auf das, was du Abenteuer nennst, in Zukunft gerne verzichten kann.«

Hincks Augen leuchteten.

»Es wird eine Weile dauern«, meinte Deckard weiter. »Und du hast sicherlich genug zu arbeiten, sodass ich trotzdem von Zeit zu Zeit meine Ruhe haben kann, oder?«

Hinck nickte. Nein, zur Last fallen wollte er dem Herrn von Falkenberg nicht. Nicht, nachdem er ihm dieses großzügige Angebot gemacht hatte.

»Und noch etwas«, sagte der junge Markgraf.

Der Wirtsjunge spitzte die Ohren.

»Wenn geschehen sollte, worauf ich warte, bevor ich fertig erzählt habe … dann belassen wir es dabei.«

Wieder nickte Hinck eifrig – und hoffte inständig, dass sich jenes Ereignis bitte noch einige Tage gedulden möge.

Stille legte sich zwischen sie. Nur das Kreischen der Möwen und das Rauschen der Brandung war zu hören.

»Also?«, fragte Hinck schließlich vorsichtig nach.

Deckard lachte auf.

»Hast du denn nichts zu tun?«

»Es ist Vormittag«, wand Hinck ein. »Ich habe das Vieh versorgt und die Betten gemacht. Die Wirtsstube ist gewischt und –«

»Ist schon gut«, fiel Deckard lachend dazwischen. »Ist schon gut. Ich fange ja schon an. Lass mich nur kurz überlegen, wo ich beginnen soll.«

Er dachte eine Weile nach. Viel zu lange für den ungeduldigen Hinck. Aber er ließ ihn, aus Angst, der Herr von Falkenberg könnte sich im allerletzten Moment doch noch anders entscheiden.

»Ich glaube«, hob Deckard an, »ich fange bei den drei Besuchen an.«

»Die drei Besuche?«

Deckard nickte und holte zu einer großen Erzählung aus: »Denn wenn ich recht überlege, haben die Ereignisse der letzten Monate für mich genau damit begonnen. Drei unerwartete Besuche …«

Erster Akt

Der Nicht-König

Kapitel 1

Drei unerwartete Besuche

Das Eherne Reich kam mir Zeit meines jungen Lebens immer schon wie ein alterndes Raubtier vor, dem die Krallen nach und nach ausfallen.

Es macht auf den Karten den allergrößten Teil des Kontinents Dorn aus – wobei jene Teile Dorns, die jenseits des immensen Liliengebirges im Osten liegen, noch kaum karthographiert sind. Was wir davon wissen, kennen wir meist nur aus Erzählungen und Legenden.

Der Zenit der Macht und der Größe des Reiches war lange überschritten und sicherlich munkelte man vielerorts über einen schleichenden Niedergang. Und dabei ging es sicher nicht um die zunehmenden Machtspielchen, die sich die adeligen Häuser bisweilen untereinander lieferten.

Tatsache war jedoch, dass die Bewohner des Ehernen Reiches nichts Besseres hatten als eben dieses eine Eherne Reich. Solange er lebte, hatte mein Vater mir eingebläut, dass es um all die anderen Menschen ging. Denn alles, wozu die mächtigen Häuser des Reiches in Wirklichkeit verpflichtet waren, war das Bestmögliche für alle Beteiligten herauszuschlagen. Also auch für das, was viele wohl *das einfache Volk* nennen würden.

Leider gewann ich schon in der Jugend oft den Eindruck, dass diese Einsichten außerhalb von Falkenberg nicht viel zählten – mit Ausnahme des Seenlandes vielleicht.

Das Geplänkel der Adeligen um eine möglichst günstige Stellung unter ihresgleichen wurde meist besonders heftig, wenn politisch wirklich bedeutsame Entscheidungen zu treffen waren. Beinahe jedes der höheren Häuser versuchte, sich irgendwie ein wenig mehr zu profilieren. Schein war dabei oft mehr als Sein.

Und nun – einem ungeschriebenen Gesetz gleich – sollte es wieder soweit kommen. Sehr bald schon. Denn es gingen bereits seit einigen Tagen Gerüchte um. Und sie bestätigten sich leider an jenem frühen Morgen, noch ehe der erste meiner unerwarteten Besucher überhaupt ein Wort gesprochen hatte.

Kurz nach Sonnenaufgang war ich bereits oben auf den Wehrgängen über dem Tor der Burg Tanne, in der meine Familie seit einer kleinen Ewigkeit residierte. Wie lange, das wusste niemand mehr so genau. Höchstwahrscheinlich war es in irgendwelchen Schriften, tief vergraben in irgendwelchen Archiven noch nachzulesen. Aber von den Leuten, mit denen ich mich tagtäglich umgab, wusste es niemand.

Ich sah über das morgendlich blasse Land. Welche Schönheit mich hier in Falkenberg doch umgab. In solchen Momenten dachte ich gern an die Zeit aus den Legenden zurück, als diese Lande noch voller Magie gewesen waren und so wundersame wie erhabene Wesen die Welt bevölkert hatten.

Doch die Magie von einst war lange erloschen.

Ein altes Ritual führte mich auf die Wehrgänge hinauf. An drei bis vier Tagen in der Woche traf ich mich hier oben in aller Frühe mit dem Hauptmann der bescheidenen Garde von Falkenberg: meinem Getreuen Hermelink von Tiefentann.

Ein loyaler Mann – und wenn es so etwas wie Vaterlandsstolz für die Grafschaft Falkenberg gab, dann war Hermelink ein Inbegriff dessen. Er war sieben Sommer älter als ich und wir hatten einander beim Aufwachsen zugesehen. Für mich war er daher so etwas wie ein älterer Bruder.

Hermelink war weitsichtig auf seine Art. Mit ihm konnte ich Entscheidungen besprechen, die mehr als nur mich betrafen – und das war mir wichtig.

»Guten Morgen, Herr Deckard«, begrüßte er mich. Eine tönerne Kanne mit Kräutertee stand dampfend zwischen zwei aus Bruchstein gemauerten Zinnen. Nebst zwei Tonbechern. Er hatte mich – wie üblich – erwartet.

Doch zu unserem morgendlichen Plausch kamen wir nicht.

Von der Spitze des Bergfrieds erklang ein Horn. Ein langer, tiefer Stoß hallte über die verschlafene kleine Burg.

Und wenige Augenblicke später sahen auch Hermelink und ich den Grund des Hornsignals: Von Osten näherte sich ein Reiter. Noch nahm er den Weg durch die Dünen und war sehr klein am Horizont. Doch die Standarte, die er trug, war unverkennbar: Strahlend helles Weiß, gleißend wie ein Stern. Es gab nur ein Banner im Reich, das diese Farbe trug. Das Banner des Königs.

Und auch, wenn man vieles hoffen mochte, das Auftauchen des Reiters konnte in diesen Tagen eigentlich nur einen einzigen Grund haben. Die Gerüchte verdichteten sich schlagartig zu trister Wirklichkeit.

Ich seufzte ergeben.

Natürlich musste dem Protokoll genüge getan werden – soweit man überhaupt von *Protokoll* sprechen konnte. Eher von Förmlichkeiten.

Hermelink und ich tauschten einen vielsagenden Blick. Seine eisgrauen Augen strahlten stets volles Selbstbewusstsein aus – er wusste was auf die Schnelle zu organisieren war.

Und auch ich wusste, was den Förmlichkeiten entsprach.

Es hieß also zurück in mein Gemach, um zumindest einmal Umhang samt Brosche anzulegen und natürlich das Schwert meines Vaters. Ein ungewöhnlich schlankes Stück, das auf den Namen *Erlenfang* hörte. Angeblich wurde es einst im legendären Reich Ebben geschmiedet, das nun jenseits der verlorenen Lande lag. Es war seit vielen Generationen im Familienbesitz und trug in den Knauf graviert unser einfaches, wie unverkennbares Wappen: Eine Falkenfeder.

Zurück im Hof hatte sich bereits die Wachmannschaft der Garde versammelt, um links und rechts neben dem Tor eine Gasse für den königlichen Botschafter zu bilden. Fünf Mann zur Linken und fünf zur Rechten. Viel machte die Garde Falkenbergs nicht her. Grüngefärbte Untergewänder aus grober Wolle und einfache, bräunliche Gambesons, die ihre Körper vor den scharfen Teilen ihrer schon seit Generationen in Gebrauch befindlichen Rüstungen schützten. Ich hätte keine neuen Rüstungen finanzieren können, ohne es den Bewohnern der Markgrafschaft in Form von Steuern zur Last zu legen. Aber die Männer kannten mich und wussten um diesen Umstand. Niemand murrte.

Ich blickte um mich. Die wenigen Bediensteten der kleinen Burg hatten sich am Rande des Hofes versammelt. Die Nachricht vom hohen Besuch hatte um sich gegriffen, wie ein Laubfeuer.

Auf Hermelinks Wink hin wurde das Fallgatter hochgezogen. Wir warteten schweigend in der Kühle und im bläulichen Licht des Frühlingsmorgens. Der Himmel verhieß einen klaren, aber auch kalten Tag. Von einer Feuerstelle wirbelten vereinzelte Ascheflocken durch den Hof.

Dann war das Hufgetrappel zu hören.

Es schien beinahe, als vergaßen die Hofbediensteten in Erwartung des königlichen Boten zu atmen.

Der Mann, der den notdürftig gepflasterten Pfad hinauf zur Burg hinter sich brachte, saß erschöpft in seinem Sattel. Doch stolz, wie es möglicherweise nur die Männer des Königs waren, hielt er das strahlende Banner aufrecht. Nun war das Emblem darauf bestens zu erkennen. Eine blaue Faust, gen Himmel gereckt.

»Präsentiert!«, hallte Hermelinks Ruf über den stummen Burghof – und die Soldaten reckten ihre Speere in die angemessene Position.

Inmitten der Gasse ließ der Bote seinen Schimmel stehen. Das Tier schnaubte von den Strapazen der Reise. Er reichte das königliche Banner einem meiner Männer, die Zügel einem anderen. Seine Rüstung zeigte starke Abnutzungserscheinungen, doch im Gegensatz zu denen meiner Garde rührten seine von den Beanspruchungen im Kampf her. Er löste das Lederband seines Helmes, steckte ihn unter den Arm. Ein dreckiges, bärtiges, aber noch recht junges Gesicht kam darunter zum Vorschein – offensichtlich hatte der Bote kaum Rast gemacht auf seinem Weg, nicht um sich zu waschen oder zu rasieren.

Der Staub in seinem Gesicht trug die Spuren geweinter Tränen. Ja, die handverlesenen Männer des Königs gaben ihr Leben vollkommen in den Dienst ihres Herrn. Und so musste das, was der Mann zu berichten hatte, für ihn wahre Schmerzen bedeuten.

»Deckard, Markgraf zu Falkenberg?«, hallte sein Ruf zu mir hinüber.

»Der bin ich«, erwiderte ich ruhig, wohl wissend, was mir blühte. Wir traten einander gegenüber, während er in seine wollene Umhängetasche griff.

Dann fiel er vor mir auf beide Knie, was nicht nur der Erschöpfung geschuldet war.

Er streckte mir ein zusammengerolltes und versiegeltes Pergament in der ausgestreckten Hand entgegen. Ich nahm es und hielt seinem Blick eine Weile stand.

Schließlich verkündete der Bote laut und beinahe tränenergeben: »Liebe Menschen von Falkenberg. Ich bin den langen Weg aus der Hauptstadt gekommen um euch die schmerzhafteste aller Botschaften zu verkünden: König Hroth, den man auch *Den Degen von Pjern* nannte, ist verschieden. Der Thron ist verwaist.«

Wie zu erwarten ging ein Raunen durch den Hof.

Natürlich, solche Nachrichten wurden ausschließlich persönlich überbracht – man verließ sich bei solch tiefschneidenden und hochoffiziellen Dingen nicht auf Brieftauben.

Kurzentschlossen packte ich den Arm des trauernden Mannes und half ihm auf die Beine. Er erstarrte einen Augenblick ob der brüderlichen Geste.

»Geh dich von der Reise waschen, tapferer Bote! Und lass dir bequemere Kleidung geben«, sagte ich. »Dann wirst du mir bei einer Stärkung Genaueres berichten.«

Der Mann wollte etwas erwidern, doch ich winkte ab und wies mit der Hand in Richtung der Waschküche.

»Du trauerst«, meinte ich bloß. »Aber deshalb wirst du mir hier nicht verkommen.«

Der Tag blieb kalt. Sowohl für die Haut als auch für die Herzen.

Die Botschaft vom Tod des Königs war wie Gift in der Luft. Als hätte jemand Sand ins Getriebe einer Mühle gestreut, schleppte sich das Tagwerk allerorts bloß noch dahin.

Derweil saß der königliche Bote, der sich als Relend von Ansannen vorgestellt hatte, an meiner Tafel – frisch gebadet, rasiert und mit einem deftigen späten Frühstück vor der Nase. Doch weder all der Räucherspeck, noch das frische Brot, ja nicht einmal die süßen Birnen aus dem Obstkeller rangen ihm auch nur einen Deut von Erleichterung ab. Schwer lastete sein Amt auf ihm.

Der König war tot. *Sein* König war tot. Sein Lebenszweck infrage gestellt. Da mochte ein junger Markgraf noch so gut gemeint auftischen lassen.

Immerhin verschmähte er die Mahlzeit nicht, aß aber sichtlich ohne Freude.

Währenddessen berichtete er mir all das, was ich mir schon zusammengereimt hatte: Letztlich war die Zeit für Hroth einfach gekommen. Das Alter hatte ihn besiegt. Er habe noch bis kurz vor seinem Tod höchstrichterliche Urteile in seiner Halle gefällt, berichtete der Bote. Dann sei er am nächsten Morgen nicht mehr aufgestanden, habe Fieber bekommen und binnen der nächsten drei Tage sein Leben ausgehaucht.

Nach seinem Ableben hatte man Boten in alle Fürstentümer entsandt. Sie sollten den Tod des Königs offiziell kundtun und im gleichen Zug die Markgrafen und Regenten des Ehernen Reichs zum Konklave in die Hauptstadt laden.

Und genau dies tat nun auch der Bote, der an meinem Tisch saß und sich stärkte: Er beorderte mich zum Konklave nach Anselieth. An den Ort, den ich eigentlich nie wieder hatte betreten wollen.

Natürlich war mir klar gewesen, dass ich früher oder später die Reise auf mich hätte nehmen müssen. Aber seit ich Markgraf über Falkenberg war, hatte sich die Notwendigkeit bisher nicht ergeben. Auch, weil Hroth um mein Seelenheil besorgt gewesen war und viele Debatten mit mir in Briefform geführt hatte, anstatt mich persönlich anzufordern.

Was ein kühler Frühlingstag!

Ich erinnerte mich noch gut an Hroth von Pjern. Bereits bei meinem letzten Aufenthalt in der Hauptstadt Anselieth vor nunmehr zwölf Jahren war er ein Mann von knapp siebzig Sommern gewesen. Aber er hatte einige Wesenszüge ausgestrahlt, die mich an meinen Vater erinnert hatten. Dieser unbändige Glaube an das Eherne Reich und sein Fortbestehen – und besonders der Glaube an die Menschen, die im Reich lebten. Er hatte von Beginn an weise auf mich gewirkt. Eine Eigenschaft, die mir spätere Korrespondenzen bestätigten.

Ein alter Mann, der trotz der großen Bürde und dem großen Dienst, den er verrichtete, kleine Augen hatte, die vor diebischer Freude blitzen konnten. Und er hatte eine Frau, die – obwohl sicherlich ein Dutzend Jahre jünger – ihm stets wohlwollend den Rücken gestärkt hatte. Zumindest hatte er sie so immerzu beschrieben. Ich selbst hatte die Güte seiner Frau Kalperia einmal spüren können … einmal. Jenes eine Mal. Bei meinem letzten Besuch in Anselieth, der sich immer noch wie ein scharfes Messer in meinen Geist schneiden wollte.

Der Ablauf meines Tages war damit besiegelt. Er bestand nun aus Organisation.

Während ich dem Boten erlaubte, sich auszuruhen, musste ich mich hinter Bergen von Dokumenten vergraben.

Ich würde eine Weile abwesend sein. Wer wusste schon wie lange? Möglicherweise zwei oder drei Monate, sollte das Konklave länger für eine Entscheidung brauchen. Vielleicht auch nur wenige Wochen. Dennoch war es gut, ausreichend Anweisungen zu verfassen. Mein Haushofmeister Dirnt würde die Regierungsgeschäfte stellvertretend für mich regeln, zu denen ich durch Abwesenheit nicht in der Lage war. Genaue Instruktionen waren also wichtig.

Ich beschrieb einen beachtlichen Stapel Papier, mit besonderem Augenmerk auf Eventualitäten der einfachen Gerichtsbarkeit, in der mich Dirnt ebenfalls zu vertreten hatte. Das Recht der hohen Gerichtsbarkeit übertrug ich ihm nicht. Sollte es tatsächlich einmal darum gehen, ein besonders hartes Vergehen zu beurteilen war ich lieber selbst zugegen.

Doch wirklich schwere Verbrechen waren in Falkenberg eher selten. Es war das kleinste der sechs verbliebenen Fürstentümer des Ehernen Reiches. Und glücklicherweise waren seine Einwohner recht zufrieden. Steuern und Abgaben waren seit jeher recht moderat.

Interessanterweise brachte diese Art von Politik andere Probleme mit sich. So zeichnete sich vor einigen Jahren einmal eine Tendenz ab, nach der immer mehr Menschen von anderen Fürstentümern nach Falkenberg einwanderten, um sich hier niederzulassen. Das war bis zu einem gewissen Punkt gesund für die allgemeine Wirtschaft, brachte jedoch ein anderes Problem mit sich: Überbevölkerung. Die Leute stritten sich um Arbeit. Ich hatte daher den Zustrom von Menschen regulieren müssen. Schweren Herzens veranlasste ich, dass eine Zuwanderung nur aufgrund vorhandener Verwandtschaftsgrade möglich sei oder durch eine ausdrückliche Genehmigung. Wollte sich zum Beispiel ein angesehener Kaufmann mit einem Kontor in der kleinen Stadt Falkenberg am Golf niederlassen, konnte ich ihm dies kaum abschlagen. Er brachte Arbeit für die Bevölkerung mit. Sogar vereinzelte Schiffe aus dem fernen Süden löschten bald hier in Falkenberg ihre Ladungen.

Alles in allem ging es den Menschen hier gut. Und das beruhigte mich mehr als alle Goldtalente des Reiches es vermocht hätten.

Die blasse Sonne des Tages war bald hinter den Bergkämmen des Falkengebirges verschwunden und ein Sammelsurium von Ölfunzeln und Kerzen erleuchtete mein Arbeitszimmer. Draußen hatte es sich zum Abend hin zugezogen und feiner Regen hatte engesetzt. Er war nicht heftig, aber sehr ausdauernd. Bald würde er alle unbefestigten Wege um die Burg und auch in der Stadt unter uns in eine schmierige Angelegenheit aus Lehm und schlammigem Dreck verwandelt haben.

Ich überlegte gerade, ob ich in die Küche gehen sollte, um mir ein kleines Abendessen zusammenzustellen. Es trieb meine Köchin Äla leider meist in den Wahnsinn, wenn ich nicht im Saal speisen wollte, sondern mir Kleinigkeiten mit ins Arbeitszimmer nahm. Häufig sagte sie dann Dinge wie *Ein ordentlicher Markgraf arbeitet hart für sein Volk. Also verdient er auch ein entsprechendes Essen*. Und ebenso häufig artete die kleine Portion, die ich mir eigentlich hatte abholen wollen, in ein übervolles Tablett aus, dass ich dann wieder die Stufen hinauf in den Bergfried schleppen durfte.

Doch jemand nahm mir meine Entscheidung ab, denn es klopfte.

»Ja?«, antwortete ich.

Die Tür ging auf und ein junger, triefend nasser Soldat der Wachmannschaft trat ein. Kleine Pfützen bildeten sich unter seinen Stiefeln. Der feine Dauerregen hatte ganze Arbeit geleistet.

»Mein Herr«, begann er. »Draußen beim Tor ist … ein Mädchen.«

Er blickte verlegen drein, als ob er nicht weiterwüsste und druckste herum.

»Noch etwas?«, wollte ich wissen, während ich bereits aufgestanden war. Der Soldat schaute mich verunsichert an.

»Ein Elbenmädchen, Herr«, sagte er schließlich. »Es ist ein Elbenmädchen.«

Ich hatte mich schneller an ihm vorbeigeschoben, als er mir ausweichen konnte. Hektisch versuchte er, Haltung anzunehmen. Doch ich hatte ihn bereits passiert und hastete die Wendeltreppe hinunter, vorbei an zwei verdutzten Wachen, durch die Halle und hinaus auf den Hof. Mir schwante etwas. Und ich sollte recht behalten.

Schlammiges Wasser spritzte links und rechts neben meinen Stiefeln hoch, aber ich achtete nicht drauf, strebte nur beharrlich auf das Tor zu. Drei meiner Männer hatten dort die Speere auf etwas gerichtet und schirmten es von meiner Sicht ab. Ich schob mich am ersten vorbei.

Da saß sie. Verschüchtert, zusammengekauert im Dreck unter dem Torbogen. Ein Mädchen, eine junge Frau, keine zwanzig Sommer alt. Gegen eine Seite des Torbogens drückte sie ihren Rücken, und schob ihren Körper schützend um ein Bündel in ihren Armen.

»Habt ihr den Verstand verloren?«, herrschte ich die Männer an. Unsicher machten diese einen Schritt zurück.

»Aber Herr«, meinte der, den ich zuvor zur Seite geschoben hatte, »Sie kommt von den Elben. Sie ist ein Elbenmädchen.«

»Und du bist ein Menschendummkopf«, funkelte ich ihn zornig an. »Was um alles in der Welt lässt euch so etwas tun?«

Ich wandte mich wieder dem Mädchen zu, das verzweifelt ihr Bündel zu schützen versuchte.

Selbst völlig durchweicht vom Regen und in all ihrer Hilflosigkeit war sie eine Schönheit. Noch im Schein der Laternen war ihre blasse Haut zu erkennen und ihr schwarzes Haar fiel trotz der Nässe glatt wie ein Schleier an ihr herab. Nur ihre spitz zulaufenden Ohren lugten daraus hervor.

Argwöhnisch beobachtete die Elbin jede Bewegung, die ich machte, obwohl ich ganz darauf bedacht war, sie nicht zu erschrecken.

Krampfhaft suchte ich in meinem Gedächtnis nach einigen Worten, mit denen ich vielleicht ihr Vertrauen gewinnen konnte. Ach, hätte ich doch viel mehr Zeit mit den Büchern meines Vaters verbracht! Ich machte einen stotternden Versuch: »*nallah-menem … naiwa ethavynn.*«

Das musste meines Wissens nach soviel heißen wie *Ich wünsche dir einen guten Abend.* Wobei ich jedoch keine Ahnung hatte, ob Elben sich auf diese Weise am Abend begrüßten.

Die beabsichtigte Wirkung trat jedoch ein. Das Mädchen hob den Kopf ein wenig.

»Kannst du mich verstehen?«, fragte ich im Versuch, meine Kenntnisse der elbischen Sprache nicht weiter zu strapazieren. Ich hoffte, so normal und beruhigend wie nur irgend möglich zu klingen.

Ein schüchternes, kaum wahrzunehmendes Nicken war die

Antwort. Dann begegnete sie meinem Blick. Augen so blau wie das Meer (und bestimmt ebenso tief) starrten mich voll Unsicherheit an. Einen winzigen Moment über vergaß ich zu atmen. Trotz ihrer Angst, trotz ihrer Bedrängtheit und ihrer Defensive, war ihre Ausstrahlung deutlich wahrzunehmen.

Ich streckte ihr eine Hand entgegen.

»Bitte steh auf!«, bat ich sie und versprach: »Dir wird niemand etwas tun.«

Ich wusste, dass meine Männer den Unterton darin vernommen hatten, denn ich hörte, wie sie hastig ihre Speere in die senkrechte Haltung wuchteten.

Zögerlich, ganz zögerlich streckte mir das Mädchen ihre zarten Finger entgegen. Ihre Haut war kühl wie der Morgen. Langsam stand ich auf und half ihr auf die Beine. Jetzt sah ich auch, was sie so sehr mit jetzt nur noch einem Arm umklammert hielt: Einen ledernen Rucksack, ebenso tropfnass, wie der Rest von ihr. Ich bot ihr mit einer Geste an, ihn für sie zu tragen. Doch sie zog ihn ein Stückchen zurück, daher versuchte ich es gar nicht erst weiter.

»Bestimmt ist dort drin irgendein Elbenzauber«, raunte einer der Soldaten halb panisch.

Ich hatte zu wenig Elben in meinem Leben getroffen, um zu wissen, was sie für gewöhnlich mit sich herumtrugen. Aber dieses Mädchen wirkte wie niemand, der hergekommen war, um uns Böses zu tun.

»Hör auf, Blödsinn von dir zu geben und besorg lieber einen Stapel Wolldecken. Und weise eines von Älas Mädchen an, dass sie das Kaminfeuer in der Halle anheizen soll.«

Ich legte den Arm um das Mädchen, das erbärmlich fror. Ihre Schritte waren trotz aller elbischen Grazie schwer von Regen und Kälte. Sie begann zu zittern wie Laub in den Böen des Herbstes.

Der Weg über den Hof, zurück zur Halle, war um einiges weiter, wenn man ihn mit einem bibbernden Elbenmädchen zurücklegen musste, das sich kaum auf den Beinen halten konnte. Zwar war sie schon eine junge Frau, aber einer Eingebung folgend, summte ich einen alten Kindervers, in der Hoffnung, er könne sie beruhigen.

Ruhig mein Kind, still wie die Sterne
Sieben Götter wachen von Ferne

Wenig später prasselte das Feuer, wie ich es bestellt hatte. Äla, die oberste Köchin hatte sich persönlich darum gekümmert und schien dabei gefangen zwischen Faszination, mütterlicher Besorgnis und Widerwillen.

Widerwille war auch das größte Problem, mit dem ich zu kämpfen haben würde, solange ich ein Elbenmädchen bei mir zu Gast hatte. Die Abneigung gegen Elben war im ganzen Reich stets mehr als deutlich spürbar.

Nun saß das Mädchen eingehüllt in Wolldecken auf einem der schweren Eichenstühle vor dem Kamin in der Halle, wärmte sich und starrte ins Feuer. Die Flammen spiegelten sich tanzend in ihren Augen. Den klatschnassen Lederrucksack hatte sie die ganze Zeit über nicht losgelassen.

Ich hatte auf einem zweiten Stuhl Platz genommen und wärmte mich ebenfalls von meinem Ausflug in den abendlich verregneten Burghof.

Äla, die man durchaus als korpulent bezeichnen durfte, stand unschlüssig hinter mir und beäugte das Mädchen argwöhnisch.

»Wie ist dein Name?«, versuchte ich es schließlich vorsichtig. Ich hatte bis zum richtigen Moment abwarten wollen. Vielleicht war er ja gekommen.

Das Mädchen starrte weiter ins Feuer. Ihr Gesicht hatte feine Züge, beinahe wie mit einer spitzen Feder gezeichnet. Es wirkte fast zerbrechlich, als sei es aus dem Porzellan, das sie auf der fernen Insel Lao herstellten, die jenseits des endlosen Gräsermeers im Meer lag. Hätte ich ihr Alter schätzen müssen, hätte ich vermutlich etwas um die sechzehn Sommer geschätzt.

Sie trug ein helles Reisekleid. Ihren schweren Mantel hatte sie abgenommen und ich hatte ihn zum Trocknen in die Waschküche bringen lassen. Ihre Kleidung hingegen war immer noch durchtränkt. Ich hoffte, dass das Feuer heiß genug brannte und sie sich nicht verkühlte. Das alkoholische Getränk, das man ihr zur Aufwärmung gereicht hatte, hatte sie kopfschüttelnd abgelehnt. Leider hatte ich nicht besonders viel Ahnung von den Elben. Vielleicht tranken sie ja keinen Alkohol.

»Lia«, verriet mir die junge Elbin schließlich ihren Namen, mit einer Stimme, die tiefer und erwachsener klang als ich vermutet hätte.

Dann schwieg sie wieder eine Zeit lang und atmete schwer. Beinahe als hätte sie gerade zum Moment einen anstrengenden Marsch beendet.

Ich wollte sie nicht weiter bedrängen und wandte mich stattdessen zu meiner Köchin um. Sie sollte veranlassen, dass eines der Gästezimmer hergerichtet würde. Dort würde das Mädchen die Nacht verbringen – sofern sie denn wollte. Weshalb sie nämlich hier war, hatte bisher niemand herausgefunden.

Und meine Wachen waren zunächst grob geworden. Aus Furcht dem Unbekannten gegenüber. Das ärgerte mich maßlos, aber so war es nun einmal. Die Leute hatten Angst vor den Elben. Genau so, wie die Leute immer Angst vor allem hatten, was anders war als sie selbst.

Noch bevor ich Äla meine Instruktionen geben konnte, hörte ich Lias Stimme erneut.

»Bis du ein Freund der Elben?«

Irritiert glitt mein Blick wieder fort von der Köchin, hin zu Lia.

»Wie … Wieso fragst du das?«, wunderte ich mich.

Sie starrte weiterhin ins Kaminfeuer, während sie mir antwortete. Ihre Stimme hatte etwas seltsam Schwebendes, das sich lange im Raum hielt.

»Ich habe gehört, dass du die Leute meines Volkes nicht abweisen würdest, wenn sie an deine Tür kämen. Und nun frage ich mich, ob du ein Freund der Elben bist.«

Diese bisweilen philosophische Art und Weise, Gespräche zu führen, war etwas, das die Elben auszeichnete – zumindest erzählte man sich das unter Menschen. Ich stützte gedankenversunken die Ellenbogen auf die Knie und starrte nun meinerseits ins Feuer, um eine Antwort mit Bedacht zu wählen.

»Ich weiß nicht, ob ich ein Elbenfreund bin«, gab ich schließlich so aufrichtig wie möglich zu. »Es kommen so gut wie niemals Elben hierher. Aber ich habe nichts gegen euch. Niemand aus dem Volk der Elben hat mir je etwas getan.«

»Aber wieso sagen die Leute dann, dass du ein Elbenfreund wärst?«

Ich biss mir auf die Unterlippe. Das war eine unangenehme Frage.

»Ich fürchte«, gestand ich, »das meinen sie wohl eher als Beschimpfung.«

»Sie schimpfen, dass du ein Freund wärst?«

Ehrliche Verwunderung schwang in ihrer Stimme mit.

»Nein«, suchte ich nach einer Erklärung. »Aber wir Menschen sind manchmal sehr kurzsichtig. Viele von uns bekommen euch so gut wie nie zu Gesicht und verstehen euch nicht. Deshalb hat man mitunter Angst vor euch und erzählt sich eine große Zahl unschöner Geschichten.

Ich seufzte. Die Wahrheit war bisweilen ein furchtbar unangenehmer Begleiter.

»Aber da offenbar bekannt ist, dass ich den Elben gegenüber keine Abneigung empfinde, bin ich den Leuten wohl ebenfalls unheimlich«, fuhr ich fort. »Verstehst du? In den Augen vieler Menschen ist es kein gutes Merkmal, wenn man sich mit Elben abgibt.«

Lia wiegte den Kopf. Sie versuchte zu verstehen, was ich gesagt hatte. War es vielleicht wahr, dass Elben manchmal völlig anders dachten, als wir Menschen? Dass eine Bezeichnung wie *Elbenfreund* eher negativ gemeint war, musste sich wohl erst umständlich einen Weg in ihre Vorstellungskraft bahnen. Doch sie verdaute meine Antwort, ohne weiter nachzufragen. Stattdessen stellte sie eine andere Frage. Wie schicksalsbehaftet diese war, konnte ich allerdings nicht ahnen: »Kannst du mich beschützen?«

Ich stutzte. Und ich hörte, wie Äla hinter mir scharf die Luft einsog.

»Wovor?«, fragte ich zögerlich.

Wieder antwortete Lia nicht gleich. Stattdessen drehte sie langsam den Kopf in meine Richtung und blickte mich an. Ihre meerblauen Pupillen hielten mich gefangen. Ich würde mich an diesen undurchdringlichen und doch so tiefgehenden Blick nie gewöhnen.

»Schekich«, sagte sie. Nur dieses eine Wort. Dann sah sie wieder in die Flammen.

»Schekich?«, murmelte ich, ohne mir einen Reim darauf machen zu können. Das Wort kam mir seltsam vor. Nicht wie etwas, dass ich schon mal gehört hatte. »Was ist Schekich?«

»Der Mann, der mich jagt«, antwortete Lia. Beinahe schien es, als legte sich ein düsterer Schleier um ihre Worte. Ich fröstelte.

»Und ... warum wirst du gejagt?«, wollte ich nun wissen. Nein, ich *musste* es wissen. »Ist es ... wegen dem, was in deinem Rucksack ist?«

Lia nickte erneut, ohne den Blick vom Kamin zu nehmen.

»Was ... ist denn in dem Rucksack?«

Wieder Stille.

Ich suchte nach den richtigen Worten, rang förmlich darum. Was konnte ich tun? Ich *musste* dieses Mädchen beschützen. Wer auf der Suche nach Schutz zu mir kam, dem musste ich diesen erst einmal gewähren. Und diese junge Elbin war hier bei mir, weil sie nicht gewusst hatte, wohin sie sich in diesem elbenfeindlichen Reich sonst hätte wenden können.

»Das«, erhob Lia schließlich ihre Stimme erneut, »ist eine längere Geschichte. Und ich brauche die richtigen Worte dafür. Ich muss sie erst suchen.«

Sie sah wieder zu mir herüber.

Jetzt endlich wusste ich, was es war, das ihre Augen so tief, so unglaublich tief erscheinen ließ: Sie war verzweifelt. Völlig verzweifelt. Sie hatte Panik, ich könnte ihr nicht glauben. Panik, ich könnte sie wieder hinauswerfen.

»Gibt es jemanden hier, der etwas von Magie versteht?«, fragte sie.

Ich dachte kurz nach. Ja, den gab es schon. Ob er mit sich reden ließ, war eine andere Frage.

»Es gibt jemanden«, meinte ich wahrheitsgemäß. »Aber er wohnt ein wenig abseits, unten an der Küste. Heute Nacht und bei diesem Wetter würde ich ungern-«

»Ist schon gut«, sprach sie leise, aber sehr präsent in meine Erklärung hinein. Dann blickte sie zu Boden.

»Möchtest du ein Zimmer und ein Bett?«, bot ich ihr an. »Wir können morgen in aller Ruhe zur Küste reiten.«

»Kann ich mit der Antwort so lange warten?«

»Welche Antwort?«

»Die Antwort darauf, was ich hier bei mir trage.«

Dieses Mädchen war so seltsam. So unglaublich seltsam. Diese ganze Situation war es. Ich wagte nicht, mich umzudrehen und Äla in die Augen zu sehen, geschweige denn irgendwem sonst, der sich dazugesellt haben mochte.

»Ja«, beschloss ich also, ohne Rücksicht auf die Gefühle meiner Bediensteten. »Erzähl mir morgen, was du so sehr hütest.«

Damit stand ich auf und wandte mich um.

Tatsächlich hatten sich außer meiner Köchin noch einige andere Bedienstete an den Rändern der Halle eingefunden. Neugieriges Pack! Sie selbst hätten eine Elbin vermutlich nicht ins Haus gelassen – aber sie wollten natürlich wissen, wie ihr Burgherr und Markgraf zu dieser Angelegenheit stand.

Im Blick der Köchin sah ich den Tadel. Doch er spornte mich an. Sollten die Menschen doch woanders ihren Ängsten vor den Elben nachgeben. Hier, in diesem Haus würde Gastfreundschaft als Ideal bis zuletzt hoch gehalten.

Auch Dirnt war hier, mein Haushofmeister, Älas Ehemann. Im Gegensatz zu seiner Frau war er schlank und rank, hatte schütteres Haar, das hier und dort bereits arg ergraute. Er war ein gerechter Mann mit einem guten Auge für die Welt um ihn herum.

»Veranlasse bitte, dass das Mädchen eines der Gästezimmer bewohnen kann!«, wies ich ihn an.

Dirnt nickte, bekam von seiner Frau jedoch einen Stoß mit dem Ellenbogen, woraufhin er sich räusperte.

»Wir … ähm … fühlen uns ehrlich gesagt nicht besonders wohl hier, wenn dieses … *Wesen* im selben Haus weilt, wie wir.«

Das waren eindeutig die Worte seiner Frau. Dirnt selbst wäre nie auch nur auf die Idee gekommen, eine Entscheidung bezüglich meiner Gastfreundschaft infrage zu stellen. Ich wandte den Blick also der Köchin zu, die ihm trotzig standhielt.

»Dieses *Wesen*?«, hakte ich nach.

Betroffenes Schweigen füllte den Saal. Nur das Prasseln des Feuers war zu hören.

»Es steht jedem frei, außerhalb der Burgmauern zu nächtigen, falls ihm die Gesellschaft nicht passt«, meinte ich kühl und wartete das Schnauben ab, mit dem die Köchin ihren Ärger hinunterschluckte.

Schließlich ergänzte ich meine Anweisung an Dirnt: »Gib ihr bitte das östlichste der Zimmer und stell die ganze Nacht über zwei Wachen ab, die niemanden zu ihr lassen. Hörst du? Niemanden!«

»Ja, Herr«, kam diesmal knapp zurück und mein Haushofmeister machte sich auf den Weg. Ich hoffte, dass er gegenüber seiner Frau nicht zu sehr den Kopf einziehen musste, weil er ihre Bedenken so zögerlich vorgebracht hatte.

»Man wird dich in das Zimmer bringen«, versicherte ich der jungen Elbin, die wieder begonnen hatte, den Flammen des Kaminfeuers mit dem Blick zu folgen.

Gerade wollte ich den Saal durchqueren, um mich selbst zurückzuziehen, da wurde ich erneut angesprochen.

»Graf Deckard?«

Der junge Relend von Ansannen, der die Botschaft vom Tod des Königs überbracht hatte, kam auf mich zu. Er trug die Kleidung meiner eigenen Garde, was ihm nicht so recht behagte – aber zumindest war sie trocken und sauber.

»Auf ein Wort?«

Ich nickte, also ging er neben mir her, während ich den Aufstieg zu meinem Arbeitszimmer suchte.

»Glaubst du, dass es klug ist, deine Leute mit der Gegenwart einer Elbin zu beunruhigen, Herr?«, fragte er ganz unverblümt.

Ich zog im Gehen eine Augenbraue hoch. Das war ziemlich forsch für einen königlichen Diener. Aber gut, von mir hatte niemand etwas zu befürchten, nur weil er sich im Ton vergriff. Da gab es andere Adelige …

»Ich dachte, ich hätte das Thema gerade schon deutlich genug erörtert«, gab ich meine Erklärung dazu ab.

»Ach«, der Gardist winkte ab. »Das meinte ich nicht. Von mir aus könntest du dir einen ganzen Hofstaat von Elben halten, Herr. Das liegt allein in deiner Hand.«

Das war etwas überspitzter, als ich es ausgedrückt hätte, aber im Grunde eine bemerkenswert gelassene Haltung dem Thema Elben gegenüber.

»Was ist es dann?«, hakte ich nach.

»Nun, wir müssen so bald wie möglich abreisen. Der Weg nach Anselieth ist weit. Das Konklave kann man nicht wegen eines Elbenmädchens warten lassen.«

Das war ein interessanter Punkt. Natürlich durften das unerwartete Eintreffen von Lia und ihre Probleme keine Verzögerungsgründe für die Abreise sein. Das wäre mir zwar entgegengekommen, aber wenn ich unter Beobachtung eines königlichen Gesandten stand, konnte ich mir derartiges schlecht leisten.

Andererseits war es dennoch allein meine Entscheidung. Wie lange konnte es schon dauern, die Probleme des Mädchens zu lösen?

»Die Straßen in Dinster sind gut«, erwiderte ich also. »Ich gehe davon aus, dass wir gut vorankommen. Mach dir bitte keine Gedanken, dass wir zu spät zum Konklave eintreffen könnten.«

»Wie gewünscht.«

Er nickte mir zu und entfernte sich. Ich gab das Nicken weiter an die Wache neben der Tür. Der Soldat nickte zurück.

Die Nacht brauchte eine Weile, bis sie mich schlafen ließ. Zu viele Dinge spukten in meinem Geist umher. In meinen Träumen füllten sich königliche Trauerbanner mit Inschriften aus elbischen Buchstaben. Ich sah ein Elbenmädchen in einem Kleid. Sie stand auf einem Balkon und blickte über ein weites Tal. Wind ließ ihre Haare wild umherwirbeln. Sie hielt etwas in der Hand. Als ich nachsehen wollte, was es war, drehte sie sich um – doch ihr Gesicht war nicht das der jungen Lia. Die bernsteinbraunen Augen von Esja blickten mich an.

Verdutzt wollte ich zu einer Begrüßung ansetzen, da merkte ich, wie ich aus dem Traum fiel, hinein in die weichen Bezüge meines Bettes.

Ich blinzelte behutsam. Das Feuerchen in meinem kleinen Kamin war zu einer schwachen Glut geschrumpft, die mein Zimmer nur noch spärlich in Rottönen erleuchtete.

Den Schatten des Mannes hielt ich einen Wimpernschlag lang für ein Spielchen, dass mein Verstand mit mir spielte. Dann setzten augenblicklich die Reflexe ein, die mein Leben nun seit zwölf Jahren bitter begleiteten. Von einem Moment zum nächsten war ich hellwach.

Ich griff unter mein Kopfkissen und noch im Hochfahren schleuderte ich den dort liegenden Dolch nach dem Schatten. Der Mann duckte sich wohl weg, was ich nicht genau erkannte, da ich bereits nach meinem Schwert Erlenfang hechtete, das auf der Kommode am Fußende des Bettes lag. Es am Griff packend wirbelte ich herum, und fixierte den Fremden, der sich gerade in einer geschmeidigen Bewegung aufrichtete.

»Wer zum-«

»Weißt du das nicht?«, grollte eine Stimme, die nicht zum Äußeren des Mannes passen wollte. Sie war viel zu tief und zu kehlig, beinahe wie zwei schwere Steine, die aufeinander mahlten. Der Mann hingegen war schlank und hatte einen durch Übungen gestählten Körper. Lange, dunkle Haare fielen in Wellen auf seine Schultern hinab. Mehr konnte ich im schwachen Schein der Glut nicht sehen.

Ich versuchte mich an den Namen zu erinnern, den mir Lia genannt hatte.

»Schekich?«, argwöhnte ich.

»Eben der«, sagte der Schatten von einem Mann und ließ mit einem schleifenden Geräusch eine Schwertklinge aus einer Scheide am Gürtel fahren.

»Dass du aufgewacht bist, junger Graf, beraubt mich des Vorteils der Überraschung. Es wäre mir lieber gewesen, mein Messer an deiner Kehle zu wissen. Nun muss ich dich so auffordern: Händige mir das Mädchen Lia aus. *Sofort*!«

Meine Irritation war wohl kaum zu verbergen. Es war mir ein absolutes Rätsel, wie der Mann hier hereingekommen war. Die Burg Tanne war zwar klein, galt aber ob ihrer erhöhten Lage über den Bruchkanten alter Hänge als nahezu uneinnehmbar. Auch hielt sich das geschäftige Ein- und Ausgehen von Menschen hier in Grenzen. Wie um alles in der Welt hatte dieser Mann es also geschafft, unbemerkt hier zu erscheinen?

»Nein«, sagte ich also erst einmal, um Zeit zu gewinnen.

Ich glaubte im Dunkeln ein süffisantes Lächeln um die Mundwinkel des Eindringlings wahrzunehmen.

»Ich habe keine Lust, hohen Markgrafen Körperteile abzuschneiden«, sagte er. Es klang zugegebenermaßen ernsthaft bedrohlich. »Aber es wird wohl nötig sein, wenn du nicht freiwillig tust, was ich von dir verlange. Wo ist das Mädchen?«

Gut, mein Gegner war unberechenbar. Aber ich spürte einen ungekannten Zorn in mir aufsteigen. Ich hatte immer alles getan, um den Leuten, denen gegenüber ich verantwortlich war, ein angenehmes Leben zu bereiten. Ich wollte niemanden zur Last fallen, erledigte meine Pflichten, räumte hinter mir auf. Und dennoch traten Personen in mein Leben, die meine Ruhe zerstörten.

»Ich werde dir nicht sagen, wo das Mädchen ist«, konterte ich. »Ich habe sie unter meinen Schutz gestellt und diesen gedenke ich aufrecht zu halten.«

»Dann muss ich dich wohl dazu bringen, deinen Standpunkt zu überdenken.«

Er machte zwei schnelle Schritte und ließ einen Schwertstreich folgen, den ich ohne Weiteres als Finte enttarnte, um auf meinen linken Arm zu schlagen. Oder schlagen zu wollen. Es schepperte laut, als ich den Schlag parierte. Ich hatte Erlenfang noch nicht aus seiner Scheide gezogen. Jetzt hoffte ich, dass es sich nicht darin verkantete.

Die Verblüffung meines Gegenübers über die Leichtigkeit meiner Parade hielt einen Augenblick lang. Lang genug, dass ich ihm einen Tritt vor die Brust verpassen konnte, der ihn nach hinten warf. Er riss einen Holzstuhl mit sich, konnte sich aber abrollen und kam schnell auf die Beine.

Diesmal schwang ich Erlenfang schnell herum. Erlenfangs Schwertscheide glitt von der Klinge und wurde in Schekichs Richtung geschleudert. Der riss die Arme hoch und mit einem erneuten Scheppern parierte er das improvisierte Geschoss mit der Klinge.

»Alle Achtung«, schnaufte mein ungebetener Gast. »Ich habe dich offenbar um einiges unterschätzt, Graf.«

»Raus, aus meiner Burg!«, befahl ich eindringlich.

»Nicht ohne das Mädchen.«

Schekich schien schon wieder zu lächeln. Natürlich war er im Vorteil. Ich hatte nur eine Hose an und war gerade aus dem Schlaf aufgewacht. Vielleicht war lediglich seine Überraschung über meine Fechtkünste auf meiner Seite.

Er wirbelte heran und ich duckte mich unter der Klinge hindurch. Doch jetzt wurden Schekichs Schläge schneller. Er holte aus, ich riss die Klinge von Erlenfang hoch. Das Schwert war dünn, sehr leicht aber nicht minder stabil. Ein absolut einzigartiges Stück und es erlaubte mir, mich schneller zu bewegen. Was mir mein düsterer Kontrahent an Erfahrung voraushatte, konnte ich so durch Geschwindigkeit wettmachen. Ich parierte zwei Schläge in schneller Folge, dann wich ich zurück in die Mitte des Raumes. Wieder wehrte ich einen Doppelschlag ab. Schekich wirbelte um die eigene Achse, doch ich duckte mich erneut unter seinem Hieb weg und führte einen Streich mit halber Kraft nach oben.

Ich hörte ein reißendes Geräusch und ein Stöhnen. Schnell kam ich wieder hoch und trat wieder vor Schekichs Brust. Er wurde heftig gegen die Tür geschleudert, die nachgab und aus den Angeln brach.

Schekich rappelte sich in dem kleinen Zwischengang auf. Die nächste Tür wurde aufgerissen und der wachhabende Gardist warf einen Blick von der anderen Seite hinein, um den Ursprung der Geräusche zu verfolgen.

Wieder war Schekich schnell auf den Beinen und erhob sein Schwert.

»Nein!«, rief ich aus Angst um den Mann. Doch der Gardist konnte rechtzeitig seine kurze Lanze hochreißen, um den Schlag abprallen zu lassen. Aber Schekich hatte seine ganze Kraft in den Schlag gelegt und mein Mann ging allein der Überraschung und der Wucht wegen zu Boden und machte so den Weg frei.

Das Einzige, was ich auf die Schnelle greifen konnte, war Erlenfangs Schwertscheide, dann setzte ich Schekich nach. Was auch immer er vorhatte, es verhieß sicheres Unheil, ihn aus den Augen zu lassen.

Hinter der nächsten Biegung im Gang schleuderte ich die Scheide erneut nach ihm. Ich traf nicht, aber durch das instinktive Ducken kam er aus dem Tritt.

Endlich, im Schein der im Gang hängenden Lampen konnte ich meinen Widersacher besser erkennen.

Er trug Kleidung aus einem gräulichen, aber sehr dunklen Leder. Eine auffällig gebogene Nase zierte sein Gesicht, das einen bräunlichen Teint aufwies. Sein Haar war rabenschwarz. Womöglich war er gar nicht aus dem Ehernen Reich.

Wieder rollte er sich ab, doch ich kam heran und schlug zu. Diesmal war Schekich endlich in der Defensive. Die Klingen sangen ihr klirrendes Lied vom Tod durch die vom Lampenschein spärlich erhellten Gänge der Burg.

Als Schekich erneut eine seiner eleganten Körperdrehungen vollführte, spritzte Blut an die Wände. Ich hatte ihn zweifelsfrei irgendwo getroffen, aber seine dunkle Kleidung und der rasend schnelle Kampf ließen mich die Stelle nicht ausmachen. Auch schien ihn die Verletzung nicht sonderlich zu beeinträchtigen.

Schekich trat nach mir und obwohl er mich nicht traf, musste ich doch ausweichen und er gewann Zeit, um den Gang einige Schrittlängen weiter hinunterzuhetzen. Er fand eine Tür hinaus – sie führte auf ein als Zwischenplateau ausgebautes Dach, von dem aus es nur drei kleine Stufen bis hinauf auf den offenen Wehrgang der Mauer waren. Die nächtens brennenden Kohlefeuer, die im Hof auf den beiden Türmen und dem Torhaus loderten, tauchten alles in einen schwachen, gelblichen Schein.

Ich wusste nicht, was Schekich vorhatte. Er hetzte über das Dach auf den Wehrgang, mit mir auf den Fersen. Ich missachtete die kleinen Steinchen, die meine nackten Füße zerkratzten und holte noch im Laufen zu einem Schlag aus, der Schekich jedoch verfehlte. Doch zwanzig Schrittlängen weiter, in der Tür, die in den nächsten Turm führte, bahnte sich das Ende der Auseinandersetzung an.

Hermelink, mein Wachhauptmann, stand dort in seiner Rüstung. Schekich drehte sich um und hielt mich mit einem Schlag auf Distanz. Doch Hermelink kam bereits herbeigeeilt und zog sein Schwert.

Der finstere Eindringling war auf dem Wehrgang zwischen uns gefangen und das wusste er.

»Pah«, schrie er. Es klang seltsam erregt. »Das war eine gute Partie. Die werde ich so schnell nicht vergessen. Aber bitte vergiss auch du meine Worte nicht, Graf: Ich will das Elbenmädchen und ich bekomme, was ich will!«

Und mit diesen Worten tat er einen Schritt zur Seite, stieg auf eine der Burgzinnen und ließ sich von dort in die Schwärze der Nacht hinunterfallen.

Kapitel 2

Das Echo der Nacht

Was sollte bloß aus uns werden, wenn wir uns nicht einmal mehr im Schlaf sicher fühlen können?

»Was machst du hier?«, fragte ich Hermelink völlig außer Atem, während ich noch mit bloßem Oberkörper auf der Zinne lag und in die Dunkelheit unter mir starrte. Dort war Schekich hinuntergestürzt. Bei den Göttern, wie hatte er das bloß angestellt? Was war das für ein außergewöhnlicher Kerl?

»Was meinst du, Herr?«, kam die Gegenfrage.

Ich kletterte von meiner Zinne runter und musterte meinen Hauptmann. Er trug seine Rüstung als wäre er im Dienst.

»Es ist noch eine Stunde bis Sonnenaufgang, Herr«, erklärte Hermelink sich schließlich, als ich in meiner Verwirrung keine Anstalten machte, mich weiter auszuführen. »Ich habe gerade meine Wachzeit begonnen.«

War es wirklich schon so spät? Oder besser gesagt: So früh? Ich fühlte mich unglaublich unausgeschlafen. Vor allem jetzt, wo das heiße Blut des Kampfes wieder abkühlte – und mit ihm auch der Rest von mir. Ich stand, nur mit einer Leinenhose bekleidet und meinem Schwert in der Hand, hier draußen auf dem Wehrgang. Die Steine waren feucht vom Regen und der Wind fegte in einem leichten Frühjahrssturm böig über die Tannenwipfel.

Tatsächlich, am östlichen Horizont war bereits ein blasser Streifen auszumachen. Hatte ich tatsächlich so schlecht geschlafen? Oder hatte ich mich nur so spät zur Ruhe gelegt?

Es war egal. Nun war ich wach. Und jetzt noch etwas Schlaf nachzuholen, würde kaum möglich sein. Nicht, wenn man einen gedankenschweren Brummschädel besaß und gerade um sein

Leben gefochten hatte. Wobei … hatte dieser Fremde, Schekich, überhaupt nach meinem Leben getrachtet? Wahrscheinlich nicht. Dennoch war es das erste Mal gewesen, dass ich meine Fechtkünste in einem ernsthaften Duell unter Beweis hatte stellen müssen.

Zwölf Jahre härtester Übung hatten sich zumindest einmal ausgezahlt: Ich hatte die besten Fechtlehrer aus dem ganzen Reich kommen lassen, hatte Tage damit verbracht, die immer gleichen Schrittfolgen zu üben. Es hatte mich nicht losgelassen. Ich hatte gewusst, nein gefürchtet, dass sich all die Mühe eines Tages lohnen würde. Welch bittere Erkenntnis.

»Ich …«

Ich wollte etwas zu meinem Weggefährten sagen, der dort in aller Frühe und voller Rüstung stand. Aber es war mir entfallen.

»Du brauchst etwas zum Anziehen, Herr«, vollendete Hermelink stattdessen seine Version meines begonnen Satzes. »Und ein warmes Kaminfeuer.«

Und damit hatte er sicherlich nicht ganz unrecht.

Er zog einen seiner schweren Handschuhe aus und legte mir die Hand auf die Schulter, um mich behutsam nach drinnen zu schieben. Meine nackten und zerschundenen Füße patschten auf dem nassen Dach.

Was für ein eigenartiger Morgen!

Die Aufregung saß tief wie ein Stachel. Und wie ein zappelnder Fisch an der Angel wand sie sich und ließ den Körper nicht zur Ruhe kommen.

Nachdem ich mich angezogen hatte, holte ich in der Küche eine Kanne Kräutertee und einige Streifen Pökelfleisch und begab mich in die Kammern des Torhauses, direkt über dem Fallgatter. Hermelink wartete auf mich. Zwar war es seinem Alter nur gemäß, dass sich die ersten sichtbaren Falten auf dem Antlitz zeigten, doch seines war heute von Sorge völlig zerfurcht.

Auf einen Wink von ihm verließ der zweite Wachsoldat das Innere des Torhauses und begab sich auf das zinnenbewährte Dach über uns.

»Drei unerwartete Besucher«, resümierte er mit düsterer Miene. »Und keiner von ihnen hat gute Neuigkeiten mit sich gebracht. Der Letzte war gar der Schlimmste. Die Götter mögen wissen, was geschieht, wenn ein Kampf zu seinen Bedingungen stattfindet.«

Ich schlürfte an meinem Tonbecher Tee. »Ich glaube, er hatte nicht erwartet, auf solche Gegenwehr zu treffen.«

Hermelink zog die Augenbrauen hoch. »Ich danke den Göttern dafür, dass es so war. Aber den Fehler begeht dieser Kerl nicht noch einmal.«

Besorgt nickte ich. »Das nächste Mal wird er versuchen, das Mädchen alleine zu erwischen.«

»Eben das beunruhigt mich noch mehr«, gab Hermelink zu. »Diese Sache mit der Elbin.«

»Du weißt, wie ich dazu stehe.«

Er nickte knapp. »Dagegen habe ich auch nicht viel einzuwenden. Aber ich muss dich darauf aufmerksam machen, dass du bisher nicht einmal weißt, was es mit dem Mädchen überhaupt auf sich hat.«

Ich ließ ein nachdenkliches Brummen vernehmen. In der Tat, das wusste ich nicht. Und ich musste es herausfinden, bevor ich nach Anselieth abreiste. Alles andere wäre unzumutbar. Ich konnte sie nicht in der Obhut meiner Leute lassen, wenn nicht geklärt war, was das Mädchen umtrieb. Es seit denn …

»Ich nehme sie mit«, beschloss ich kurzerhand.

Hermelink verschluckte sich an seinem Tee und begann tief und kehlig zu husten. Er schlug sich mit der Hand vor die Brust.

»Du willst *was*?«

»Du hast mich schon verstanden. Ich will sie in die Hauptstadt mitnehmen.«

»Bist du dir eigentlich darüber im Klaren, wie viel Aufsehen du damit erregst, Herr? Das ist *die* Gelegenheit für den düsteren Kerl von vorhin, sich wieder an die Kleine ranzumachen.«

»Ich kann sie auch nicht hierlassen«, gab ich zu bedenken.

»Hm«, machte Hermelink. »Das ist in der Tat eine Zwickmühle.«

»Wenn ich etwaige Probleme von Falkenberg fernhalten möchte, werde ich sie mitnehmen müssen. Hier ist die Kleine ebenso wenig sicher.«

Hermelink nickte. Er mochte den Gedanken überhaupt nicht, aber eine bessere Lösung fiel selbst ihm nicht ein.

»Und *dich* nehme ich auch mit«, ergänzte ich.

»Das überrascht mich nicht. Jova hatte so etwas vermutet.«

Ich seufzte. Jova war Hermelinks liebe Frau und Mutter seines Sohnes, der gerade angefangen hatte, in der Garde zu lernen. Diese Familie lag mir sehr am Herzen, weil es gute Freunde waren. Die gütigsten und bescheidensten Seelen, bei denen man einkehren konnte. Eigentlich wollte ich Hermelink nicht von ihnen fortnehmen – denn niemand wusste, wie lang der Aufenthalt dort dauern würde. Aber Hermelink war mein bester Mann. Der Allerbeste. Ein fähiger und mitunter weiser Führer für die wenigen Soldaten und Soldatinnen Falkenbergs. Und wenn sich ohnehin schon alles verkomplizierte, dann wollte ich ihn an meiner Seite wissen. Hermelink wusste oft am besten, was zu tun war. Seine Lösungen waren mitunter so einfach wie pragmatisch. Eigentlich war er bei dem Unterfangen fast unentbehrlich, wenn ich das Elbenmädchen Lia wirklich mitnehmen wollte.

Außer ihm brauchte ich noch eine Person. Und nach dieser hatte Lia sogar ausdrücklich verlangt.

»Grüß Jova von mir!«, sagte ich. »Und deinen Jungen auch. Wir werden den heutigen Tag noch für Reisevorbereitungen verwenden und morgen bei Tagesanbruch aufbrechen.«

Hermelink nickte. Es schmeckte ihm nicht wirklich, aber ich war mir sicher, dass er den Sachverhalt ähnlich beurteilte wie ich. Er wusste ebenfalls, dass ich kaum auf ihn verzichten konnte.

Ich hatte mich mit bemerkenswerter Appetitlosigkeit an die Tafel in der Halle gesetzt und betrachtete nachdenklich eine kleine Auswahl unterschiedlich gereifter Hartkäsesorten, als Lia eintrat. Sie war ausnahmslos hübsch anzusehen. Aber angesichts des neuen Tags in der ihr völlig fremden Umgebung einer Burg, die von Menschen erbaut wurde, wirkte sie etwas tapsig. Keinesfalls verschlafen, aber auf eine ihr eigene Art und Weise doch unsicher. Dies war nicht ihre Welt. Wie sollte sie es auch sein?

»Guten … Morgen«, gab sie artig von sich und blieb einige Schrittlängen von mir entfernt stehen. Ihren Rucksack hatte sie mit dem langen Riemen über den Rücken geworfen. Natürlich würde sie ihn nicht unbeaufsichtigt lassen.

»Guten Morgen!«, bekräftigte ich. Der Morgen war zumindest entschieden besser als die vergangene Nacht. Dann nahm meine Irritation zu, weil Lia einfach mitten in der Halle stehenblieb.

»Setz' dich!«, versuchte ich es. Obwohl mir meine nächtlichen Eskapaden deutlich in den Knochen steckten, konnte ich ihr nicht böse sein. Das wäre auch ungerecht gewesen, schließlich war ich es, der sie unter meinen Schutz gestellt hatte. Die Konfrontation mit Schekich hatte mich sogar darin bestärkt, Lias Absichten noch einige Vorschusslorbeeren mehr zu gewähren. Leute wie Schekich verfolgten einen nicht, wenn man mit dem Gesetz in Konflikt geraten war. Er hatte mich ernsthaft bedroht. Das würde er wohl kaum getan haben, wenn er lauterer Dinge gewesen wäre.

»Möchtest du … etwas essen?«, versuchte ich es vorsichtig, als Lia sich schüchtern einen Stuhl am gegenüberliegenden Ende der Tafel zurechtrückte.

»Etwas Obst hätte ich gern«, sagte sie. »Wenn ich darf.«

»Warum solltest du nicht dürfen?«, entgegnete ich und wies auf die hölzerne Obstschale in der Mitte der Tafel. Das Elbenmädchen stand wieder auf und bediente sich. Sie fischte einige der Birnen heraus, die den Winter über im Keller gelagert hatten, tat sie in eine improvisierte Schale, die sie aus ihrem Rock formte und mit einer Hand vor sich her trug. Erst jetzt fiel mir auf, wie dreckig ihr Reisegewand war.

Ich sah mich um, es war kein Dienstmädchen zugegen. Im Grunde war das auch gut so, weil ich es nicht sehr mochte, bedient zu werden. Ich tat es hauptsächlich der Etikette wegen –

weil man es von mir erwartete. Da außer mir niemand adeliges auf Burg Tanne wohnte, musste ich jedoch wohl oder übel für einen Teil der Erwartungen aufkommen, die an einen Burgherren gestellt wurden. Nur gerade jetzt wäre ein Dienstmädchen nützlich gewesen.

Also stand ich auf.

»Wenn du gegessen hast, bekommst du etwas Neues anzuziehen.«

Lia sah mich mit großen Augen an. Sie setzte in ihrer – mittlerweile gewohnt – vorsichtigen Art an, etwas zu sagen, doch ich hob die Hand.

»Keine Widerrede! Außerdem werden wir danach jemanden aufsuchen, der …«, ich überlegte, wie man es ausdrückte, »… etwas von magischen Dingen versteht. Wie du wolltest. Und dann möchte ich wissen, weshalb genau du hier bist.«

Lia biss in eine der Birnen und schloss die Augen dabei. Sie genoss den Geschmack des Obstes in vollen Zügen. Als sie geschluckt hatte, machte sie die Augen wieder auf.

»Das schmeckt beinahe wie im Herbst, wenn sie reif an den Bäumen hängen.«

Ich verdrehte die Augen. Es würde eine Weile brauchen, bis ich mich an die Art der Elbin gewöhnt hatte. Allerdings beschloss ich, die fehlenden Widerworte Lias als Zustimmung zu werten und verließ sie in Richtung Küche. Auf den Stufen kam mir schließlich eines der Küchenmädchen entgegen, die Äla beschäftigte. Ich teilte ihr mit, dass sie Lia bitte neu einkleiden sollte.

Dem Mädchen passte das ganz und gar nicht, das war nicht schwer zu übersehen. Aber natürlich stimmte sie zu.

»Und womit soll ich sie neu einkleiden, Herr?«, fragte sie schließlich.

Die Antwort war so einfach, dass ich gar nicht darüber nachgedacht hatte, ihr die Information gleich mitzuliefern. »Mit der Kleidung meiner Mutter. Die findest du in einigen Truhen auf dem Speicher. Nimm reisetaugliche Kleidung. Vielleicht das, was meine Mutter zur Jagd getragen hat.«

Ich überlegte, ob ich etwas vergessen hatte.

»Und entschuldige«, ergänzte ich schließlich.

»Wofür?«, wunderte das Mädchen sich.

»Dafür, dass … ach, ich weiß, dass viele Leute sich schwer tun mit den Elben. Aber ich kann ein Mädchen leider nicht selbst anziehen. Das gehört sich nun wirklich nicht.«

Damit entlockte ich ihr ein Kichern. Na immerhin.

Ich machte mich auf, meine eigenen Sachen für unser Vorhaben zu packen. Nach einer Zeit klopfe es an der Tür zu meinem Raum. Es war das Küchenmädchen mit Lia im Schlepptau. Ich musterte sie. Jetzt trug sie eine lederne Hose, ein grünes Wams und darüber eine Weste aus Leder. Um den Hals hing ihr silberner Anhänger. Und natürlich trug sie ihren Rucksack.

»Entschuldige, Herr«, sagte das Küchenmädchen. »Sie wollte es so.«

Mit einem Schulterzucken nahm ich es zur Kenntnis. »Wofür entschuldigst du dich?«

»Sie«, das Mädchen zeigte auf Lia, »wollte kein Kleid tragen.«

»Aber das ist doch vollkommen in Ordnung«, gab ich ihr zu verstehen. Ich hatte ihr doch gesagt, sie sollte Lia praktisch einkleiden.

»Aber … aber«, stammelte das Küchenmädchen, »Sie ist doch so schön«.

Das wiederum verblüffte mich jetzt. Selbstverständlich hatte sie recht. Lia war eine ausgesprochene Schönheit. Aber sie war und blieb eine Elbin. Offenbar hatte das Küchenmädchen im Umgang mit Lia ihre Scheu verloren.

»Weißt du«, meinte ich schmunzelnd. »Du kannst dir eines der Kleider meiner Mutter aussuchen und behalten. Vorausgesetzt, du verkaufst es nicht und auch deine Eltern sollen es nicht verkaufen. Vielleicht findet sich ja mal ein Anlass, zu dem du es tragen kannst.«

Die Augen des Küchenmädchens begannen zu leuchten.

»Wirklich?«, fragte sie völlig ungläubig. »Aber Herr, das kann ich unmöglich annehmen.«

Sie zitterte beinahe.

»Doch, nimm es ruhig! Ehrlich. Ich habe doch sonst keine Verwendung dafür. Und bevor es dort oben zu Staub zerfällt, mache ich dir lieber eine Freude damit.«

Ich sah, dass sie sich kaum an sich halten konnte. Sie versuchte, sich zu konzentrieren. »Ich … äh … ich habe noch einige der … praktischen Sachen in einen Reisesack gelegt«, sprach sie in ihrer Aufregung und wies mit der Hand auf ein handliches Gepäckstück, das in dem kleinen Zwischengang an der Wand lehnte.

»Sehr umsichtig«, lobte ich. »Dann danke ich dir für den Gefallen. Du darfst jetzt wieder deiner täglichen Arbeit nachgehen.«

»Unsinn«, stammelte das Küchenmädchen immer noch. »*Ich* habe zu danken. Tausendfach, Herr.«

Und damit ließ sie uns allein.

»Du wirst ganz rot im Gesicht«, meinte Lia verblüfft.

Ich kratzte mich verlegen am Kopf. Aber es war wirklich so, niemand brauchte die alten Kleidungsstücke meiner Mutter. Was sollten sie auf dem Speicher des Bergfrieds von den Motten gefressen werden? Wenn ich Lia so betrachtete, war ich überhaupt froh, dass sie so lange gehalten hatten.

»Das war offenbar sehr großzügig von dir, oder?«, fragte die Elbin weiter. »Aber ich wusste nicht, dass Menschen rot anlaufen, wenn sie großzügig sind.«

Aha. Noch so eine Sache, die wir auf der Reise nach Anselieth klären mussten. Ich fürchtete, sonst könnte Lia unter den vielen Menschen, die ihr begegnen würden der Annahme verfallen, dass jeder mit einem puterroten Gesicht eventuell besonders großzügig sei. Lia hatte einiges zu lernen über Menschen.

Und ich hatte einiges zu lernen über Lia. Und genau das hatte ich nun vor.

Begleitet von zwei bewaffneten Soldatinnen, hatten wir uns auf den Weg gemacht. Hermelink hatte auf die beiden Frauen bestanden und wahrscheinlich war es auch nur vernünftig. Ich für meinen Teil war nämlich auf dem besten Wege, die Erinnerungen an meine nächtliche Begegnung mit Schekich von Arbeit benebeln zu lassen.

Während meine Soldatinnen und Lia die üblichen Braunen ritten, auf die in Falkenberg größtenteils die Garde zurückgriff, war ich auf Merva unterwegs. Die Fuchsstute war Sprössling von Mervenor, des stolzen Hengstes meines Vaters. Ich hatte mich damals dafür entschieden, weil ich kein gesondert ausgebildetes Schlachtross benötigte. Ich hatte nicht vor, jemals in den Krieg zu ziehen. Für das Geld, das eine Pferde-Ausbildung verschlungen hätte, konnte man ein ganzes Dorf ein Jahr lang ernähren.

Bewundernswert war Lias Fähigkeit, mit dem fremden Pferd Kontakt aufzunehmen. Es schien mir beinahe, als könne sie alleine durch das Auflegen ihrer Hand auf das Fell des Tieres auf ihre eigene Art und Weise mit ihm sprechen.

Ich war gespannt, was sie noch für Geheimnisse zu offenbaren hatte. Zum Beispiel in ihrem Rucksack.

Leichte Zweifel überkamen mich. Was war, wenn sie doch irgendetwas im Schilde führte? Vielleicht hatte sie König Hroths Krone gestohlen oder etwas ähnlich Absurdes.

Ich schob die Gedanken beiseite. Nein, verflucht noch mal! Ich wollte gerne an die Redlichkeit der Menschen – und auch Elben – glauben, die mich umgaben. Aber vollkommen gefeit vor dem Aberglauben der Reichsbewohner konnte ich nicht sein – schließlich war ich ja selbst einer. Wenn auch ein privilegierter.

Nach dem Abstieg von Burg Tanne über den gewundenen Pfad, folgten wir der Straße, die sich durch einige immergrüne Wiesen und Auen wand. Mitten hindurch durch das hügelige Vorland des Falkengebirges, das sich in unserem Rücken erhob. Falkenberg hatte seinen Namen nicht von ungefähr. Und auch das Gebirge nicht. Unzählige Falken nisteten hier im südwestlichen Ausläufer des großen Kamms. So war es wohl schon seit Menschgedenken gewesen. Der Name war also Ergebnis einer natürlichen Genese.

Dann passierten wir die gleichnamige Hauptstadt. Wobei sich

die meisten der anderen Markgrafen ja vor Lachen zu schütteln begannen, wenn jemand diesen Ort von vielleicht zweitausend Seelen als »Hauptstadt« bezeichnete. Aber so war es nun einmal.

Falkenberg hatte seit jeher einen schweren Stand unter den Fürstentümern des Ehernen Reiches – bereits vor dem langen Krieg der Eisernen Brüder. Damals, vor etwas über hundert Jahren, hatte sich das Reich zeitweise über siebzehn Fürstentümer erstreckt. Auch der größte Teil der Länder, die nun als die *Verlorenen Lande* bekannt und berüchtigt waren, hatte dazugehört. Doch das waren Geschichten, die lange in der Vergangenheit begraben waren.

Heutzutage war das Eherne Reich auf sechs Fürstentümer zusammengeschrumpft. Fünf von diesen Fürstentümern waren immer schon groß und mächtig gewesen. Entsprechend naserümpfend wurde Falkenberg gern betrachtet. Ein kleines Fürstentum. Ein winziges, um genau zu sein. Dazu gehörten einige sehr fruchtbare Böden, eine Hauptstadt, so wie eine Handvoll Bauern- und Fischerdörfer. Eine militärische Macht besaß Falkenberg quasi nicht. Die Garde bestand zwar aus tapferen und gut ausgebildeten Männern und Frauen, aber ihre Zahl war vollkommen lächerlich, verglichen mit den Armeen, die Länder wie Gamar oder Lilienbach im Ernstfall zu stellen vermochten.

Allerdings war im Ehernen Gesetz festgeschrieben, dass jedes der sechs Fürstentümer in allen Belangen des Reiches gleichberechtigt war. So mochten in Lilienbach vielleicht ein paar Dutzend Mal so viele Menschen leben wie hier, aber auf politischer Ebene besaß es bei allen Entscheidungen dasselbe Stimmgewicht wie Falkenberg. Der erste König des Ehernen Reiches, Aan der Große, hatte seinerzeit eigens verfügt, dass Falkenberg unabhängig von anderen Fürstentümern Bestand hatte. Angeblich, weil er selbst aus der Gegend stammte.

Und zu allem Überfluss war die Familie von Falkenberg auch noch dafür bekannt, gerne einmal eine äußerst liberale Position einzunehmen. Etwas, das mir schon mein Großvater gerne eingetrichtert hatte: *Wenn du später einmal regieren solltest, dann lass' die übrigen Markgrafen doch so viel zetern wie sie wollen. Die Hauptsache ist, du triffst eine gerechte Entscheidung. Du hast nicht viel zu verlieren, und Falkenberg hat es auch nicht. Aber die Menschen im Reich, die haben viel zu verlieren.*

Ein Lächeln der Erinnerung an sonnigere Tage stahl sich auf mein Gesicht. Ja, als mein Großvater noch lebte … als mein Vater noch lebte. Bei den Göttern, was waren das doch für zerbrechliche Glücksmomente gewesen, die man nicht zu schätzen gewusst hatte! Denn schließlich war all das viel schneller vorbei gewesen, als ich es mir hatte ausmalen können. So, wie das Leben einem manchmal wie ein schneidender Wind ins Gesicht blies …

»Dieses Land ist schön«, unterbrach Lia meine Tagträumerei. Sie sah in den wolkenverhangenen Himmel und atmete tief ein.

»Das finde ich auch«, sagte ich – völlig unschlüssig darüber, ob ich überhaupt etwas dazu sagen sollte, oder ob es dem Elbenmädchen vielleicht auch egal war, weil es in seiner ganz eigenen Wahrnehmung schwelgte. Überhaupt kam ich mir nach den wenigen Stunden unserer Bekanntschaft vor, als müsse ich für jedes Wort dankbar sein, das dieses fremde Wesen von sich gab.

Wir bogen in Richtung eines kleinen Waldes ein. Hier war es. Wenn man dem Pfad folgte, kam man hinunter bis in die Dünen. Dort stand ein kleines Häuschen, etwas robuster als bloß eine Hütte, das von genau der einen Person bewohnt wurde, die Lia und ich zu sprechen begehrten.

Wir stiegen ab und führten die Pferde an den Zügeln durch die Dünen. Der Frühjahrswind blies heftig und trug die Gerüche von Salz und Sand mit sich. Ja, das hier war Falkenberg, wie ich es kannte. Meine Heimat in den grünen Auen und dichten Tannenwäldern, direkt zwischen Gebirge und Meer.

»Lemander?«, rief ich laut, als wir nah genug heran waren. Er musste da sein, denn der Wind verwirbelte Rauch, der aus dem Schornstein kam. Das Häuschen war beschaulich. Aus Bruchstein erbaut, aber gekittet mit einem interessanten Mörtel, der zu großen Teilen aus Muscheln bestand. Ihre spitzen und abgebrochenen Schalen, stachen überall aus den Seitenwänden heraus. Ich wusste nicht, wie er die Steine hierhergeschafft hatte – möglicherweise hatte er andere Leute gut dafür bezahlt.

»Lemander?«, rief ich wieder.

Die Antwort war der schrille Schrei eines Falken, der sich vom Himmel stürzte und mit wenigen Flügelschlägen elegant auf dem Dachfirst landete. In den Krallen hatte er etwas Kleines gefangen. Ich konnte nicht genau erkennen, was es war, wollte es aber auch eigentlich nicht wissen, denn der Raubvogel begann, seine Beute mit Begeisterung in Fetzen zu reißen und zu vertilgen.

Dann ging die Haustür auf und Lemander kam heraus. Ein Mann von vielleicht sechzig Sommern, vielleicht etwas mehr. Schulterlanges, graues Haar umwehte ein säuberlich glatt rasiertes Gesicht. Ein langes Wollgewand, durchsetzt mit ledernen Schnüren und Bändern begann, im Wind zu flattern. Diverse kleine Taschen und Beutel hingen an seinem Gürtel.

Doch Lemander interessierte sich nicht sonderlich für uns Neuankömmlinge. Stattdessen lief er ein paar Schrittlängen rückwärts aus dem Haus, bis er mit dem Kopf in den Nacken gelegt, den Falken erspähen konnte.

»Hallo, meine Liebe«, rief er zu dem Tier hinauf. »Schön, dass du dich in diesen Tagen mal wieder blicken lässt.«

Das angesprochene Falkenweibchen quittierte die Begrüßung mit einem kurzen Schrei, bevor es sich wieder mit scharfem Schnabel seiner Beute widmete. Ich spürte, wie sich die Soldatinnen in meinem Rücken verwundert ansahen, wahrscheinlich sogar verlegen am Kopf kratzten. Lia hingegen war begeistert von dem Mann, der uns erst einmal nicht beachtete …

… bis ich mich sehr laut und vernehmlich räusperte.

»Oh, fühl dich gegrüßt, Deckard, Herr von Falkenberg«, empfing mich Lemander beiläufig, während er sich zu uns umdrehte. Natürlich hatte er uns kommen hören.

»Was ist dein Begehr?«, wollte er ganz unvermittelt wissen.

Das war so seine Art, erinnerte ich mich grob an unser letztes Aufeinandertreffen.

»Zu wissen, was dieses Mädchen hierher führt«, sagte ich also ohne Gruß, ohne Umschweife und – so hoffte ich – ohne Widerrede zuzulassen.

Der Falkenfreund machte ein geradezu entzücktes Gesicht.

»Eine Elbin«, rief er aus. Er raffte seinen langen Mantel und stakste mit seiner beinahe dürren Gestalt so schnell herüber, wie er nur konnte, um Lia die Hand zu reichen.

»*avana dana bor vimia ammavynnen*«, begann er praktisch im Plauderton auf sie einzureden. *Lange Zeit habe ich keine Elben mehr gesehen.*

»Bitte«, fuhr ich genervt dazwischen. »Können wir die elbische Sprache vielleicht außen vor lassen? Sie kann genau so gut-«

»Werter Graf«, unterbrach Lemander mich (er wusste, dass er es durfte), »ich wollte nur höflich sein. Schließlich ist sie mehr oder weniger Gast. Hoffe ich doch zumindest.«

Erwartungsvoll blickte er zwischen mir und Lia hin und her.

Ich erwiderte nichts, sondern gab die Zügel meines Pferdes an die Soldatinnen weiter.

»Wartet bitte hier«, bat ich sie. Dann wandte ich mich wieder dem Alten zu, der mich mit dem Schein einer verschmitzten Überlegenheit ansah, die mir unangenehm war.

»Ich brauche deine Hilfe. Nein«, verbesserte ich mich. »*Wir* brauchen deine Hilfe.«

»Immer zu Diensten«, flötete er. »Darf ich euch in mein bescheidenes Heim einladen?«

Es war keine Frage im eigentlichen Sinne, also folgten wir ihm einfach nach drinnen.

Das Haus in den Dünen war von innen weit weniger geräumig, als es von außen den Anschein machte. Das lag vor allem an unglaublich viel Krempel. Überall hingen Wandteppiche, Geweihe, Ölfunzeln, Tierfelle. In Regalen türmten sich Folianten und Schriftrollen und exotische Gerüche schwängerten die Luft. Außerdem war hier schon eine geraume Zeit kein Staub mehr gewischt worden, wie ich feststellen musste.

Lemander selbst sah sich hektisch in alle Richtungen um,

fand einen Schemel und räumte einen größeren Haufen auf Papier verfasster Notizen von einem zweiten.

»Bitte sehr«, sagte er, sichtlich mit seinem Organisationstalent zufrieden und bot uns die Sitzgelegenheiten an. »Also noch mal: Womit kann ich dienen? Welche Fragen wollt ihr beantwortet haben?«

»Kannst du wirklich mit dem Falkenweibchen sprechen?«, platzte Lia heraus, bevor ich auch nur die Worte in meinem Kopf sortiert hatte.

»Ach«, Lemander winkte ab, obwohl ihm anzusehen war, dass er es mochte, danach gefragt zu werden. »Nein, *reden* würde ich es vielleicht nicht nennen. Aber ich sag mal, wir verstehen uns ganz gut.«

Ich verdrehte die Augen. Mit diesen beiden herzerfrischend weltfremden Personen würde ich wohl noch eine Menge Spaß haben. Zumal sie sich so gut verstanden.

Und bevor Lia eine zweite Frage stellen konnte, stellte ich meine erste.

»Du verstehst doch etwas von Magie, ja?«, wollte ich wissen.

Die fröhliche Geschwätzigkeit wich aus Lemanders Blick.

»Zumindest habe ich viele Dinge darüber gehört«, antwortete er knapp und ich wusste, dass dies eine bewusst vorsichtig formulierte Antwort war.

»Dann möchte ich jetzt wissen, was in diesem verfluchten Rucksack ist!«

Das war weniger Aufforderung als vielmehr Befehl. Ich hatte genug, es wurde mir zu anstrengend. Schuldbewusst stellte Lia ihren Rucksack auf den Tisch neben ein Dutzend aufeinander getürmter Kerzen, die bedrohlich flackerten, während sie aufeinander balancierten.

Offenbar hatte sie augenblicklich Vertrauen zu dem alten Wirrkopf Lemander gefasst und tat dies auch ohne Umschweife durch ihre Taten kund. Nun gut, Vertrauen hatte ich auch – aber meines rührte daher, dass mein Vater ihm vertraut hatte und ihn für einen guten Mann hielt. Mich hatte er über die Jahre bisher noch nicht felsenfest davon überzeugen können.

Sie löste das Zuziehband und pellte die Außenhülle des Rucksacks vorsichtig zurück.

Was ich dann auf dem Boden des Rucksacks entdeckte, verschlug mir nahezu die Sprache. Und ich wusste noch nicht einmal, warum.

Drei Kugeln. Jede so groß wie eine Männerfaust.

Ich konnte beim besten Willen nicht sagen, aus welchem Material. Sie wirkten wie aus Glas oder Kristall. Glas, unter dessen Oberfläche die Nacht gefangen war. Eine wabernde Dunkelheit, kaum greifbar mit Worten. Es war ein wenig wie der Himmel über freiem Feld, wenige Stunden vor Sonnenaufgang. Dann, wenn die Nacht am schwärzesten ist.

Jetzt, da ich die Kugeln ansah, war es, als griffen sie nach mir. Als übten sie einen unerklärlichen Sog auf mich aus. Die Faszination konnte ich kaum in Worte fassen.

»Was, bei allen sieben Göttern, ist das?«, hauchte ich beinahe andächtig.

Hätte ich meinen Blick heben können, wäre mir aufgefallen, dass sich auch der zunächst so abgeklärt wirkende Lemander vollkommen im Bann der nachtschwarzen Kugeln befand.

»Das sind die Nollonin«, antwortete Lia. Tonlos und ernst klang sie auf einmal. Dann ließ sie die Seiten des Rucksacks wieder hochgleiten und verschloss ihn wieder.

»Das ist Alte Magie, richtig?«, fragte ich, nicht im Mindesten ahnend, wie recht ich damit hatte.

»Ja«, erwiderte Lemander. Es schwang sogar ein wenig Anerkennung in seiner Stimme mit. »Das ist Alte Magie. Uralte Magie!«

Dann fragte er an Lia gewandt: »Was bewirken die Nollonin?«

»Mit ihnen kann man Dinge von denjenigen stehlen, deren Vertrauen man genießt.«

In diesem Satz schwang so viel Wahrheit mit, wie es nur ging, das spürte ich. Aber die Bedeutung blieb mir schleierhaft.

»Was heißt das?«, hakte ich entsprechend nach. »Ist deshalb dieser Schekich hinter dir her?«

Lia nickte.

»In den Nollonin sind die Stimmen meines Volkes gefangen. Die Elben von Quainmar sind stumm – und sie brauchen die Nollonin, um wieder sprechen zu können.

Ich kann sie nicht allein zurückbringen, denn ich werde gejagt und verfolgt. Ich muss in den Süden, nach Quainmar. Ich brauche jemanden, der mich dorthin begleiten kann. Jemanden, der mich beschützen kann.«

Während sie diese Worte langsam und deutlich sprach, sah sie mich an. Und in ihren meerblauen Augen sah ich bedeutungsschweren Ernst.

Dieses Mädchen suchte verzweifelt nach Hilfe. Und ich wusste nicht, wie ich sie ihr gewähren sollte. Ich hatte ja noch nicht einmal eine Ahnung, was ich von ihrer Geschichte halten sollte. Die Stimmen der Elben waren in diesen Kugeln eingesperrt? Wie war das möglich? Magie konnte kaum so stark sein. Die wenigen Magier, die ich bisher gesehen hatte, waren nicht mehr als Scharlatane gewesen. Sie konnten ein paar Funken aus den Händen sprühen lassen, mehr aber auch nicht. Die großen Geheimnisse, die an der Universität von Niebenheim gelehrt wurden, waren nicht mehr als ein paar Kindereien für einige sehr betuchte Leute, die sich Gelehrte nannten.

Aber das, was Lia hier erzählte, widersprach dem völlig. Und doch hatte ich die Nollonin gesehen, hatte gespürt, welche Anziehungskraft von ihnen ausging. Sie waren unheimlich. In höchstem Maße unheimlich. In ihrer Gegenwart spürte ich etwas, das mir völlig fremd war.

»Dein Volk ist stumm, sagst du?«, wiederholte ich, um mich zu vergewissern.

Lia nickte. »Ihre Stimmen befinden sich in einem der Nollonin.«

Sie deutete mit zitterndem Finger auf die drei Kugeln.

Ich versuchte einen kühlen Kopf zu bewahren, obwohl mir äußerst unwohl war.

»Lemander«, wollte ich wissen. »Ist es möglich, was sie sagt? Ist das alte Magie?«

Doch auch Lemander hatte viel gedacht in den jüngsten Augenblicken. Und er war regelrecht bleich geworden dabei.

Dann zuckte er die Schultern.

»Ich weiß es nicht«, gab er zu. »Ich weiß es wirklich nicht.«

Es dauerte vielleicht eine halbe Stunde, bis ich mich wieder völlig in der Gewalt hatte. Lemander wirkte ähnlich überwältigt. Als die Wirkung der Nollonin schließlich nachließ, erhob Lia behutsam ihre Stimme: »Und? Bekomme ich eure Hilfe?«

Schweigen herrschte in unserer Runde. Ich hörte die Möwen draußen und drinnen klapperte irgendetwas – vermutlich ein alter Fensterladen im Küstenwind.

Es war nicht einfach. Die Geschichte, die Lia uns aufgetischt hatte, besaß ihren Reiz. Aber ob ich ihr glauben konnte? Möglicherweise hatte das Mädchen nur einen Schlag auf den Kopf bekommen.

Auf der anderen Seite sprachen der Häscher Schekich und die augenscheinliche Magie dieser eigenartigen Nollonin-Kugeln dafür, dass etwas an ihrer Geschichte dran war.

Doch konnte ich unmöglich so mir nichts dir nichts in Richtung Quainmar aufbrechen, und schon gar nicht einige meiner Gardisten abstellen, um eine junge Elbin durch das halbe Eherne Reich bis nach Hause zu eskortieren. Nein, ich musste die Dinge erst ordnen. So schwer es mir fiel, ich hatte Verpflichtungen nachzugehen. Die Verantwortung war zu groß. Zumal ich nicht wissen wollte, was man im Reich in Abwesenheit der Familie von Falkenberg (besser gesagt ihres einzigen verbliebenen Sprosses) politisch so alles beschloss. Nein, ich musste mein ganzes Gewicht in die Waagschale werfen.

Also verkündete ich rigoros meine längst getroffene Entscheidung.

»Zunächst einmal, werdet ihr *beide* mitkommen nach Anselieth«, erklärte ich bestimmt. »Ich muss dorthin. Kein Weg führt daran vorbei. Und wenn ihr bei mir seid, finden wir vielleicht schneller eine Lösung.«

Beide sagten nichts. Lia sah abwesend im Haus umher.

Lemander nickte, wobei er das Gesicht verzog, um sich seinen Widerwillen deutlich anmerken zu lassen. Ich hatte keine Zeit für Spielchen. So sehr es mir auch missfiel, ich musste meine Autorität als Lemanders Herr ausspielen.

»Verzeih mir, Lemander. Das kommt sehr plötzlich«, sagte ich. »Aber ich denke, ich brauche dich um ihretwillen.«

Wie gut die Idee wirklich war, ihn mitzunehmen, wusste ich nicht. Aber außer mir brauchte Lia irgendeine weitere Person, zu der sie Vertrauen fassen konnte. Denn wenn wir einmal in der Hauptstadt waren, würde ich kaum noch Zeit für sie haben.

Kapitel 3

Der tiefe Wald, der Sand und das Salz

Schekich ließ sich in der kommenden Nacht nicht wieder blicken. Trotzdem schlief ich mehr als unruhig. Meine Begegnung mit ihm brannte auf meinem Geist wie heißes Feuer auf der Haut.

Bei Anbruch der Dämmerung, noch vor dem ersten Hahnenschrei hielt ich es nicht mehr aus. Ich schälte mich aus der verschwitzten Decke und taumelte zur Wasserschüssel, um mein Gesicht kühlend darin einzutauchen. Als ich hochkam sah ich in den alten Spiegel meiner Mutter.

Ob dieses Bild eines Markgrafen des Ehernen Reiches würdig war? Die braunen Haare, die in wilden Locken abstanden, weil sie sich nie kontrollieren ließen? Die Augenringe von zu vielen wachen Gedanken in der Nacht? Im Grunde war es nicht wichtig. Die meisten Dinge, die ich tat oder sagte, waren in den Augen der anderen Markgrafen und Regenten meines Standes nicht würdig. Am liebsten hätten sie gesehen, wenn Falkenberg annektiert und die lästigen Querulanten der Familie von Falkenberg endlich ihres verqueren liberalen Einflusses beraubt würden.

Den Gefallen würde ich ihnen nicht tun. Also zog ich mich reisetauglich an und begab mich zum Torhaus, um mit Hermelink Tee zu trinken.

Unsere Reisegesellschaft bot einen halbwegs ansehnlichen Anblick, wenn man sie aus der Ferne betrachtete. Beinahe hätte sie mit einer Delegation aus einem der übrigen Fürstentümer mithalten können.

Außer mir hatten sich Lia und Lemander eingefunden, der

auf einem mausgrauen Rappen mit ausufernder Mähne ritt. Relend von Ansannen, der königliche Bote, hatte seine eigene Kleidung und Rüstung wieder und führte stolz das königliche Banner. Ich würde auf das Führen eines Banners verzichten, bis wir in Sichtweite der Hauptstadt waren. Was sollte ich einen Soldaten oder eine Soldatin unnötig durch das stetige Hochhalten ermüden? Hermelink führte ein Dutzend von ihm persönlich ausgewählter männlicher und weiblicher Gardisten an. Außerdem hatte Siebart von Loh, einer der wenigen niederen Adeligen, die in Falkenberg ansässig waren, darauf bestanden, seinen Sohn Wobert mit nach Anselieth zu schicken. Er war mit zwei Getreuen und einem Bediensteten noch spät am gestrigen Nachmittag eingetroffen. Wobert war ein halbwegs aufgeweckter Bursche von zwanzig Sommern. Bescheiden und nicht unverschämt, wie ich die Leute von Falkenberg gerne schätzte. Meinetwegen war er willkommen. Sollte er sich an der riesigen Hauptstadt ruhig sattsehen. Ergänzt wurde der Tross von vier Bediensteten der Burg Tanne, die für die Packpferde und die darauf befindliche Verpflegung verantwortlich waren.

Am frühen Morgen hatte sich unter den wachsamen Augen von Haushofmeister Dirnt beinahe die gesamte Bewohnerschaft der Burg versammelt, um unseren Zug zu verabschieden. Mit Hermelink an der Spitze brachen wir unter aufmunternden Zurufen in östlicher Richtung auf.

Wir ließen die Stadt Falkenberg zur Rechten liegen und fanden uns nach etwa drei Meilen auf der Küstenstraße nach Nordosten wieder. Sie führte uns erneut dicht an Lemanders Haus in den Dünen vorbei. Meckereien darüber, dass er in diesem Fall doch einfach zu Hause hätte warten können, um sich dann der Reisegesellschaft im Vorbeireisen anzuschließen, überhörte ich geflissentlich.

Es war wieder unangenehm kalt geworden. Nebel stieg von den Dünen auf und verschleierte die Morgenröte zu einem zarten Rosa. Der Atem von Mensch und Tier dampfte und klappernd und klirrend zogen wir an der erwachenden Welt vorüber. Ab und an winkte uns eine versammelte Bauernfamilie von einem in Straßennähe gelegenen Gehöft zu. Von Süden her drang das leise, aber dennoch beständige Rauschen des Meeres an uns heran.

»Es ist wirklich sehr schön hier«, gab Lia neben mir von sich, während beinahe alle anderen schwiegen. »Ihr Leute von Falkenberg scheint gar nicht zu wissen, in was für einem schönen Land ihr wohnen dürft.«

Doch, das wusste ich. Ich liebte die Verbundenheit von Gebirge und Meer, die sanften Auen im Vorland des Falkengebirges, die sprudelnden Flüsse, die saftigen Wiesen und die duftenden Tannenwälder. Aber wenn man es tagtäglich sah, lief man Gefahr, den besonderen Blick dafür zu verlieren. Vielleicht sollte ich dem Elbenmädchen dankbar sein für ihre so unbefangene, einzigartige Sicht auf die Welt. Leise lächelte ich in mich hinein und zog den Umhang dichter um meinen Hals, um die kalte Luft auszusperren.

Die Reise zog sich hin. So, wie Reisen es nun einmal taten. Die ersten beiden Nächte konnten wir noch in Wirtshäusern einkehren, doch je näher wir dem Wald Arith kamen, desto spärlicher wurden sie. Es lohnte sich nicht, dort eine Gastwirtschaft zu eröffnen. Wer ihn passieren wollte, war für einige Tage auf sich gestellt.

Leider blieb es auch in den kommenden Tagen eisig. Die Kälte zog durch jede noch so kleine Ritze in der Kleidung. Dabei zahlte es sich auf eine kuriose Weise bereits jetzt schon aus, den alten Lemander mitgenommen zu haben, denn er erwies sich als wandelndes Liederbuch. Vor allem die Soldaten und Soldatinnen waren dankbar für jede Abwechslung und schmetterten häufig aus voller Kehle die Verse mit, die sie kannten. Viele waren alte Wanderlieder, aber auch vor Saufgesängen scheute Lemander nicht zurück. Er erntete dafür den einen oder anderen vernichtenden Blick von Hermelink, der bis zur Ankunft in der Hauptstadt ein striktes Verbot von Rauschgetränken angeordnet hatte. Das Ergebnis war, dass seine Männer und Frauen umso mehr Pfeifenkraut verbrauchten. Spannend wurde es aber vor allem dann, wenn Lemander exotische Lieder sang, deren Verse niemand außer ihm kannte. Ich wusste nicht, wie viel er in der Welt herumgekommen war oder ob er das meiste lediglich aus anderer Reisender Repertoire kannte. Beeindruckend war es dennoch meist, wie beispielsweise die Weise vom traurigen Riesen:

Ein trauriger Riese durchstreifte die Wälder
Tränen vergoss er so bitterlich schwer
Wie Regen bedeckten sie Flure und Felder
Und mündeten strömend ins endlose Meer
Ach, misste er doch seine Liebste so sehr
Wie sie verschieden vor Jahr und Tag
Doch sage mir etwas, das groß genug wär'
Und Riesenherzen zu trösten vermag

Angeblich stammte das Lied aus den Tagen, als die nahe am Reich gelegenen Areale der verlorenen Lande noch nicht von Menschen verwaist und verlassen waren, sondern noch stolze Fürstentümer bildeten, die ein friedvolles Nebeneinander mit den Riesen pflegten.

Doch es war gleich, ob Lemander tatsächlich selbst auf all diesen Reisen gewesen war, solange er nur meine Leute von altvorderen Tagen träumen ließ, von der Zeit der Legenden, als der Welt angeblich noch etwas von einem uralten Zauber anhaftete.

Am Morgen des fünften Tages kamen wir schließlich an den Rand des Waldes. Das Vorgebirge war in immer weitere Ferne gerückt, bis selbst die Ausläufer des großen Kamms nur noch dünne Schatten am Horizont waren. Das Land zum Meer hin war zunächst flacher geworden und die Küstenstraße hatte weite Bögen um unwegsames Gelände und abbröckelnde Dünenhänge geschlagen. Während der schweren Herbststürme waren die hiesigen Abschnitte der Straße nur unter großen Strapazen zugänglich. Jederzeit musste mit einer Sturmflut gerechnet werden. Doch nach einigen Meilen erhob sich der Wald

Arith, dessen starke Baumwurzeln das Land festgehalten hatten, sodass es höher lag und nicht auf das Niveau des Meeresspiegels bei Flut abgesunken war. Kräftige Findlinge, manche so groß, wie ganze Hütten, lagen verstreut über die Ebene, die zu dem gewaltigen, tiefen Mischwald hin anstieg.

Hier im unbewohnten Land begann das gewaltige Nachbarfürstentum Dinster – das Land der großen Wälder. Nach Norden begrenzt durch den großen Kamm, lagen drei große und uralte Waldlandschaften auf dem Gebiet. Alle drei trugen noch die Namen, die ihnen einst die Elben gegeben hatten: Arith, Tjana und Mispel. Überhaupt waren hier in der Südhälfte des Ehernen Reiches alte elbische Einflüsse noch in den Namen vieler Orte und Landmarken gegenwärtig.

Die Küstenstraße führte am Wald entlang, oftmals auch einige Hundert Schrittlängen in seinem Inneren. Aber stets war durch die lichten Bäume der teils meilenweite Sandstrand zu erkennen, der nicht viele Schritte unter dem Niveau des Waldes lag. Es war, als läge der Wald auf einem leicht erhöhten Plateau aus riesigen Findlingen. Und zwischen riesigen, urzeitlichen Felsbrocken hatte man auch hinabzusteigen, wollte man zu Strand und Meer.

Wir durchquerten das riesige Gehölz auf der vorgesehenen Route der Straße, immer vom beständigen Rauschen des Meeres begleitet.

Lia sprach mehr in der letzten Zeit. Vor allem mit Lemander, der sie und ihre Sicht der Dinge am ehesten zu verstehen schien. Besonders hatte es ihr immer und überall die Natur angetan. So raunte sie manchmal Worte in der Sprache der Elben zu den riesigen Stämmen des Waldes, oder schloss minutenlang die Augen auf dem Rücken ihres Braunen.

»Um das Atmen des Waldes zu hören«, erklärte sie dann, oder: »Um die Worte des Meeres zu verstehen.«

Trotz des – von Lemander inzwischen bestätigten – Wissens, dass Elben ihre Umgebung mit anderen Augen betrachteten als die Menschen, verwunderten mich ihre Antworten jedes Mal aufs Neue. Doch auf der anderen Seite nahm ich es als Lektion, dass es hier draußen mehr gab als bloß Stämme und Blätter und Wurzelwerk.

Unsere Begleiter hatten sich hingegen schnell daran gewöhnt, das seltsame Mädchen mit den spitzen Ohren zu ignorieren. Besonders die Soldatinnen und Soldaten der Garde hatte es schon nach anderthalb Tagen nicht mehr interessiert, was Lia mitzuteilen hatte. Diese pragmatische Herangehensweise war mir allerdings tausendmal lieber als ein ständiges, auf Gerüchten und Vorurteilen beruhendes Gemurmel und Getuschel. Das Elbenmädchen war schließlich nicht gefährlich für sie und es zu begleiten war Teil ihres Berufs.

Ich für meinen Teil konnte nicht anders, als jedes Mal zumindest hinzuhören, wenn Lia wieder über die Geschichte eines besonders alten Findlings oder über die Struktur der hiesigen Baumwurzeln sprach. Auch, wenn sie das meiste davon Lemander erzählte und nicht mir.

Dennoch war ich es, den Lia in der kommenden Nacht durch sanftes Rütteln an der Schulter weckte. Ich schlug die Augen auf, besonders tief hatte ich ob der Kälte zwischen meinen beiden dünnen Wolldecken ohnehin nicht geschlafen.

»Ich muss dir etwas zeigen«, flüsterte sie aufgeregt.

Ich rappelte mich hoch und pellte mich aus den Decken.

»Was denn?«, erkundigte ich mich.

»Fainskinder«, sagte sie verschwörerisch und mit einem kichernden Unterton.

»Bitte was?«

Doch wie gewohnt reagierte Lia nicht auf Nachfragen, sondern schlich in Richtung Wald davon. Ich stöhnte, warf Erlenfang am Riemen über die Schulter und blickte mich um. Es war unter anderem Hermelinks Nachtwache. Ich winkte ihn zu mir.

»Was ist denn?«, wollte er wissen.

»Ich glaube, unsere Elbin möchte mir ganz plötzlich sehr dringend etwas zeigen. Aber …«, ich zögerte und meine Blicke folgten Lia im Schein des Lagerfeuers, »… ich fürchte, sie möchte in den Wald.«

Hermelink schüttelte energisch den Kopf. »Ich kann dich doch nicht einfach nachts in den Wald lassen und schon gar nicht alleine mit dem Elbenmädchen. Was glaubst du denn?«

»Ich weiß, ich weiß«, versuchte ich, ihn zu beschwichtigen. »Dann komm eben mit!«

Hermelink verdrehte die Augen. Er wusste, dass ich mich nicht würde umstimmen lassen. Also gab er seinen zwei ebenfalls wachenden Gardisten einen Wink und sie entließen uns in das Dunkel des Waldes.

»Verflucht, Deckard!«, schimpfte er in energischem Flüsterton. »Was soll das?«

»Ich habe keine Ahnung«, gestand ich. Ich wusste nur, dass ich auf keinen Fall riskieren konnte, Lia alleine in den Wald zu lassen – und ich traute ihr zu, sich notfalls allein davonzuschleichen, wenn niemand mitkommen wollte.

Der Himmel war nahezu wolkenlos in dieser Nacht und der Mond schien durch die Baumkronen viele Tausend Schrittlängen über uns. Der Wald war ein Gebilde aus silbrigem Licht und finstersten Schatten.

Lia führte uns zielstrebig durch das Gewirr aus Stämmen und Hölzern, über trockenes Laub und glitschiges Moos, immer tiefer in den Wald hinein. Wir folgten ihr beharrlich, ich beinahe ergreifend fasziniert, Hermelink schmollend und still. Die Vögel der Nacht riefen ins Dunkel hinein und Tiere huschten raschelnd durch das Unterholz, doch Lia ließ sich nicht beirren und führte uns immer weiter.

Ich konnte schlecht schätzen, wie viel Zeit seit unserem Aufbruch vom Lager tatsächlich vergangen war, als wir vor uns einen schwachen Lichtschimmer sahen.

Der Soldat in Hermelink kam augenblicklich zum Vorschein. Ein leises Schleifen verriet mir, dass er sein Schwert aus der Scheide zog. Ich tat es ihm gleich. Nur der Vorsicht halber. Wir wagten uns noch einige Schrittlängen vor, dann blieb Lia stehen und legte mir die Hand auf den Arm.

»Verschreckt sie bitte nicht!«, sagte sie und ging in die Hocke, um vorsichtig weiterzupirschen. Wir kamen an den Rand einer

Senke. Mittlerweile auf allen Vieren kriechend lugten wir über den Rand. Und was wir sahen, war … wunderbar. Im wahrsten Sinne.

»Das sind Mooskinder«, hauchte Hermelink, völlig gefangen von dem, was er sah. Sein soldatisches Gehabe war vergessen.

Dort unten befand sich ein Gewässer. Ein kleiner Teich oder vielleicht ein Tümpel, der silbern leuchtete wie das Mondlicht. Und wie um ein großes Lagerfeuer tanzten die Mooskinder im Schein des Wassers um ihn herum. Kleine menschenähnliche Geschöpfe, sie wirkten beinahe wie Kinder mit großen Hüten aus Laub und einer Kleidung aus Moos und Farnen. Sie sangen einen kaum hörbaren Reigen in einer Sprache, die ich nicht kannte.

»Fainskinder«, flüsterte Lia begeistert. »Ich habe so lange keine mehr gesehen.«

»Ich … ich habe noch nie welche gesehen«, flüsterte Hermelink wie betäubt. »Ich kenne nur Geschichten von den Mooskindern. Früher soll es sehr viele in den Wäldern gegeben haben.«

Ich genoss still das Wunder, das sich uns bot, wie die Abendsonne eines langen Sommertages. Es war, als manifestierte sich eine längst vergangene Welt direkt vor meinen Augen – mit den geisterhaften Wesen, die dem Gott Fain zugesprochen wurden.

»Ich will mit ihnen tanzen«, sagte Lia auf einmal. »Bleibt hier, ich denke, sie trauen euch Menschen nicht!«

Damit erhob sie sich und schlich auf Zehenspitzen hinunter in die Senke. Erst jetzt bemerkte ich, dass sie barfuß war. Nein, ich wollte diese einzigartige Erscheinung nicht zerstören, daher blieb ich liegen und beobachtete, wie Lia sich den Mooskindern vorsichtig näherte. Hermelink machte ein leises, seltsames Geräusch neben mir. Ich sah ihn an … und sah, wie seine Tränen das Mondlicht des kleinen Teiches spiegelten.

Gerade wollte ich etwas sagen. So wie Lia, etwas über die Schönheit der Welt …

… da hörte ich ihren Schrei.

Ruckartig drehte ich den Kopf und sah hin.

Die Mooskinder stoben auseinander in den Wald hinein und Lia wand sich. Ich sah den Schatten eines Mannes im silbrigen Licht.

Schekich!

Nie war ich schneller aufgesprungen. Ich rutschte durch das alte Laub in die Senke hinab und fokussierte mein Ziel.

Schekich hatte Lia fest im Griff und das Silberlicht des Wassers offenbarte mir seine lange Klinge an Lias Hals.

»Verschwinde, Graf!«, knurrte er. Die Überheblichkeit unserer letzten Begegnung war wie weggeblasen. »Du bist mir lästig!«

»Ich-«

Ein hoher Schrei ertönte. Etwas traf Schekich am Kopf und ließ ihn nach hinten taumeln. Lia ließ er dabei los und sie hechtete geschwind aus seiner Reichweite. Ehe ich wusste, wie mir geschah, war Schekich wieder auf den Beinen und Hermelink neben mir. Er war es nicht gewesen, der Schekich angegriffen hatte. Doch das war in diesem Augenblick nicht wichtig.

Gemeinsam gingen wir auf den dunklen Häscher los, doch das Überraschungsmoment hatte ich dieses Mal nicht auf meiner Seite. Mit katzenhaften, gleitenden Bewegungen drehte Schekich sich um seine eigene Mitte und entging meiner und Hermelinks Attacke nahezu zeitgleich, indem er sich unter dem Schlag Hermelinks wegduckte und in der gleichen Bewegung alle Kraft in eine Parade gegen Erlenfangs Klinge legte. Vermutlich hätte mein Hieb ihn nicht einmal getroffen, doch Schekich hatte sein Ziel erreicht: Ich brauchte länger, um den Schwung wieder abzufedern. Dieser Moment reichte ihm, um Hermelink mit einem schmerzhaften Tritt in den Unterleib von den Beinen zu holen.

Ich wirbelte herum und versuchte einen wahllosen Streich zu landen, traf jedoch nicht. Stattdessen trieb Schekich mich mit einer raschen Folge von Hieben, Stichen und waghalsigen Pirouetten vor sich her. Das schimmernde Silberlicht des kleinen Teiches machte es mir nicht einfacher, Schekichs Bewegungen zu folgen.

Wieder ertönte ein schrilles Kreischen, und wieder wurde Schekich getroffen. Er purzelte rückwärts, kam jedoch noch in derselben Bewegung wieder auf die Beine.

Eine Stimme erhob sich, allgegenwärtig, alles durchdringend, tief und volltönend.

»LASS AB VON DEM ELBENMÄDCHEN UND SEINEN FREUNDEN. SOFORT!«

Lachend ließ Schekich seine Klinge sinken.

»Das beeindruckt mich nicht«, meinte er. »Also gut, ihr seid in der Überzahl und ihr habt einen Magier.«

Dann zeigte er drohend mit einem Finger auf mich: »Aber wehe dir, Graf. Wenn ich das Mädchen einst habe, werde ich dich aufsuchen … Und dann wird irgendeiner meiner Schwertstreiche sein Ziel finden.«

Wieder ertönte der helle Schrei.

Diesmal duckte sich Schekich rechtzeitig und verschwand in den Schatten des nächtlichen Waldes.

Ich sank in die Knie, schweißüberströmt trotz aller Kälte. Lemander stieg vorsichtig in die Senke hinab und half sowohl Hermelink als auch Lia auf die Beine.

»Ts ts, Graf Deckard«, meinte er tadelnd und verschmitzt zugleich. »Das wird teuer.«

Ich konnte nicht darüber lachen. Ja, Magie war teuer. Immens teuer, das wusste ich. Das hatte mit den benötigten Ingredienzien tun. Und der Effekt war vergleichsweise gering. Umso praktischer, dass Lemander sie richtig einzusetzen wusste.

Der schrille Schrei ertönte erneut.

»Ja ja, meine Gute«, beschwichtigte der Alte sein Falkenweibchen, das sich irgendwo oben im Geäst befand. »Du hast dir den Schnabel hoffentlich nicht umsonst am Dickschädel dieses Mannes gewetzt.«

»Was machst du eigentlich hier?«, entfuhr es mir. Der geschwätzige Plauderton Lemanders im Angesicht ernster Gefahr regte mich auf. Vielleicht war es auch wegen des pochenden Blutes in meinen Adern.

»Außer dich und deine Freunde zu retten?«, fragte Lemander

und ich war froh, dass ich das Grinsen auf seinem Gesicht im Dunkeln nicht genau erkennen konnte. »Ganz einfach: Ich lasse mir doch nicht das Schauspiel der Mooskinder entgehen, wenn ich schon mal im Wald Arith bin.«

Einmal mehr war es vorbei mit der Nachtruhe. Schon den gesamten Weg zurück zum Lagerplatz diskutierten wir hitzig und es riss nicht ab, als wir eintrafen.

Schließlich war es Hermelink, der den entscheidenden Vorschlag brachte: »Der Strand. Wir reisen am Strand weiter.«

»Ich hoffe, das ist nicht ernst gemeint, oder?«, fiel Relend von Ansannen ein, der königliche Bote. »Das Vorankommen auf dem Sand ist katastrophal. Das würde den Beginn des Konklaves auf jeden Fall verzögern.«

»Wenn wir gar nicht ankommen, verzögert sich das Konklave bestimmt auch«, gab Hermelink grimmig zu bedenken. »Das ist momentan die sicherste Möglichkeit zur Weiterreise, die mir einfällt. Ich weiß nicht, wozu dieser Dämon namens Schekich alles fähig ist. Aber soviel ist gewiss: Er hat es geschafft, eine Reisegruppe von mehr als zwei Dutzend Leuten beinahe eine Woche lang zu verfolgen, ohne dass ihn auch nur einer bemerkt hätte. Und glaub mir, lieber Herr von Ansannen, ich habe hier meine fähigsten Leute versammelt.«

»Aber wieso ausgerechnet der Strand?« Relend gab sich nicht zufrieden.

»Man kann ihn besser überblicken. Ein Lager dort ist leichter zu bewachen als am Waldrand.«

»Was ist mit den Sturmfluten?«, warf der königliche Gardist ein.

»Die kommen ja nicht von einem Augenblick zu nächsten«, erklärte mein Gardehauptmann ihm. »Wenn sich eine Sturmflut ankündigen sollte, haben wir Zeit, uns rasch mit Sack und Pack auf Höhe des Waldes in Sicherheit zu bringen.«

»Hm«, machte Relend. Er war offensichtlich trotzdem anderer Meinung, aber Hermelink ließ sich nicht beirren.

Also war es beschlossene Sache. Bei der nächsten Gelegenheit, die sich zum Abstieg bot, lenkten wir den Tross auf den Strand.

Der Große Golf im Süden war eine plane, unendlich erscheinende graue Wassermasse. Trotz der aufbrausenden Winde lag er ruhig da in diesen Tagen. Die Zeit für Sturmfluten war hier an der südwestlichen Küste des Reiches vor allem der Herbst.

Der Strand erstreckte sich selbst bei Flut beinahe eine Meile breit vor uns. Hier vor dem festen Untergrund des Waldes Arith waren über die Jahrhunderte riesige Sandmassen angespült worden.

Die Luft war feucht und unser Vorankommen gestaltete sich überraschend einfach. Die Pferde waren allesamt gut ausgebildet und erschraken nicht, wenn ihnen hier und dort ein Krebs über den Weg lief, aufgescheucht vom Klopfen der Hufe auf dem Untergrund. Problematischer hingegen waren die Möwenschwärme, für die unser Tross eine willkommene Abwechslung darstellte. Vor allem die Packpferde wurden regelrecht belästigt, sodass wir sie schließlich in die Mitte nehmen mussten, um die nervenden Seevögel mit Stockschwüngen zu vertreiben.

Eine der größten Schwierigkeiten war die Ermüdung von Reitern und Reittieren. Der verhältnismäßig weiche Sand war auf Dauer kein optimaler Untergrund und so mussten wir oft schon nach fünf oder sechs Stunden ein Lager aufschlagen.

Dabei nutzte Hermelink die zusätzliche Zeit bei Tageslicht, um rund um den Lagerplatz weiträumig Spuren aus gesammelten Muscheln und Zweigen legen zu lassen, damit jeder, der sich näherte, mit lautem Knistern und Knacken auf sich aufmerksam machte. Außerdem ließ er improvisierte Pechfackeln in einiger Entfernung zum Lager aufstellen, um die Sandflächen des Strandes besser auszuleuchten. Die Nachtwachen verstärkte er schließlich auch um je eine Person.

Den einzigen Vorteil bildete das abwechslungsreichere Nahrungsangebot. Der ein oder andere Krebs war nicht vorsichtig genug und landete im Kochtopf. Ebenso hatten Hermelinks Gardisten ihre Freude daran, in den späten Stunden des Tages im Meer und in den Prielen zu angeln – wenn auch nicht mit übermäßigem Erfolg.

Die Nächte waren jetzt noch kälter, weil uns Moos und Laub als Schlafunterlage fehlten. Es gab nur den kalten Sand – und den salzigen Geruch der See.

»Schon seltsam«, meinte Hermelink eines Abends zu mir, während wir ins Feuer blickten, in dem das feuchte Holz knackte. Auf der anderen Seite des Lagerplatzes war das Krakeelen von Lemander zu hören, der die Männer und Frauen der Garde beim Kartenspiel betrog. Er sinnierte über Schekich: »Ich müsste betrübt sein, ob der Strapazen, die uns ein einziger Mann bereitet.«

»Ein verflixt gefährlicher Mann«, gab ich zu bedenken.

»Ja, das ist er«, pflichtete Hermelink mir bei. »Aber ich habe Mooskinder gesehen, Herr. Ich habe richtige Mooskinder gesehen! Weißt du, ich habe jetzt beinahe vierzig Sommer erlebt. Aber die magische Welt, die hier einst war, die Welt von der die Alten uns Legenden erzählen, die habe ich nie gesehen. Ich habe von ihr geträumt als junger Spund, aber ich dachte, sie sei eine erfundene Geschichte, ein Märchen. Oder aber sie sei seit Jahrhunderten verloren.

Natürlich habe ich die Magie der Welt erlebt. Die Sonnenaufgänge über dem Meer, die Liebe, die Geburt meines Kindes. Auch habe ich mal einen sogenannten Magier gesehen. Ein Kerl, der ein paar farbige Lichter heraufbeschwören konnte und dafür horrende Eintrittspreise auf dem Jahrmarkt nahm.

Aber diese richtige alte Magie, habe ich nie gesehen. Und trotz aller Umständlichkeiten, die uns dieser Weg bereitet, bin ich auf eine seltsame Art dankbar dafür, dass ich es sehen durfte.«

Ich nickte und warf einen Blick hinüber zu Lia, die friedlich in Decken eingehüllt schlummerte, ihren Rucksack irgendwo unter den Decken fest im Arm. Ja, welch Wunder die Welt doch hervorbringen konnte, wenn man gar nicht mehr mit ihnen rechnete. Eine Elbin, die ausgerechnet mich aufsuchte, um Hilfe zu erhalten … und meinen Hauptmann verzauberte. Es war schon eigenartig.

»Habe ich hier etwas über Alte Magie gehört?«, kam ein gutgelaunter Lemander durch den Sand dahergestapft.

Ich seufzte. Der Alte besaß einen gewissen Funken von Weisheit und ja, er war hilfreich gewesen im Kampf gegen Schekich. Aber er besaß auch eine Art, mit der er einem unglaublich effizient die Nerven rauben konnte.

Zu meinem Glück entschloss sich Hermelink, das Gespräch zu suchen.

»Lieber Lemander«, begann er.

»Oho! Hört, hört! Seit wann bin ich den der *liebe Lemander*?«

Hermelink ging nicht darauf ein, sondern fragte ihn direkt: »Was ist eigentlich der Unterschied zwischen Magie und der sogenannten *Alten Magie*?«

»Oh ho«, kommentierte der Alte erneut und prostete ihm mit einer flachen Tonflasche zu, von der ich lieber nicht wissen wollte, was sich darin befand. Dann nahm er einen tiefen Zug und überlegte einen Moment lang, während er sich das mittlerweile nicht mehr ganz so makellos rasierte Kinn kratzte.

»Da du keine Ahnung von der Materie hast, Hauptmann, lass es dir am besten so erklären:

Magie ist das, was zum Beispiel die Akademiker in Niebenheim betreiben. Das kostspielige und hochgradig ineffiziente Wirken mit einer Macht, zu der manche Menschen über ihren Geist und ihre Vorstellungskraft Zugang haben. Ich behaupte, die Menschen haben ihre Fähigkeiten zum Umgang mit Magie im Laufe der Zeit verloren, wie verschüttetes Wasser auf dem Weg. Wenn man zum Beispiel an die Geschichten über den Magier Mundus denkt, der vor Jahrhunderten dem ersten König Aan gedient hat, dann wirken heutige Magier doch ehrlich gesagt lächerlich.«

»Es gibt ja auch kaum welche«, meinte Hermelink.

»Aus gutem Grund. Magie zu betreiben ist unfassbar teuer. Magie an einer Universität zu erforschen noch viel teurer. Ergo können es sich nicht viele Leute leisten. Und von denen, die es könnten, sind noch längst nicht alle willens oder fähig dazu.

Denn was tut man auch als Magier? Man muss doch letztlich einem Broterwerb nachgehen. Also übernimmt man am Ende doch lieber den Adelssitz des Vaters oder das gut florierende Kaufmannsunternehmen der Familie – und verlernt das wenige wieder, was man einst beherrschte.«

Mein Hauptmann nickte verständig.

»Alte Magie hingegen ist all jenes, was die Magier der Universitäten in Niebenheim oder gar jene Magier im weit entfernten Reich Ebben nicht verstehen oder nicht reproduzieren können. Niemand weiß, warum es Mooskinder gibt, um ein Beispiel zu nennen. Das ist, als würde man nach der Funktionsweise eines Sonnenaufgangs fragen. Sitzt einer der Götter hinter dem Himmel und zieht die Sonne Tag für Tag an einer Angel aus dem Meer? Wer weiß das schon? Oder schau dir die kleine Lia an.«

Er wies mit der Hand in Richtung der schlummernden Elbin. »Wer von uns kann schon verstehen, wie sie in die Welt hineinhorcht, was ihr die Bäume und der Wind verraten? Wer weiß, warum die Tiere auf sie hören oder alle Gardisten vor Bewunderung verstummen, wenn sie dann doch einmal ein leises Liedchen in ihrer fernen Sprache anstimmt?

Das, lieber Hauptmann, ist Alte Magie.«

Dann prostete er Hermelink erneut zu und stand wieder auf.

»Mit Verlaub, Graf«, bemerkte er, »aber die Gespräche hier sind mir zu schwer für heute Abend. Die Männer und Frauen drüben haben viel bessere Laune. Und außerdem haben sie den einen oder anderen Heller locker sitzen, wenn man nur vernünftig mit ihnen Karten spielt.«

Hermelink schnaubte, sagte aber nichts. Der alte Lemander zwinkerte ihm zu und verschwand wieder aus unserer Nähe.

Er war ein eigenartiger Reisegefährte. Mal bitterernst, mal überschwänglich, ja beinahe albern. Er hatte ein wunderbares, irgendwie großväterliches Verhältnis zu Lia. Jeden anderen im Tross hatte er schon mindestens einmal nicht ernst genommen. Hermelink war meist von ihm genervt. Mir war es recht, solange er das tat, wofür ich ihn mitgenommen hatte: Ein Auge auf Lia zu werfen.

Sein Falkenweibchen, das auf den Namen Airi hörte, war manchmal am Himmel über uns zu sehen auf der Suche nach Nahrung. Direkt unter die Menschen traute es sich jedoch nicht.

Alles in allem war ich nicht unglücklich, den Alten dabei zu haben. Auf seine Weise lockerte er die ansonsten doch recht einseitige Reise auf.

Nach eineinhalb Wochen des mühsamen Vorankommens am Strand erreichten wir schließlich Marnstadt, Hauptstadt des Fürstentums Dinster und Sitz von Markgräfin Erimee. Die Herrscherin war erwartungsgemäß nicht da, sondern bereits nach Anselieth gereist.

Marnstadt lebte vom Handel und besaß einen größeren Hafen. Während wir also vor den Toren der Stadt campierten, hatte ich Hermelink und Relend beauftragt, eine zuverlässige Schiffspassage nach Anselieth zu buchen.

Zwar war das sicherlich kein günstiges Unterfangen, aber ich hatte zu Relends Freude beschlossen, dass es den Preis wert sei. Zum einen konnten wir so die verlorene Zeit wieder aufholen. Es wäre sicher nicht von Vorteil, wenn sich ausgerechnet wegen meiner Person der Beginn des Konklaves übermäßig verzögerte – das würde meinen Stand bei den übrigen Markgrafen sicher nicht bessern. Zum anderen war ich die ständige Angst vor der Verfolgung durch Schekich leid und wollte sie wenigstens für einige Tage ablegen. Später in Anselieth würde er vielleicht erneut versuchen, Lia in seine Gewalt zu bringen. Aber in der Hauptstadt des Reiches würden wir im königlichen Palast Quartier beziehen. Und der wiederum wurde vom Orden der Steinernen Hand bewacht, einer Garde, die aus den besten Männern und Frauen des Reiches bestand und einzig und allein dem König und dem Wohl seiner Schutzbefohlenen verpflichtet und ergeben war. Wie geschickt dieser finstere Bastard namens Schekich auch immer sein mochte, das Eindringen in den königlichen Palast war etwas ganz anderes, als ein Einbruch auf Burg Tanne. Auch, wenn ich ihm dafür schon viel zu viel Respekt zu zollen hatte.

Lemander hatte mir vor wenigen Tagen seine Überlegung mitgeteilt, dass Schekich wahrscheinlich starke Schmerzmittel nahm, bevor er irgendwo zuschlug. Nur so konnte er sich erklären, wie er die Verletzung aus dem ersten Kampf mit mir derart locker weggesteckt hatte. Zudem hatten die hinterhältigen Angriffe des Falkenweibchens Airi in der Nacht bei den Mooskindern einen viel zu geringen Effekt auf ihn ausgeübt.

»Ich hab es in der Dunkelheit nicht genau sehen können«, hatte Lemander betont, »aber er muss schrecklich geblutet haben. Jedenfalls tun das die Leute normalerweise, wenn sie dem Schnabel und den Krallen eines solchen Vogels zum Opfer fallen.«

Ich hatte die Information zur Kenntnis genommen. So oder so würde ich in Anselieth auf die eine oder andere Weise versuchen müssen, Weiteres über unseren seltsamen Verfolger in Erfahrung zu bringen.

»Indes«, hatte Lemander jedoch nicht locker gelassen, »ich wusste gar nicht, dass du derart gut mit dem Schwert umgehen kannst, Herr.«

»Was meinst du?«, hatte ich mich künstlich dumm gestellt.

»Dieser Kerl hat beinahe so gekämpft, als sei er nicht ganz von dieser Welt. Es war zwar dunkel, aber das wenige, was ich von seiner Kampfkunst gesehen habe, war höchst beeindruckend. Umso beeindruckender, dass du ihm standgehalten hast.«

»Hm«, hatte ich schließlich genickt. »Sagen wir einfach, das hat seinen Grund.«

Dabei hatte ich es vorerst bewenden lassen. Lemander musste nicht alles über meine Vergangenheit wissen – auch, wenn er durch die Freundschaft mit meinem Vater sicherlich bereits vieles wusste.

Die letzte Etappe der Reise war erheblich entspannter für die meisten Beteiligten – sofern sie nicht seekrank wurden. Vor allem zwei meiner Gardisten und der junge Wobert von Loh waren alles andere als seefest. Man musste sie zur Nahrungsaufnahme förmlich zwingen.

Aber nach zwei Tagen hatten auch sie sich daran gewöhnt. Dafür sahen wir am frühen Morgen des vierten Tages bereits das Leuchtfeuer, das auf dem Dach des königlichen Palastes stand.

Während meine Männer und Frauen in Jubel ausbrachen und sich gegenseitig zur bald erfolgreich beendeten Reise beglückwünschten, wurde mir stattdessen flau im Magen. Ich hatte auf unserem Weg die Gedanken eher bei der Sicherheit meiner Leute gehabt und über die Möglichkeiten und Unmöglichkeiten der Verfolgung durch Schekich und Lias Bitte um Hilfe nachgedacht. Jetzt, wo wir uns unserem Reiseziel schnell und unerbittlich näherten, kamen meine Ängste zurück und kribbelten unter der Haut.

Es roch nach Salz.

Kapitel 4

Von der Kunst, keine Entscheidung zu fällen

Auch die Elben bauten viele ihrer Häuser aus Stein. Doch niemals waren es auch nur annähernd so viele, wie hier in der Hauptstadt des Ehernen Reiches. Zu Recht bekam Lia den Mund nicht mehr zu vor Staunen. Doch war sie damit in guter Gesellschaft. Die wenigsten meiner Gardisten hatten je diese Stadt von beeindruckender Gewaltigkeit gesehen. Wie auch? Schließlich war ich selbst zwölf Jahre nicht hier gewesen und Hermelink hatte beinahe ausschließlich Soldaten und Soldatinnen mitgenommen, die etwa in meinem Alter waren. Vor zwölf Jahren, waren sie also noch nicht erfahren genug gewesen, um sie ruhigen Gewissens mitzunehmen. Also staunte beinahe der gesamte Tross ob der Erhabenheit, die die riesige Stadt von der Ferne aus bot.

Zusammen mit denen, die wussten, dass der Eindruck gerne täuschte, war ich mit meiner Reaktion in der absoluten Minderheit. Ich blickte beinahe ein wenig angewidert auf das Schauspiel, das sich vor uns auftat. Ein unendliches Häusermeer wartete hinter der Hafenbucht, die im Delta der Langen Ronar lag, dem längsten und breitesten Fluss im Reich. Passend dazu hatte die Sonne ihren Auftritt. Hell und gleißend brach sie durch die Wolkendecke und ließ die Stadt erstrahlen, deren Häuser und Bauten beinahe ausschließlich aus dem hellen Sandstein der Gegend errichtet waren.

Rechts von uns, weniger als eine halbe Meile entfernt passierten wir die Klippen auf denen der königliche Palast thronte. Ein Monstrum aus hellem Stein, das eine eigene Stadt für sich hätte beherbergen können. Die Errichtung hatte einst unter der Herrschaft des ersten Königs Aan begonnen, war jedoch erst nach seinem Tod vollendet worden. Jetzt saß dort oben, viele Schrittlängen über dem Meeresspiegel eine prunkvolle Festungsanlage. In ihrer Mitte erhob sich ein massiger Turm, dessen Umfang sich kaum erahnen ließ. Er beinhaltete die Ratskammer, und im Erdgeschoss die Aanshalle, dem ersten König zu Ehren benannt. Dort konnten riesige Bankette abgehalten werden – zur Bestattung von König Hroth würde es sicherlich eines geben. Außerdem diente sie als Thronsaal.

Flankiert wurde dieser brachiale Zentralbau von vier schwindelerregend hohen, jedoch ungleich schlankeren Türmen. Einer in jeder Himmelsrichtung. Durch Brücken waren sie mit dem Hauptturm verbunden. Hier war alles Mögliche untergebracht. Über Schatzkammern und die Arbeits- und Wohnstätten wichtiger Beamter, bis hin zu den Zimmern für hochrangige Gäste oder Diplomaten.

Meine Leute konnten sich gar nicht sattsehen an der Größe des Palastes. Langsam liefen wir in den großen Handelshafen ein – und erstmals korrigierte sich der erste Eindruck dezent.

Die Stadt dünstete an der Flussmündung den Schweiß und vor allem den Unrat von fünfzig- bis sechzigtausend Menschen aus. So genau wusste es niemand. Denn während nur ein kleiner Teil sich offiziell als Bürger Anselieths betrachten durfte, waren die meisten Bewohner der Stadt einfache Handwerker, Dockarbeiter, Straßenfeger, Latrinenreiniger, verkauften billige Speisen (die nicht selten ihre Haltbarkeit bereits überschritten hatten), bestahlen andere Leute in der Menge, brüllten, zeterten, schubsten und drängelten und waren vor allem unfreundlich. Besondere Schutzrechte wurden nur den richtigen Bürgern der Stadt zuteil. So groß und prächtig die Stadt aus der Ferne wirkte, um so tiefer schien der Moloch, wenn man sich erst einmal in ihr befand.

Wir legten an einem langen Kai an, auf dem Männer Pferde und Waren entluden. Da wir uns lediglich zur Passage eingemietet hatten, konnten wir nicht in den königlichen Docks bei den Klippen unterhalb des Palastes anlegen. Für ein Schiff, das ausschließlich uns transportierte, war ich nicht bereit die Mittel auszugeben. Während Hermelink die Männer und Frauen fertig zum Aufbruch machte, entlohnte ich den Schiffsherren mit der zweiten Hälfte der ausgemachten Summe. Auch so war es in den Augen vieler einfacher Leute sicher schon eine erschreckender Betrag, den ich ausgeben musste.

Etwa eine Stunde später bestiegen wir die Pferde. Lia und Lemander, sowie Wobert von Loh und der königliche Gardist Relend hielten sich stets in meiner Nähe auf. Die Garde hatte Rüstungen angelegt und Standarten gehisst. Die Männer und Frauen umschirmten uns und gemeinsam begaben wir uns in den nicht abreißenden Strom auf den Hauptstraßen, denen wir eine ganze Weile bis zum Palast folgen mussten. Doch die Menschenmenge gab meist die Passage äußerst geschwind frei – niemand wollte einer Traube aus gepanzerten Reitern zu lange im Weg stehen.

Relend von Ansannen ritt voran und schrie unser Eintreffen mit Phrasen voraus, wie »Macht Platz, liebe Leute!«, »Tretet zur Seite für den ehrenwerten Markgrafen zu Falkenberg und sein Gefolge!« oder einfach »Aus dem Weg!«.

»Wieso leben Menschen denn in derart großen Ansammlungen?«, wunderte sich Lia an meiner Seite. »Sie haben doch ein riesiges Reich, da brauchen sie doch nicht an einem solch engen Ort zusammenzurücken.«

»Hier geschehen eben die interessantesten Dinge«, versuchte ich unbeholfen gegen das Stimmengewirr um uns herum anzuschreien.

»Ja?«, fragte sie. Und zum ersten Mal schwang offen Kritik in ihrer Stimme mit, als sie ausführte: »Was an diesem Ort kann interessanter sein als die Mooskinder tanzen zu sehen?«

Ich erschrak, als mir klar wurde, dass ich keine Antwort auf ihre Gegenfrage wusste.

Lemander war es, der mir notdürftig aushalf.

»Menschen finden eben andere Dinge interessant als Elben, liebe Lia. Und tu bitte nicht so, als sei dir das nicht bereits aufgefallen!«

Lia blickte verlegen die Straße entlang in eine andere Richtung.

Aha, so lief der Hase also! Meine liebe unschuldige Schutzbefohlene Lia wusste etwas mehr vom Lauf der Dinge in der Welt der Menschen, als sie durchschimmern lassen wollte. Das würde ich mir merken! Doch gerade galten meine Interessen anderen Umständen.

Wir passierten das Handwerkerviertel und den Markt, die Tempelstadt und das Viertel der Aristokraten, das bereits am Hang lag. Während des Aufstiegs zu den Klippen begegneten uns immer weniger Menschen und die Geschäftigkeit nahm ab. Hier lebten vor allem Adelige und reiche Kaufleute oder unterhielten teure Zweitresidenzen.

Relend von Ansannen war vorausgaloppiert, um unsere Ankunft im Palast anzukündigen, nachdem er als Führer nicht länger benötigt wurde.

Schließlich erhob sich vor uns das Gelände des Palastes mit seiner weitläufigen Außenmauer, die gerade in Kontrast zu den Türmen wirkte, als sei sie für eine Spielzeugburg gebaut. Dennoch war sie natürlich massiv und vom besten Mauerwerk, das im Reich zu finden war.

Die Palasttürme ragten dahinter wie Monumente auf. Im gesamten Ehernen Reich gab es kein von Menschenhand errichtetes Bauwerk, das es auch nur im Ansatz mit ihnen aufnehmen konnte.

Lia reckte unverhohlen den Kopf in den Nacken, während die Gardisten versuchten, nicht allzu auffällig einen Blick zu riskieren. Ich hingegen fühlte mich, als würden die unendlich hohen Türme mich unter sich begraben wollen. Ich konnte ihre Last praktisch auf meinen Schultern spüren. Dieser Palast war für mich nicht mehr als ein gewaltiges, nimmersattes Ungeheuer, das mit weit geöffnetem Maul nur darauf wartete, dass man kam und sich von ihm verdauen ließ.

»Hier stand einst ein anderer Palast«, sprach Lia verloren vor sich her. »Vor langen Jahren haben an dieser Stelle meine Vorfahren regiert.«

Es durchzuckte mich unangenehm. Ja, das war richtig. König Aan hatte vor über dreihundert Jahren die Fürstentümer und Stämme des Gebietes geeint, aus dem er später das Eherne Reich formen sollte. So berichtete es die Chronik. Und obwohl ich mir bewusst war, dass Geschichte in den meisten Fällen von den Siegern geschrieben wurde, so konnte man aus ihr ebenfalls eine Menge über die Verlierer in Erfahrung bringen.

Die Verlierer waren in diesem Falle die Elben gewesen, die über weite Teile der Welt verteilt gelebt hatten. Ihre Fürstentümer waren der Legende nach von einer grausamen Schönheit gewesen. Glaubte man der Chronik, so hatten die Elben die Menschen in kleine Gebiete verwiesen, obwohl diese immer zahlreicher und zahlreicher wurden. Wer letztlich mit wem begonnen hatte, Krieg zu führen, war nicht klar ersichtlich – auch, wenn offizielle Chroniken selbstverständlich den Elben die Schuld daran zuschrieben. Und auch für den Volksmund waren die Elben stets ein willkommener Sündenbock.

Doch in dem Moment, in dem es Aan – einem mächtigen Stammesfürsten – gelungen war, ein handfestes Bündnis zwischen beinahe allen Menschen zustande zu bringen, war das Schicksal der Elben besiegelt gewesen. Denn der schieren Zahl an menschlichen Kriegern hatten sie über die Jahre wenig entgegenzusetzen gehabt.

Als Aan das neue Reich proklamierte, machte er die prächtigste der Elbenstädte zu seiner Hauptstadt: Anselieth. Er riss die Residenzen der Elben auf den Klippen nieder und gab den Bau des größten und prächtigsten Palastes der Menschengeschichte in Auftrag.

Die Elben hingegen vertrieb man aus den Gebieten, die nun die Menschen für sich beanspruchten. Das zum allergrößten Teil bewaldete Land Quainmar, das weit im Südosten lag, überließ man ihnen zur Selbstverwaltung. Weiter südlich hätte man sie nicht verbannen können. Denn die Wälder Quainmars gingen nur noch in Steppe und schließlich in die Wüste über. Zu den geheimnisvollen und wenig bekannten Menschenreichen im allertiefsten Süden waren es von dort noch Tausende von Meilen.

»Es braucht dir nicht unangenehm zu sein«, riss Lia mich aus meinen Gedanken. »Ich hege keinen Groll gegen dich oder die Menschen. Ich kenne es nicht anders.«

Dankbar, wenn auch unangenehm berührt, nickte ich ihr zu.

Lemander hingegen wandte sich Lia zu.

»Lia, meine Liebe«, raunte er. »würdest du eventuell deine Ohren verstecken?«

Fragend sah sie ihn an.

»Stell keine Fragen!«, mahnte Lemander. »Du weißt, wie Menschen sein können. Immerhin bist du auf der Flucht mit voller Absicht zum einzigen fürstlichen Hof geflohen, von dem man dich nicht gleich wieder verjagt.«

Wieder überkam mich eine Ahnung davon, dass Lia ihre etwas hilflose Rolle mitunter nur spielte. Wortlos zog sie die Kapuze ihres Mantels über den Kopf und tief in die Stirn hinein.

Vor dem massigen Torhaus der Palastmauer hatte sich eine Gasse von Männern und Frauen des Königs aufgestellt, mit Bannern und wehenden Fahnen links und rechts der Straße.

Dem Protokoll gemäß präsentierten sie ihre Waffen, als wir hindurchzogen.

Hinter dem Tor tat sich der riesige, durchgehend mit hellen Platten gepflasterte Innenhof auf, in dessen Mitte die Fünf Türme standen.

»Diese Türme sind so groß, als seien sie für die Ewigkeit gebaut«, kommentierte Lia staunend, was sie sah.

»Ich denke, das war auch der Plan, als man sie errichtet hat«, bestätigte Lemander. »Aber bitte sei jetzt still, bis wir unsere Quartiere bezogen haben. Glaub mir, es ist nur zu deinem Besten.«

Unser Empfangskomitee war lächerlich klein. Kein Vergleich zu dem, was den Herrscherhäusern von vielleicht Lilienbach oder Gamar sicherlich zuteil geworden wäre. Nicht ein einziges Familienoberhaupt der Familien von Gamar, Lilienbach, Dinster oder Gramenfeld hatte sich eingefunden. Für sie alle war ich rechtlich zwar gleichgestellt, aber im Grunde nicht willkommen. Ich, die angeblich so liberale Spitze eines vergleichsweise winzigen Fürstentums – das schwarze Schaf einer sehr mächtigen Familie aus Fürstentümern, stets dazu bereit, seinen Unmut und Fragen über Gerechtigkeit und Sinnhaftigkeit in politischen Belangen zu äußern.

Ich überblickte die kleine Versammlung derer, die uns empfingen. Diplomaten und Bedienstete. Zu meiner Freude entdeckte ich Alen Wetmann, den gewählten Regenten des Seenlandes. Die einzige Person im Reigen der Herrscher im Ehernen Reich (abgesehen vom verstorbenen König Hroth), die mir nicht abweisend gegenüberstand. Neben ihm stand eine recht große, aber sehr schlanke Frau, die ich vorsichtig auf fünfundzwanzig Sommer schätzte, vielleicht etwas mehr. Ich wusste nicht, wer sie war, aber sie stach deutlich aus den Versammelten heraus. Ab und an flüsterte sie sich mit Alen etwas zu.

Nun trat der Kopf der Versammelten hervor. Auch er fiel eindeutig aus dem Rahmen, im positiven Sinne.

Ein stattlicher Mann in Hermelinks Alter. Seine Haut war nussbraun und sein Bart war schwarz wie Ruß, doch sehr säuberlich gestutzt und rasiert. Er wirkte fremdländisch auf mich, trug jedoch eine prächtige Rüstung, so sehr poliert, dass sie beinahe von selbst Sonnenstrahlen auszusenden schien. Eingraviert war eine riesige gen Himmel gereckte Faust. Umflattert wurde er von einem makellos weißen Umhang, auf dem dasselbe Emblem in blau abgebildet war.

Natürlich, der Großmeister des *Ordens der Steinernen Hand* – jener mächtigen und hervorragend ausgebildeten Truppen, die direkt dem Befehl des Königs unterstanden. Des Königs Exekutive und Garant seiner uneingeschränkten Macht.

Selbstverständlich kannte ich seinen Namen, hatte den Mann aber noch nie zuvor gesehen.

»Markgraf Deckard von Falkenberg«, rief er aus. Nein, eigentlich sprach er es nur, doch die natürliche Autorität und Präsenz, die er ausstrahlte, reichte, um den gesamten Innenhof auszufüllen. Alles verstummte. Er stammte eindeutig nicht aus dem Ehernen Reich, sondern aus dem tiefen Süden. Seine Stimme klang freundlich, aber es lag auch eine bestimmte Schärfe darin. Allerdings besaß sie keinen hörbaren Akzent.

Ich nickte ihm zum Gruß zu.

»Amondo Lakarr, nehme ich an?«, war meine rhetorische Frage und der Angesprochene nickte seinerseits.

Ich stieg vom Pferd.

»Fühl dich willkommen, Graf!«

Amondo machte einige Schritte auf mich zu und umfasste in einer beinahe brüderlichen Geste meinen Unterarm zum Gruß. Etwas erstaunt ließ ich ihn gewähren.

»König Hroth hat viel von dir gehalten, Graf«, sagte er. »Umso schöner ist es, dich wohlbehütet hier zu wissen.«

»Wohlbehütet ist wahrscheinlich Auslegungssache«, meinte ich trocken. »Dennoch schön, endlich angekommen zu sein.«

Das war gelogen. Um nichts in der Welt wollte ich hier sein, hier in dieser Stadt, hier in diesem Palast. Aber es half nichts. Dass der Großmeister als engster Vertrauter des verstorbenen Königs mir jedoch so vorbehaltlos entgegentrat, stimmte mich milder.

»Wie ist die Lage?«, fragte ich, um der Floskelhaftigkeit genüge zu tun.

»Ihr seid die Letzten«, klärte Amondo mich auf. »Aber ihr seid nicht zu spät. Gestern erst traf das Haus Gamar ein.«

Das war schon einmal beruhigend. So würde man mir wenigstens das nicht vorhalten können.

»Aber ich denke, die Beisetzung sollte nun so schnell wie möglich vollzogen werden«, fuhr Amondo fort. »Wie sieht es mit deinen Leuten aus, Deckard? Wie erschöpft seid ihr von der Reise?«

Ich zuckte die Schultern. Ich war wenig erpicht darauf, doch die Bestattung in den königlichen Krypten tief im Fels der Klippen war seit jeher im Beisein aller Herrscher des Reiches geschehen. Solange wurde der Leichnam des Königs einbalsamiert und in der Aanshalle aufgebahrt. So hatte ich es zumindest vor unserer Abreise noch gelesen.

»Das letzte Stück haben wir auf See zurückgelegt. Es war nicht sehr strapaziös«, gab ich eine ehrliche Einschätzung meiner körperlichen Kraftreserven ab.

»Wäre also heute Abend bereits ein möglicher Termin?«

»Hm«, überlegte ich. Mir fiel kein Grund ein, weshalb nicht. »Ich denke schon.«

»Das freut mich zu hören. Dann setzen wir die Beisetzung bei Sonnenuntergang an. Alles ist vorbereitet, und je eher wir dieses traurige Ereignis hinter uns bringen, desto besser.«

»In Ordnung«, nickte ich.

»Sehr gut. Ihr seid im Ostturm untergebracht und werdet unverzüglich dorthin geleitet«, beendete Amondo seine Einweisung. »Ihr wohnt dort gemeinsam mit unseren Gästen aus dem Seenland. Ich dachte, das sei am einfachsten. Überlasst Pferde und Gepäck einfach unserem Personal. Ihr seid in guten Händen, wenn nicht gar in den Besten.«

Amondo verabschiedete sich mit einem gewinnenden Lächeln seiner blitzweißen Zähne. Ich dankte ihm und entließ ihn. Ich wusste alles, was ich wissen musste. Obwohl ich noch nie erlebt hatte, das ein König verstarb und ein neuer gewählt wurde, wusste ich leider nur zu gut, wo sich die königlichen Krypten befanden. Ich würde mich rechtzeitig einfinden.

Ich gab meine Informationen an Hermelink weiter. Seine Männer und Frauen waren jetzt vom größten Teil ihrer Pflichten entbunden. Doch trotz des an diesem Ort allgegenwärtigen Ordens der Steinernen Hand, der alle Wachdienste stolzen Herzens übernahm, bestand ich darauf, dass Lia von meinen Leuten gesondert bewacht wurde.

Zusammen mit den königlichen Bediensteten, machte sich mein Tross umgehend daran, die Residenz zu beziehen. Lediglich zwei meiner Soldaten blieben auf Hermelinks Befehl an meiner Seite.

Während sich die Traube im Innenhof langsam auflöste, trat nun endlich Alen Wetmann hervor – einer meiner wenigen Freunde in der politischen Welt. Mit einem breiten Lachen auf dem Gesicht umarmte er mich.

»Deckard«, sagte er. »Schön, dass du den Weg hierher geschafft hast.«

Er trat einen Schritt zurück und musterte mich. Ich tat es ihm gleich. Der Mann wirkte äußerst lebendig dafür, dass er die sechzig Sommer bereits seit einigen Jahren hinter sich gelassen hatte. Sein rundes, glattrasiertes Gesicht, strahlte und das einzige Anzeichen seines fortgeschrittenen Alters waren sein Bauch und der schwere Mantel mit Pelzkragen, den er trotz der Frühlingssonne trug.

»Hallo Alen«, meinte ich erleichtert. »Es tut gut, dich zu sehen. Wenigstens einer, der mir nicht gleich um die Ohren hauen wird, wie provinziell und rückständig sowohl Falkenberg als auch meine eigene Meinung seien.«

Die Fröhlichkeit in Alens Gesicht schlug zu einem breiten Grinsen um.

»Hört, hört«, lachte er. »Du meinst, bei mir kannst du dich noch etwas stärken, bevor Serion von Gamar kommt und dich auf deine Defizite hinweist.«

Genau das meinte ich. Angesichts dessen konnte ich meine Abreise von hier im Grunde gar nicht erwarten.

»Ich muss doch sehr bitten«, fuhr nun die große Frau dazwischen, die ich schon vom Pferd aus erblickt hatte. Sie war nur ein paar Fingerbreit kleiner als ich. Ungewöhnlich. Ungewöhnlich hübsch war hingegen ihr Gesicht. Sie hatte smaragdgrüne, aufgeweckte Augen und langes, goldenes Haar, das ihr in Wellen fast bis auf die Taille fiel.

»Entschuldige, meine Liebe«, grinste Alen weiter. »Lieber Deckard, darf ich dir Ellyn von Gamar vorstellen?«

Oh, dachte ich bei mir. *Da sind sie auch schon, die Schwierigkeiten*. Besonders der Markgraf Serion von Gamar war dafür bekannt, Falkenberg auch schon mal öffentlich die Fähigkeit zum eigenständigen Fürstentum abzusprechen.

»Serions Tochter«, fing ich mich. »Hoch erfreut!«

Ich deutete eine Verbeugung an.

Alen gab mir einen freundschaftlichen Stoß mit der Faust vor die Schulter. »Bist du nicht.«

»Hm«, machte ich. »Ich kenne dich nicht, Ellyn. Von daher bin ich tatsächlich erstmal erfreut, deine Bekanntschaft zu machen.«

»Ist schon in Ordnung«, winkte sie lächelnd ab. »Mein Vater hält wirklich nicht besonders große Stücke auf dich. Genau deshalb musste ich herkommen und mir selbst ein Bild machen.«

Ich wusste nicht, ob ich mich geschmeichelt oder geringgeschätzt fühlen sollte.

»Dann«, lächelte sie geheimnisvoll, jedoch auf keinen Fall unfreundlich, »will ich der Wiedersehensfreude mal nicht im Wege stehen. Wir sehen uns spätestens heute Abend.«

Oh ja, das werden wir, dachte ich grimmig und unschlüssig, ob ich mich in irgendeiner Form auf das Beisammensein freuen konnte. Immerhin schien Ellyn nicht allzu voreingenommen zu sein. Ich hoffte bloß, dass Serion nicht zu sehr auf sie abfärbte in dieser Hinsicht.

Sie verließ uns und stolzierte mit langen Schritten über den Hof in Richtung des Hauptturmes.

»Komm«, schlug Alen vor. »Ich bring dich in den Ostturm. Immerhin haben sie uns zusammen dort in bester Nachbarschaft einquartiert. Ein wenig Fingerspitzengefühl für Leute, die sich besser oder weniger gut riechen können, hat Amondo also offenbar.«

Wenn um jeden Menschen derart viel getrauert würde wie um einen König, müsste die Welt in andauerndem Jammer versinken.

Ich nahm Hermelink neben Wobert von Loh als einzigen Begleiter mit mir und wir kamen bewusst um ein Haar zu spät. Es gab nicht viele Dinge auf dieser Welt, zu denen ich noch weniger Lust verspürte, als mit den politischen Größen des Reiches eine Bestattung und eine anschließende Trauerfeier zu begehen.

Wir hatten elegante, dunkle Kleidung gewählt (wobei ich Hermelink ein wenig aushelfen musste) und Schärpen in den Braun- und Grüntönen Falkenbergs. Am Gürtel trugen wir kleine Wimpel mit einem gestickten Falkenfeder-Wappen. Wobert trug selbstverständlich sein eigenes Banner, das jedoch auch eine Variante der Falkenfeder war.

Der Trauerzug, der von Fackelträgern des Ordens flankiert wurde, startete seinen Weg in der großen Halle. Die Gelegenheit, den aufgebahrten Leichnam Hroths zu betrachten, hatte ich ungenutzt verstreichen lassen. Es war meines Erachtens nicht nötig, den Körper dieses Mannes, dem ich so viel Respekt entgegengebracht hatte, in dieser Verfassung zu sehen. Auch, wenn er noch so aufwändig hergemacht worden war. Das gravierte Abbild auf dem Sargdeckel in den königlichen Krypten würde mir reichen.

Daher schlossen wir uns dem Zug an dessen Ende an, kaum wahrgenommen von den meisten. Als ich meinen Blick schweifen ließ, sah ich sie alle. Hroths Witwe Kalperia schritt an der Seite von Amondo direkt hinter den Trägern, die den Leichnam auf einer Bahre trugen. Er war verhüllt von strahlend weißen Tüchern, allesamt mit dem Emblem der gen Himmel gereckten Faust versehen.

Dahinter gingen die Herrscherhäuser in Begleitung ihrer eigenen Angehörigen, guter Freunde, nahestehender Bekannter und hochrangiger Adeliger. Alen war in Begleitung des Bürgermeisters von Pjern gekommen. Die Herren von Fjaran begleiteten ihn nicht, was mich beinahe zum erleichterten Aufatmen verleitete. Esjas Eltern hier zu treffen, hätte mir wahrscheinlich das Herz gebrochen – mehr, als es das Betreten der Grabkammer ohnehin tun würde.

Ich erblickte Silena von Lilienbach und ihre Familie, Erimee von Dinster und die Ihren. Pelikor von Gramenfeld, seine Gemahlin Alana und ihre drei Kinder, die allesamt bereits in meinem Alter waren. Sein ältester Sohn Delan war sogar ein gutes Stück älter als ich, aber sein Vater dachte nicht ans Abdanken. Nun gut, ich wäre vermutlich auch noch nicht zum Markgrafen geworden, wären meine Eltern noch am Leben gewesen.

Auch Serion von Gamar entdeckte ich, an der Seite seiner Frau Mara von Hratis. Und direkt hinter ihnen, in einen schwarzen Umhang gehüllt Ellyn von Gamar, ihre Tochter. Sie hatte etwas außergewöhnliches an sich, etwas energisches, verschmitztes, würdevolles. Ich dachte daran, dass sie tatsächlich zu meinem Empfang erschienen war – offenbar glaubte sie der schlechten Meinung nicht vorbehaltlos, die ihr Vater von mir hatte. Ihren Bruder Timerion sah ich nirgends. Möglicherweise hatte Serion ihm die Regierungsgeschäfte Gamars während seiner Abwesenheit überlassen.

Ich seufzte leise. Dies hier waren der Ort und die Gesellschaft, die ich am wenigsten in diesem Leben wiedersehen wollte. Auch die Priester aller sieben Götter, die zwischen den Adeligen schritten, machten es nicht besser. Meine Meinung von den meisten Priestern war ohnehin keine besonders hohe. Es gab nur wenige, die sich nichts darauf einbildeten, für ihre jeweilige Gottheit sprechen zu können. Unangenehmerweise musste ich daran denken, dass das Eherne Reich wohl nicht nur das Land, sondern auch die Götter der Elben übernommen hatte. Es ging aus der Geschichtsschreibung nicht klar hervor, aber mein Vater hatte immer betont, dass die Ähnlichkeiten zwischen der elbischen Schöpfungsgeschichte und den offiziellen Göttern des Ehernen Reiches frappierend waren. Er war davon ausgegangen, dass König Aan nach der Proklamation des Reiches einen Konsens unter den vielen Stammes-, Regional- und Naturreligionen der Menschen gesucht hatte. Lediglich die Nordmänner der Harjenner hatte er nicht in das Wesen der Staatsreligion ein gliedern können. Auf der anderen Seite hatte die Einführung einer Staatsreligion dazu geführt, dass dem Götterglauben vielerorts eine gewisse Ernsthaftigkeit abhanden gekommen war. Die Menschen betrachteten sie mehr wie Schutzheilige, die für bestimmte Bereiche des Lebens mitverantwortlich waren. So war unter Bauern und Jägern beispielsweise ein gewisser Opferkult für die Götter Fain und Alia üblich. Sie waren für den Wald, die Jagd oder die Jahreszeiten, Furchtfolgen und die Ernte zuständig. Fischer und andere Seeleute hingegen pflegten ihre Gebetsstunden für die Göttin Náia, die sie auch *Herrin über die Gezeiten* nannten.

Dass ein königliches Begräbnis von allen sieben Götterkulten gemeinsam förmlich inszeniert wurde, war folglich kein Wunder. Umfassten alle sieben Götter auf einmal doch nahezu alle Aspekte des menschlichen Lebens.

Während Hermelink und Wobert der Zeremonie recht ergriffen folgten, versuchte ich mich in meine brütende Gedankenwelt zu flüchten, um mich damit zu betäuben. Ich machte eine steinerne Miene zu allem: Zum Abstieg durch die Höhlen und Gänge der Klippen unter dem Palastgelände; zum hallenden Gesang der Priester und Kultisten, so ergreifend er auch sein mochte; zum Einzug in die Totenhalle tief unten im Fels, wo es empfindlich kühl war, was sich auch im Verlauf des gesamten Jahres nicht änderte.

Ich ertrug es, als König Hroth in einen mächtigen, steinernen Sarg gelegt wurde und als beinahe zwei Dutzend Gardisten des Ordens einen voluminösen Deckel darauf wuchteten – eine marmorne Platte, die eingraviert den zur Ruhe gebetteten Körper dieses milden und überlegten Herrschers zeigte. Der Sarg neben ihm blieb leer. Und jeder wusste, für wen er war: Für die Königswitwe Kalperia. Eine Angelegenheit, die ich doch recht perfide fand. Wozu musste man der alten Frau bereits heute ihre Grabstätte derart deutlich vor Augen führen?

Nach und nach verließen die Trauergäste die Totenhalle. Einige verharrten noch etwas länger in der Stille, die lediglich von den Fackeln der Gardisten erhellt wurde. Ich wusste, dass die Männer und Frauen des Ordens bleiben würden, bis der letzte Trauergast verschwunden war. Ich fand es unnötig, aber so stand es im Protokoll.

Jetzt beim Hinausgehen bekam ich die ersten Blicke zugeworfen. Die meisten waren verklärt von der nachdenklichen Trauer um König Hroth – und möglicherweise schon vom fieberhaften Nachdenken über seine mögliche Nachfolge.

Lediglich Königin Kalperia und Serion von Gamar bildeten eine Ausnahme. Während die Augen der Witwe von einer milden Freundlichkeit umspielt wurden, als sie mich wiedererkannte, blickte mich Serion unverhohlen feindselig an, als er an mir vorüberschritt. Sein Blick sagte mehr als alle Hasspredigten der Welt. Der Gegensatz war seine Tochter, deren Augen mir freundlich zublinzelten.

Interessant war jedoch der Begleiter der Familie von Gamar. Ich wusste nicht, wer er war. Er trug eine Kapuze tief ins Gesicht gezogen, aber ein einziger flüchtiger Blick auf seine Züge reichte mir: Er war ein Elb.

Beinahe stockte mir der Atem. Doch, es musste so sein! Seine Gesichtszüge hatten derart viel von denjenigen Lias, dass es beinahe unmöglich schien, dass er kein Elb war.

Merkwürdig, dachte ich bei mir. Von allen Bewohnern und vor allem von allen Adeligen im Ehernen Reich war Serion von Gamar derjenige, dem ich am wenigsten zutraute, die Gesellschaft von Elben zu suchen.

Ich schüttelte den Kopf, denn ich hatte jetzt und in diesem Augenblick eigentlich anderes zu tun, als mir Gedanken über Adelige und Elben zu machen.

Die Familie von Gamar waren die letzten, die die Halle der Toten in meinem Blickfeld bevölkert hatten. Ich wusste, dass hinter mir Hermelink wartete und aller Wahrscheinlichkeit auch der junge Wobert.

Ich trat langsam in die Mitte der riesigen, kreisrunden Krypta. Mit ihrer ausladenden, in den Fels geschlagenen Kuppel war sie groß wie ein unterirdischer Tempel. Meine Schritte hallten von den Wänden wieder.

Ich verharrte kurz vor König Hroths Sarg und wünschte ihm im Stillen alles Gute für seine Reise durch das Reich jenseits der Tage und Nächte. Sollten seine Schritte auf der sonnenlosen Straße stets behütet sein.

Dann machte ich weitere, bedachte Schritte und blieb vor einem Trio aus steinernen Särgen stehen. Sie waren nicht minder wertvoll geschmückt als die der Könige und Königinnen, auch wenn es die einzigen hier waren, die weder einen Monarchen, noch dessen Angehörige umschlossen. Der Linke der drei stand einen Schritt weiter entfernt. Die steinerne Gestalt der jungen Frau darauf wirkte beinahe, als ob sie schlief. Und in geschwungenen Lettern verkündete die Steintafel vor dem Sarg, um wen es sich handelte: *Esja von Fjaran*.

Mein Blick schweifte weiter zu den beiden anderen Steinsarkophagen. Die beiden Toten, deren Abbilder dort auf den Decken zu schlummern schienen, kannte ich besser als jeder sonst.

Die Tafeln vor ihren Totengefäßen schrieben: *Plenor von Falkenberg* und *Valia von Falkenberg aus dem Hause Hemmsmar*.

Ich vergaß das Atmen – und das Weinen vergaß ich auch. Stille umfing mich für einen Moment und zwölf lange Jahre zogen an mir vorüber. Dann fiel ich auf die Knie, verharrte einige wenige Augenblicke und bat im Stillen jeden Gott und jede Göttin, die dort draußen sein mochte: *Gebt mir Kraft!*

Als ich gesenkten Hauptes die Krypta verließ, merkte ich, dass nicht nur Hermelink und Wobert auf mich gewartet hatten. Auch Amondo Lakarr, der mir zunickte und schließlich seinerseits an mir vorbeischritt um seinen Männern und Frauen den Befehl zu geben, die Grabstätten zu verlassen. Und im Schatten des Durchganges, der von der Totenhalle fortführte, sah ich noch eine Person stehen. Still und beobachtend, smaragdgrüne Augen blitzten unter der schwarzen Kapuze hervor: Ellyn von Gamar. Doch noch während ich Hermelink und Wobert das Zeichen zum Aufbruch gab, verschwand sie hinter der nächsten Biegung in den Gängen.

Es war eigenartig, die neugierigen Blicke einer anderen Person auf einem selbst zu wissen.

Während des Trauerbanketts häuften sich die Blickkontakte. Zunächst machte es den Eindruck, als fühle Ellyn sich ertappt, wenn ich dem Blick ihrer leuchtenden Augen begegnete. Sie sah schnell zur Seite oder vergrub sich in die Gespräche derer, die sich um das Haus von Gamar scharten. Obwohl Hermelink, Wobert und ich auf äußerst guten Plätzen saßen (schließlich repräsentierten wir immer noch eines der sechs Fürstentümer des Reiches), kamen wir uns vor, als säßen wir am Rand der Trauergesellschaft. Das Interesse an uns war erwartungsgemäß gering. Jeder wusste, dass es wenig zu gewinnen gab, wenn man sich mit den Haus von Falkenberg gut zu stellen versuchte. Wobert, der junge Adelige aus dem Hause von Loh, wirkte ein wenig enttäuscht darüber, schließlich war es seine erste Gelegenheit, sich unter dem bedeutsamsten Volk zu bewegen, dass das Eherne Reich hervorgebracht hatte. Es gab niemanden im gesamten Reich, der über die hier Versammelten gestellt war. Ihr Gefolge hing an ihren Rockzipfeln, wie die Fliegen an einem schönen, großen Kuhfladen.

Mir hingegen war der Mangel an Aufmerksamkeit völlig recht. Die Laune stand mir nicht nach sinnfreien Gesprächen mit Leuten, die lediglich ihren eigenen Vorteil in der Kommunikation suchten. Der Besuch an den Grabstätten meiner Eltern und Esjas, machte mich obendrein gedankenversunken. Nicht einmal den wirklich hervorragenden Leichenschmaus wusste ich recht zu wertschätzen.

Eine kurze Unterredung mit Königin Kalperia hellte meine Laune ein wenig auf. Die Frau hatte sich vor zwölf Jahren beinahe mütterlich um mich zu kümmern versucht, während ich von Schmerz wie geblendet gewesen war. Jetzt war sie es, die trauerte – aber sie tat es wesentlich gefasster, als ich es gekonnt hätte.

Von allen Ereignissen hier im großen Saal beschäftigte mich noch das unverhohlene Interesse Ellyns von Gamar am meisten. Denn je öfter ich ihrem Blick begegnete, desto offensiver wurde sie, sah nicht mehr gleich weg, signalisierte mir durch Augendrehen, wie gelangweilt auch sie von den sie umgebenden belanglosen Gesprächen war.

Verwundert und äußerst nachdenklich entließ mich dieser Abend schließlich in einen unruhigen Schlaf. Morgen würde das Konklave beginnen und ich wusste nicht, was mich erwartete.

Auf den nächsten Tag hätte mich niemand auch nur im Entferntesten vorbereiten können.

Nach einem üppigen Frühstück mit viel Käse, Brot und einer

großen Auswahl verschiedener Früchte, war es Zeit, sich in der großen, kreisrunden Ratskammer über dem Thronsaal einzufinden. Normalerweise tagte hier der königliche Rat. Er bestand aus verschiedenen Beratern, die der König selbst berufen konnte, um ihnen Verwaltungsaufgaben zukommen zu lassen. Doch durfte er dabei nicht mehr als einen Berater pro Fürstentum benennen. Nach einiger Korrespondenz hatten Hroth und ich uns darauf geeinigt, niemanden aus Falkenberg zu berufen, als zuletzt neue Sitze im Rat besetzt worden waren. Der große Ratssaal zeugte noch von der Vielzahl an Fürstentümern, die das Reich einst umfasste. Doch mit der schwindenden Zahl an Fürstentümern im Laufe der Jahrhunderte war auch die Zahl der königlichen Berater gesunken und damit die Zahl derer, die für die Posten als königliche Minister infrage kamen. Also hatte Hroth auf eine andere Politik gesetzt. Er hatte versucht, die vielfältigen Befugnisse und Aufgaben seiner Minister auf wenige Leute zu konzentrieren, die er dafür steter und genauer im Auge behalten konnte. Sie waren von ihm persönlich ausgewählt und allesamt Männer und Frauen, die verschiedene Kriterien an Bildung und Weitsicht erfüllten. Außerdem mussten sie mindestens fünfzig Sommer gesehen haben und zudem alleinstehend sein. Dann besetzten sie für jeweils fünf Jahre einen Ministerposten, bevor ihr Amt wieder neu vergeben wurde.

Der Ratssaal war rund und wirkte ein wenig wie eine Arena, die in der Mitte mit einem Podium bestückt war und Rängen und Logen aus rotem, polierten Kirschholz aufwies. Weit über hundert Personen konnten hier Platz finden. Jede Loge war vor der Brüstung mit einem großen, geschnitzten Wappen des jeweiligen Fürstentums versehen. Viele dieser Wappen waren im Laufe der Zeit, nach Ausscheiden eines Fürstentums, abgeschliffen worden. Die letzten Wappen hatte man vor zwölf Jahren aufgrund der Begebenheiten nach dem *Verlustedikt über die Freien Städte* abgemeißelt und glattgeschliffen. Jene Gelegenheit, die mich das letzte Mal nach Anselieth getrieben hatte, in Begleitung meiner Eltern. Den Heimweg hatte ich allein antreten müssen, in Trauer und als frisch ernannter Markgraf von

Falkenberg. Zwanzig Sommer war ich damals alt gewesen, erschreckend jung.

Jetzt war ich immer noch jung für einen Markgrafen, aber einen Namen hatte ich mir bereits gemacht unter den übrigen Häusern. Auch wenn er meist eher abfällig gebraucht wurde, weil ich kein Interesse daran pflegte, die Macht des Adels im Reich auszubauen.

Jedes Haus hatte Begleiter und Berater seines Regenten zu benennen. Es war im Laufe der letzten Konklaven üblich geworden, immer mehr Begleitpersonen zu benennen – schließlich war ja auch immer mehr Platz im Ratssaal vorhanden. Ich selbst hatte nur Hermelink und Lemander als Berater benannt und Wobert als Beobachter berufen, weil es ihm derart viel bedeutete, beim Spiel der Mächtigsten wenigstens als Zuschauer dabei zu sein. Was ich mir hingegen von Lemander versprach, wusste ich nicht recht. Einzig, dass er den Aufzeichnungen meines Vaters gemäß schon Berater beim letzten Konklave gewesen war. Und da ich ihn schon einmal dabei hatte, sah ich nichts Falsches darin, ihn wieder zu benennen. Ich hatte ohnehin sonst niemand anderen außer Hermelink.

Von unserer Loge (mit dem Wappen der Falkenfeder), beobachtete ich, wie sich der Saal langsam mit den Herrscherhäusern und ihren Beratern und Angehörigen füllte. Da war Silena von Lilienbach mit ihrem Mann Timor vom Ammsee und ihren beiden jungen Kindern. Aus der Familie würde wohl niemand zur Wahl stehen, aber ich wusste nicht, ob sie vielleicht in ihrem Gefolge jemanden hatten, den sie als neuen König vorzuschlagen gedachten.

Erimee von Dinster und ihr Mann Sirrkus vom Berg besetzten ihre Loge direkt mir gegenüber. Ihr ältester Sohn, Malanus von Dinster, hatte sicherlich genug Sommer gesehen, um als neuer Großkönig infrage zu kommen. Seinen Bruder Comanus und seine Schwester Dinaee waren in meinen Augen viel zu jung dafür.

Delan von Gramenfeld oder dessen Schwester Arine nahm ich ebenfalls als heiße Anwärter wahr. Möglicherweise auch die jüngste Schwester Jahne. Aber das jüngste Kind vorzuschlagen (wenn es denn nicht das Einzige war), war kaum üblich, nach allem, was ich über die Königswahl nachgeschlagen hatte. Ihre Eltern Pelikor von Gramenfeld und Arana von Pantritz waren mir Zeit unserer Bekanntschaft schon wie alte, teilweise sogar verbitterte Leute vorgekommen. Und wenn ich in die Gesichter ihrer Kinder sah, erblickte ich die Starrheit der Familie von Gramenfeld. Sie hatten noch nie einen König oder eine Königin gestellt – und das war, bei den Göttern, auch gut so!

Mein Blick schweifte zum Haus von Gamar. Serion und seine Frau Mara würdigten mich keines Blickes. Dafür entdeckte ich den Elben wieder, den sie als Berater benannt hatten. Den geführten Listen nach war sein Name Linus. Nicht mehr und nicht weniger. Eigentlich ein eher menschlicher Name. Er trug wieder seine Kapuze, was mich erneut daran zweifeln ließ, ob er nun wirklich zu den Elben gehörte oder nicht. Solange ich seine Ohren nicht sah, gab es keinen eindeutigen Beweis. Allerdings wäre es schon ein echter Paukenschlag, wenn ausgerechnet Serion von Gamar einen Elben mit in die Ratskammer zum Konklave gebracht hätte.

Was ich hingegen nicht einzuschätzen vermochte, war, ob Ellyn zur Wahl gestellt werden würde. Sie schien gemäßigter zu sein als ihr Vater, auch wenn ich das letztlich nur vermuten konnte. Sollte sie sich allerdings als genau so vorurteilsbehaftet und starrköpfig erweisen, würde sie keine Chance haben. Denn auch das Haus von Gamar hatte noch nie einen König oder eine Königin gestellt. Auch jetzt entdeckte ich Ellyns jüngeren Bruder Timerion nicht, was mich in der Vermutung bestärkte, dass er in Gamar geblieben war.

Besonders spannend fand ich den Kandidaten, den Alen Wetmann ins Feld führen wollte. Atrus von Pjern. In der großen Hafenstadt Pjern war er unumstrittener Bürgermeister und sehr beliebt. Alen ließ ihn aufstellen, weil er ihn für weise und milde hielt. Eine interessante Wahl. Schließlich stammte auch König Hroth aus dem Seenland, ja sogar aus derselben Stadt. Als einziges Fürstentum war es demokratisch geordnet. Mein

Vater hatte das stets bewundert, aber auch betont, dass er es nicht ertragen würde, wenn die Familie von Falkenberg einst auf ihre Herrschaftsansprüche verzichten müsste. Nicht, weil er auf die Machtfülle eines Markgrafen bestand, sondern, weil er der Meinung war, das Volk könne sich einen gefährlichen Populisten wählen, der zu sehr auf sich und zu wenig auf das Volk schaue.

Ich, Deckard von Falkenberg würde niemanden ins Rennen um den Thron schicken. Mich selbst zur Wahl zu stellen, wäre töricht, weil ich keine lebenden Verwandten mehr hatte. Niemand hätte den Sitz auf Burg Tanne übernehmen können, wenn ich in Anselieth residieren und regieren würde. Und außerdem wollte ich das – bei den Göttern – um nichts in der Welt!

Das Gemurmel im Saal erstarb. Begleitet von einem leisen Trommelwirbel betraten Königswitwe Kalperia und Ordensmeister Amondo das Podium. Dann stellten sich links und rechts eines jeden Einganges zum Saal Wachen vom Orden der Steinernen Hand auf – und ich wusste, dass auch von außen Wachen Position bezogen hatten. Schließlich erhob Großmeister Amondo seine Stimme, die ich immer noch als beeindruckend durchdringend empfand.

»Hohe Häuser des Ehernen Reiches. Tradition, Gesetz und Protokoll verlangen die hier eingetretene Versammlung. Sie wird solange tagen, bis ein neuer Großkönig oder eine neue Großkönigin daraus hervorgegangen sein wird. Dabei haben sich fünf von sechs Fürstentümern auf diese eine Person zu einigen.

Sollte an diesem Tage keine Einigung erzielt werden, wird dieses Konklave von heute an Tag für Tag zusammentreten, um sich zu beraten und einen neuen Herrscher oder eine neue Herrscherin über das Eherne Reich zu finden.«

Er blickte mahnend in die Runde. Alles schwieg.

»Alsdann«, fuhr er fort, »erkläre ich dieses Konklave für eröffnet, sobald im Saal gemäß dem Protokoll der Hymnus des Aan abgesungen wurde. Bitte erhebt euch dazu!«

Jeder kam dem nach, sofern er nicht bereits stehend verweilte. Ein leises Horn setzte an und die mehreren Dutzend Anwesenden fielen gemeinschaftlich in die Melodie ein. Es war einer der sehr wenigen Momente, die einen noch glauben machten, das Eherne Reich sei die feste politische Einheit, die es so gerne wäre.

Fürst Aan rief einst die Menschenvölker
unter seinem Banner kühn
Da sein Traum und Herzenssehnsucht
dereinst wahr geworden schien:
Ein Reich in unserm Lande Dorn
Wie Brüder, ehern und verschwor'n

Nachdem der Kantus verklungen war, begann schließlich das Konklave.

Und trotz der wenigen verbliebenen Fürstentümer im Reich, sollte es sich aufreibender als je zuvor gestalten.

Nach und nach wurden die Häuser aufgerufen, Vorschläge anzubringen, wer der nächste Großkönig über das Reich zu sein hatte.

Zuerst trat Alen Wetmann auf das Podium. Ebenso streng wie gutmütig blickte er um sich und hob an.

»Hohe Häuser des Ehernen Reiches. Als neuen Großkönig über das Reich und seine Fürstentümer möchte ich Atrus von Pjern zur Wahl stellen. Dieser Mann regierte bereits die vergangenen Jahre weise über die große Stadt Pjern, wird vom Volk geliebt und lässt in seinem Amt große Gerechtigkeit walten.

Der Blick in die Geschichte gibt uns recht. Tatsächlich stammten vier der bisher dreizehn Großkönige und -königinnen aus dem Seenland. Dort wird Langmut großgeschrieben und eben dieser wird den Menschen des Reiches immer zugute kommen.«

Alles schwieg, während Alen das Podium verließ.

»Ich rufe das Haus zu Falkenberg auf«, verkündete Amondo.

Ich sparte mir den Weg zum Podium, erhob mich stattdessen in der Loge. Laut und deutlich sprach ich das Nötigste: »Hohe

Häuser des Ehernen Reiches. Das Haus zu Falkenberg stellt niemanden zu dieser Wahl auf.«

Mehr war nicht zu sagen.

»Das ist auch besser so«, krähte Serion von Gamar, gerade laut genug, dass jeder im stillen Saal es hören konnte. Gelächter hellte hier und dort auf.

»Ruhe!«, befahl Amondo. »Ich erinnere die Hohen Häuser daran, dass ich als Großmeister des Ordens der Steinernen Hand berechtigt bin, Mitglieder des Konklaves von diesem auszuschließen, wenn sie durch respektloses Verhalten das Konklave stören sollten. In dem Fall ist dieses Fürstentum nicht mehr stimmberechtigt und die Anzahl der benötigten Stimmen verringert sich auf vier von fünf. Jedoch dürfen Beauftragte des betroffenen Fürstentums weiterhin Kandidaten zur Wahl stellen.«

Er blickte Serion von Gamar direkt an. Der Gesichtsausdruck, den ihm seine glänzenden dunkelbraunen Augen verliehen, hätte den härtesten Granit sprengen können.

Serion erwiderte ihn. Der Mann mittleren Alters, der trotz seines schwarzen Bartes dieselbe goldene Haarfarbe wie seine Tochter aufwies, hatte sich aufrecht auf seinen Stuhl gesetzt.

»Das wagst du nicht, Großmeister«, rief er.

Doch Amondo blieb ungerührt.

»So sagt es das Gesetz, das alle zu achten haben. Ich belasse es bei einer Ermahnung …«

Hörbares Aufatmen auf allen Rängen.

»… für alle Anwesenden!«

Kein Aufatmen mehr.

»Als nächstes Rufe ich das Haus Gamar selbst auf!«

Schnaubend machte Serion sich auf den Weg von seiner hölzernen Loge nach unten auf das Podium in der Mitte.

»Hohe Häuser des Ehernen Reiches.« Man merkte seiner zitternden Stimme die mühsam unterdrückte Wut an. »Als neue Großkönigin über das Reich und seine Fürstentümer möchte ich Ellyn von Gamar vorschlagen, meine Tochter. Sie ist klug und weitsichtig und von einem hervorragenden Verständnis für politische Belange. Außerdem besitzt sie als Tochter ihrer Mutter, Mara von Hratis, ein von Natur aus friedvolles und in sich ruhendes Wesen. Den aufbrausenden Charakter ihres Vaters, für den ich mich in aller Form entschuldigen muss, hat sie nicht geerbt. Selbst in schwierigen Zeiten wird sie den Durchblick bewahren und mit sicherer Hand das Schiff durch den Sturm lenken.«

Er trat weg.

Also doch, dachte ich bei mir. Ellyn von Gamar würde zur Wahl stehen. Ihr Vater hatte sich sogar öffentlich entschuldigt, um nicht unnötig in Misskredit zu geraten. Nicht, dass mir das nicht eine gewisse grimmige Befriedigung verschaffte, aber es erhöhte natürlich auch die Anzahl der Kandidaten und verlängerte so den Einigungsprozess.

Nach und nach traten die anderen Häuser auf. Und jeder hatte einen Kandidaten oder eine Kandidatin vorzubringen.

Ich stützte den Ellenbogen auf die Lehne meines Stuhls und vergrub das Gesicht in einer Hand. Dieses Konklave würde wahrscheinlich ewig dauern.

Das Forum wurde eröffnet. Von jetzt ab durften alle Häuser nach Anmeldung Redner auf das Podium stellen, die das Für und Wider ihrer oder anderer Kandidaten und Kandidatinnen öffentlich besprachen. Sie durften auch Meinungsbilder in Form von Urnenwahlgängen fordern, um jederzeit vorhandene oder eben nicht vorhandene Mehrheitsverhältnisse abzufragen und notfalls gewinnbringend anzubringen.

Der Tag zog sich hin, zähflüssig wie Teer. Ich hatte mich noch nie in meinem Leben derart überflüssig gefühlt. Jedes Herrscherhaus wollte unbedingt den eigenen Kandidaten durchbringen. Es war nicht abzusehen, dass jemand frühzeitig von seinem Vorschlag abrücken würde.

Als die Sonnenstrahlen des Nachmittags, die durch die hohen, aber schmalen Fenster drangen, bereits eine honiggelbe Farbe angenommen hatten, unterbrach Amondo das Forum schließlich.

»Hohe Häuser, ich beziehe mich auf einen Passus im Reglement des Konklaves. Er gilt für den Fall, dass ein nahes Ende des Konklaves nicht absehbar ist.

Da dies angesichts der Vielzahl von Kandidaten offensichtlich nicht der Fall ist, bin ich zu diesem Schritt gezwungen. Ich Frage daher zunächst in die Runde: Ist eines der Hohen Häuser bereits gewillt, den eigenen Kandidaten oder die eigene Kandidatin zurückzuziehen? In diesem Fall bitte ich um Handzeichen.«

Er gab die Gelegenheit dazu, aber niemand hob eine Hand.

»Dann«, fuhr er fort, »muss ich das Konklave bitten über eine Person abzustimmen, die die Regierungsgeschäfte des Großkönigs fortführen wird, während das Konklave andauert. Diese Person muss einem der Hohen Häuser angehören und darf selbst keinerlei Ansprüche auf den Thron stellen, darf also nicht zur Kandidatur aufgestellt worden sein. Oder aber das Konklave stellt den Großmeister des Ordens der Steinernen Hand zu diesem Zwecke ab. Dann jedoch müsste das Konklave einen neuen Vorsitzenden wählen, der es weiterhin leitet.«

Unruhiges Gemurmel erhob sich. Jetzt wurde es interessant. Zwar hatte ich das Reglement im Vorfeld gelesen und konnte mich flüchtig an diesen Passus erinnern, hatte jedoch nie ernsthaft erwägt, dass er zum Tragen kommen könnte. Vor allem nicht so schnell. Aber Amondo hatte natürlich recht. Wenn die nächsten Tage so weitergehen würden, würde das Konklave noch ziemlich lange andauern.

Erimee von Dinster erhob sich. Ganz in Grün gekleidet und von einiger Körperfülle, gab sie ein imposantes Bild ab.

»Aber es ist doch nicht gesagt, dass dieses Konklave eine Ewigkeit dauert.«

»Das nicht, werte Gräfin«, gab Amondo zu. »Aber die Regierungsgeschäfte liegen bereits seit Wochen danieder. Und angesichts des gegenwärtigen Standes des Konklaves sehe ich nicht, dass sich die momentane Pattsituation innerhalb weniger Tage auflösen wird. Oder bist du etwa bereit, deinen Kandidaten zurückzuziehen, Gräfin?«

Erimee verneinte entschieden.

»Dann bleibt mir nichts anderes übrig«, resümierte Amondo.

Da stand Alen Wetmann auf und erhob die Stimme.

»Hohe Häuser. Darf ich vorschlagen, dass wir das uns bevorstehende Prozedere abkürzen?«, fragte er in die Runde, setzte aber ohne eine Zustimmung abzuwarten gleich wieder ein. »Wir haben einen Kandidaten unter uns, der keinerlei Ansprüche auf den Thron stellt. Ja, der noch nicht einmal jemanden zwecks einer Kandidatur ins Feld führt. Er ist völlig unbelastet von den Versuchen, einen persönlichen Vorteil aus diesem Konklave zu ziehen, dem wir hier wohl noch einige Zeit nachgehen werden.«

Oh, oh. Mir schwante nichts Gutes bei Alens Worten.

»Deckard von Falkenberg«, verkündete er schneller, als irgendjemand ihm ins Wort fallen konnte.

Das saß. Damit hatte ich nun absolut nicht gerechnet. Schon gar nicht heute.

»Deckard ist ein äußerst milder Herrscher in Falkenberg und hat trotz seiner jungen Jahre bereits große Erfahrung in allen Regierungsbelangen. Er wird die Amtsgeschäfte des Königs weise führen, solange diese Versammlung tagt, da bin ich sicher.«

Ich sah Erimee von Dinster bereits nicken, während die Familie von Lilienbach tuschelnd die Köpfe zusammensteckte.

»Niemals«, schrie Serion von Gamar erbost dazwischen. »Die Falkenberger haben keine Ahnung von der großen Politik. Das ist ein verschwindend kleiner Fleck am Ende der Welt. Wie stellt ihr euch das vor?«

»Beruhig dich, Serion«, konterte Alen schneller, als ich überhaupt die Chance hatte, dazwischenzukommen. »Er soll lediglich dafür sorgen, dass die Amtsgeschäfte nicht zum Erliegen kommen und das Reich weiter seinen gewohnten Gang gehen kann, während wir hier über die langfristige Zukunft beraten.«

»Warum eigentlich nicht?«, fiel die dicke Erimee in den Tenor ein. »Der junge Graf hat keinerlei Interesse an dem Amt des Königs. Außerdem hat Alen Wetmann recht. Die Bewohner Falkenbergs sind hochgradig zufrieden mit ihrem Regenten.«

Bei den Göttern, was sollte das hier?

Nun erhob sich sogar der biedere Pelikor von Gramenfeld.

»Als Übergangslösung scheint mir das durchaus möglich«, warf er ein. »Ich bitte, dass wir damit nun auch schnell zur Abstimmung kommen. Denn ich will ehrlich sein: Langsam kann ich nicht mehr sitzen.«

Einen solch deftigen Spruch hatte ich ausgerechnet vom Herren über Gramenfeld nicht erwartet.

»Nun denn«, brachte Amondo alle Anwesenden zum Schweigen. »Dann lasse ich die Köpfe der Hohen Häuser nun per Handzeichen abstimmen. Die Mehrheitsverhältnisse sind dieselben wie bei der Königswahl.

Welches Haus stimmt dafür, Deckard von Falkenberg interimshalber die Amtsgeschäfte des Königs zu treuen Händen führen zu lassen, solange dieses Konklave tagt?«

Alle standen sie auf und hoben eine Hand. Alen, Erimee von Dinster, Silena von Lilienbach und Pelikor von Gramenfeld. Lediglich Serion blieb stur sitzen. Das war nicht anders zu erwarten.

Mein Herz schlug mir bis zum Hals. Ich überlegte fieberhaft. Ich wollte das nicht, beim besten Willen nicht. Aber vielleicht war das genau die Möglichkeit, die es brauchte, um das Ansehen von Falkenberg bei den anderen Häusern ein wenig zu verbessern. Außerdem war es meine verdammte Pflicht, wenn ich schon von den höchsten Stellen darum gebeten wurde.

Amondo sah mich durchdringend an.

Und Ellyn von Gamar ebenfalls.

Bald ruhten alle Blicke im Saal auf mir.

Also rückte ich den Stuhl zurück, stand auf …

… und hob meine Hand.

Kapitel 5

Auf und abseits der großen Bühne

Ich hatte mir ein kleines Abendessen in mein Gemach bringen lassen. Um nichts in der Welt wollte ich jetzt beim Rest der hochherrschaftlichen Veranstaltung im großen Saal sitzen. Ich wusste ja, was auf mich zugekommen wäre.

Mein Problem mit dem Betreiben von Politik war nicht, dass ich Entscheidungen fällen musste. Entscheidungen musste jeder früher oder später treffen. Egal, ob es nun bloß kleinere von geringer Tragweite waren, oder die großen, zukunftsweisenden Entscheidungen. Wenn man jedoch herrschte, war das wirklich Problematische am Fällen von Entscheidungen, dass man es möglichst allen recht machen musste.

Ich wollte meine Ruhe. Ich hatte mich in meinem kleinen Fürstentum am Ende der Welt hinter Arbeit vergraben wollen, um mich in Ruhe der Trauer über meine seelischen Verletzungen hinzugeben. Aber ich hatte es nicht gekonnt. Die Menschen hatten jemanden gebraucht, der regierte. Und sie brauchten ihn weiterhin. Wenn ich es nicht tat, tat es womöglich jemand, der es wesentlich schlechter mit seinen Leuten meinte.

Es hieß also seit jenen Tagen, zu seiner Verantwortung zu stehen.

Und das hieß es auch jetzt und hier, in der Hauptstadt des Ehernen Reiches.

Manchmal hoffte ich, dass meine Einstellung zu Dingen wie Loyalität und Aufrichtigkeit mir nicht irgendwann einmal ein Bein stellen würde.

Aber Loyalität war so unglaublich wichtig in meinen Augen. Nur, wenn ich mich einem Prinzip oder einer Sache verschrieben hatte, konnte ich auch alles für sie geben. Und nur dann konnte sie gelingen.

Deshalb hatte ich auch noch nicht hingeworfen in Falkenberg, obwohl ich mir schon lange überlegt hatte, die Regierungsgeschäfte vielleicht wenigstens einmal für ein paar Monate meinem Haushofmeister Dirnt und Hermelink zu gleichen Teilen zu übertragen, um auf Reisen zu gehen. Irgendwohin, um mit mir allein zu sein.

Aber es ging nicht. Und so verhielt es sich auch mit dem Reich. Allerorts wurde darüber spekuliert, wie lange das Reich noch halten würde. Wie lange würde ein aus Idealismus angerührter Kleister dem fragilen Gebilde aus Fürstentümern noch Stabilität verleihen? Ich wusste es nicht, aber im besten Falle noch lange, lange Zeit. Wenn ich nur an die unschätzbaren Vorteile des Reiches dachte: Man stand als politische Größe anderen gegenüber. Man besaß im Notfall gebündelte militärische Macht, ohne lange vorher fragwürdige Bündnisse schließen zu müssen. Überall im Reich galt die gleiche Währung aus Hellern, Pfennigen und Talenten – und sie wurde streng überwacht. Kaufleute konnten Grenzen zwischen Fürstentümern ungehindert passieren – und die Leute konnten an Waren gelangen, für die sie ansonsten lange, gefährliche Reisen und horrende Wegzölle hätten bezahlen müssen.

Kurzum, das Eherne Reich bot ausschließlich Vorteile für die breite Masse an Bewohnern.

Ich wanderte unruhig umher, spielte mit dem Griff von Erlenfang an meiner Seite. Morgen würde ich die Amtsgeschäfte des Königs übernehmen müssen. Zwar nur vorübergehend, aber immerhin. Andere Leute hätten vielleicht von sich behauptet, sie wären nun die mächtigste Person im ganzen Ehernen Reich. Ich sah es eher wie König Hroth es getan hätte: Ich war nun die Person mit der meisten und größten Verantwortung im Reich. Und diese Bürde lastete schwer auf meinen Schultern.

Wieder schlief ich unruhig und alles in allem eher schlecht.

Nach einem kurzen, deftigen Frühstück, das ich zusammen

mit Hermelink einnahm, wurde ich von Amondo abgeholt und in den Hauptturm und die Arbeitsräume des Königs geleitet. Während wir durch die Gänge streiften, unterhielten wir uns.

»Ich werde die Tagungszeit des Konklaves verkürzen«, meinte Amondo und zupfte an seinem perfekt gestutzten Bart.

»Wieso das?«, wunderte ich mich.

»Es wird sonst zu anstrengend«, war die einfache Erklärung. »Ich werde das Konklave auf vier Stunden am Tag begrenzen. Danach lässt die Konzentration nach, die Teilnehmer werden gereizt. Es ist der Stimmung und letztendlich auch dem Ergebnis abträglich, wenn ich die Hohen Häuser länger las nötig am Tag damit belaste.«

»Aber dann wird das Konklave noch viele Wochen gehen.«

»Das bezweifle ich.«

»So?«

»Die Fürstentümer müssen regiert werden. Du bist in dieser Hinsicht anders, Graf von Falkenberg. Du überlässt das Regieren vertrauensvoll jemand anderem über eine gewisse Zeit.«

Ich nickte.

»Aber die anderen Häuser – abgesehen vom Herrn des Seenlandes – sind nicht so«, meinte Amondo weiter. »Sie spielen die althergebrachten Ränkespiele. Spätestens dann, wenn sie ihre heimatliche Position als durch ihre Abwesenheit geschwächt sehen, werden sie ihre Kandidaten nach und nach zurückziehen.«

»Also sitzen wir das Ganze sprichwörtlich aus?«, hakte ich nach.

»So ist es.«

»Aber laufen wir nicht gerade dann Gefahr, dass jemand auf dem Thron Platz nimmt, der dort keine gute Figur macht?«

Amondo blieb stehen und sah mich ernst an. Seine dunklen Augen drangen förmlich in mich.

»An dieses Problem glaube ich nicht, Graf«, sagte er fest. »Alle vorgestellten Kandidaten halte ich für fähig. Es gilt nur, den Fähigsten oder die Fähigste unter ihnen zu finden. Und diejenigen, die ernsthaft besorgt um das Wohl des Reiches sind, werden ihre Interessen früher oder später mit mehr Nachdruck durchsetzen. Wer hier nur Ränkespielchen spielen will, der wird es irgendwann leid sein, wenn das Konklave zu lange andauert.«

Ich nickte wieder und konnte nur hoffen, dass Amondo Recht behielt.

Das Arbeitszimmer von König Hroth unterschied sich verblüffend wenig von meinem eigenen. Na gut, es war erheblich größer. Ein Schreibtisch, auf dessen Arbeitsfläche man ohne weiteres mein gesamtes Zimmer hätte platzieren können, stand mitten im Raum. Durch ausladende Fenster hatte man einen freien Blick nach Süden und die Luft wehte in sanften Brisen direkt vom Meer herein. In Anselieth war das Wetter eine Spur milder als in Falkenberg. Überhaupt waren alle Länder diesseits vom großen Kamm von verhältnismäßig milden Wintern und warmen Sommern gesegnet, während die Fürstentümer nördlich des großen Kamms weder das eine, noch das andere hatten.

Ich verschaffte mir einen ersten groben Überblick über das Chaos von verschiedenen Stapeln mit Schriftstücken. Alle möglichen Dokumente, Briefe und Schriftrollen lagen hier übereinander. Hroth hatte viel gearbeitet, aber war offenbar kaum gegen die Berge aus Papier angekommen.

»Dies ist Tomsquill«, bemerkte Amondo.

Ich drehte mich um und sah einen dünnen, beinahe hageren Mann in meinem Alter, der in der Ecke hinter der Tür stand. Ich hatte ihn beim Hineinkommen nicht bemerkt.

»Er ging König Hroth als Sekretär zur Hand und hat Kenntnis über die dringlichsten Anliegen.«

Tomsquill nickte mir zu. Er hatte schwarzes, zerzaustes Haar und seine Augen blitzten fröhlich.

»Zu Diensten, Herr«, sagte er.

»Ich bin erfreut«, gab ich zu. Glücklich darüber, nicht allein Herr der Lage werden zu müssen.

In der folgenden Zeit war ich von den Sitzungen des Konklaves freigestellt und wurde lediglich dazu gerufen, wenn es probehalber Abstimmungen durchzuführen galt. Zwar hielten mich Hermelink und Lemander stets auf dem Laufenden, dennoch enthielt ich mich in den allermeisten Abstimmungen. Die Pflichten des Königs vereinnahmten mich völlig.

Während Amondo Herr des Konklaves war, wusste Tomsquill immerzu, welches Dokument ich zu lesen oder zu verabschieden hatte. Es ging vielfach um Handelsverträge, in denen neue Zölle und Konditionen für bestimmte exotische Güter festgesetzt wurden. Es ging um die Verteilung von Ländereien in Gebieten, die von den Fürstentümern nicht explizit beansprucht wurden. Es ging um Korrespondenzen mit den Herren und Magistraten der freien Städte, von denen mir die meisten ziemlich sinnlos und nur der Höflichkeit halber geführt vorkamen. Es ging um Aufträge für Reeder und Dachdecker und Schmiede. Es ging um Berichte des Ordens aus entlegenen Gebieten. Es ging um dieses, jenes und noch viel mehr.

Und leider war das noch längst nicht alles.

Ich hatte im Thronsaal Richtsprüche zu tätigen. Die meisten kleineren Gaunereien und Ungerechtigkeiten wurden mir glücklicherweise von Beamten abgenommen. Doch war ich beispielsweise die letzte Instanz des Streitschlichtens, wenn sich mittelschwere Kaufleute des Warendiebstahls oder der Monopolstellung bezichtigten. Dann galt es, sich alle Einzelheiten von den Betroffenen oder gar ihren Advokaten vortragen zu lassen, alles fein säuberlich dokumentieren zu lassen und schließlich im Einklang mit geltenden Gesetzen eine Entscheidung zu fällen. Dabei erwies sich genau dieser stets geforderte Einklang mit den Gesetzen als tückisch. Ich konnte nicht einfach Gerechtigkeit walten lassen, wenn es die Gesetzesbücher nicht hergaben. Die Advokaten des Hofes bewahrten mich dabei vor feineren und gröberen Schnitzern. Das war äußerst ärgerlich. Ich begann, die Regierungsarbeit Hroths noch einmal mit anderen Augen zu sehen und ihr ein Vielfaches des Respekts entgegenzubringen, den ich bereits übrighatte. Glücklicherweise erwies sich auch Tomsquill als wandelnde Enzyklopädie in Gesetzesfragen – er wusste oft genug, wo ich was nachzuschlagen hatte. Ein Segen für meine neue Aufgabe.

Ich ließ es in den folgenden Tagen zur Gewohnheit werden, nicht mit dem Rest der Hohen Häuser zu speisen, sondern meist allein oder in kleiner Runde mit Hermelink und Lemander, um mir die Ergebnisse des Tages berichten zu lassen. Doch das Konklave schien nur schleppend voranzukommen. Immerhin hatte Silena von Lilienbach ihren Kandidaten zurückgezogen, einen gewissen Hauptmann Beverold. Aber das überraschte kaum, da es sich bei Beverold nicht um ein Familienmitglied handelte. Alle Familienmitglieder aus Hohen Häuser hingegen waren noch im Spiel. Auch Alens Kandidat, der Bürgermeister von Pjern. Entlastungen der Debatten im Konklave waren also wohl nicht in Sicht.

Am Ende eines Tages war ich völlig geschafft. Ich schlief wieder besser und natürlich auch sehr komfortabel, bevor es bei Tagesanbruch wieder hinausging.

Besonders dankbar war ich dem Orden der Steinernen Hand. Ihre Garde war höflich und vor allem unauffällig. Sie schätzten meine Privatsphäre, ließen aber niemals einen Zweifel daran aufkommen, dass sie im Ernstfall schnell und entschlossen handeln würden. Kurz und gut, man fühlte sich in ihrer Gegenwart absolut sicher und geborgen. Und das hielt mir den Rücken frei für die täglichen Geschäfte.

Am fünften Tag meiner Interims-Herrschaft, hatte ich wieder allein in meinem Gemach zu Abend gegessen. Es war einer der ersten lauen Frühlingsabende; ich hatte die Tür zum Balkon geöffnet und lehnte im Türrahmen, um nach Osten über die Bucht und das Flussdelta bis hin zu den Sümpfen von Leith zu blicken. Die Aussicht war unglaublich. Wenn ich mich weit über die Brüstung beugte, konnte ich sogar bis nach Norden schauen und bei Tag den Totenhügel vor der Stadt sehen, wo Menschen und Elben einst ihre Gefallenen begraben hatten.

Dunkel zeichnete er sich als Erhebung ab. Man hatte seinerzeit viele Wagenladungen großer und schwerer Steine von den Klippen bis dorthin auf das ehemalige Schlachtfeld vor der Stadt gekarrt. Der große Berg von Leichnamen sollte erst unter Stein und Geröll und im Laufe der Zeit von Gras und sonstigem Bewuchs begraben werden.

Die Geräusche der Stadt drangen zu mir herauf. Gedämpft zwar, aber das hektische Treiben in den Gassen war doch deutlich wahrzunehmen. Ich hielt einen Becher hellen Beerenweins in der Hand, der in der Nähe von Ammhausen gekeltert worden war und nippte in lockeren Abständen daran. Ich war dabei, den Tag ausklingen zu lassen ohne an all die Verpflichtungen zu denken. Insgeheim hoffte ich, das Konklave würde zu einem Ende kommen und ich könnte dieser Stadt endlich wieder den Rücken kehren und …

Es klopfte.

»Ja?«

Eine Gardistin des Ordens betrat den Raum.

»Besuch, Herr«, sagte sie knapp.

Ich seufzte. Ja, immerzu wollte jemand irgendetwas.

»Ist in Ordnung«, gab ich zu verstehen, ohne hinzusehen und nippte wieder an dem hellem Ammhausener.

Ich hörte Schritte und wand mich um.

Da stand Ellyn von Gamar mitten in meinem Gemach. Sie trug ein dunkelgrünes, enganliegendes Kleid. Beinahe etwas zu dünn für den Frühlingsabend, aber auf der anderen Seite war sie aus dem Norden von Gamar sicherlich andere Temperaturen gewöhnt.

»Majestät«, nickte sie mir zu und ein flüchtiges Grinsen huschte über ihr Gesicht.

»Bitte nicht«, sagte ich ernst. »Ich stehe doch noch nicht einmal zur Wahl.«

»Und dennoch hast du dieses Amt zur Zeit inne«, entgegnete sie. Einen wahren Kern hatte ihre Aussage.

»Etwas, das deinem Vater sicherlich alles andere als recht ist«, versuchte ich.

Doch sie winkte ab.

»Ach«, sagte sie. »Mein Vater ist aufbrausend.«

»Was du nicht sagst.«

»Ich bin nicht wie mein Vater.«

»Das glaube ich dir sogar. Aber verrate mir: Warum bist du eigentlich hergekommen?«

»Um zu reden.«

Das hatte ich mir schon gedacht. Weswegen sollten die Leute sonst zu mir kommen? Dennoch war es irgendwo bemerkenswert, dass ein Mitglied der Familie von Gamar den Markgrafen von Falkenberg freiwillig aufsuchte, um ein Gespräch zu führen. Ich beschloss also, es vorsichtig anzugehen.

»Worüber möchtest du denn reden?«, fragte ich, so zuvorkommend, wie es mir nur irgend möglich war.

»Ich würde gerne wissen, wie es so ist«, gab sie von sich. Ich musste daraufhin für einen Augenblick wohl recht verwirrt geguckt haben, da sie hell auflachte.

»Entschuldige«, grinste sie. »Vielleicht sollte ich mich besser verständlich machen.«

Ich nickte behutsam.

»Ich dachte, ich frage einfach mal, wie es so ist zu regieren.«

Diesmal versuchte ich, meine Verwunderung besser zu verbergen.

»Wieso … fragst du das nicht deinen Vater?«

»Mein Vater ist nicht König.«

»Das bin ich auch nicht.«

»Aber *du* machst gerade dessen Arbeit.«

»Anstrengend.«

»Wie bitte?«

»Ich sagte, es ist anstrengend, die Amtsgeschäfte zu übernehmen. Es ist viel Papierkram, ich muss viel, oft und lange diversen Verfahren zuhören, die vor Gericht aufgelaufen sind, nachdem Hroth verstorben ist …«

»Aber du tust, was du tun musst.«

Ich hielt inne. Was wusste diese Frau über mich? Oder was meinte sie über mich zu wissen? Und was sollte dieses Gefrage überhaupt? Natürlich tat ich, was ich tun musste. Das war womöglich eine meiner größten Stärken und Schwächen zugleich.

»Du bist doch noch lange nicht zur Königin gewählt«, sagte ich. »Was macht dich also dermaßen sicher, dass du überhaupt in die Verlegenheit kommst?«

»Ich wäre gerne Königin«, sagte sie frei heraus.

Warum verwunderte mich das? Vielleicht, weil ich es eben nicht wollte. Oder weil ich automatisch glaubte, jeder Kandidat im Konklave wäre nur eine geschickt platzierte Figur auf dem Spielfeld, wie beim Königsturm-Spiel.

»Aber wieso?«, hakte ich nach.

»Vielleicht bin ich ja anders als mein Vater?«

»Aber dein Vater unterstützt deine Wahl«, gab ich zu bedenken. »Er muss auch wollen, dass du Königin wirst.«

»Natürlich will er das. Aber für ihn ist es vorwiegend eine taktische Überlegung. Ihn selbst würde man nicht zum König wählen. Dafür hat er es sich im Laufe der Zeit mit zu vielen Leuten aus dem Konklave verscherzt. Außerdem hat er ja noch meinen Bruder Timerion, der ihn in Gamar beerben kann. Würde ich tatsächlich Königin, hätte er in der Folge den Einfluss Gamars auf ein Maximum ausgedehnt.«

Also doch!, verfluchte ich mich innerlich. Sie wollten alle nur den eigenen Vorteil suchen.

»Womit mein Vater aber nicht rechnet«, fuhr sie jedoch fort, »ist die Tatsache, dass ich nicht vorhabe, seine ureigenen Interessen als Herrscherin über das Reich durchzusetzen. Das Reich kommt so, wie es ist, gut zurecht.«

Das überraschte mich. Ich warf ein: »Wenn das Reich denn noch lange Bestand hat.«

»Natürlich hat es das«, betonte Ellyn eifrig. »Es wäre dramatisch, wenn es nicht fortbestehen würde. Allein die wirtschaftlichen Vorteile sind immens.«

Sieh einer an, dachte ich bei mir. Hinter Serions bildhübscher Tochter steckte also viel mehr Einsicht und weltmännisches Geschick, als ihr Vater in all seinen langen Jahren der Herrschaft in Gamar hatte durchblicken lassen.

»Und aus dem Norden Gamars wegzukommen, wäre ein sehr positiver Nebeneffekt. Es ist saukalt da oben«, grinste sie.

Diesmal musste ich zurückgrinsen. Es war erfrischend. Ich konnte mich nicht daran erinnern, dies in Gegenwart Serions je getan zu haben.

»Vielleicht habe ich ja Glück«, meinte sie. »Und für diesen Fall wollte ich wissen, wie es so ist, als junger Mensch zwischen all den alten Adeligen zu stehen und zu regieren.«

Ich zuckte mit den Achseln.

»Wie gesagt, bisher ist es eher anstrengend.«

»Hm«, machte Ellyn. »Und wie war es all die Jahre zuvor?«

»Wie zuvor?«

»Na, du bist immerhin Markgraf von Falkenberg. Und wenn ich die Chroniken richtig verstehen, bist du das bereits seit deinem zwanzigsten Sommer.«

Das stimmte und es war mein empfindlicher Punkt. Aber sie redete unbeirrt weiter.

»Es ist beeindruckend, in diesem Alter ein ganzes Fürstentum des Ehernen Reiches unter sich zu haben und-«

»Ich habe kein Fürstentum *unter* mir«, unterbrach ich sie so sanft wie möglich. »Und vielleicht erzähle ich dir ja, wie es ist, als junger Mensch unter Aasfressern zu leben, die nur darauf warten, dass etwas für sie vom Tisch fällt. Aber das tue ich sicher nicht heute.«

Enttäuscht senkte sie den Kopf.

»Entschuldige«, sagte sie, »ich wusste nicht, dass ...«

»Ist schon gut«, ermunterte ich sie. »Du kannst nichts dafür, wie dein Vater ist. Aber das ändert nichts daran, dass er mich häufig hat spüren lassen, dass ich seiner nicht würdig bin.«

»Das ist sicher unangenehm.«

»Ich nehme es nicht so persönlich, aber es strengt einen über die Jahre einfach sehr an, weißt du?«

»Wer könnte das besser wissen als ich?«

Ich lächelte milde.

»Was hältst du davon, wenn du morgen einfach noch einmal zum Abendessen vorbeikommst? Dann erzähle ich mehr.«

Sie sah mich genau an. Bei den Göttern, in diesen großen Augen konnte man förmlich versinken, in den leuchtenden Smaragden ihrer Pupillen …

»In Ordnung«, meinte sie. »Dann also bis morgen.«

Sie deutete eine Verbeugung an und ging. Doch kurz vor der Tür hielt sie noch einmal inne.

»Eine Frage habe ich für heute aber noch«, gab sie vor.

»Ich höre.«

»Warum isst du nicht mit dem Rest der Hohen Häuser im großen Aanssaal?«

»Ich habe nach einem langen Tag gerne meine Ruhe«, antwortete ich wahrheitsgemäß. »Und unter den missgönnenden Blicken einiger gewisser Leute zu speisen ist … na ja, du kannst dir sicher vorstellen, dass ich lieber hier oben bin.«

Sie legte den Kopf schief.

»Ja«, kam auf nachdenkliche Weise von ihr. »Das kann ich mir sogar sehr gut vorstellen.«

»Gut. Dann hätte ich meinerseits auch noch eine Frage.«

»Gerne, Majestät.«

Sie versuchte mich zu ärgern. Ich ging nicht darauf ein, sondern stellte meine Frage.

»Linus, der Berater deines Vaters … ist er ein Elb?«

Urplötzliches Schweigen entstand. Der Schalk aus ihren Augen war mit einem Male verschwunden.

»Woher weißt du das?«, fragte sie, doch wirkte sie dabei eher irritiert als verärgert.

»Das reicht mir als Antwort«, beschloss ich und merkte, wie sich meine Mundwinkel zu einem Grinsen meinerseits verbreiterten. Ein winzig kleiner Triumph. Immerhin!

»Sanfte Wege, Ellyn von Gamar!«, verabschiedete ich sie.

Lia hatte ich viel zu lange nicht gesehen, geschweige denn gesprochen. Das war mir siedend heiß eingefallen, als ich Ellyn nach dem Berater ihres Vaters gefragt hatte.

Also nutzte ich die fortgeschrittenen Abendstunden, um sie aufzusuchen.

Vor ihrem Zimmer hatte wie befohlen meine Garde Wache bezogen. Hermelink achtete außerdem darauf, dass sich Lia nur innerhalb des Ostturms bewegte und auch stets bewacht wurde.

Als ich ihr Gemach betrat, stand sie an einem breiten Fenster und schaute in die weite Nacht des Flussdeltas hinaus. Still war es hier und der Schein von einem halben Dutzend Kerzenständern flackerte auf ihrem hellen Kleid. Ihre glatten, mattschwarzen Haare fielen an ihr herunter, schön wie die Nacht selbst.

»Du wirst mir doch nicht helfen, oder?«, fragte sie tonlos, ohne auch nur den Kopf zu mir umzuwenden.

»Wieso denkst du das?«

Ich durchquerte das Zimmer mit behutsamen Schritten, um mich neben sie in die Balkontür zu stellen.

Von der Seite sah sie mich an, traurig, unendlich traurig. Ihre Augen allein sprachen Dinge über Schuld und Ermüdung, während ihr hübsches Gesicht wie ein Bühnenbild von ihrem Haar preisgegeben wurde.

»Wir sind jetzt schon seit sieben Tagen hier«, sagte sie. Es klang nicht anklagend, es klang bedauernd. »Du hattest gesagt, du hilfst mir. Stattdessen harre ich in diesem Turm wie eine Gefangene.«

Ich wollte es mir gerade zu Herzen nehmen, was sie sagte, als mir einfiel, wie erwachsen Lemander sie behandelt hatte. Ich besann mich. »Ich tue das nicht, um dich zu verletzen, Lia. Und das weißt du ganz genau.«

Sie sah weg, wieder hinaus in die Nacht.

»Ich tue das, weil ich es muss«, erklärte ich bestimmt. »Der König des Reiches ist gestorben und bis die Fürsten jemanden zur Nachfolge bestimmt haben, bin ich es, der die Aufgaben des Königs übernimmt.«

»Du tust es aus falschem Pflichtgefühl heraus«, sprach Lia in die Nacht hinein.

Ich schüttelte den Kopf.

»Jemand muss es tun, Lia.«

»Du glaubst an dieses Reich der Menschen und an seine Bewohner. Du hängst dein Herz daran und merkst nicht, wie es dich ankettet.«

»Ich stehe zum Ehernen Reich, das ist völlig richtig.«

»Aber auch euer Ehernes Reich wird nicht ewig bestehen.«

»Das mag sein«, räumte ich ein. »Aber es ist das einzige Reich, das wir Menschen hier haben. Es ist das Beste, was wir haben. Ich würde es niemals aufgeben.«

»Was ist mit den Nordleuten? Die haben auch ihr eigenes Reich. Oder die Menschenvölker noch weiter entfernt, die Steppenvölker des Endlosen Gräsermeers, die großen Völker des Südens?«

Ich nickte. Natürlich war das Eherne Reich nicht das einzige Menschenreich …

»… aber es ist das Einzige, das *wir* hier haben«, betonte ich abermals. »Ich würde ihm niemals bewusst schaden. Und das würde ich, wenn ich einfach aufbräche, um dich nach Quainmar zu geleiten.«

Lia antwortete nicht darauf. Ruhig und in sich gekehrt schweifte ihr Blick weiter über die Brüstung des Balkons. Über die Lichter des Palastes, die Straßen der Stadt bis hin zu den Osttoren. Die große Küstenstraße entlang, mitten durch die Sümpfe. Ein Glimmen war dort zu erkennen. Vereinzelte Irrlichter.

»Warum bist du gekommen?«, fragte sie schließlich. »Du hast so wenig Interesse an mir. Du überlässt es anderen, mit mir zu reden, du umgehst mich, wenn du kannst …«

»Auch das ist falsch«, sagte ich. »Aber ich will ehrlich sein: Ich empfinde Unsicherheit gegenüber den wenigen Elben, die ich bislang getroffen habe. Wir Menschen behandeln euch nicht gerecht. Einst haben wir dieses Land blutig von euch erstritten und euch nach Quainmar verbannt. Ich fühle also Schuld.

Hinzu kommt, dass ihr Elben ganz anders seid als wir Menschen. Ihr nehmt eure Umgebung anders war, seid weit naturverbundener als jeder menschliche Bauer, der jahrein jahraus sein Feld bestellt. Ihr bewertet vieles anders. Und ihr seid stolze Wesen.

Viele Menschen verstecken ihre Unbedarftheit euch gegenüber hinter Furcht, hinter Hass oder hinter beidem. Ich versuche neugierig zu sein, aber auch ich bin unsicher, weil ich euch nicht kenne.«

Lia sah mich an. Die Trauer in ihrem Blick konnte einem das Herz brechen, wenn man bloß hinsah.

»Deshalb bist du nicht gekommen.«

»Doch, auch. Ich möchte wissen, ob du einen Elben kennst, der Linus heißt.«

Sie wirbelte abrupt herum. Ihre Augen weiteten sich und sie fixierte mich, als wolle sie mich allein mit ihrem Blick festhalten. Einige Atemzüge vergingen, während sich der Schrecken auf ihrem Gesicht immer deutlicher abzeichnete. Die Spannung zwischen uns nahm beinahe feste Gestalt in der Luft an.

Dann wandte sie den Blick ab und ging zu einem Abstelltischchen neben ihrem Bett. Sie nahm ihren ledernen Rucksack hinunter und öffnete ihn.

Die Nollonin. Jene Kristallkugeln, gefüllt mit tiefster Nacht. Ich hatte die Gedanken an sie beinahe verdrängt. Erneut übten sie ihre merkwürdige Faszination auf mich aus. Diesmal widerstand ich ihr prompt. Wohl weil ich bereits wusste, was mich erwartete.

»Was …?«, wollte ich ansetzen, doch Lia schenkte mir einen Blick, unbarmherzig wie eine Königin aus Eis.

»Linus ist derjenige, der unsere Stimmen in die Nollonin gesperrt hat«, sagte sie. Tränen schossen ihr in die Augen.

»Ich wusste nicht, dass er hier ist«, klagte sie. »Aber wenn er es wirklich ist, dann steht euch ein großes Unglück bevor!«

»Du meinst, Linus, der Berater von Serion und Mara von Gamar ist jemand, der die Stimmen eines ganzen Volkes in … *Glaskugeln* sperren kann?«

Es klang so unglaubwürdig wie faszinierend.

»Aber wieso bist du nicht stumm, wenn die Stimmen deines Volkes da drin sind?«, wollte ich wissen und zeigte auf die Nollonin.

»Ich weiß es nicht«, heulte Lia auf. »Vielleicht habe ich meine

Stimme wieder, weil ich den Nollonin nahe bin, schließlich trage ich sie ja mit mir herum. Aber was es auch ist: Alle meine Brüder und Schwestern haben nicht die Möglichkeit dazu. Denn die Nollonin sind viele Hundert Meilen weit fort von Gamar. Sie sind hier, im Zentrum des großen Menschenreiches. Und ich muss sie hier fortbringen. Zurück zu den Wäldern und Seen von Quainmar.«

Ihre Verzweiflung war spürbar. Sie füllte die Luft wie ein ätzender Geruch und verbrannte einem die Haut.

»Wenn ich meine Pflichten hier erledigt habe-«, begann ich, aber Lia unterbrach mich.

»Du bist kein böser Mensch, Deckard. Tu, was du tun musst! Halte mich hier wie eine Gefangene, wenn du meinst, aber denke daran, das sich das Wertvollste eines ganzen Volkes hier in *deinen* Händen befindet!«

Ich sah die drei Nollonin an. Die Nacht waberte in ihnen wie das Unwohlsein in mir. Bedrohlich zuckend, als wolle sie um sich greifen. Ich erschauderte.

»Wenn Linus derjenige ist, der die Nollonin zu dieser Tat … missbraucht hat«, schlussfolgerte ich vorsichtig. »Dann hast du sie ihm … gestohlen?«

Lia nickte weinend.

»Und dann ist es Linus, der Schekich auf dich angesetzt hat.«

Sie nickte wieder.

»Dann dürfte Linus also niemals wissen, dass du hier, quasi unter seinen Augen im königlichen Palast bist?«

»Ich weiß nicht, was er täte, wenn er es wüsste«, weinte Lia. »Die Nollonin bedeuten ihm alles.«

Kapitel 6

Drei Begegnungen

Die Zeit des ruhigen Schlafs war also erneut vorbei. Meine Unterredung mit Lia spukte mir im Kopf rum, wie ein poltender Geist aus einer Legende. Linus war also tatsächlich ein Elb. Und vor allem war Linus offensichtlich ein Zeitgenosse mit ziemlich finsteren Absichten. Möglicherweise hatte er wirklich getan, was Lia sagte. Aber das waren alles Behauptungen, die ziemlich ungeheuerlich waren und deren Tragweite ich bloß erahnen konnte.

Was war, wenn es stimmte? Welchen Vorteil könnte ein Elb daraus ziehen, wenn seine Leute ihre Stimmen verloren hätten? Und vor allem: Konnte ich mehr tun, als dem Elbenmädchen einfach zu glauben? Konnte ich irgendwie beweisen, was Lia behauptete?

Ja, ihr war dieser Schekich auf den Versen und ja, diese Nollonin waren mehr als unheimlich. Aber noch hatte ich keinen Beweis dafür, dass die Elben von Quainmar verstummt waren.

Und was brachte ausgerechnet jemanden wie Serion von Gamar dazu, sich einen Elben als Berater einzustellen? Es war aus meiner Sicht kaum damit überein zu bringen, dass Serion stets betont hatte, wie zuwider ihm Elben waren.

Das passte alles hinten und vorne nicht! Wie ein Mosaik, dessen Steine sich nicht zu einem Ganzen fügen wollten.

Ich konnte Linus nicht einfach auf die Behauptung Lias hin festsetzen. Und wusste auch nicht, ob ich das wollte. Angesichts des Konklaves und jähzorniger Menschen wie Serion, galt es unbedingt die Balance zu finden. Streitende Markgrafen konnte niemand gebrauchen.

Unruhig wälzte ich mich herum. Irgendwann fand ich einen

kurzen Erschöpfungsschlaf, doch bald trieb es mich wieder aus den Federn. Der Kopf arbeitete fieberhaft, sobald ich auch nur ein wenig mehr dämmerte als schlief.

Ich stand auf, hüllte eine Wolldecke um meine Schultern und trat auf meinen Balkon. Erlenfangs Scheide lehnte ich in greifbarer Nähe an den Türrahmen. Die nächtlichen Heimsuchungen von Schekich hatten mich vorsichtig werden lassen. Zwar war ich überzeugt, dass der Orden der Steinernen Hand niemanden heimlich in diesen Palast schleichen lassen würde. Aber sollte sich Lias Behauptung bestätigen, dass Schekich ein von Linus ausgesandter Häscher war, konnte ich mir nicht mehr sicher sein, dass der Mann auch außerhalb der Mauern blieb. Wo auch immer er war, ich hatte seinen Groll auf mich gezogen. Denn ich hatte seinen Stolz verletzt, indem ich ihm widerstanden hatte.

Er wusste nicht, dass ich nach den Geschehnissen des Verlustedikts über die fünf Städte alles daran gesetzt hatte, um niemals wieder wehrlos zu sein. Große Summen waren in eine Ausbildung als Schwertfechter geflossen. Diese Art der Körperbeherrschung hatte mir geholfen, mich und mein Leben zu kontrollieren und mich nach dem Verlust von Esja und meinen Eltern nicht in den Abgrund stürzen zu lassen. Ich hatte Lehrer aus dem gesamten Reich und auch aus dem Süden kommen lassen. Jahre der Konzentration und Übung hatte ich darin investiert, um mir meiner Haut sicher zu sein. Das Schwert Erlenfang unterstützte mich dabei, so gut es ging. Seine Klinge war lang, sehr schmal und leicht aber dennoch biegsam und stabil. Beinahe wie ein zu breit geratenes Rapier, nur wesentlich widerstandsfähiger. Ich wusste nicht, wer dieses Schwert an welchem Ort geschmiedet hatte, doch war es ein wahrer Schatz. Nie hatte ich Turniere bestritten oder mich anderweitig gemessen. Doch die Schritte, Schwünge und Tricks meiner Ausbilder hatte ich nie aufgehört im Stillen zu üben.

Ich streifte die Decke von meinen Schultern und zog Erlenfang aus seiner Scheide. Barfüßig und mit bloßem Oberkörper nahm ich eine Defensivhaltung ein, die mich einer meiner

Meister aus dem fernen Lao gelehrt hatte. Ich fixierte die Flamme einer Kerze auf einem mannshohen Ständer, setzte mit dem Sprungbein zurück, fühlte, wie die Klinge zu einer Verlängerung meines rechten Arms wurde.

Ich atmete aus, begann die kurze Schrittfolge, drehte die geplante Pirouette, deren Schwung ich nutzte, um nach Dreiviertel der Drehung Erlenfangs Klinge in einem besonders schnellen Schwung aus dem Ellenbogengelenk sausen zu lassen.

Dann blieb ich stehen, atmete wieder ein und fixierte die Kerze erneut. Mit Erlenfang in meinem durchgestreckten Arm stieß ich sachte an das oberste Viertel der Kerze. Es fiel vom Rest der Kerze herunter auf den Boden, die Flamme erlosch. Ich hatte die Kerze in einen Stumpf verwandelt. Er endete in einem glatten, waagerechten Schnitt.

Der geschäftliche Teil des Tages wartete und er sollte mich nicht beruhigen. Ganz im Gegenteil.

Mir wurde eine Gesandtschaft der Harjenner angekündigt. Ein Volk aus harten Männern und Frauen, das die Inselkette im nördlichen Meer bewohnte. Ihre Lebensführung unter widrigen Bedingungen war bemerkenswert und ihre Kunst des Schiffbaus legendär. Sie befuhren Meer und Flüsse mit schmalen, schnellen Booten, die dennoch mitunter mehreren Dutzend Mann Platz boten.

Die Harjenner waren die ersten, die – vor beinahe zweihundert Jahren – dem Ehernen Reich den Rücken gekehrt hatten. Ihre Lebensführung hatte sich als zu verschieden erwiesen. Dennoch waren die Harjenner stets die treuesten Verbündeten des Ehernen Reiches gewesen. Vor allem in den kriegerischen Auseinandersetzungen mit den Steppenvölkern des Endlosen Gräsermeers hatten sie sich als zuverlässige Bündnispartner erwiesen. Aber ebenso im langen *Krieg der eisernen Brüder*, der zur Verwüstung der einstigen Fürstentümer im Nordosten geführt hatte, die nun *Die Verlorenen Lande* genannt werden.

Eine Abgesandtschaft zur Bekundung der Trauer und des Mitgefühls wäre dennoch etwas übertrieben gewesen (obwohl König Hroth gute Kontakte zu den Harjennern pflegte, wie ich seinen brieflichen Korrespondenzen entnommen hatte).Und so irritierte mich die Ankündigung doch sehr, Prinz Leonhrak aus Lukae würde persönlich in der großen Halle erscheinen.

Allerdings freute ich mich auf ein Wiedersehen. Vor Zwölf Jahren war Leonhrak ebenfalls in der Hauptstadt gewesen, unter dem Gefolge seines Vaters. Wir hatten einige nette Gespräche geführt, die uns von der Anspannung der Gesamtsituation abgelenkt hatten – zumindest, bevor alles sprichwörtlich mit einem Donnerschlag eskaliert war.

Gespannt wartete ich in der großen Halle. Vor dem Ehernen Thron hatte ich einen kleineren Holzstuhl aufstellen lassen. Ich wollte nicht auf dem Thron Platz nehmen. Erstens war ich nicht der König und zweitens wollte ich kein Gerede.

Müde von der wechselhaften Nacht stützte ich den Kopf auf eine Faust und starrte auf die riesigen, aus Gusseisen geformten Banner der Hohen Häuser. Sie waren noch gewaltiger als jene im Ratssaal, in dem in diesem Moment das Konklave erneut zusammentrat. Sie standen in voller Tradition des Namens, den der Volksmund der Halle gab: Die Aanshalle. Benannt nach dem ersten König des Ehernen Reiches. Doch war die beinahe bittere Ironie der Geschichte, dass das Reich ganz und gar nicht so stählern oder unwandelbar war, wie sein Name glauben machen wollte.

Mein Blick streifte das sogenannte Rubinrote Szepter, das bei der Proklamation des Reiches für König Aan gefertigt worden war und das er bis zu seinem Tode zu offiziellen Anlässen getragen hatte. König Hroth hatte es schließlich über dem Ehernen Thron anbringen lassen, weil ihm das Tragen dieser Insignie als lästig und unnütz erschienen war. Der Name rührte von den länglich geschliffenen Rubinen her, die überall in den Stab und den Kopf des Szepters eingelassen waren und ihm besonders im Licht einen glühend roten Glanz verliehen.

Ein Herold des Ordens kündigte den Besuch an:

»Es betritt zur Audienz den Saal: Prinz Leonhrak aus dem fernen Lukae, samt Gefolge.«

Die schweren Eichentüren des Saales schwangen auf und was ich erblickte, ließ mich bleich werden.

Alte Männer. Ein Dutzend alter Männer betrat den Raum. Oder zumindest machte es den Anschein als wären sie alt. Schütteres Haar fiel in Strähnen über ihre Nacken. Falten zierten ihre Gesichter. Tränensäcke rahmten ihre Augen. An den gestählten Muskeln ihrer Oberarme hingen Hautfalten herunter.

Ich war vollkommen perplex.

»Wer sind diese Männer?«, verlangte ich lauthals zu wissen. »Ich kenne Prinz Leonhrak. Und ich sehe ihn nicht.«

»Doch, das tust du«, schälte sich die erschöpft kratzende Stimme aus der Kehle des vordersten Mannes.

Ich stand auf und durchquerte die Aanshalle mit großen Schritten, bis ich direkt vor dem entkräfteten Haufen stehenblieb.

Tatsächlich. Der Mann in vorderster Front hatte seinen federbestückten Helm abgesetzt und unter den Arm geklemmt. Er sah aus, als hätte er siebzig Sommer oder mehr gesehen. Ein letzter Schimmer des einst so satten Schwarzes lag noch auf seinen Haaren. Er hatte ein von Falten zerfurchtes Gesicht, besonders um die Mundwinkel und Augen. Aber die Gesichtszüge waren absolut unverkennbar. Vor mir stand eindeutig Prinz Leonhrak.

Er trug den Siegelring.

»Bei den Göttern«, hauchte ich und ging um ein Haar in die Knie vor Schreck. »Was ist geschehen?«

Mein erster Gedanke war, dass die Nordmänner vielleicht von einer Seuche heimgesucht worden waren.

»Deckard von Falkenberg«, murmelte der grotesk gealterte Prinz. »Niemand weiß, was geschehen ist. Aber wir brauchen Hilfe. Dringend!«

Ich ließ die Harjenner in den Zimmern der untersten Stockwerke des Ostturms einquartieren und außerdem alles an Ärzten kommen, was im Umfeld des königlichen Hofes zu finden war. Noch hatte ich einen Zeitvorsprung, bevor sich die tägliche Sitzung des Konklaves dem Ende zuneigte. Die Nachricht der übel zugerichteten Nordmänner würde im Palast die Runde machen wie ein Laubfeuer. Ich musste dringend die Initiative ergreifen und mich mit Leonhrak unter vier Augen besprechen, *bevor* andere Mitglieder der Hohen Häuser die Gelegenheit bekamen.

Ich hatte einige Männer und Frauen des Ordens damit betraut, die Versorgung der Nordleute persönlich zu übernehmen. Außerdem hatte ich Tomsquill angewiesen, für größtmögliche Diskretion zu sorgen. Erst einmal wollte ich das Brodeln der Gerüchteküche so still wie möglich halten, auch wenn ich wusste, dass ich es nicht unterbinden würde können.

Schließlich hatte ich Zeit, mich um Leonhrak zu kümmern. Die Wachen vor der Tür wies ich an, niemanden sonst hineinzulassen, gleich welchen Standes. Eine Krankenschwester musste ich nicht hinausschicken, das hatte der Prinz schon selbst erledigt.

Nachdem ich die Tür hinter mir schloss, herrschte im Raum für die Dauer eines Wimpernschlags eine beinahe sakrale Stille, wie ich sie sonst nur in den großen Gotteshäusern der Tempelstadt erlebt hatte.

»Bleib sitzen!«, gemahnte ich Leonhrak, als dieser Anstalten machte, sich zu erheben. »Ich bin niemandes König, ich bin pragmatisch. Ich will kein Katzbuckeln. Viel lieber sind mir Erklärungen.«

Den Schock zu überwinden, der mich und jeden überkommen hatte, der die Nordleute gesehen hatte, war mir noch nicht zur Gänze gelungen. Der alte Mann, der vor zwölf Jahren noch im selben Alter gewesen war wie ich selbst, saß so aufrecht da, wie es ihm möglich war. Gekleidet in ein ledernes Hemd aus gehärteten Schuppen. Es glänzte mehr als es die Augen des Prinzen taten. Er hustete, was wohl ein Räuspern sein sollte, aber es klang rasselnd.

»Ich weiß es nicht genau«, setzte Leonhrak an. »Unser Volk ist in den letzten Wochen rapide gealtert.«

Ich nickte und versuchte es verständnisvoll aussehen zu lassen, obwohl ich absolut nichts verstand.

»Die Nordleute waren doch stets für ihre blühende Jugend und ihre körperliche Stärke bekannt. Was muss euch widerfahren sein, dass sich diese Dinge ins Gegenteil verkehren?«

Leonhrak sah mich mit dem Blick eines geschlagenen Hundes an.

»Wüsste ich das bloß«, knurrte er. »Wüsste ich das bloß.«

»Du bist also hergekommen, um Hilfe gegen «, ich musste nach einem Wort suchen, aber mir fiel nichts Besseres ein, »… diese *Krankheit* zu suchen? Ich bin mir nicht sicher, Leonhrak, aber ich fürchte, auch unsere Ärzte werden ratlos sein.«

Leonhrak schüttelte erschöpft den Kopf.

»Nein«, widersprach er. »Was mit uns geschieht, hat ein dunkler Zauber verschuldet. Ich weiß nicht wie das möglich ist, aber es muss so etwas sein. Dieses Altern … es lässt sich durch nichts bekämpfen.«

Ich versuchte meine Beine ruhig zu halten und setzte mich auf den Stuhl gegenüber des Prinzen, um nicht nervös im Raum umherzuwandern.

»Wie hat das angefangen?«, fragte ich. Es war die beste Frage, die mir einfiel.

Müde blickte Leonhrak zu mir herüber. »Es gibt da etwas«, meinte er. »Etwas, dass so ungewöhnlich war, dass es mir nicht mehr aus dem Kopf gehen will. Vor wenigen Monaten kam ein Elb zu uns ins Inselreich«, erzählte Leonhrak. Schatten legten sich auf seine Augen. »Er war gekleidet wie ein Mensch, ganz und gar nicht exotisch. Er sprach in der hölzernen Halle meines Vaters vor. Seine Sprache war perfekt, als ob er nie etwas anderes getan hätte als die Sprache der Menschen zu sprechen. Er erzählte eigenartige Geschichten von neuen Handelsrouten jenseits der Eiswüsten im höchsten Norden. Weit ab der Barbarenländer sollten sie liegen und direkt ins sagenbehaftete Reich Ebben führen.«

»Ebben«, wiederholte ich. Von diesem Land jenseits des Endlosen Gräsermeers wurden oft absonderliche Abenteuergeschichten erzählt. Es gab keinerlei politischen Austausch und niemand machte sich auf die Reise dorthin, denn der Weg war weit und gefährlich. Die Gebiete der Steppenvölker und die Länder der Unholde lagen auf dem Weg. Und so blieb Ebben in der Vorstellung der Leute mehr Sage als Wirklichkeit. Obwohl es unbestritten war, dass dieses ferne Reich wirklich existierte.

»Nach einigem Hin und Her schickten wir tatsächlich ein Schiff über diese Routen«, erklärte der Prinz weiter. »Und tatsächlich, die Männer fanden jenes Land. Es war reich, Türme von schillerndem Gold ragten in den Himmel. Die Luft soll rein gewesen sein wie am frühen Morgen und die Menschen von einer seltsam bronzenen Hautfarbe. Wir hatten tatsächlich einen Seeweg ins sagenhafte Reich Ebben gefunden.

Unsere Männer brachten reiche Handelswaren mit. Exotische Gewürze, fein gewebtes Seidentuch, allerlei bunte Früchte und wohlriechende Salben.

Der Elb hielt sich fortan vorwiegend in der Nähe meines Vaters auf und machte kluge Anmerkungen zu all seinen Entscheidungen. Wir machten den Schutz des Hafens gegen die Sturmfluten des Winters effizienter, wir bauten verbesserte Lagerhäuser, wir wurden zu Fruchtfolgen auf den Feldern beraten. Der neugewonnene Berater meines Vaters machte sich beim gesamten Volk beliebt durch seine scharfsinnigen Vorschläge und seine hervorragenden Ideen.

Und dann war er eines Tages fort. Niemand hatte ihn gehen sehen, niemand wusste wo er war. Auch hatte er keine Worte des Abschiedes hinterlassen. Er war fort, spurlos verschwunden.

Wenige Tage später begann das Altern. Erst ging es rasend schnell. Deckard, stell dir vor, es laufen Kinder durch Lukae und sie haben weißes Haar und Gesichter voller Falten. Ihnen fehlt die Kraft zum Ballspiel. Ihren Vätern fehlt die Kraft zum Schiffsbau und ihren Müttern reicht sie nicht für die Feldarbeit. Unser Volk geht zugrunde, Deckard.«

Entsetzen packte mich. Leonhraks Geschichte klang so absolut ungeheuerlich – doch er selbst war der lebende Beweis, dass es keine dumme Phantasie sein konnte. Ein Volk voll junger Leute, das quasi über Nacht zu einem Volk voller Greise wurde. Ich erschauerte.

Und dann kam mir ein flüchtiger Gedanke, den auszusprechen ich mich kaum traute.

»Wie war der Name eures elbischen Freundes?«, fragte ich behutsam.

Die von Tränensäcken geränderten Augen des Prinzen schauten mich bedauernd an.

»Linus.«

Das saß. Linus hieß auch der undurchsichtige Berater Serions von Gamar. War das ein Zufall? Hatte ich nicht einmal davon gehört, dass jeder Elb einen einzigartigen Namen besaß? Vielleicht täuschte ich mich auch. Doch der Name gab mir allerhand zu denken. Der Zustand der Nordleute allein wäre schon Grund genug dafür gewesen. Was mir weiterhin Kopfzerbrechen bereitete war das, was mir Leonhrak noch zu berichten hatte.

»Die Riesen verhalten sich merkwürdig«, meinte er, als ich den eigentlich Grund seines markanten Besuches in der Hauptstadt wissen wollte.

»Merkwürdig?«

»Sie sind aggressiv«, betonte der Harjenner-Prinz.

»Ich habe nie mit Riesen zusammengelebt«, gestand ich. »Daher weiß ich leider nicht, wie ein Riese sich normalerweise verhält.«

Das Einzige, *das* mir bestens bekannt war, war die Tatsache, dass die Nordleute auf ihren Inseln und die dort ansässigen Riesen friedlich nebeneinander lebten.

»Sprich nicht über sie, als seien sie Tiere!«, tadelte Leonhrak mich.

»Entschuldige, ich habe keine Kenntnis über die Lebensführung der Riesen. Ich wollte sie nicht beleidigen.«

»Egal«, winkte der Prinz ab. »Das Problem ist, dass die Riesen ihre Gelassenheit, ihre Seelenruhe verloren haben. Oder zumindest scheint es so. Sie sind zwar große, aber sonst sehr sanftmütige Geschöpfe, die kein Leid bei anderen Riesen oder Menschen verursachen.

Doch in letzter Zeit gibt es hier und dort marodierende Banden von Riesen. Berichte erreichten uns, nach denen die Riesen unruhiger werden. Bauern erzählten von Riesenfamilien, die ihre Viehbestände stehlen oder einfach abschlachten. Es ist, als seien die Pferde mit ihnen durchgegangen, als würde sie irgendetwas anstacheln. Es gibt keine sanftmütigen Riesen mehr. Selbst die Friedlichsten unter ihnen sind reizbar und haben schlechte Laune.«

»Hm. Das klingt nach einer ziemlich elenden Situation, wenn du mich fragst.«

»Und nicht nur das. Es gehen Gerüchte um, dass ihr König Ruhman in den verlorenen Landen seine Getreuen um sich sammelt.«

Gespannt sah ich den gealterten Prinzen an. »Aber zu welchen Zweck?«

»Wozu sammelt man seine Truppen, Deckard?«, stellte Leonhrak die rhetorische Frage. »Um irgendwem Ärger zu machen natürlich. Und wenn Ruhman sich nicht aus Spaß mit den Orks oder den Steppenvölkern auf dem Festland prügeln will, dann hat er es auf uns abgesehen.«

»Auf die Harjenner?«

Unglaube erfüllte mich. Warum sollten die Riesen so etwas tun? Wenn sie Jahrhunderte lang friedlich mit anderen Völkern nebeneinander gelebt hatten, gab es doch ausgerechnet jetzt keinen Grund, jemanden ein Leid anzutun. Selbst wenn man leicht reizbar war.

»Deckard, das ist nicht normal!«, beschwor mich der ergraute Prinz.

Das hingegen konnte er gerne laut sagen. Alleine schon der Umstand der so stark gealterten Nordleute war alles andere als normal.

»Und du bist hier …«

»… weil wir dringend Unterstützung brauchen, Deckard.«

Es klang beinahe flehend, wie der Prinz es sagte und seine von Falten umrandeten Augen unterstrichen seine Aussage. Bei den Göttern, was taten mir die Nordleute leid – was ein grässliches Schicksal.

»Ihr wollt militärische Hilfe«, resümierte ich.

»Genau das. Du weißt, ich bitte nicht gern darum. Wir sind ein stolzes und ein starkes Volk. Aber sieh uns an, Deckard!«

Er war den Tränen nahe. »Sieh uns doch bloß an! Wir können unmöglich in einem Krieg gegen die Riesen bestehen.«

Nein, das konnten sie nicht. Wenn es dazu kommen sollte, war das gealterte Volk der Nordleute bloß ein Spielball für ihre Bezwinger. Innerlich verfluchte ich die Götter mehr denn je, dass sie mir eine plötzliche Eingebung verwehrten.

»Ich …«, sagte ich, versuchte es so behutsam wie möglich zu formulieren. »… bin dazu nicht befugt.«

Dem alten Mann auf dem Stuhl mir gegenüber entgleisten alle Gesichtszüge.

»Du bist *was* nicht?«, fragte er bebend.

»Ich darf keine militärischen Aktionen anordnen – außer, wenn das Ehernen Reich direkt bedroht wird. Ich bin *kein König*, Leonhrak. Es …«

»… tut dir leid?«

Ich nickte stumm und betroffen. So war es. Um jeden Putschversuch im Keim zu ersticken, durfte ich als Interimsregent keine militärischen Unternehmungen anordnen. Ich verfügte in kleinem Rahmen über die Männer und Frauen des Ordens der Steinernen Hand, aber eine Streitmacht oder auch nur wenige Kohorten in Richtung des Harjenner-Reichs entsenden durfte ich nicht. Und der Orden würde sich auch mit Recht dessen verweigern.

»Ist das dein Ernst?«, schrie da der Prinz der Nordleute und sprang auf, wobei sein schwerer hölzerner Stuhl krachend nach hinten kippte. »Ihr lebt in diesem Reich und habt uns seit vielen Jahren als Verbündete. Ihr nahmt unsere Hilfe sogar in Anspruch, um im Krieg der eisernen Brüder zu bestehen. Und dann seid ihr auf einmal machtlos, wenn *wir euch* um Hilfe ersuchen? Ein einziges Mal in der verdammten Geschichte dieser Länder – und das auch nur, weil wir selbst nicht in der Lage sind zu kämpfen.«

Er schlug mit Wucht auf den Beistelltisch. Und selbst als alter Mann besaß Leonhrak noch genug Kraft, dass die Tischplatte brach und in sich zusammenfiel.

Keuchend stand er dort, Schweiß rann ihm über die Stirn und aus in seinen Augenwinkeln sammelten sich Tränen des Zorns und der Trauer.

Die Kraft verließ ihn, er sank schluchzend auf die Knie.

»Deckard«, wimmerte er. »Ich verliere mein Volk.«

Ich war für einige wenige Tage oder Wochen der vielleicht mächtigste Mann auf dem gesamten Kontinent Dorn … und trotzdem konnte ich einem verzweifelten Mann nicht helfen. So gern ich auch gewollt hätte.

Ich verfluchte mich selbst und biss mir auf die Innenseite der Wange, um nicht vor Wut zu schreien.

Was sollte ich tun? Was nur?

Es war zum Verrücktwerden, ganz gleich, wie ich es auch betrachtete:

Da kam eine junge Elbin zu mir und klagte, wie schlecht es ihrem Volk geht. Und ich schien mit Blindheit geschlagen. Unfähig zu handeln aufgrund meiner eigenen Zweifel.

Dann kam der Prinz der Nordleute, ein Spross der langen Linie seit König Harjenn sich einst vom Ehernen Reich losgesprochen hatte. Er berichtete von seinem Volk, das sich durch finstere Magie im Niedergang befand.

Die Nordleute wurden durch die Riesen bedroht und ich selbst war aktuell der mächtigste Mann des ganzen Reiches und trotzdem völlig machtlos. Das war für mich das Schlimmste an der ganzen Sache. Ich hätte Leonhrak ja sogar meine eigenen Leute mitgegeben – aber es waren so wenige hier in Reichweite, dass sie dem Prinzen auch keine Hilfe gewesen wären.

Ich musste jetzt so korrekt wie irgend möglich handeln. Falsche Anschuldigungen würden nur aufgebrachte Gemüter weiter in Wallung bringen. Der Elb Linus beschäftigte mich in Gedanken. Ich brauchte Gewissheit … aber wie bekam man sie?

Das Konklave tagte noch, als ich Tomsquill befahl: »Sage bitte alle Audienzen und Gerichtssitzungen für heute ab und sorge dafür, dass zwei Handvoll Ordensleute zu Pferde in einer Stunde am Nordtor des Palastes bereitstehen!«

Der schlanke Tomsquill nickte eifrig und machte sich von dannen. Er stellte keine Fragen, das war gut so.

Ich selbst ging in mein Gemach und zog mich wetterfest an, denn draußen zeichnete sich die Welt grau in grau.

Sicherlich wäre ich schneller gewesen, wenn ich der Männer und Frauen des Ordens nicht bedurft hätte, doch sei's drum. Dem Orden konnte ich trauen. Sie würden mir die Treue halten, so, wie sie es einem König gegenüber tun würden. Und ich brauchte Schutz dort draußen. Ich wollte nicht riskieren, Schekich oder wer weiß wem in die Hände zu fallen. Selbst, wenn er sich gar nicht in der Hauptstadt aufhalten sollte, nagte die Unsicherheit an mir. Ich hatte diesen Kerl wütend gemacht – und man machte besser andere Leute wütend als gefährliche Attentäter.

Die Zehn Ordensleute standen im Hof vor dem Nordtor versammelt. Wartend auf ihren Pferden mit erhobenen, kurzen Lanzen, während ihnen dünner Regen um die Ohren geweht wurde. Er war durchsetzt mit der salzigen Gischt des Meeres. Ein Page hielt meine Fuchsstute Merva bereit. Ich saß auf.

Die Anführerin des Trupps, eine gewisse Kelmina, fragte, wohin ich zu reiten gedachte.

»Die Elbenstadt«, sagte ich. »Ich möchte in die Elbenstadt.«

Die Loyalität der Ordensleute war beeindruckend. Kein Murren, kein Raunen ob ihres neuen, unsicheren Befehlshabers. Kelmina gab einige kurze Befehle und schon ritten wir in geschlossener Formation zum Nordtor hinaus, den breiten Weg an den Klippen hinab und durch die schlammigen Straßen der

Stadt. Wir durchquerten das Aristokratenviertel und den Markt, überquerten die Brücken und das Handwerkerviertel. Dort bogen wir in Richtung des Flusses ab und kamen in dessen unmittelbarer Nähe zu stehen.

Hier lag, was die Einwohner Anselieths gelegentlich die Elbenstadt nannten. Eigentlich war es lächerlich, denn ganz Anselieth war einst eine Stadt der Elben gewesen. Sie trug sogar noch ihren elbischen Namen. Doch seit nunmehr über dreihundert Jahren gehörte sie den Menschen. Die wenigen Elben, die noch hier lebten, übten häufig niedere Arbeiten aus. Warum sie geblieben waren, wusste niemand so genau. Sie wurden wie Menschen zweiter Klasse behandelt, auch wenn ihnen laut Gesetz dieselben Rechte wie anderen Bürgern des Ehernen Reiches zustanden.

Vielleicht lebten noch fünf oder sechs Dutzend Elben hier und die allermeisten von ihnen am Ufer des Flusses. Einfache Baracken, kaum mehr als Bretterverschläge. Sie waren oft in die Böschung oder in die Bäume hineingebaut, die in den Fluss hineinragten. Das wenige pflanzliche Grün, das ein Moloch wie Anselieth zu bieten hatte, befand sich hier.

Grün waren außerdem die Spuren des Elbenglases, das an manchen Stellen zur Unterstützung der oftmals gewagten Konstruktionen eingesetzt wurde. Es war ein grünlich schimmernder, aber ansonsten kristallklarer Werkstoff, dessen Verarbeitung allein den Elben vorbehalten war. Nicht etwa, weil es anderen Personen verboten war, sondern weil niemand um die Kunst wusste, mit der sich Elbenglas bearbeiten ließ. Die Leute munkelten etwas über schreckliche magische Rituale, die mit dem Blut von entführten Kindern zu tun hatten. Aber das war nicht mehr als belangloses Geplapper und wurde von mir auch entsprechend abgetan. Wenn ich an Lia dachte, kamen mir die Elben derart eigenartig vor, dass es meiner Auffassung nach kein Wunder war, wenn sie über das ein oder andere unergründliche handwerkliche Talent verfügten. Hier in der Elbenstadt war es nur das Glas, das hier und dort als Baustoff durchschimmerte.

Die Elben hatten eine eigene Wache organisiert, die die Straßen und Wege im Auge behalten sollte, um marodierende Banden fernzuhalten.

Zwei schlanke Gestalten in grauen Mänteln hielten Speere mit seltsam gebogenen Spitzen überkreuzt. Als sie erkannten, wer sich näherte, gaben sie den Weg jedoch ohne zu zögern frei.

»Wer spricht für euch?«, wollte ich wissen.

Die beiden sahen sich kurz an. Waren die Elben tatsächlich stumm geworden?

»Wer von euch Elben in Anselieth hat am meisten Einfluss?«, fragte ich mit etwas mehr Nachdruck. »Ich muss mit ihm sprechen. Es ist dringend.«

»Minelglain der Graue, Herr«, sagte schließlich einer der beiden Elben knapp, ohne mir in die Augen zu sehen.

Diese beiden Elben hatten ihre Stimme ganz offensichtlich nicht eingebüßt. Wie passte dies also zusammen? Hatte Lia nicht stets betont, dass es um die *Elben von Quainmar* ging?

Als wir weiter auf einen übersichtlichen, runden Platz in der Nähe der Uferböschung ritten, rief Kelmina laut hinaus: »Minelglain, Sprecher der Elben. Der Regent des Ehernen Reiches, Deckard von Falkenberg, wünscht dich zu sprechen.«

Kalt lief es meinen Rücken hinunter, als ich diese Worte hörte – und das lag nicht an dem Regen, der von meinem Kragen hinter die Kapuze in meinen Nacken tropfte. *Regent des Ehernen Reiches*, Deckard von Falkenberg. Das klang derart falsch, dass …

»Minelglain, den man den Grauen nennt«, rief die Ordensfrau erneut, diesmal energischer.

Einen Steinwurf entfernt ging eine Tür auf. Eine bemerkenswert eigenartige Behausung war dort in einen der flachen, knorrigen Bäume gebaut, die hinaus auf den Fluss ragten. Ein recht kunstvoll gefertigter Bogen aus ehemaligen Schiffsplanken und grünem Elbenglas diente als Stütze im flachen Ufer des Flusses, sodass dieses Halb-Baumhaus verhältnismäßig stabil wirkte, und skurril zugleich.

Ein Elb kam heraus und stieg eine aus Bohlen gezimmerte Wendeltreppe hinab. Er war sehr groß, hatte eine schlanke Taille wie die meisten Elben, aber verhältnismäßig breite Schultern. Seine Augen hatten die Farbe hellen Weinbrands oder Bernsteins und seine Haare waren von Grau durchsetzt, ein wenig wie das Fell eines Wolfs. Lang fielen sie auf seine Schultern, hier und dort zu dünnen Zöpfen geflochten. Darunter ragten große, spitze Ohren heraus.

»Was kann ich für dich tun, Herr?«

Sein Auftreten war nicht von Unsicherheit geprägt, so wie dasjenige Lias. Klar und deutlich drangen die Worte am verwirbelnden Regen vorbei.

Ich lenkte meine Fuchsstute vor den Pulk der Ordensleute. Der Schlamm hier in Ufernähe machte bei jedem Schritt, den das Pferd tat, schmatzende Geräusche.

»Guten Tag, Minelglain«, wünschte ich und deutete mit einem Nicken eine Verbeugung an. »Ich muss etwas von dir in Erfahrung bringen.«

»Was kann ein einfacher Elb dem König dieser Länder schon mitteilen, das für ihn von Wert wäre?«

»Ich bin nicht König über das Reich«, beharrte ich. »Ich vertrete ihn nur, bis jemand neues auf den Thron gewählt worden ist.«

»Wie du meinst«, kommentierte Minelglain tonlos – es war ihm vollkommen egal.

Ich schwang mich aus dem Sattel, nun machten auch meine Stiefel geräuschvoll Bekanntschaft mit dem Uferschlamm. Davon ungerührt winkte ich den Elben her und nahm ihn zur Seite. Die große schlanke Gestalt fügte sich kommentarlos. Kelmina wollte mir folgen, doch ich hielt sie mit einer knappen Geste davon ab.

Minelglain und ich gingen ein Stück nebeneinander her.

»Ich möchte euch Elben nicht belästigen«, erklärte ich.

Der graue Elb ließ den Blick seiner bernsteinfarbenen Augen in die Ferne gleiten. »Ich weiß, Herr Deckard.«

»Woher?«

»Ich fühle, dass du ein gutes Herz hast. Du bist jemand, der Verantwortung ernst nimmt. Vielleicht nimmst du sie gar etwas zu ernst.«

Hm. Konnte er damit womöglich einen Kern in der Sache getroffen haben?

»Woher weißt du das?«

»Nun, zunächst einmal hört man auch in den Gassen der Elbenstadt das eine oder andere von dem, was im Reich so vor sich geht. Und außerdem sehe ich es dir an.«

Ich stockte und blickte zu dem Gesicht zwischen den grauen Haaren auf. Er sah auf eine sonderbare Weise direkt in mich hinein.

»Du hast ein gutes Herz«, betonte er noch einmal.

»Danke«, sagte ich nur.

Schweigend gingen wir die nächsten paar Schrittlängen bis zum Rand eines Stegs aus alten Planken.

»Habt ihr Elben hier in der Elbenstadt Kontakt nach Quainmar?«, fragte ich schließlich und hoffte, es klang nicht zu hastig.

»Warum fragst du das?«

»Ich habe Gerüchte gehört, dass es den Elben dort im Augenblick nicht besonders gut ergeht.«

»Dann muss ich dich zunächst fragen, warum es dich schert, was wir Elben tun, Herr? Kein Mensch in diesen Landen hat etwas für uns übrig. Was also ist dein Begehr?«

Ich ersparte mir den erneuten Blick in Minelglains Gesicht. Die Verletzung war nur zu deutlich aus seinem Tonfall herauszuhören und ich konnte sie ihm nicht verdenken.

»Einst haben wir Menschen deinem stolzen Volk großes Leid angetan«, sprach ich in das Rauschen des Flusses hinein. Der Regen perlte von meiner Stirn ab, lief meine Nase, meine Wangen und meine Lippen hinunter. Auf einmal fühlte ich mich hundeelend. Diese Elben waren allesamt stolze Geschöpfe. Sie waren elegant auf ihre Art, sie wirkten gewissermaßen … unschuldig. Und unsagbar traurig. »Das sollte niemand vergessen. Aber leider tun wir Menschen es nur allzu oft.«

»Trauere nicht um Dinge, die du nicht getan hast, Herr

Deckard von Falkenberg«, sagte Minelglain. Nun wohnte seiner Stimme doch ein wenig Wärme inne.

»Ich war es nicht, natürlich nicht. Aber ist es nicht die Schuld meines Volkes, die auf meinen Schultern lasten sollte?«

Minelglain drehte den Kopf zu mir.

»Sollte sie das wirklich?«, fragte er. »Aber dann müssten auch auf uns Elben die Lasten vieler Tausend Jahre liegen.«

»Habt ihr denn auch Schuld? Ihr wirkt immer so erhaben.«

»Lieber Herr Deckard«, meinte der graue Elb sachte. »Wir haben diese Lande schon Tausende Jahre vor euch Menschen besiedelt. Denkst du, es hat nicht genug Gelegenheiten gegeben, bei denen auch wir uns schuldig an anderen Völkern gemacht haben?«

Ich geriet ins Grübeln.

»So habe ich das nie gesehen. Aber dennoch seid ihr traurig, ob eures Verlustes.«

»Natürlich sind wir das. Und auch darüber, dass die Menschen uns nicht freundlich gesinnt sind. Aber warum sollten wir deswegen nicht traurig sein? Das ist unser gutes Recht. Doch so ist der Lauf der Welt. Wer weiß, wer euch Menschen nachfolgen wird?«

Das war eine neue Sicht der Dinge, die ich bisher nicht kannte. Ich versuchte meine Gedanken zu sortieren.

»Darf ich dann meine ursprüngliche Frage stellen?«, versuchte ich vorsichtig zum Kern der Sache zu kommen.

Minelglain nickte bedächtig. »Du willst wissen, ob ich wüsste, was in Quainmar in diesen Tagen vor sich geht?«

»Ja.«

»Hm.« Minelglain dachte nun seinerseits nach, schien in sich zu gehen. »Ich kann Dir leider nichts mit Sicherheit sagen. Denn seit einigen Wochen haben wir überhaupt keine Nachrichten mehr aus Quainmar erhalten.«

»Und beunruhigt dich das nicht?«

»Das weiß ich noch nicht«, sagte der Elb. »Aber es kommt mir ein wenig so vor, als hätten unsere Brüder und Schwestern in Quainmar nicht genug Kraft, um ihre Stimmen zu erheben.

Für eine Weile keine Nachrichten von dort zu erhalten, kommt schon ab und zu vor. Aber es ist sehr selten. Noch mache ich mir keine Sorgen. Aber vielleicht sollte ich das jetzt, wo du fragst?«

Zum ersten Mal sah ich so etwas wie Irritation in Minelglains Blick.

»Ich für meinen Teil beginne, mich um die Elben in Quainmar zu sorgen«, sagte ich frei und ehrlich heraus.

»Das ist schon eigenartig«, gestand Minelglain.

»Ich habe noch eine zweite Frage.«

»Welche?«

»Kennst du einen Elben, der Linus heißt?«

Als die Wache anklopfte, straffte ich die Schultern. Die folgende Unterredung wollte ich nicht führen, aber es war verdammt noch mal nötig.

Um mich abzusichern, hatte ich zwei Soldaten des Ordens sowie Amondo höchstpersönlich um ihre Anwesenheit im Raum gebeten. Zwei weitere Wachen standen an der Innenseite der Tür, und die üblichen zwei davor. Eine von ihnen hatte geklopft, öffnete die Tür und ließ die Gestalt ein.

Er war ganz in Schwarz gekleidet. Sein schlanker Körperbau entsprach dem, was ich vermutete. Aufrechten Schrittes betrat er das Arbeitszimmer des Königs, in dem ich vor dem Schreibtisch stand und bis zu diesem Augenblick so getan hatte, als sähe ich einige Papiere durch. Natürlich tat ich das nicht.

Ich war viel zu nervös. Minelglain der Graue hatte mir verständlich gemacht, mit wem ich es womöglich zu tun hatte – und mich gewarnt, dass das Ganze eine durchaus delikate Angelegenheit werden könnte.

»Du wolltest mich sprechen, König?«, sprach Linus mit einer Stimme, die tief, ja beinahe grollend war. Sie hallte unnatürlich nach und mir war schleierhaft, weshalb. Sein schmaler Körper zumindest bot keinerlei Raum für derartige Resonanz. Und das mit Möbeln und Papier vollgestopfte königliche Arbeitszimmer tat es auch nicht.

»Ich bin kein König«, versuchte ich es wie üblich. Sollten die

Leute mir doch den Buckel runterrutschen damit. Ich wünschte mir, dieses vermaledeite Konklave würde bald enden und ein Ergebnis präsentieren.

»Also bist du ein *Nicht-König.*«

Die schmalen Lippen, die unter der Kapuze zu sehen waren, kräuselten sich amüsiert. »Das ist aber auch nicht so wichtig. Wichtig ist: Du wolltest mich sprechen, Nicht-König?«

Amondo räusperte sich. Wohl, um Linus klarzumachen, dass er es bitte gar nicht erst mit übermäßiger Respektlosigkeit zu versuchen brauchte.

»Ich würde zu gerne wissen, was du in den Diensten der Familie von Gamar suchst, Elb«, eröffnete ich das Spiel. Es war kein allzu direkter Zug, aber ich hatte keine Hoffnung, einen Elben in Bezug auf meine Absichten täuschen zu können.

»Eine ehrlich Anstellung. Ich werde entlohnt für ehrliche und gute Arbeit«, konterte Linus. Die Züge seiner unteren Gesichtshälfte zeichneten sich beinahe bleich gegen die schwarze Kapuze ab.

»Ich kann mir kaum vorstellen, dass Serion von Gamar freiwillig einen Elben eingestellt hat.«

Schweigen.

Dann nahm Linus seine Kapuze beim Rand und zog sie hinter den Kopf zurück. Hellblondes, nahezu weißes, langes Haar fiel heraus. Es lag beinahe genau so glatt wie das von Lia oder Minelglain. Sein Gesicht war schmal, fast wirkte es ein wenig androgyn. Seine Augen hingegen waren grün wie helles Sommerlaub und strahlten ebenso intensiv wie es die des grauen Elben aus der Elbenstadt getan hatten. Ein konzentrierter, stechender Blick begegnete meinem. Es hätte mich nicht gewundert, wenn Linus damit gläserne Gefäße hätte zerspringen lassen können.

»Ach, eine Kapuze ist auch eine schlechte Tarnung«, winkte er ab. Es klang abfällig. »Aber gut beobachtet, Nicht-König.«

Er applaudierte spöttelnd und nahezu verachtend. »Sehr viel besser als deine übrigen Artgenossen.«

»Danke«, nahm ich das Kompliment auf, das keines war.

Wieder ein Spielzug. Offenbar schien es ihm wenig auszumachen, dass ich seine Identität als Elb enttarnt hatte.

»Also?«, fragte ich.

»Also, *was*? Ich bin immer noch ein einfacher Berater des Markgrafen von Gamar. So steht es in den Büchern und nichts anderes wirst du von mir hören. Denn da gibt es nichts sonst.«

»Eine reichlich ungewöhnliche Aufgabe für jemanden von deinem Stand, oder?«

Das erste Mal sah ich eine Art Überraschung in seinen grellgrünen Augen aufblitzen, bloß einen winzigen Augenblick. Vielleicht hatte ich mich auch getäuscht.

»Für jemanden meines Standes? Für einen Elben meinst du?«

»Für einen Elben aus Quainmar, meine ich.«

Linus schüttelte den Kopf. »Unsinn. Ich komme nicht aus Quainmar. Ich bin ich den Docks von Pantritz aufgewachsen.«

Wieder räusperte sich Amondo.

»Dann ist Linus nicht dein richtiger Name?«

»Wie-«

Die Rückfrage schluckte er bereits nach der ersten Silbe hinunter.

»Weil jeder Elb einen einzigartigen Namen hat«, bohrte ich gezielt weiter. »Ihr lasst ihn euch im sogenannten *Ritual vom Sinlathon* geben und ihr hütet ihn wie einen Schatz. Und gerade den Namen Linus fälschlicherweise anzunehmen wäre ein Frevel, zu dem du wohl nur in der Lage wärst, wenn in dir eine besondere Niedertracht wohnen würde.«

Linus' Blick war derart stechend, dass man beinahe Kopfschmerzen davon bekommen wollte.

»Was weißt du denn schon?«, zischte er. Seine spöttelnde Freundlichkeit war nicht verflogen, aber es lang nun etwas ungleich bedrohlicheres darin.

»Ich finde es eigenartig, dass dein Volk von Quainmar keine Stimmen mehr hat, während sein Prinz unter menschlichen Adeligen weilt, Wein säuft und den Markgrafen des Reiches sonst welche Absonderlichkeiten in die Ohren flüstert.«

»Ist das so?«, hakte Linus nach. Das Spielerische war zurück in seiner Stimme, auch wenn es nun angestrengter wirkte. »Ich würde gerne erfahren, woher du diese Dinge zu wissen glaubst, Nicht-König.«

»Das spielt keine Rolle.«

Linus näherte sich in atemberaubendem Tempo. Schneller als ein Schatten, seine Konturen verwischten in der Luft und mit einem Male stand er nur eine Handbreit vor meinem Gesicht. Meinen Wachen entfuhr ein Stöhnen. Speere wurden gehoben, Schwerter gezückt. Doch allen war klar, dass Linus mich in diesem Moment ohne Weiteres hätte töten können …

Stattdessen hauchte er mir ins Gesicht.

»Vergib mir, Nicht-König!«, sagte er so wenig aufrichtig wie nur irgend möglich. »Ich bin … leicht reizbar. Es sollte mich an sich nicht kümmern, woher du deine Informationen zu haben glaubst. Ich bin Bürger deines Reiches. Folglich habe ich dieselben Rechte und Pflichten wie jeder Bürger deines Reiches. Und genau denen komme ich nach.«

Er wandte sich um und ging. Ich wollte ihm nachrufen, dass dies nicht mein Reich sei. Doch dann zog ich zurück und ließ es dabei bewenden.

Die Ordensleute machten Anstalten, sich Linus in den Weg zu stellen.

»Lasst ihn!«, befahl ich. Und rief dem Elben hinterher: »Hiermit schließe ich dich vom Konklave aus!«

Der Elb wirbelte herum.

»Das liegt nicht in deiner Macht, Nicht-König. So viel sie dir auch zugestanden haben mögen, aber das Konklave liegt außerhalb deines Einflussbereiches.«

»Aber nicht außerhalb des meinen«, schaltete sich Amondo nun ein. Er klang seelenruhig. Mir fiel auf, dass er als einziges Ordensmitglied im Raum keine Waffe in der Hand hielt. »Hiermit schließe ich dich offiziell vom Konklave aus, Elb Linus. Aufgrund deines respektlosen Verhaltens dem Regenten gegenüber.«

Linus machte einen übertriebenen Knicks.

»Nun denn«, sagte er. Etwas Drohendes schwang darin mit. »Wählt euch ruhig euren nächsten König ohne mich.«

Dann warf er seine Kapuze über sein Haupt und verließ den Raum, das Gesicht in den Schatten verborgen.

Kapitel 7

Die Geschichte hinter der Fassade

Es waren die seltsamsten Umstände für ein Abendessen mit einer schönen Frau, die man sich nur hätte vorstellen können.

Die Geschichte um den Elb ließ mich nicht los.

Amondo, der ja mit von der Partie gewesen war, hatte ich instruiert, die Wachen im Palast zu verdoppeln. Vor jeder wichtigen Tür sollten mindestens vier Männer oder Frauen postiert sein. Zudem hatte ich Hermelink angewiesen, auch Lias Wachen zu verdoppeln. Ich würde ihr morgen alles erklären. Wichtig für mich war vor allem, herauszufinden, was Linus im Schilde führte – oder vielleicht auch Serion von Gamar? Dieses ganze Intrigenspiel war mir unsagbar zuwider. Irgendetwas war faul an der Sache und es stank so sehr zu allen sieben Göttern, dass diese alleine des Gestanks wegen keine Ruhe finden konnten.

»Bist du sicher, dass du keine eigenen Wachen vor deiner Tür haben willst?«, hatte Hermelink gefragt. Ja, das war ich. Ich hatte nicht viele Leute aus Falkenberg mitgebracht. Sie sollten sich in drei Schichten um die Bewachung Lias kümmern. Bisher hatte es kein Gerede darüber gegeben, dass ich mit einer Elbin im Gefolge hierher gereist war. Oder zumindest hatte ich keines mitbekommen.

Vor meiner Verabredung suchte mich Lemander auf, um mir an Hermelinks Statt den heutigen Bericht vom Konklave zu liefern. Serion war offenbar gereizter als je zuvor, aber auch die anderen Parteien zeigten angeblich Ermüdungserscheinungen. Und auch die spaßige Leichtigkeit, mit der Lemander auf der Reise in die Hauptstadt meine Männer noch unterhalten (und bisweilen auch genervt) hatte, war verflogen. Er sorgte sich ebenfalls.

»Was ist mit diesen Nollonin?«, fragte er aufgeregt. »Wenn Linus den Elben damit ihre Stimmen geraubt hat, dann ist er vielleicht auch an der Misere der Harjenner schuld.«

Ich hatte mich mit den Händen auf dem Tisch abgestützt und über eine große Wachstafel gebeugt, an der ich Überlegungen festhielt. »Da stimme ich zu. Was mir aber noch viel mehr Sorge bereitet ist, dass ich nicht weiß, was der Elb dann in Gamar will. Verstehst du? Wenn er in Quainmar und auf Jorhammer solches Unheil angerichtet hat, was kann er dann hier wollen? «

Der Alte schüttelte den Kopf. »Ich habe nicht den blassesten Schimmer.«

»Was ist mit deinem Falken?«, fragte ich weiter. »Hast du über diesen Weg noch brauchbare Informationen in Erfahrung bringen können?«

Wieder ein Kopfschütteln. »Ich habe Airi seit Tagen nicht gesehen, Herr. Der Vogel hält sich nicht gern in der Nähe von Städten auf.«

»Und wie steht's da mit dir?«

»Ich tue meine Pflicht. Aber wo wir gerade von Pflicht sprechen: Sollten wir nicht einfach Lia zu dem Thema befragen?«

»Morgen. Heute lasse ich sie noch ruhen. Zuerst möchte ich wissen, was Linus' Rolle in Gamar ist. Vielleicht kann man das Ganze geschickt und ohne Blutvergießen lösen. Indes: Wie geht es Lia überhaupt?«

»Sie macht mir etwas Sorgen.«, gestand Lemander. »Sie fragt wenig. Redet überhaupt wenig. Selbst verglichen mit Serions verschwiegenem Berater-Elb ist sie unglaublich still. Beinahe traurig.«

Ich seufzte schwer. »Ja, so wirkte sie auch auf mich. Es tut mir ja leid, dass ich hier durch Pflichten gebunden bin.«

»Du machst eine ehrenvolle Arbeit, Deckard.«

Grummelnd meinte ich: »Ja, aber es ist unbefriedigend. Nicht, weil die Aufgabe nicht ehrenvoll ist oder dem Reich nicht dient. Ich habe nur offengestanden ein verdammt mieses Gefühl dabei.«

Lemander sah mich schief an. In seine Augen stahl sich ein wenig des Schalks zurück, der ihm bereits auf unserer Reise im Nacken gesessen hatte.

»Na?«, fragte er. »Verdruss?«

»Eigentlich nicht. Wenn da nur nicht diese schleichende Furcht wäre, dass hier irgendwo etwas ganz gewaltig im Argen liegt.«

»Ach Graf«, winkte Lemander ab. »Schau doch mal wieder im Konklave vorbei. *Da* liegen die Dinge im Argen. Die dicke Markgräfin von Dinster läuft vor Zorn manchmal so rot an, dass man sie zur Wintersonnenwende als Putenbraten servieren möchte.«

Ich musste kurz und trocken auflachen. »Danke für die Aufmunterungsversuche, Lemander.«

»Keine Ursache«, zeigte dieser ein Grinsen, dass jedoch schnell wieder verebbte. »Aber ich gebe dir recht, Herr: Hier ist etwas ganz furchtbar faul.«

Ich fasste einen Entschluss: »Ich werde morgen nach dem Konklave alle Dinge aufklären, soweit es geht. Hermelink wird hier sein. Amondo ebenfalls. Und du bringst bitte Lia mit. Ihre Anwesenheit ist wichtig. Sie muss uns einige Fragen beantworten. Vielleicht bringt sie dann ja etwas Licht ins Dunkel.«

Hoffentlich würde ich dieses intrigante Spielchen auf diese Weise endlich beenden.

»Wieso sollen wir uns erst morgen Nachmittag beratschlagen? Warum nicht jetzt gleich?«, wollte Lemander wissen.

Kräftig stieß ich mich von der Tischplatte ab und bedeutete ihm mit der rechten Hand, dass es jetzt Zeit wäre, zu gehen.

»Ich esse heute Abend mit Ellyn von Gamar.«

»Hört, hört«, meinte Lemander mit gespielter Anerkennung. »Das wird ihrem Vater aber ganz und gar nicht gefallen.«

»Der kann mich auch nicht leiden, wenn ich nicht mit seiner Tochter esse.«

»Das ist wohl wahr.«

Ich fixierte den Alten.

»Lemander, ich will dieses Essen nutzen, um vielleicht ein

paar Dinge über unseren spitzohrigen Freund in Erfahrung zu bringen. Immerhin hält er sich ja zumeist in Serions unmittelbarer Nähe auf …«

»… genau wie seine Tochter.«

»Ich weiß nicht, wie nah sich Vater und Tochter wirklich stehen. Aber Tatsache ist: Sie steht ihrem Vater deutlich näher als ich. Und genau *das* möchte ich gerne ausnutzen. Vielleicht kann sie mir erzählen, warum ein Prinz aus Quainmar am Hofe Serions als Berater tätig wird.«

Dass ich Ellyn zum Teil bewunderte … ja mich vielleicht sogar ein wenig zu ihr hingezogen fühlte, verschwieg ich bewusst. Das war nichts, was Lemander im Augenblick anging. Es würde ihm nur unnötiges Kopfzerbrechen bereiten. Und außerdem wollte ich mir auch nicht anhören müssen, dass ich mir gefälligst andere Sorgen zu machen hatte.

»Das klingt zumindest gar nicht so dumm. Aber«, warf Lemander ein, obwohl er bereits im Türrahmen stand, »kann es nicht sein, dass die liebe Ellyn mit Linus unter einer Decke steckt?«

»Das ist zwar möglich, aber ich glaube es eigentlich nicht.«

»Möchtest du es nicht glauben? Oder hast du handfeste Beweise.«

Nein, die hatte ich natürlich nicht. Verdammt noch mal, ich hatte für nichts wirklich handfeste Beweise!

»Sie kam mir nicht so vor«, gestand ich.

»Oh, das ist aber, ehrlich gesagt, ein schwaches Argument.«

»Dennoch kann dieses Abendessen nicht falsch sein.«

Lemander legte den Kopf schief.

»Hat sich der Markgraf von Falkenberg etwa ein wenig verguckt? Ich könnt's verstehen. Im Konklave wirkt es, als hätte sie einen starken Charakter.«

»Wehe, Lemander …«

»Schon gut, schon gut«, lachte der seltsame alte Mann.

»Aber unter uns, Herr«, ergänzt er – und der Witz war mit einem Male aus seinen Augen verschwunden. »Es wird langsam Zeit, dass du Esja von Fjaran vergisst! Sonst endet das Haus von

Falkenberg an dem Tag, an dem du dein Leben aushauchst und auf die sonnenlose Straße hinübergleitest.«

Dann entschwand er pfeifend und ließ mich mit offenem Mund stehen.

Nicht lange nach der Unterredung mit Lemander wurde Ellyn von den Wachen hineingeleitet. Mir war gerade noch die Zeit geblieben, die königliche Brosche an meinem Kragen gegen meine eigene Falkenberger auszutauschen. Denn das war es, was ich heute Abend in erster Linie war und sein wollte: Ich selbst.

Ellyns Äußeres war beeindruckend am heutigen Abend, ja nahezu umwerfend. Nicht, dass sie nicht ohnehin absolut bemerkenswert gewesen wäre.

Sie trug ein schwarzes Kleid, durchsetzt mit Stickereien aus Silberfäden. Die weiten Ärmel waren aus einer Art Chiffon und auf den roten Borten war in mattem Schwarz mehrfach das Emblem Gamars eingestickt: Der Bergwerkshammer.

Ihr goldenes Haar hob sich gegen das dunkle Kleid ab und fiel in langen Wellen bis auf ihre Taille hinab, wobei ein kleiner Teil hinten zu einem losen Zopf gebunden war.

Sie lachte gewinnend und ihre Augen strahlten in hellem Grün, wie Edelsteine an der Sonne.

Gegen ihr Äußeres musste meine zweckmäßige Geschäftskleidung, die ich den ganzen Tag über getragen hatte, ungleich plumper wirken. Wenigstens meine schlammigen Stiefel hatte ich getauscht und zum Putzen gegeben, nachdem ich von meiner Unterredung mit Minelglain zurückgekehrt war.

»Guten Abend, Markgraf von Falkenberg«, sagte Ellyn. Es klang beinahe ein wenig zu nüchtern, aber dennoch hübsch.

»Guten Abend, Erbin des Hauses von Gamar«, grüßte ich zurück und verbeugte mich galant vor ihr. »Wie geht es dir? Wird das Konklave endlich müde und entscheidet sich für dich?«

»Schön wär's. Nein, sie debattieren, als ob sie es bis zum Winter aussitzen wollten. Delan von Gramenfeld steht mindestens ebenso gut da wie ich.«

Ich wies sie mit einer Hand in Richtung des Tisches.

»Was für eine Schande«, spöttelte ich. »Dass ausgerechnet Gramenfeld und Gamar sich so uneins sind.«

»Komisch, nicht wahr?«, stieg sie darauf ein. »Kaum ist die Stelle auf dem Thron vakant, werden Vernunft und Versprechen über Bord geworfen.«

Höflich rückte ich ihren Stuhl, um sie darauf Platz nehmen zu lassen. Die Kammerdiener hatten ganze Arbeit geleistet. Auf dem Tisch standen zwei große Kerzenständer und mehrere große Kandelaber waren im Raum verteilt, um Licht zu spenden. Vor der Tür zum Balkon hingen schwere Vorhänge, das Regenwetter war bis auf Weiteres ausgesperrt.

Ich nahm selbst Platz und faltete die Hände im Schoß.

»Wieso hat dein Vater einen Elb als Berater?«

Die Frage war sehr direkt, das wusste ich. Die Enttäuschung auf Ellyns Gesicht folgte auf dem Fuße.

»Also spielen wir hier doch politische Ränkespielchen?«, meinte sie trocken. »Das ist schade, denn eigentlich hatte ich mich auf einen eher vergnüglichen Abend gefreut. Politik umgibt mich schon den ganzen Tag.«

»Das ändert sich nicht, wenn du auf dem Thron sitzt.«

Ich biss mir auf die Unterlippe. Verflucht! Das hatte ich so nicht sagen wollen.

»Entschuldige«, schob ich hinterher. »Ich bin gehetzt.«

»Von der Politik?«

»Ja«, gestand ich zerknirscht. »Abseits des Konklaves laufen die Dinge nicht so, wie sie sollten.«

»Und deshalb ist der Elb wichtig?«

Ich hob entschuldigend die Schultern. »Ich weiß nicht. Irgendwie ist Linus …«

Ich suchte nach einer passenden Umschreibung.

»… *unheimlich*, meinst du?«, beendete sie meinen Satz.

»Unheimlich, ja.«

»Das sehe ich genau so.«

»Tut dein Vater das auch?«

»Hm, ich glaube, einige Leute in diesem Palast würden meinen Vater selbst als unheimlich bezeichnen.«

Ich lachte auf. »Ich fürchte, du musst mich mitunter dazuzählen.«

Damit hatte ich zum ersten Mal ein echtes Lächeln auf ihr Gesicht gezaubert. Es wirkte wissend und auch irgendwie gönnerhaft.

»Seine neueste Idee ist, dass du womöglich eine Intrige spinnst, um den Thron an dich zu reißen«, erklärte sie frei heraus.

Jetzt allerdings blieb mir das Lachen im Halse stecken.

»Das ist nicht dein Ernst?«, fragte ich ungläubig.

»Meiner nicht, aber seiner. Er ist davon überzeugt, dass du deine aktuelle Machtstellung nicht ohne Weiteres wieder aus der Hand geben wirst.«

»Aber …«

»Keine Panik!«, beruhigte Ellyn mich. »Er steht damit allein auf weiter Flur da.«

»Trotzdem beunruhigend.«

»Wenn du meinst. Aber mal ganz ehrlich: Würdest du König bleiben wollen?«

Diesmal verzichtete ich auf die Erklärung, dass ich immer noch kein König sei. Stattdessen war ich ehrlich. Einfach ich, Deckard von Falkenberg.

»Nein«, sagte ich entschlossen. »Je früher ich diese Bürde wieder loswerde, desto lieber ist es mir. Die große Bühne ist nichts für mich.«

»Dafür machst du dich allerdings ganz gut auf ihr.«

Sie spitzte die Lippen. »Es ist fast ein wenig so, als wärst du dafür geboren, möglichst unauffällig zu regieren, Deckard.«

»Was meinst du mit *unauffällig*?«

Sie zuckte die Achseln. »Ich meine, du triffst einen Haufen Entscheidungen jeden Tag und du machst kein großes Theater darum.«

»Das braucht es ja auch nicht«, betonte ich. »Die Menschen, die von Leuten wie uns regiert werden haben nichts von dem Spektakel. Das ist nichts für mich. Sollen sich andere gerne hochherrschaftlich feiern lassen.«

Ellyn nickte bedächtig.

»Und genau so eine Königin will ich sein«, sagte sie schließlich. »Ich habe das ganze adelige Getue nämlich satt …«

»… aber du kommst nicht davon weg, richtig? Einmal als Erbe oder Erbin eines Markgrafen geboren, ist das dein Lebensweg. Du musst irgendwann irgendwen regieren, ob du dafür gemacht bist oder eben nicht.«

Sie hob eine Augenbraue.

»Bist du denn dafür gemacht, Deckard?«

»Wer ist schon dafür gemacht?«

»Unsinn«, sagte sie energisch. »Natürlich bist du dafür gemacht. Niemand, den ich kenne, ist besser fürs Regieren geeignet als du, der einfach nur für seine Leute da sein will.«

»Danke, ich-«

»Du hättest dich verflucht noch mal zur Wahl stellen sollen.«

Beinahe erschrocken blickte ich drein. »Um nichts in der Welt.«

»Eben«, meinte Ellyn entschieden.

Ich schüttelte den Kopf und dachte, ich hätte mich verhört.

»Was heißt *eben*?«

»*Eben* heißt, dass es aber irgendwer machen muss. Und zwar am besten so wie du es gemacht hättest.«

Der Gedanke war eigenartig.

»Und dieser jemand bist du?«, folgerte ich.

Ellyn nickte entschlossen.

Sie sah sich also als jemand, der *für* das Volk regierte, anstatt *über* das Volk zu verfügen? Das mochte vielleicht so sein, aber ich kam nicht darüber weg, dass sie aus dem Hause von Gamar stammte. Aus dem Hause desjenigen Menschen, der – wie sie selbst sagte – ernsthaft glaubte, ich würde hier eine Art Intrige spinnen.

»Bist du nicht auch bloß jemand, der seinem eigenen Leben entfliehen will?«, fragte ich vorsichtig.

»Was meinst du?«

»Du willst nicht an der Spitze von Gamar sitzen und der einzige Ausweg, den du siehst, ist der Thron des Ehernen Reiches.«

»Das spielt sicher keine unbedeutende Rolle bei meiner Entscheidung«, gab sie zu. »Aber auch in Gamar hätte ich anders regiert, als mein Vater es tut. Diejenigen, die ich regiere, sind keine Untergebenen, sondern in erster Linie Menschen. Sie haben Bedürfnisse, Familien, sie lieben und hassen und freuen sich wie Menschen es nun einmal tun. Sie sind nur durch Geburt dazu verdammt, dienen zu müssen.«

Sie sagte das alles mit einer derartigen Inbrunst, dass ich gar nicht anders konnte, als ihr zu glauben. Ob Serion sich bei seiner eigenen Tochter verschätzte? Dachte ich daran, wie ich ihn kannte, schien es durchaus möglich. Gern hätte ich die Diskussion an dieser Stelle noch vertieft, doch es klopfte. Und herein kam das Essen, dass ich geordert hatte.

Auf einer großen Platte hatte man für uns eine Auswahl diverser Köstlichkeiten zusammengestellt. Angefangen von einem mit Orangen und Ingwer gefüllten Putenbraten, über diverse Medaillons von Lamm oder Rind, bis hin zu einigen erlesenen Gemüsesorten. Darunter die kleinen Erdäpfel aus dem Marschland von Gramenfeld in einer feinen Kruste mit Speck. Es gab außerdem in starkem Met flambierte Birnen und diverse Käsesorten mit Preiselbeerkompott. Dazu eine große Tischkaraffe mit dem hellen Ammhauser, den ich hier gerne trank.

»Und jetzt würde ich das Genörgel über das Dasein als Adeliger gerne für eine Weile vergessen«, befand Ellyn. Und wir aßen eine erstaunliche Menge der dargebotenen Köstlichkeiten.

Einige Zeit später nippten wir bloß noch ab und zu an unserem Wein und sahen ins Flackern der Kerzen um uns herum.

Ellyns Augen wanderten zur Balkontür. Sie erhob sich und riss die Vorhänge auf. Frische, kühle Luft strömte in das Zimmer. Leise hörte ich den Regen draußen prasseln.

»Es ist schon merkwürdig«, hauchte sie in die Nacht hinein. »Ausgerechnet die Kinder der beiden Hohen Häuser, die sich spinnefeind sind, essen friedlich miteinander zu Abend.«

»Du vergisst, dass ich schon längst Herr meines Hauses bin«, ergänzte ich neckend.

Ellyn drehte sich um, trank einen Schluck Wein und sah mich herausfordernd an.

»Was bist du, Deckard? König willst du nicht sein, aber weniger als ein Markgraf auch nicht.«

Ich stand auf und ging zu ihr, um mich ebenfalls in den Durchgang zum Balkon zu stellen.

»Ich bin, was ich bin«, sagte ich. »Nicht mehr, aber auch nicht weniger. Kein König und auch kein einfacher Mann. Und es ist meine Pflicht, mich jeden Tag aufs Neue daran zu erinnern.«

»Du bist aufrichtig«, meinte sie. Es klang völlig ernst aus ihrem Mund. »Und das bewundere ich zutiefst.«

»Ich bin, was ich bin«, wiederholte ich nur und nahm noch einen Schluck vom Ammhauser.

Der nächtliche Regen ließ die Stadt unter uns beinahe verstummen. Nicht viele Leute wollten bei diesem Wetter vor die Tür. Das Rauschen des Meeres drang von den Klippen her an mein Ohr. Sie waren leider zu breit, daher konnte man von hier oben nicht direkt hinuntersehen auf die Brandung an den Felsen. Aber man konnte sie sehr wohl hören.

»Was ist damals hier geschehen?«, fragte sie mich plötzlich und ganz unverwandt. »Dein Verlust zeichnet sich bis heute auf deinem Gesicht ab, Deckard.«

Ich schwieg. Früher oder später hatte jemand kommen müssen, der mir diese Fragen stellte. *Ich bin, was ich bin* sagte ich so einfach daher und hielt mich für klug und reflektiert. Aber in Wirklichkeit gab es einen Teil von mir, den ich niemals zu berühren versuchte. Um die Schmerzen nicht zu wecken, die dort schlummerten und meiner harrten. Deshalb hatte ich auch nicht nach Anselieth zurückkehren wollen. Und deshalb gab es keine Frau in meinem Leben.

Mit vorsichtigen Schritten trat ich hinaus in den feinen Regen, spürte ihn erst auf meinem Hemd, dann auf meiner Haut. Es war gut, Teil dieser Welt zu sein. Und es war gut, dieses Leben mit all seinen Entscheidungen und Zwängen, mit all seinem Lachen und all seinem Schmerz zu leben. Denn ein anderes gab es nicht. Und folglich auch kein besseres.

Ellyn machte keine Anstalten des Protests, als ich dort draußen stand und das Leben auf mich regnen ließ. Ich stellte den Becher auf die Brüstung aus Sandstein, ungeachtet der Tropfen, die in den Wein fielen. Dann stützte ich die Hände ab, beugte mich nach vorn und suchte in der schillernden Dunkelheit unter mir nach etwas, das nicht existierte.

»Das Verlustedikt über die fünf Freien Städte«, begann ich. Es klang ein wenig zögerlich. »Damals waren alle Markgrafen und auch Alen als Regent des Seenlandes gehalten, in die Hauptstadt zu kommen, um es zu unterzeichnen. Die Freien Städte waren in einer wirtschaftlichen und militärischen Stellung, die es dem Rest des Reiches nahezu unmöglich machte, sie zum Bleiben zu bewegen. Sie strebten ihre Unabhängigkeit an und die Magistrate der Städte wussten genau, was sie da taten.

Es war kein fröhlicher Anlass, weshalb die meisten Hohen Häuser nicht versammelt anreisten, sondern lediglich ihre Oberhäupter.«

»Ich weiß«, meinte Ellyn hinter mir. »Ich wollte die Hauptstadt damals sehen. Aber mein Vater hielt es nicht für nötig, wegen eines derart ärgerlichen Anlasses den Aufwand zu betreiben, die gesamte Familie mitzunehmen.«

»Und er hat gut an der Entscheidung getan«, bestätigte ich, mich nicht einmal wundernd, dass ich gerade Serion von Gamar in einer Hinsicht zugestimmt hatte.

»Mein Vater hingegen nahm uns alle mit«, fuhr ich fort. »Nicht bloß, um den königlichen Palast zu besichtigen. Sondern auch wegen Esja von Fjaran.«

»Die du auch verloren hast …«

Ich nickte für mich selbst. »Ja.«

Regen lief mir in den Nacken.

»Ich kannte Esja bereits. Der einstige Regent des Seenlandes kam aus dem Hause Fjaran und hatte eine gute Beziehung zu Falkenberg. Wir hatten uns ein paar Mal über die Jahre besucht.«

Ich schluckte trocken.

»Jedenfalls war sie meine Verlobte, eine ganze Weile lang.«

Ich wusste nicht, warum ich ausgerechnet mit Ellyn von Gamar darüber sprach. Nicht einmal mit Hermelink hatte ich das getan.

»Das ist schrecklich«, sagte Ellyn tonlos.

Ich drehte mich um und hob abwehrend die Hände.

»Damals war es das nicht«, entgegnete ich. »Damals war ich sehr jung und furchtbar verliebt. Es war albern und schön und …«

Ein Hauch von Rührseligkeit umspielte Ellyns Mundwinkel.

»… und das durfte es auch sein«, sprach ich zu ende. »Wir hatten alle Zeit der Welt. Sie war wunderbar. Wenn sie für mich lächelte, vergaß die Welt um mich herum zu atmen. Wenn ich ihr Haar im Wind verwirbeln sah, dann …«

Ich blickte zu Boden und verkniff mir die Tränen, machte eine Atempause.

»Ich weiß, wie es war«, meinte Ellyn sanft und es klang tröstend. Nein, es tröstete mich tatsächlich.

»Eigentlich hatten wir eine gute Zeit hier in Anselieth. Das politische Drumherum nahm ich zwar wahr, aber es interessierte mich bloß am Rande.

Bis zuletzt.

Als die Magistrate der Freien Städte ausziehen sollten, geschah das Unglück. Es sollte eine Parade geben. Man wollte den Freien Städten zumindest das geheuchelte Gefühl von Respekt zollen, auch wenn im Reich jedem bewusst war, dass wir eine bittere Niederlage eingefahren hatten. Man hatte drei Fürstentümer und fünf reiche Städte verloren. Natürlich hatte man im Gegenzug wirtschaftlich starke Handelspartner gewonnen, wenn man so wollte. Aber das war bloß Schönrednerei.

Ich wusste nicht, dass man in der letzten Sekunde die Loge von König Hroth mit derjenigen meiner Familie getauscht hatte, weil man von dort einen angeblich besseren Blick hatte. Also kam ich zu spät und schneite zuerst beim König in die Loge, um mich dann, nach einer nicht unerheblichen Menge gestammelter Entschuldigungen, nach der eigentlichen Loge umzusehen.

Und in diesem Moment ging alles in die Luft. Bis heute weiß ich nicht wer und auch nicht wie es geschehen ist. Aber irgendjemand hatte einen hinterhältigen Anschlag auf den König geplant – mit einem Sprengmittel.

Und um das Unglück noch bitterer zu machen, hatte sich auch noch Esja bei meinen Eltern aufgehalten.

Ich hatte mich noch nie in meinem Leben so verloren gefühlt.«

Das Erzählen nahm mich derart mit, dass ich mich dabei erwischte, wie ich außer Atem keuchte.

Ellyn starrte mich fassungslos an.

»*Das* ist dir passiert?«, fragte sie. Ihre Worte waren so überflüssig wie Staub und sie bemerkte es im selben Augenblick.

»Das ist die Geschichte hinter meiner Fassade«, nickte ich.

Schweigend ergab ich mich dem Regen. Der Wein im Becher auf der Brüstung war längst viel zu dünn, mein Hemd viel zu nass.

»Komm rein!«, sagte Ellyn. Es klang besorgt. Besorgt auf eine Weise, wie sie seit zwölf langen Jahren niemand mehr mir gegenüber gezeigt hatte.

Ellyn sah sich kurz in meinem privaten Gemach um und fischte schließlich eine Decke aus grober Wolle von einer Truhe, um sie mir um die Schultern zu legen.

»Wie ging es weiter?«, wollte sie wissen, drängte sanft.

»Ich war der jüngste Markgraf der Geschichte des Reiches. Von einem auf den anderen Moment.

Natürlich wurde ich von allen Seiten umsorgt, man versuchte mir irgendetwas von dem Schrecken zu nehmen, allen voran Königin Kalperia voller Herzensgüte. Doch ich war betäubt von den Ereignissen um mich herum. Betäubt von Schmerz und Trauer, die sich in meine Eingeweide fraßen wie hungrige Tiere.

König Hroth zeigte sich in der nachfolgenden Zeit tief betroffen und auch verantwortlich. Er ließ meine Familie sogar in den königlichen Krypten beisetzen. Aber das hast du ja gesehen.«

Ellyn blinzelte mir mit beiden Augen zu, vergebens darum bemüht, mich aufzumuntern. »Ja, es ist mir aufgefallen und deshalb musste ich dich einfach fragen, was es damit auf sich hat.«

Hilflos stand ich im Raum, tropfte auf die steinernen Fliesen. Ich hatte meine Seele vor der Tochter desjenigen Mannes ausgebreitet, der mich vielleicht am wenigsten leiden konnte. War das klug gewesen?

Auf der anderen Seite: Was konnte es mich schon kosten, außer ein wenig Würde? Und die besaß ich ja in Serions Augen ohnehin nicht. Es hatte gut getan, über all das zu sprechen. Vielleicht würde ich es noch einmal tun, vielleicht mit Hermelink. Er hatte stets ein offenes Ohr.

Ellyn näherte sich mit vorsichtigen Schritten.

»Du bist ein bemerkenswerter Mann, Deckard von Falkenberg. Auch, wenn du es vielleicht selbst nicht so siehst.«

Ein kurzes Lied von wenigen Worten kam von ihren Lippen. Ihre Stimme klang wie der Sommer, der sich in den Herbst verabschiedete.

Lass die Hoffnung niemals sinken
Lass dein Streben niemals ruh'n
Dereinst werden uns're Geistes Kinder
Dienst an uns'rer Zukunft tun

Dann war sie nahe genug und drückte mir einen Kuss auf die Lippen. Flüchtig, beinahe nur ein Versprechen.

»Sanfte Wege, trauriger Graf«, hauchte sie und ging zur Tür. Ich hielt sie nicht auf – dazu wäre ich gar nicht in der Lage gewesen in meinem Zustand.

»Sanfte Wege«, murmelte ich ihr zum Abschied hinterher.

»Ach.«

Ellyn drehte sich noch einmal um. »Bevor ich es vergesse: Mein Vater wollte dich morgen am frühen Nachmittag aufsuchen – ich schätze mal, es geht um seine Verschwörungstheorie. Ich dachte nur, ich warne dich vor.«

»Danke«, sagte ich milde, obwohl die Aussicht auf ein Privatgespräch mit Serion nicht einmal im Ansatz als dankenswert erschien.

Ellyn verschwand und die Wirklichkeit einer trauernden Welt hatte mich wieder.

Kapitel 8

Wie ein Mann zum Verräter wird

Das Tageslicht strömte bereits durch die Fenster, als ich erwachte. Die Erschöpfung des Erzählens lastete auf mir, so schwer wie der gesamte Kontinent Dorn.

Ich schälte mich aus dem Bettzeug und schlang einige viel zu fettige Bestandteile meines Frühstücks hinunter, bevor ich mich ins Arbeitszimmer des Königs aufmachte.

Kaum war ich angekommen, erwartete mich der erste Besucher. Verwundert ließ ich ihn kommen. Serion von Gamar konnte es wohl kaum sein, denn das Konklave tagte wie gewohnt am Vormittag und stritt sich mit erschöpftem Elan darum, wer künftig König oder Königin werden sollte.

Ein Schrecken durchzuckte mich von oben bis unten, als mir der Gedanke kam, es könnte der Elb Linus sein. Ich vergewisserte mich, dass die beiden Wachen im Raum aufpassten und dass Erlenfang locker genug in seiner Scheide saß.

Doch derjenige, den die Wachen von draußen hineinließen, war kein Elb. Es war Prinz Leonhrak.

»Guten Morgen«, grüßte er mich. Es war so steif, so abweisend, dass es mir beinahe das Herz in der Brust zerriss.

»Guten Morgen, Prinz Leonhrak«, sagte ich förmlich. Seit unserer Unterredung gestern hatte ich ihn nicht mehr gesehen.

»Du hast deine Meinung nicht geändert über Nacht?«

Ein letzter Keim von Hoffnung blitzte in seinen von Falten umrandeten Augen auf.

Ich schüttelte den Kopf. Es tat mir unendlich leid. »Ich kann nur wiederholen, was ich dir gestern bereits gesagt habe: Es liegt nicht in meiner Macht, Leonhrak. Vieles, aber *das* nicht.«

Er schlug resigniert die Augen nieder.

»Du musst den Ausgang des Konklaves abwarten«, versuchte ich ihm weiter Hoffnung zu machen. »Ich bin sicher, wenn Ellyn von Gamar-«

Als mich der Blick des Prinzen traf, blieben mir die Worte im Hals stecken. Ich hielt ihm einen kurzen Augenblick stand, dann sah ich weg, hinaus aus dem Fenster. Wenn ich zu lange in diese verzweifelten alten Augen sah, würden sie mich vernichten. So viel stand fest.

»Ich kann nicht warten«, hörte ich ihn sprechen. »Es kann jederzeit geschehen. Und wenn es soweit ist, dann stehe ich an der Seite meiner Leute.«

Ja, das klang nach einem stolzen Nordmann. Verdammt, es klang sogar nach mir. Würde ich nicht dasselbe tun, wenn Falkenberg eine solche Gefahr ins Haus stünde?

»Wir werden heute Nachmittag noch abreisen, Deckard.«

Ich atmete hörbar schwer ein.

»Das musst du wohl tun.«

Mehr konnte ich dazu schlichtweg nicht sagen.

Unsere Blicke begegneten sich erneut. Prinz Leonhrak nickte mir höflich zu, drehte sich um und verschwand so aufrecht, wie es ihm als alter Mann nur möglich war.

»Sanfte Wege«, murmelte ich enttäuscht.

Der Abgang des Prinzen stimmte mich traurig und diese Traurigkeit verflog auch nicht über den Vormittag, während ich über dem schriftlichen Gesuch eines Reeders brütete, in dem er eine angeblich innovative neue Handelsroute für Salzlieferungen vorschlug. Aber das Ganze roch verdächtig nach dem Versuch, eine Monopolstellung installieren und dafür den königlichen Segen einholen zu wollen. Es war strittig formuliert und die Minister waren sich uneins, nur deswegen war das Papier überhaupt auf dem königlichen Schreibtisch gelandet. Ich lehnte es schließlich ab.

Auch das Wetter trug nicht wesentlich zur Besserung meiner Laune bei. Das Licht hatte aufgrund einer dünnen Wolkendecke einen fahlen Farbton angenommen. Es wirkte beinahe als wäre der Herbst im Anmarsch. Der Sommer wurde wohl übersprungen in diesem Jahr. Kein guter Gedanke.

Nachdem die tägliche Sitzung des Konklaves beendet war, fand sich nach und nach jeder, den ich einbestellt hatte, im Arbeitszimmer des verstorbenen Königs ein.

Mein getreuer Freund und Hauptmann Hermelink war da, Großmeister Amondo ebenfalls und Lemander brachte Lia mit, die auch hier die Nollonin in ihrem Rucksack nicht außer Acht ließ. Die Wachen schickte ich hinaus. Ich wollte nicht mehr Ohren im Raum haben als notwendig.

»Gab es im Anschluss an den Vorfall gestern noch weitere Dinge, die man wissen sollte?«, fragte ich den Großmeister des Ordens, doch der verneinte.

Lia hingegen hatte sich ganz den verschiedenen Papieren, die quer über den riesigen Schreibtisch verstreut lagen gewidmet. Sie mussten für sie eine seltsame, bezaubernde Schönheit ausstrahlen. Wieder irgend so eine Sache, die nur sie mit ihrem elbischen Hintergrund wirklich verstand und wahrscheinlich für all ihre menschlichen Bekannten stets ein Rätsel bleiben würde. Sie wirkte verloren hier zwischen lauter Menschen. Komisch, dass ich es bisher nie so gesehen hatte. Wir waren nun etwas über eine Woche hier und ich hatte Lia vor lauter Pflichten beinahe vergessen. Dabei hatte ich sie doch mitgenommen, weil ich ihr das Versprechen gegeben hatte, mich um ihre Angelegenheit zu kümmern.

Ich holte tief Luft, als ob ich die Worte schmerzhaft hinauspressen musste.

»Wer ist Linus?«, wollte ich wissen.

Verwundert drehte sich Lia zu mir um.

»Das weißt du doch bereits, dachte ich?«

»Ich bin sicher, du hast mir nicht alles erzählt. Dass er bei euch in Quainmar ein Prinz ist, hast du zum Beispiel unterschlagen.«

»Das stimmt.«

Ich war gereizt. Wollte das Elbenmädchen mich für dumm verkaufen? Ich wollte doch helfen. Aber dazu musste ich nach

Möglichkeit alles wissen. Nur so konnte ich entscheiden, wie ich vorgehen konnte.

Ich erhob verärgert die Stimme: »Dann-«

Es klopfte erneut.

Entnervt ließ ich die Wache eintreten. »Was ist denn?«

Der Ordensmann tat betroffen.

»Entschuldige die Störung, Herr«, sagte er. »Draußen bittet der Herr Delan von Gramenfeld um Einlass. Er sagt, er hätte eine dringende Angelegenheit mit dir zu besprechen.«

Delan von Gramenfeld, Sohn des Markgrafen und einer der Anwärter auf den Thron. Ich hatte mit ihm noch nicht ein einziges Wort gesprochen. Seine Familie rümpfte über meine in ähnlicher Weise die Nase, wie man es in Gamar tat. Vielleicht nicht ganz so sehr.

»Lass ihn rein!«

Ich versuchte, meinen Unmut über die Unterbrechung zu verstecken. Der flüchtige, aber mahnende Blick, den ich von Lemander bekam, bedeutete mir allerdings, dass mir das nicht allzu gut gelang.

Der Ordensmann verbeugte sich, trat durch die Tür zurück, um wenige Augenblicke später Delan von Gramenfeld hineinzulassen.

»Guten Tag, Deckard von Falkenberg«, grüßte Delan höflich. Er war einige Jahre älter als ich. Und er war nicht besonders großgewachsen, untersetzt und trug einen dunklen Dreitagebart. Zwar kannten wir uns von früheren Begegnungen, aber so richtig warm geworden waren wir nicht miteinander.

»Delan von Gramenfeld«, begrüßte ich ihn so freundlich, wie es mir angesichts der Umstände möglich war. »Was verschafft mir die Ehre deines Besuches?«

Delan winkte ab. »Hören wir auf, Förmlichkeiten auszutauschen, Deckard. Ich muss dich sprechen.«

»Deshalb bist du wohl hier.«

»Es ist ernst«, betonte Delan. »Du kennst doch den seltsamen Berater Linus, den Serion von Gamar im Gefolge dabei hat, oder?«

Ich nickte vorsichtig. »Ja.«

»Dann ist die bestimmt auch aufgefallen, dass er immer irgendeine Kopfbedeckung trägt.«

»Ich bin zwar nicht mehr so oft im Konklave wie du, aber ja, auch das ist mir aufgefallen.«

»Ich weiß warum«, sagte Delan und machte ein sehr zufriedenes Gesicht dabei.

Beinahe ein wenig wie ein Kind, das stolz auf eine neu errichtete Sandburg ist, ging es mir durch den Kopf. Ich entschuldigte mich bei mir selbst für derart abfällige Gedanken.

»Er ist ein Elb«, vollendete Delan seinen Spannungsbogen.

Niemand im Raum war überrascht, denn alle Anwesenden wussten es bereits. Außer Lia vielleicht.

»Linus ist *hier*?«, fragte sie verängstigt. Es klang beinahe entsetzt.

Delan machte große Augen, erst jetzt hatte er einen genaueren Blick auf Lia geworfen.

»Du hast auch eine Elbin hier«, spie er überrascht aus. »Habt ihr denn alle den Verstand verloren? Das Konklave ist kein Ort für-«

»Ruhe!«, herrschte ich ihn an und Delan verstummte. Ich betonte: »Dieses Elbenmädchen steht unter meinem Schutz und *sie sitzt nicht im Konklave.*«

»Aber-«

»Kein *Aber*. War noch etwas?«

Delan ließ sich durch meine schroffe Art nicht irritieren. »Ja, und zwar hat dieser Linus mir gestern Abend einen Besuch abgestattet. Dabei ist mir auch aufgefallen, dass er ein Elb ist. Weil er nämlich seine Kapuze abgenommen hat, als-«

»Serions Berater hat *dir* einen Besuch abgestattet?«

»Ja«, bekräftigte der kleine, dicke, unrasierte Mann. »Aber würde es dir etwas ausmachen, mich nicht dauernd zu unterbrechen?«

Ich verdrehte die Augen, hörte wie Lemander im Hintergrund etwas zu Lia murmelte.

»Also, wie ich bereits sagte«, fuhr Delan ungehindert fort.

»Gestern Abend kam Linus zu mir und wollte ein Gespräch führen. Und da hat er zum ersten Mal in meiner Gegenwart seine Kapuze abgenommen. Irgendwie war es mir zuvor nicht aufgefallen, aber ich hatte ihn wirklich noch nie ohne eine Kopfbedeckung gesehen. Und siehe da, er hatte spitze Elbenohren.«

»Na und?«, rief ich.

»Was heißt hier na und? Er ist ein Elb, verflucht. Ein Elb!«

Ich sparte mir die Diskussion darüber, dass mir diese öffentliche Verachtung der Elben mehr als nur lästig war und wollte Delan weiter zuhören. Auch wenn ich ihn als höchst unangenehmen Zeitgenossen empfand.

»Also ließ ich ihn natürlich hinauswerfen, all seinem Gezeter zum Trotz. Er wollte mir wohl irgendetwas wegen der Königswahl vorschlagen. Wahrscheinlich irgendeinen faulen Handel. Aber ich weiß ja, wie das mit den Elben-«

Diesmal stockte er von allein. Seine Augen waren geweitet.

»Delan?«, fragte ich vorsichtig.

Doch der Erbe von Gamar machte ein würgendes Geräusch und fasste sich an den Bauch.

»Delan?«, setzte ich nun energischer nach. »Was ist los, verdammt?«

Doch der Untersetzte sank auf die Knie. Dunkle Flecken bildeten sich auf seinem grünen Oberhemd.

»Bei den Göttern«, entfuhr es mir. Ich stürzte in die Hocke vor ihm, packte sein Gesicht mit den Händen. Seine Augen starrten merkwürdig an mir vorbei. Amondo war binnen eines Wimpernschlags neben mir.

Delan würgte wieder und spuckte einen Mundvoll Blut über meinen Ärmel. Dann kippte er zur Seite.

Amondo ergriff die Initiative, er zog einen kurzen Dolch aus seinem Gürtel und zerschnitt dem Gramenfelder das mittlerweile völlig durchweichte Hemd, um dessen Torso freizulegen.

Mehrere tiefe Stichwunden klafften in Bauch und Brust des Mannes. Dunkles Blut sprudelte aus jeder hervor. Es war als würde man einen übervollen Schwamm auspressen. Eine rote Lache breitete sich um Delan aus und wurde viel zu schnell viel zu groß.

Ein letztes Aufbäumen ging durch ihn, seine Gliedmaßen zappelten und er machte lange, gurgelnde Geräusche. Er versuchte einen Arm zu heben, doch die Kraft strömte ebenso schnell aus ihm wie das Blut. Seine Hand fiel zurück und patschte in die Blutlache, dass es spritzte.

»Bei den Göttern«, hauchte ich erneut. Mein Entsetzen war unbeschreiblich. Mir wurde heiß und kalt zugleich.

Dann hörte Delan auf, sich zu bewegen. Er lag still da, während Amondo und ich in einem See aus Blut knieten, vollkommen machtlos. Ich blickte hoch, sah Hermelink, die Hände vor den Mund geschlagen, keine zwei Schrittlängen entfernt. Ich sah Lia, wie sie Lemanders Arm umklammert hielt. Der Schock zeichnete sich in ihrem Gesicht deutlich ab.

»Verflucht«, brüllte ich, ohne richtig zu fassen, was eigentlich gerade geschehen war. Zornig und hilflos schlug ich gegen einen hölzernen Schemel in Reichweite, der umkippte und über den Boden schlitterte. »Warum passiert hier nur so eine riesige Scheiße an jeder Ecke?«

Das Fass war eindeutig voll. Jeglicher Anstand war vergessen. Ich wusste nicht, wer warum oder auf welche Weise hier an irgendetwas Schuld war. Aber gerade der Verlust der völligen Kontrolle über die Situation machte mich rasend. Wer auch immer hier blutige Spiele spielte, ich würde ihn kriegen.

Es klopfte.

Geistesgegenwärtig ging Hermelink zur Tür und öffnete sie gerade so weit, dass der Blick der Wache nicht auf das Blutbad fallen konnte.

»Der Markgraf von Gamar bittet um eine Audienz«, hörte ich den Ordensmann sagen.

Ich schlug mir vor den Kopf. Natürlich, das angekündigte Kommen von Serion von Gamar. Das war die bitterste Ironie, die die Götter oder das Schicksal zu bieten hatten. Hier lag der tote Erbe eines Fürstentums in seinem Blut. Und als hätte ich damit nicht Probleme genug, stand vor der Tür auch noch der Mann, den ich im ganzen Reich jetzt am wenigsten sehen oder gar sprechen wollte.

»Was ist denn da drinnen los?«, hörte ich jemanden im Hintergrund fragen. Das war *seine* Stimme. Serion stand direkt vor der Tür.

»Alles in Ordnung«, log Hermelink ohne zu zögern. »Es dauert noch einen kurzen Moment, ja?«

»Könnte ich das von Deckard von Falkenberg persönlich hören?«, entgegnete Serion.

»Und was war das überhaupt für ein Lärm gerade eben?«, fragte der Ordensmann der Wache pflichtbewusst hinterher.

Hermelink wurde einfach beiseite geschoben.

Serion von Gamar betrat den Raum.

»Was zum-«, entfuhr es ihm schlagartig, als er den toten Delan in seinem Blut liegen sah und sowohl mich als auch Amondo blutverschmiert.

Doch Serion hatte sich schneller in der Gewalt, als ich dem ansonsten so aufbrausenden Mann zugetraut hätte.

»Ich wusste es«, knurrte er aufgebracht. »Ich wusste, dass du hier ein verdammt dreckiges Spiel spielst, Deckard.«

Hinter ihm schoben sich weitere Personen durch die Tür. Ich sah zwei Ordenswachen, und zwei von Serions persönlichen Gardisten.

Und dann trat Linus durch die Tür.

Er hatte keine Kapuze auf dem Kopf und gab sowohl sein helles Haar als auch seine zweifelsfrei spitzen Ohren preis.

»Du!«, schrie Lia schrill. Maßloses Entsetzen lag in ihrem Ausruf und ich nahm beiläufig war, wie Lemander einen Arm um sie legte.

»Lia«, begrüßte Linus sie mit boshaftem Lächeln.

Hinter ihm betrat noch eine weitere Person den Raum. Größtenteils in gräulich dunkle Ledersachen gekleidet, nahm auch dieser Mann seine Kapuze vom Kopf und zum ersten Mal sah ich sein Gesicht bei Tageslicht. Ein säuberlich geschnittener Bart, eine leicht bräunliche Hautfarbe und seine dichten, schwarzen Locken. Dunkle Augen starrten mich bohrend an.

Schekich! Ein weiterer Schrecken durchfuhr mich bis ins Mark …

… und als ich die Süffisanz in Linus' Stimme hörte, war mir mit einem Schlag alles klar.

»Das sieht mir wohl nach einem handfesten Verrat aus!«, resümierte Linus mit sonorer Stimme, was er vor sich im königlichen Arbeitszimmer sah. Die Zufriedenheit auf seinem Gesicht, stellte an Dreistigkeit alles bisher Dagewesene in den Schatten. »Der Erbe des Hohen Hauses von Gramenfeld erstochen auf dem Boden. Der Nicht-König und der Großmeister des Ordens blutbesudelt. Und sogar das Messer liegt noch dort.«

Er zeigte beiläufig auf Amondos Dolch, mit dem er Delans Kleidung zerschnitten hatte. Dann traf sein Blick denjenigen Lias und der zeigte mit seinem langen Zeigefinger auf sie: »Und *du* hast etwas, das mir gehört.«

Serions Schnauben übertönte Lias zitternde Antwort.

»Deckard, Markgraf von Falkenberg«, dröhnte er. »Hiermit stelle ich dich und deine Gefolgsleute unter Arrest. Aufgrund des Verdachts, eine Verschwörung gebildet zu haben, um den Thron des Ehernen Reiches zu besetzen. Und aufgrund des Verdachts, im Kreise dieser Verschwörung Delan von Gramenfeld ermordet zu haben.«

Er zog sein Schwert, eine Klinge namens Briskan. Seine Wachen richteten die Speere auf uns. Langsam und genüsslich ließ auch Schekich seine Klinge aus der Scheide gleiten.

»Das kann nicht dein Ernst sein, Serion«, rief ich erschüttert. »Du kannst nicht ernsthaft glauben, dass ich den Thron will.«

»Unsinn, Junge. Du warst schon immer klüger als alle andern Kandidaten zusammen. Mit Ausnahme meiner Tochter vielleicht.«

Die Erwähnung von Ellyn schmerzte – ebenso wie die bittere Erkenntnis, dass Serion mir sogar Anerkennung zollte. Wenn auch auf völlig absurde Weise.

»Serion!«, beschwor ich ihn. »Das ist grotesk! Steckt die Waffen weg! Wir können diese ganze Sache gemeinsam aufklären.«

Hermelink und Amondo zogen ebenfalls ihre Schwerter und in meinem Rücken hörte ich, wie sich auch Lemander mit einer der Zierwaffen ausstattete, die an der Wand hingen.

Die Ordensleute standen unschlüssig im Raum. Das Bild, das wir abgaben, musste eindeutig aussehen: Delan von Gramenfeld lag erstochen in seinem Blut, zwei Männer waren blutverschmiert und eine mögliche Tatwaffe lag neben dem Toten. Auf der anderen Seite waren Amondo und ich diejenigen Personen, denen sie absolute Treue geschworen hatten, notfalls bis in den Tod.

»Wir *werden* das gemeinsam aufklären«, meinte Serion völlig ernst. »Wenn du in einer Zelle im Kerker sitzt.«

In seinen Augen lag keine Vorfreude, das Haus von Falkenberg endlich, endlich in die Knie gezwungen zu haben. Es hatte eher etwas von lästiger Pflichterfüllung. Beinahe schien es ihm sogar ein wenig leidzutun.

»Du wirst hintergangen, Serion. Wir alle werden hintergangen.«

Serion machte mit der linken Hand eine Bewegung, als wolle er meine Worte beiseite wischen.

»Zum letzten Mal, Deckard. Zwing mich nicht dazu!«

Es klang beinahe ein wenig flehend, auch wenn ich nicht einen Augenblick daran zweifelte, dass Serion von Gamar mich ohne zu zögern niederstrecken würde, wenn es nötig war.

Ich zog Erlenfang. Die Klinge lag leicht und vollkommen ausbalanciert in meiner Hand. Noch nie hatte ich einen Menschen getötet. Und ich hatte die Götter darum angefleht, es niemals tun zu müssen. Ich wusste nicht, was nun geschehen würde.

»Dann ist es so«, merkte Serion erschöpft an. »Nehmt sie fest! Tötet jeden, der Widerstand leistet.«

Er ging einen Schritt auf mich zu aber ich schlug seine Klinge beiseite. Serion stoppte, bevor er in Reichweite war und konterte mit einem kräftigen Schlag. Links neben mir stürzten sich die beiden Wachen des Hauses von Gamar auf Amondo. Doch der Großmeister war ein exzellenter Kämpfer und hielt beide hervorragend in Schach, wenn auch nicht ohne Mühe. Schekich hingegen drehte sich voll blitzender Vorfreude in Hermelinks Verteidigung hinein. Lemander kam ihm zur Hilfe, aber er war alles andere als ein geschickter Schwertfechter.

Serions Schläge zu parieren war anspruchsvoll, aber es trieb mich bei weitem nicht an mein Äußerstes. Bei ihm war viel Vermessenheit mit im Spiel. Meine Gedanken rasten, während ich mich vor allem auf einen sicheren Stand konzentrierte. Das Arbeitszimmer des Königs war zwar geräumig, aber für eine schlimme Szene wie diesen Kampf war es natürlich nicht gemacht.

Denk nach!, rief mein Verstand. *Denk nach!* Wenn es mir gelang, Serion zu überwältigen, ohne ihn ernsthaft zu verletzen, konnte ich das Ganze vielleicht schnell und einfach beenden.

Währenddessen erwehrten sich Hermelink und Lemander verzweifelt der katzenhaften Bewegungen Schekichs. Er war dermaßen schnell und wendig, dass er selbst gegen zwei Gegner ständig in der Offensive blieb. Hermelink bot all seine Kunst auf, alles, was er je über Schwertkampf gelernt oder am eigenen Leib in Erfahrung gebracht hatte. Aber er konnte es drehen und wenden, wie er wollte: Schekich war der geborene Kämpfer. Ohne Lemander an seiner Seite, wäre es nur eine Frage der Zeit gewesen, bis Schekich ihn ohne Umschweife niedergemacht hätte.

Ich schaffte es, mich unter einem von Serions Schlägen hinwegzuducken, drehte mich in ihn hinein. Eine Bewegung mit der er nicht rechnen konnte. Serion focht einen alten, beinahe brachialen Stil, der sehr auf Pragmatismus ausgelegt war. Dort gab es keinen Platz für Salti und elegante Pirouetten. Ich schlug ihm meinen linken Ellenbogen ins Gesicht und hieb gleichzeitig mit Erlenfang nach Serions Klinge. Er musste loslassen und das Schwert landete klirrend auf dem Steinboden.

Sofort rammte ich Serion mein Knie in den Bauch und der Markgraf von Gamar ging stöhnend zu Boden während ich ihm Erlenfang drohend an die Wange hielt.

»Lass uns Reden, Serion!«, keuchte ich. »Um alles in der Welt. Lass uns reden!«

Da hörte ich ein schlitzendes Geräusch und merkte, wie der Kampf rechts von mir innehielt. Ein Reflex zwang mich, hinsehen. Und was ich sah, ließ mein Herz gefrieren.

Schekich hatte irgendwie Amondos Dolch in die Finger bekommen … und ihn Hermelink bis zum Heft von unten durch den Kiefer in Kopf gerammt. Mein Verstand erlosch. Die Augen meines Freundes waren völlig ausdruckslos, als das Blut in Strömen am Heft des Dolches hinunterlief.

Wie ein Stück erlegte Beute, warf Schekich den erschlaffenden Körper einfach zur Seite. Blutlust spiegelte sich in seine Augen.

»Nein!«, brüllte ich. Langgezogen und mit allem Schmerz der Welt darin. Mein Kopf schien vor Wut zu explodieren. Serion von Gamar war mit einem Mal kein Thema mehr. Mit einem langen Schrei stürzte ich mich auf den Mörder meines Freundes. Zorn und Hass machten mich schneller denn je und ich deckte Schekich mit Schlagfolgen zu, denen niemand sonst standgehalten hätte. Die diebische Freude in seinen Augen wich der puren Konzentration auf unseren tödlichen Kampf. Wir wirbelten umeinander. Auf einen schnellen Stich von mir, folgte eine erneute Drehung, ich schlug mit der linken Hand Schekichs Schwertarm weg, während ich mich wieder um die eigene Achse drehte und blitzschnell mit Erlenfangs Klinge zuschlug. Schekich musste sich ebenfalls drehen, um den Streich abzufangen. Ich traf seinen Handrücken. Rot spritzte, doch Schekich kämpfte weiter. Ob er den Schmerz nicht spürte, oder schlichtweg wusste, dass jedes kleine Nachlassen sein Ende bedeutet hätte … es war unwichtig. Er musste die Konzentration für all sein Können hochhalten, aber in seinen dunklen Augen wurde ich eines unsicheren Flackerns gewahr.

»Ordenswache!«, schrie Amondo, um seine beiden Leute aus ihrer unentschlossenen Lethargie zu holen. »Verschafft mir verdammt noch mal etwas Zeit!«

Ich merkte nicht, wie die beiden Ordenskrieger eingriffen,

auch nicht, wie Linus ebenfalls längst zum Schwert gegriffen hatte, um sich den Weg zu Lia und den Nollonin zu bahnen. Ich merkte nicht, wie Amondo den Geheimgang unter dem Schreibtisch öffnete und das schwere Möbelstück mit einem Ruck um eine halbe Schrittlänge verschob, sodass man hineingleiten konnte. Ich merkte nicht, wie er Lemander auf die Schnelle etwas zuraunte und ihn dann gemeinsam mit Lia hineinstieß.

Ich merkte es erst, als Amondo sich mit aller Wucht gegen Schekich warf. Der hatte sich nur auf die Aufrechterhaltung seiner Verteidigung konzentriert und Amondo war ein geschickter Kämpfer, der wusste, wie er in diese Konfrontation einzusteigen hatte. Schekich purzelte benommen von dem Aufprall in eine Ecke. Gleichzeitig ohrfeigte Amondo mich, um meine Aufmerksamkeit zu erlangen.

»Geh!«, befahl er.

Ich machte keine Anstalten, von Schekich abzulassen.

»Geh!«, schrie er mich an. »Niemand hat etwas davon, wenn du hier draufgehst!«

»Aber …«

Amondo zerrte mich grob zum Tisch und zeigte auf die Öffnung im Boden. Ich sah ihn verdattert an.

»Lemander weiß bescheid!«, sagte er. Dann hob er sein eigenes Schwert an, denn sowohl Schekich hatte taumelnd wieder auf die Beine gefunden, als auch Serion, der wieder seine Klinge in der Hand hielt. Während Linus vor uns die Ordenswachen niedermachte, stieß Amondo mich vorwärts.

Ich trat ins Leere, stolperte und fiel in die Dunkelheit.

Ich schlitterte unaufhaltsam eine Rampe hinab. Sie war aus Stein und sehr, sehr glatt. Es gab keine Möglichkeit zu bremsen, geschweige denn nach oben zu klettern. Ich konnte nicht einschätzen, wie lange die Rutschpartie dauerte, doch nach dem Rausch des Kampfes kam es mir wie eine Ewigkeit vor.

Die Bilder frischer Erinnerungen erschienen vor meinem inneren Auge in ungeordneter, loser Reihenfolge:

Schekich, der Hermelink wegwarf wie eine zu große Puppe.

Linus, dem sein Triumphlächeln auf den Lippen lag. Delan, wie er sich im Todeskampf wand, aufgrund von Verletzungen, die ihm niemand von uns zugefügt hatte. Serion, der mir mit dem Schwert drohte. Schekich, dieser Bastard von einem Häscher. Hermelink, wie das Licht in seinen Augen erlosch. Hermelink, immer wieder Hermelink.

Ich schrie meine Wut und Verzweiflung hinaus. Sie schmerzten, brannten in meiner Brust wie Essig auf einer Wunde.

Dann bremste sich meine Fahrt ab, kam zum stehen.

Ich hörte von irgendwoher Lemanders Stimme, wie er einige Worte murmelte. Auf einmal entflammte ein Dutzend Fackeln entlang eines Ganges. Im Fackelschein sah ich den Alten auch endlich. Er kam auf mich zugeeilt, zog mich auf die Beine.

»Komm schon!«, drängte er. All seine fröhliche Leichtigkeit war von ihm gewichen. Ich folgte ihm ein paar Schrittlängen in den Gang hinein. Dort stand Lia, schlotterte am ganzen Körper, als ob sie nackt im tiefsten Schnee des Winters stünde.

Lemander kehrte zum Ende der Rampe zurück, die – wie ich nun erkennen konnte – recht kunstvoll verkachelt war.

»Hier muss es doch irgendwo sein«, knurrte er.

Er hantierte in einer Nische des Ganges herum.

»Ah«, machte er.

Dann folgten ein Blitz und ein tiefer, grollender Knall. Lia und ich wurden von dem sich entladenden Druck umgeworfen. Die Fackeln in unserer Nähe erloschen, Unmengen von Staub wirbelten auf. Es krachte und polterte.

Aus der Staubwolke kam Lemander auf uns zu und zog uns erneut auf die Beine. Hinter ihm war das untere Ende der Rampe eingestürzt.

»Das dürfte eine Weile halten«, hustete er.

»Wo sind wir?«, fragte Lia so ängstlich wie neugierig.

»Wenn mich nicht alles täuscht, ist dies ist ein alter Fluchttunnel«, grummelte Lemander eine Erklärung, während er uns vorwärts scheuchte. Wie betäubt bestaunte ich die Wände und die Decke. Der Gang, in dem wir uns befanden war in den nackten Fels gehauen. Ja, sehr wahrscheinlich handelte es sich um einen geheimen Tunnel, der zu Fluchtzwecken konstruiert war. Mein Verstand taumelte, klammerte sich an Belanglosigkeiten fest. Ich sah zurück.

Die Rampe hinter uns war tatsächlich verschwunden. Geröll versperrte nun den Weg dorthin.

»Amondo hatte keine Zeit, mich genau zu instruieren«, sagte Lemander. »Er sprach von dem Mechanismus, der das untere Ende der Rampe sprengen würde. Das verschafft uns etwas Zeit. Und ich weiß nicht, wie viel wir davon noch haben. Das kommt drauf an, wie lange Amondo und seine zwei Wachen dort oben gegen den finsteren Elb und seine Schergen bestehen können.«

Ich wollte nicht darüber nachdenken, dass diese Augenblicke wahrscheinlich auch für Amondo Lakarr die letzten sein könnten. Der gute Großmeister des Ordens, der mich so kompetent hier empfangen hatte und sich so loyal zum Thron zeigte. Er hatte ebenfalls nur das Beste für das Eherne Reich gewollt.

»Aber er hat mir noch verraten, wohin uns dieser Tunnel führt.«

»Ja?«

»Glücklicherweise zur einzigen Person, die uns jetzt vielleicht noch ihre Unterstützung zukommen lässt«, sagte Lemander entschlossen und schob uns weiter die Fackeln entlang.

Glücklicherweise?, schoss es mir durch den Kopf. Ich war noch nicht wieder im Vollbesitz meines geistigen Urteilsvermögens und die tatsächliche Tragik würde mich erst in den kommenden Tagen einholen. Aber *glücklicherweise* traf es ganz sicher nicht.

Wir hetzten eine Weile durch den in den Fels geschlagenen Tunnel. Niemand sprach ein Wort. Alles was geschehen war, war noch viel zu nah. *Flucht* war der einzige Gedanke, den ich während des Laufens fassen konnte. Amondo wollte, dass ich floh – und ich hatte keine verdammte Wahl.

Mein Zeitgefühl war vollkommen durcheinander. Wie lange

wir spärlich erleuchtete Gänge entlangliefen, konnte ich nicht abschätzen. Hier und dort lief knisternd geschmolzenes Pech an den Fackeln hinab und bildete kleine, flammende Pfützen auf dem Felsboden.

Schließlich erreichten wir eine gedrungene, schwere Tür. Lemander hatte von uns dreien den kühlsten Kopf bewahrt und durchschaute sogleich auch diesen Mechanismus, der sich von einer gewöhnlichen Türklinke unterschied. Wir schlüpften hindurch und betraten ein Labyrinth aus zackigen, feuchten Felsen. Die Oberfläche der Tür war von der anderen Seite mit etwas bedeckt, dass leichtem Geröll sehr ähnlich war. Ich konnte nicht erkennen, was es war und es war mir auch gleich. Doch die Wirkung wurde nicht verfehlt. Die Tür im Fels fiel erst auf, wenn man sich genauer und eingehend damit befasste.

Wir suchten einen Weg durch die mehr als mannshohen Felskanten. Zumindest waren wir in einer etwas größeren Höhle gelandet. Da hörte ich das Rauschen des Meeres. Leise nur, in der Ferne, aber auf einmal wusste ich, wo uns unser Weg hinführen sollte: In die königlichen Docks, die auf Meeresniveau in natürlich gewachsenen, ausladenden Höhlen tief unter dem königlichen Palast lagen. Hatte die glatte Rampe tatsächlich so tief hinab in den Fels geführt?

Doch ein anderer Gedanke bemächtigte sich meiner: Meine Leute! Wobert von Loh und meine Garde!

Abrupt stoppte ich ab.

»Ich kann nicht fort!«, meinte ich wie benebelt. »Was geschieht mit meinen Leuten?«

Lemander stapfte zurück und schlug mir ansatzlos ins Gesicht. Taumelnd stürzte ich rückwärts auf den Hosenboden.

»Du Narr!«, fluchte er. »Was glaubst du denn, was dort oben geschieht, bei den Göttern? Amondo Lakarr, der fähigste Mann im ganzen Reich, opfert sich in diesem Moment, damit du eine Chance hast zu entkommen.«

Ich rieb mir verwundert die Wange, wo Lemander mich getroffen hatte und sah verdattert hoch. Mein skurriler Berater pfefferte die Klinge in eine Ecke, die er aus der Dekoration des königlichen Arbeitszimmers entwendet hatte. Es schepperte scheußlich zwischen den Felsen.

»Lia und du, ihr seid die Einzigen, die diesen verflucht großen Mist aufklären könnt. Lia hat die Nollonin und du hast deinen verdammt schlauen Kopf und immerhin noch deinen Namen.«

»Mein Name nützt mir nichts, wenn ich als Verräter gesucht werde.«

»Nicht hier«, bestätigte Lemander wütend. »Aber vielleicht in Quainmar.«

»Quainmar?«, fragten Lia und ich wie aus einem Mund.

Lemander nickte entschlossen. »Das ist das Ziel, zu dem wir aufbrechen sollten. Auch wenn wir dazu einen langen Umweg machen müssen.«

Lia meldete sich zu Wort. »Es stimmt«, meinte sie verschüchtert und mit zittriger Stimme. »Vielleicht endet das alles, wenn wir die Nollonin zurück zu meinem Volk bringen.«

Lemander reichte mir die Hand.

»Jetzt komm und steh auf!«, befahl er mir zischend. Jede Förmlichkeit war vergessen. »Du glaubst an das Eherne Reich wie kein zweiter, den ich kenne. Und da oben«, er deutete mit einem Finger an die Decke, »ist irgendwo ein verfluchter Elben-Bastard, der all das niederreißt, woran du glaubst. Denn aus keinem anderen Grund ist er hier.«

Ich starrte zu Lia, die traurig nickte.

»Steh auf!«, bellte Lemander. Und endlich ließ ich mir auf die Füße helfen.

Drohend zeigte ich mit dem Finger auf Lia, die wegsah.

»Du, junge Elbin«, mahnte ich, »hast mir eine ganze Menge zu erklären!«

»Aber dazu müssen wir erst die Zeit haben«, wand Lemander ein. »Und deshalb: Kommt jetzt endlich!«

Ja, Lemander war jemand, der gut darin war, die richtigen Worte zur richtigen Zeit zu finden. Es war wie ein angeborenes Talent. Ich hatte es auf der Reise nach Anselieth nicht zu schätzen gewusst, als er meine Gefolge mit derben Späßen und Spielchen bei Laune gehalten hatte. Aber das änderte sich gerade vehement.

Wir erreichten die ausladenden Höhlen im Fels, die zu der Seite offen waren, die zur Bucht zeigte. Lange Wellenbrecher hatte man hinaus aufs Meer gebaut und so ein künstliches Hafenbecken alleine für Schiffe der Krone und jenen königlichen Gästen, die auf dem Seeweg reisten, erschaffen.

Am äußersten Pier lag ein Schiff vor Anker, das sich von den anderen markant durch seine Bauweise unterschied. Es war länger und schmaler. Große Rundschilde hingen an den Seiten über die hölzerne Reling. Und vorn am Bug ragte ein Basiliskenkopf auf einem langen Hals empor, als wäre er bereit jeden zu beißen, der sich dem Schiff in den Weg zu stellen wagte.

Gerade wurden die letzten Kisten und Fässer an Bord gebracht. Wir rannten den Anleger entlang und winkten, um auf uns aufmerksam zu machen.

Zunächst vergebens. Es wirkte, als würden die Seeleute die Planken einholen, über die das Schiff beladen worden war. Doch dann sah ich jemanden zurückwinken. Er war lang und hatte ehemals sehr breite Schultern besessen. Er trug einen Helm auf dem Kopf, den an jeder Seite ein aus Federn nachgestellter Flügel zierte.

Prinz Leonhrak der Nordleute.

Er ließ eine Planke wieder ausfahren, kam vom Schiff und uns entgegen.

»Deckard«, rief er. »Was um alles in der Welt tust du hier?«

Wir kamen vor ihm zum stehen.

»Wir sind nun offiziell Verräter«, sagte Lemander ohne Umschweife.

»Du bist verrückt«, entgegnete Leonhrak trocken.

Doch Lemander schüttelte den Kopf. Leonhrak prüfte unsere Gesichter.

»Ihr seid also Verräter«, wiederholte er langsam, grübelnd.

»Aber nur in diesen Landen«, fügte mein alter Berater hinzu.

Prinz Leonhrak nickte langsam und verständig.

»Ich kann euch kaum glauben, aber ich schätze, ich sollte mir eure Geschichte anhören.«

»Hör sie dir an, wenn wir an Bord sind«, beharrte Lemander. »Und auf der Reise nach Norden.

»An Bord«, bestätigte Leonhrak langsam und reichte Lia die Hand, damit er ihr über die Planke helfen konnte. »Und auf der Reise nach Norden.«

Interludium

Ein Blick aus der Ferne

Markgraf Deckard schob Hinck nicht einfach ab. Das rechnete der Wirtsjunge ihm hoch an. Tatsächlich erzählte er ihm Tag für Tag einen Teil der Geschichte. Oft saßen sie dabei draußen am Steg und Hinck malte sich in seinen Gedanken wunderbare Bilder zu der Geschichte Deckards aus.

Es war früh am Morgen. Hinck brachte gerade einen Eimer frischer Kuhmilch ins Innere des Wirtshauses und bog um die Ecke des Stalls, als er eine Gestalt sah. Er erschrak und ließ den Eimer fallen. Es rumste ordentlich auf den Holzbohlen, die vor dem Stall lagen. Doch glücklicherweise landete der schwere Eimer auf seinem Boden und blieb stehen. Die Milch schwappte bedenklich, aber sie blieb zum allergrößten Teil im Eimer.

Der Alte Bermert stand dort an der Ecke. Auf einen langen Priesterstab gelehnt schüttelte er den Kopf, als er Hinck sah.

»Guten Morgen, Junge«, sagte er mit einem Grinsen. »Ich wollte dich nicht erschrecken.«

»Was tust du hier?«, fragte Hinck außer Atem vor Schreck.

Bermert zuckte mit den gebeugten Schultern. »Ich wollte einen kurzen Blick auf euren geheimnisvollen Gast werfen.«

Hinck bekam weite Augen.

»Das … das..«, begann er unschlüssig stammelnd.

»Ist schon gut«, beruhigte der alte Bermert ihn. »Ich will nur einen Blick aus der Ferne auf ihn werfen. Ich werde niemandem auch nur ein Sterbenswörtchen davon sagen.«

Misstrauisch beäugte Hinck den Alten. Der hob wie zur Entschuldigung eine Hand. »Entschuldige, Hinck. Ich bin Priester. Wenigstens ein klitzekleines bisschen Vertrauen habe ich verdient, oder?«

»Na gut«, nuschelte Hinck ergeben und linste vorsichtig an Bermert vorbei. Deckard von Falkenberg saß bereits auf der Bank vor dem Wirtshaus. Eingeschlagen in eine Wolldecke starrte er hinaus in die Morgendämmerung über dem Großen Golf.

»Weißt du, Hinck«, meinte Bermert. »Ich habe ein Leben lang diese Bildchen gesammelt. Aber ich habe kaum jemals eine der Personen, für deren Abstammung und Geschichte ich mich so sehr interessiere, im richtigen Leben gesehen. Ich wollte einfach einmal einen Blick darauf werfen.«

Hinck blickte ihn unschlüssig an und Bermert ergänzte verklärt: »Dieser Deckard von Falkenberg ist ein ziemlich selbstloser Kerl. *Held* ist das Wort, das viele Leute benutzen würden.«

Hinck starrte ihn immer noch an.

»Sanfte Wege, Hinck«, sagte der Alte und zwinkerte. »Ich muss wieder zurück. Schließlich werden gegen Nachmittag die ersten Fischer heimkehren, die vielleicht das ein oder andere Gebet sprechen oder sich eine Last von der Seele reden wollen.«

Und so wandte sich Bermert wieder zu gehen. Er hatte wirklich nicht mehr gewollt. Nur einen Blick aus der Ferne.

Als Hinck wieder etwas von seiner Zeit erübrigen konnte, um sich ein weiteres Stück der Geschichte anzuhören, sprach er den Markgrafen auf das an, was Bermert gesagt hatte.

»Die Leute sagen, du seist ein Held, Herr.«

Überrascht fiel Deckards Blick auf ihn. »So? Was sagen sie denn noch?«

»Sie sagen, du seist äußerst selbstlos, Herr.«

Doch Deckard schmunzelte lediglich darüber, dann glitt sein Blick wieder auf den Großen Golf hinaus.

»Nein«, meinte er. »Ich bin habe wohl ein paar Wesenszüge, die die Leute vielleicht als selbstlos oder heldenhaft bezeichnen. Das weiß ich nicht und ich überlasse es auch ihnen, darüber zu urteilen. Doch es gibt auch die dunklen Seiten des Deckard von Falkenberg. Die Abgründe, in die man nicht gerne blickt. Ich bin kein strahlender Held, Hinck. Ich bin ein Mensch, wie jeder andere auch. Und genau so wie ich lache oder feiere, so verzweifle ich auch über meine Hilflosigkeit vor dem Angesicht der Welt.«

Zweiter Akt

Der eiserne Sommer

Kapitel 9

Von zerbrochenen Hoffnungen

Der Fahrtwind schlängelte sich in kalten Böen überall hin auf dem Schiff. Es gab keine Kajüte und keinen festen Unterstand. Lediglich nachts spannten die Nordmänner über einen großen Teil des Decks ein Zelt aus Leinenstoff. Zumindest in den Nachtstunden waren wir also Wind und Wetter nicht auf Gedeih und Verderb ausgeliefert.

Das lange Holzschiff mit dem Namen *Skrara* hatte eine Besatzung von vierundzwanzig Mann. Flach und schlank lag es im Wasser. Ein hoher Mast ragte mittig auf und bot Platz für ein großflächiges Segel, abwechselnd weiß und fliederfarben gestreift – die Farben von König Fjelding. Es gab ein großes Holzdeck, das sich keine Schrittlänge über der Wasseroberfläche befand. Auf diesem Deck spielte sich alles ab. Es gab Ruderbänke für zehn Mann pro Seite und einen kleinen Steuerstand. Dann waren da noch eine Menge Fässer, Säcke und Truhen. Verpflegung für mehrere Wochen war hier verstaut. Auf dreiviertel des Wegs zum Bug befand sich ein enger Holzkäfig, in dem zwei Gänse resigniert vor sich hinschnatterten. Sie würden das nicht bis zum Ende der Reise tun.

Die alten Männer waren eine müde Reisegesellschaft. Alle waren sie hart und aus einem ganz besonderen Holz geschnitzt, aber der Fluch, der auf ihnen lag, raubte ihnen jede Lebensfreude. Sie ruderten wenig, weil sie ihre Kräfte nicht aufzehren wollten. Die kräftigen Frühjahrswinde, die vom Meer herüberwehten übernahmen glücklicherweise einen Großteil der Arbeit. Und so sauste das Schiff der Nordmänner trotz fehlender Ruderkraft die lange Ronar schneller hinauf, als es jedes Schiff des Reiches gekonnt hätte.

Ihre Kunst, Schiffe zu bauen, die schnell und wendig waren und dennoch ein immenses Fassungsvermögen besaßen, war legendär. Und vor allem war sie unnachahmlich. Die Nordmänner versteckten ihre Werften zwar nicht oder unterwarfen sie irgendeiner Form sonstiger Geheimhaltung. Dieses spezielle Schiffsbauerhandwerk wurde jedoch außerhalb des Harjenner Reiches nicht gelehrt. Die reine Geschwindigkeit des Schiffes würde uns einen guten Vorsprung verschaffen. Wir fuhren jedem davon, der uns auf den Fersen war – sei es Schekich oder berittenen Boten. Und wenn wir erst die Grenze zum Gebiet der freien Städte erreicht hatten, wurde alle Nachrichtenübermittlung seitens des Ehernen Reiches überflüssig. Dort waren wir außerhalb der Reichweite Anselieths oder irgendeines Fürstentums.

Und dennoch waren das alles Dinge und Tatsachen, über die ich nicht einmal müde lächeln konnte.

Ich konnte überhaupt nicht lächeln in dieser Zeit. Im Gegenteil: Ich war am Boden. Geschlagen, überwältigt, vernichtet.

Das Bild von Hermelinks letztem Augenblick fing mich immer wieder ein. Die letzte Konstante in meinem Leben, der letzte gute Freund – mit neununddreißig Sommern einfach dahingerafft. Ermordet von einem Mann, der mich fortan in meinen Träumen heimsuchte. Nachts schreckte ich schweißgebadet hoch, trotz der eiskalten Frühlingsnächte an Bord, verfolgt von Schekichs Fratze.

Hermelink. Armer, treuer Hermelink.

In jenem Moment im Torhaus der Burg Tanne, als ich ihm mitteilte, dass er mich zum Konklave begleiten würde, hatte ich ihn zum Tode verurteilt. Ich würde seiner Frau Jova nie wieder unter die Augen treten können, geschweige denn seinem Sohn.

Aber das konnte ich ja auch gar nicht. Ich war ein Verräter. Auf der Flucht. Von mir selbst verbannt aus jeder Möglichkeit der Einflussnahme.

Dieser dämonische Elb Linus! Er hatte all das eingefädelt. Er hatte sich am Hofe von Gamar eingeschmeichelt, um sich in möglichst zentraler Stellung zu positionieren. Mit irgendeiner finsteren Magie hatte er Delan von Gramenfeld ermordet und es mir geschickt in die Schuhe geschoben. Ich hatte Delan nicht gemocht, aber wer wünschte einem anderen denn schon den Tod? Und so einen grausamen noch dazu.

Ich grämte mich, hatte keinen Schimmer wie es weitergehen würde. Was würde aus meinen Leuten in der Hauptstadt werden? Sicherlich würden sie unter Arrest gestellt. Wenn es sie schlimm traf, landeten sie im Kerker des Palastes. Lange Zeit – wenn überhaupt – wäre ihnen ein Wiedersehen mit ihren Familien verwehrt. Was würde aus Wobert von Loh werden? Würde man ihn der Komplizenschaft bezichtigen? Was ein armer Tropf! Jung und unerfahren, zermalmt von den Mühlsteinen vorurteilsbelasteter Politik.

Und was würde erst aus Falkenberg werden? Jetzt, wo der letzte Spross der Familie von Falkenberg außer Gefecht war, würden die übrigen Fürsten wie die Geier über das herrscherlose Land herfallen. Vorerst würde mein Haushofmeister Dirnt noch die Regierungsgeschäfte ausüben können. Doch man würde drängen, einen Nachfolger für mich zu finden. Im günstigsten Fall würde es einen der wenigen örtlichen Adeligen treffen – möglicherweise jemanden, dem man eine entfernte Verwandtschaft zum Hause Falkenberg nachweisen konnte. Doch der weise Herrscher Hroth von Pjern lag bestattet in einem Sarg aus Stein tief unten im Fels von Anselieth. Wer auch immer das Konklave für sich entscheiden würde … würde dieser jemand Milde walten lassen gegenüber Falkenberg? Oder würde es womöglich ins Fürstentum Dinster, oder gar in Gamar eingegliedert? Ich hatte keine Erben. Verflucht, ich hatte ja noch nicht einmal eine Frau.

Die Ungewissheit lähmte mich. Tagelang saß ich zusammengekauert im Bug des Schiffes, Mein treuester Begleiter war ein großer Schlauch voll bittersüßem Met, aus Tannenhonig gebraut. Mit glasigen Augen starrte ich auf die vorbeiziehenden Landschaften: Das von tiefen Wäldern durchzogene, fast immergrüne Dinster im Nordufer. Die fruchtbaren, bisweilen sumpfigen Ebenen von Lilienbach im Süden. Leonhrak ließ mich gewähren, wissend um meinen Verlust.

Es war, als verschiffte die Skrara einen Haufen Hoffnungsloser in rasantem Tempo den breiten Strom in nördlicher Richtung hinauf, einem ungewissen Ende entgegen. Natürlich akzeptierten die Harjenner meine Gegenwart auf dem Schiff. Mit ihnen hatte ich keinen Streit und für Leonhrak gab es keinen Grund, an meiner Aufrichtigkeit zu zweifeln – auch, wenn ich seine Bitte nach militärischer Unterstützung hatte abweisen müssen. Zwar war er immer noch enttäuscht von der Entscheidung, sah jedoch ein, dass ich keine Wahl gehabt hatte.

Das Leben hielt auf einmal nichts mehr für mich bereit. Alles war verloren. Ich hatte immer mein Bestes gegeben, war meinen Pflichten nachgekommen. Beinahe so achtsam und brav wie ein Kind. Obwohl es das Letzte war, was ich auf dieser Welt gewollt hatte, war ich nach Anselieth zurückgekehrt. Ich hatte mich breitschlagen lassen, als Interimsherrscher für den toten Hroth einzuspringen, während sich das Konklave um den nächsten König oder die nächste Königin balgte wie ein Rudel Welpen um einen Brocken Fleisch. Ich war loyal gewesen und hatte alle Wünsche erfüllt, so gut es mir möglich war. Aber die Götter trieben wieder einmal ihr eigenes, vermaledeites Spiel mit mir. Sie bestraften mich dafür, dass ich weder dreist noch ungerecht war. Jetzt saß ich hier, berauscht vom Met, elend, über Stunden den Tränen nahe. Aber worüber hätte ich weinen sollen? Es ging doch ohnehin alles vor die Hunde. Wenn Leonhrak auch nur halbwegs Recht behielt, segelte ich mit ihm dem Untergang unserer Leben entgegen. Die Riesen würden kommen und das Harjenner Reich plattwalzen wie ein Blatt Papier. Und wenn mein Leben schon nichts wert war, dann durfte auch mein Geist kapitulieren.

Ich hangelte mich an der niedrigen Reling hoch und hing darüber, als müsste ich mich erbrechen. Gut, ich hatte das bereits getan. Aber dann war ich kürzer getreten mit dem süßen Met. Nicht, weil ich um meine Gesundheit fürchtete, sondern weil der große Schlauch andernfalls nicht reichen würde, bis wir das Eherne Reich verlassen hatten und an Land konnten, um neuen zu besorgen. Zwar fuhren wir schneller als jeder Bote ritt, doch nicht so schnell wie der Flug der Brieftauben. Irgendwer würde es also früher oder später irgendwie wissen. Doch vor Wilnfurt gab es keine Siedlung oder Stadt mehr am breiten Strom der langen Ronar, wo man uns hätte aufhalten können. Und Wilnfurt war bereits eine der fünf Freien Städte.

Wir verbrachten also Tag und Nacht auf dem Schiff.

»Es ist nicht gut, dass du trinkst«, sagte Lia, die neben mir an der Reling stand und deren schwarzes Haar ihr um das Gesicht wehte. Sie hatte einen geliehenen Umhang aus grober Wolle um, weil sie nichts anderes als ein Alltagskleid mit aus der Hauptstadt hatte nehmen können. Auch Lemander und ich hatten uns Umhänge und Kleidung leihen müssen.

»Nichts ist mehr gut«, entgegnete ich ein wenig lallend. »Ich habe alle enttäuscht. Dich, mich und alle anderen in diesen verfluchten Landen.«

Lia schüttelte energisch den Kopf. »Nein, aber der Alkohol lässt dich noch viel tiefer in deiner Trauer versinken.«

»Man sollte trauern dürfen«, brabbelte ich vor mich hin. Es war schlichtweg egal, aber ich wollte jetzt nicht belehrt werden. Auch Lias tieftraurigen Blick übersah ich geflissentlich.

»Aber nicht so«, hauchte sie leise und verschwand irgendwohin mittschiffs.

In den kommenden beiden Tagen ließ sie mich allein mit meiner Trauer, während wir uns zielstrebig der Grünen Weiche näherten, jenem Punkt, an dem Lange und Kurze Ronar auseinanderflossen. Die Kurze Ronar war ein nicht minder beachtlicher Strom, nur war er insgesamt kürzer geraten, denn er mündete bereits bei Balien, der Hauptstadt Lilienbachs, in einer inselbesetzten Bucht ins Meer.

Der Himmel am Morgen war bleiern grau, keine Spur eines sich nähernden Sommers war in Sicht. Kalt war es obendrein. Ich verkrümelte mich gerade wieder in Richtung Bug, als Lemander mir hinterherkam.

»Meinst du nicht, es reicht langsam?«, fragte er besorgt.

»Was?«

»Trübsal blasen.«

»Was soll ich denn stattdessen tun?«

Lemander versuchte nach dem Metschlauch zu greifen, aber ich zog ihn weg.

»Deckard!«, mahnte er. »Hör auf, deine Trauer im Rausch zu ertränken! Niemandem ist damit gedient.«

»Ach. Womit ist denn überhaupt irgendwem gedient? Was soll ich denn deiner Meinung nach tun?«

»Erstmal hörst du auf, *gar nichts* zu tun, außer schlechte Stimmung zu verbreiten!«

»Ich *habe* nichts zu tun«, redete ich mich in Rage. »Bei den Göttern. Irgendwer hat mich durch irgendeine Scheiß-Intrige zum Verräter gemacht. Meine Freunde sind tot oder gefangen oder harren in Falkenberg einer ungewissen Zukunft. Und zu allem Überfluss schipper' ich mit zwei Dutzend Verlorener dem Untergang im Norden entgegen. Sag mir, Lemander, was soll ich tun?«

Ich holte Luft, merkte, dass das gesamte Schiff verstummt war, während meiner kleinen Wutrede.

»Lass dich nicht so hängen!«, konterte Lemander dann, seine Stimme ebenfalls erhebend. Hier war er nur ein alter Mann unter alten Männern, aber in seinen Augen funkelte auf einmal Zorn. »Warum glaubst du denn, hat Amondo uns aus deiner sogenannten Scheiß-Intrige irgendwie mit heiler Haut rausgeholt? Ganz gewiss ist er selbst dabei auch noch draufgegangen. Dass du hier tagein tagaus in Depressionen verfällst, hat er sicher nicht gewollt. Das hättest du auch in den Verliesen von Anselieth gekonnt. Sehr viel besser sogar, denn dort hätte dich niemand dabei beobachten müssen, wie du zugrunde gehst.«

Er schnaubte – und ich wandte den Blick ab. Die Enttäuschung in seinem Blick war nicht zu ertragen.

Jemand tippte mir von hinten auf die Schulter. Es war Brimbart, der erste Maat des Schiffes. Ein wirklich massiger Kerl mit Oberarmen so dick wie manch junger Baum, der einen gemütlichen Bauch vor sich hertrug. Sein Bart war voll und üppig, aber schneeweiß. Trotz des Alters, das ihm anhing, hatte Brimbart den Blick eines treuen Hundes. Selbst in dem Zustand, in dem er sich befand, hätte ich vermutlich körperlich keine Chance gegen ihn gehabt. Und das wusste er. Ohne ein Wort hielt er mich fest und pflückte den Schlauch voll Met aus meiner Hand.

»Das reicht jetzt, Graf!«, murmelte er. Es klang monoton, beinahe herzerweichend betrübt. Dann hängte er sich den Schlauch um die breiten Schultern und machte sich auf den Weg in Richtung Heck.

Na wunderbar!, brach sich der Sarkasmus in mir Bahn. Also gab es ab jetzt auch keinen flüssigen Trost mehr.

Ein schriller Schrei war dicht über dem Schiff zu vernehmen. Diverse Blicke richteten sich nach oben. Airi, das Falkenweibchen, mit dem Lemander Freundschaft geschlossen hatte, war aus dem grauen Himmel herabgestürzt und landete elegant auf der Reling.

»Hallo, meine Gute!«, begrüßte mein Reisegefährte sie. »Wie schön, dich wiederzusehen.«

Der Falke ließ ein Pfeifen vernehmen und der stechende Blick des Vogels traf mich wie ein Pfeil.

»Airi!«, hörte ich Lia hinter mir. Die Elbin klatschte begeistert in die Hände und stolperte über das Schiff auf den Vogel zu. Airi machte ein keckerndes Geräusch und ließ sich schließlich von Lia sanft über das schwarz-braun gescheckte Gefieder streicheln. Der Falke reckte den Kopf, um sich den Hals kraulen zu lassen.

Applaus kam von den Nordmännern, die dem Umgang mit dem gefährlichen Tier großen Respekt zollten.

»Sie war lange fort«, meinte Lia versonnen.

»Ja«, entgegnete Lemander. »Die große Stadt ist nichts für sie. Sie hat mich nur wenige Male besucht, stets dann, wenn es dunkel war draußen. Und nach unserer überstürzten Abreise musste sie wohl erst wieder Witterung aufnehmen.«

»Du kannst nicht ernsthaft mit dem Vogel sprechen, oder?«, fragte ich.

Es klang etwas abschätziger, als ich wollte.

Airi beantwortete meine Frage mit einem respekteinflößenden Fauchen, zu dem sie die Flügel spreizte und mir einen Blick zuwarf, der mich glatt hätte durchbohren können.

»Ich wäre ja vorsichtig mit solchen Behauptungen«, schmunzelte Lemander.

»Indes …«. Er hielt inne und schlug sich mit der Hand vor die Stirn: »Jetzt, wo Airi wieder da ist, weiß ich, was du tun kannst, Graf.«

Ich sah ihn unschlüssig an.

»Das erste, was du tun wirst: Du wirst einen Brief verfassen. Airi kann ihn zielgerichtet überbringen – wir sind auf keinerlei Boten oder gar dämliche Brieftauben angewiesen.«

Papierkram – das klang genau nach dem, was ich auf keinen Fall tun wollte.

»Keine Sorge«, erstickte Lemander etwaige Einwürfe meinerseits im Keim. »Wir haben Papier und Tinte an Bord, wie ich erfreut feststellen durfte.«

Ich stöhnte. Offenbar kam ich nicht darum herum. »An wen hättest du gerne einen Brief verfasst?«

»Oh«, zwinkerte Lemander. »Ich denke, das dürfte dich interessieren: Ich möchte, dass du an Ellyn von Gamar schreibst.«

Widerwillig tauchte ich den Federkiel in das kleine Tintenfass. Lemander hatte es mit etwas geschmolzenem Wachs auf einer flachen Truhe befestigt, die mir als improvisiertes Schreibpult diente. So konnte es nicht vom Geschaukel des Schiffes umgeworfen werden.

Die ersten Zeilen fielen mir schwer. Nicht nur wegen des schaukelnden Schiffes, sondern auch wegen des Alkohols. Doch dann schrieb ich einfach. Klein und eng, bis in die Ecken des Papierbogens, um keinen Platz zu verschwenden. Ich beschrieb alles haargenau, wie es mir widerfahren war: Von meinen Ehr- und vor allem Pflichtgefühlen; von Lias Ankunft in Falkenberg und von der ersten Begegnung mit Schekich; von der Reise nach Anselieth und dem zweiten Aufeinandertreffen mit Schekich bei den Mooskindern; von meiner Sicht auf das Konklave; von den Harjennern und von Minelglain dem Grauen; von den seltsamen, schattenhaften Geschehnissen, die sich um Linus, den elbischen Berater Serions, rankten; von dem vermeintlichen Verrat und der Flucht.

Ich ließ aus, wohin wir unterwegs waren – zwar mochte ich die Grafentochter sehr, aber ich konnte ihr nicht vollständig und bedingungslos vertrauen, so sehr ich es auch wollte. Serion war immer ein aufbrausender Mann gewesen, der, auch wenn er über ein gewisses Maß an Scharfsinn verfügte, nicht sonderlich reflektiert und weitsichtig war. Ich kannte seine Tochter zwar noch nicht lange genug, doch sie schien nicht so sehr unter dem Einfluss ihres Vaters zu stehen, wie vielleicht zu befürchten gewesen wäre. Dennoch war die ganze Situation verzwickt. Irgendwie hatte Linus es geschafft, sich trotz Serions stets bekundeter Abneigung gegen Elben einen Platz als Berater an dessen Seite zu sichern – ich konnte letztlich nur mutmaßen, was Ellyn über all das wusste oder dachte. Als ich fertig war, faltete Lemander den Briefbogen und band ihn zu einer kleinen Rolle zusammen. Airi krallte sich das Stück Papier und machte sich mit einem erneuten Kreischen auf und davon in Richtung Hauptstadt.

»Sie nimmt ihn einfach so mit?«, wunderte ich mich, dass der Vogel den Brief nicht ans Bein gebunden bekam, wie eine Brieftaube.

»Wenn du auf Brieftauben anspielst«, ertappte mich Lemander sogleich, »so dürfte dir ja schon aufgefallen sein, dass diese dummen Tiere Airi bei weitem nicht das Wasser reichen können.«

Ich nickte, seltsam befriedigt davon, meinen Vormittag nicht mit dem Ersäufen von Sorgen verbracht zu haben.

»Ich finde es gut, dass du wieder aufgewacht bist, Deckard«, sagte Lia mit leiser Stimme. Erschrocken drehte ich mich um. Lia war unbemerkt hinter uns getreten. Sie strahlte über das ganze Gesicht.

»Du versuchst immer, es allen Leuten recht zu machen«, meinte sie. »Es ist gut, dass du jetzt wieder unter uns bist.«

Ich wusste zwar, wie sie es meinte, aber was sie da sagte, betrübte mich. »Aber dir kann ich es nicht rechtmachen, auch wenn ich es so gerne wollte. Ich kann dich nicht nach Quainmar bringen.«

Lia zuckte unschuldig mit den Schultern. »Hier draußen hilfst du mir mehr als in diesem riesigen Palast zwischen all den Menschen und den Hallen aus Stein.«

Und dann tat sie etwas, mit dem ich nie und nimmer gerechnet hätte. Sie schlang die Arme um mich und hielt mich fest, nur einen kleinen Moment lang. Überrascht brauchten meine Hände eine Weile, um sich behutsam auf Lias Rücken zu senken. Wie dünn und filigran ihr Elbenkörper doch war – und welche Wärme er abstrahlte, trotz des eisigen Frühlingswetters, das eigentlich längst in sommerliche Temperaturen hätte umschlagen sollen.

Lia ließ mich wieder los. Irgendwie sah sie zufrieden aus, trotz unserer Misere, die besonders und vor allem die ihre war. Wir hörten einen langen, hohen Schrei und das Lächeln auf Lias Gesicht verbreiterte sich zu einem richtigen Strahlen. Airi hatte einen weiten Kreis um das Schiff gezogen und tobte mit dem Wind, jetzt verabschiedete sie sich lauthals kreischend und wir sahen sie einen langen Segelflug tief über dem Ufer des Fürstentums Dinster antreten. Im Hintergrund türmten sich die letzten Ausläufer des großen Kamms zu steilen, moosbewachsenen Klippen auf, an denen sich noch einzelne, späte Nebelschwaden festkrallten.

Wir folgten dem Flug des stolzen Falken mit den Blicken über die kargen Ebenen des Gebirgsvorlandes, bis er am Horizont verschwunden war.

Ich fühlte mich trotz aller innerlichen Schmerzen seltsam erlöst. Sie waren zwar nicht fort, aber ihre lähmende Wirkung war vergangen.

Ich rieb mir die Hände. »Na gut! Wenn wir schon sehenden Auges in unser Verderben fahren, dann holen wir doch das Bestmögliche raus!«, verkündete ich grimmig, als wolle ich es dem Schicksal persönlich beweisen.

»Zunächst«, ich deutete mit dem Finger auf meine junge elbische Freundin, »schuldest du mir eine Geschichte und einige Erklärungen.«

Der Schatten, der sich auf ihr lachendes Gesicht legte, war unverkennbar.

»Mich beschäftigt etwas«, ewiderte sie und überging so meine Forderung.

Stöhnend gab ich erst einmal nach und fragte stattdessen: »Was ist es?«

Ich hoffte inständig, dass es etwas Wichtiges war. Aber meine Skepsis war unangebracht.

»Die Nordleute bessern sich nicht«, sprach Lia.

»Wieso sollten-«, begann ich, unterbrach mich aber dann selbst. »Du meinst, weil sich die Nollonin hier an Bord befinden und die Harjenner in ihrer Nähe sind?«

Sie hatte die Vermutung ja bereits in der Hauptstadt geäußert, dass die Aufhebungs des Fluches an der ständigen Nähe zu den nachtschwarzen Kugeln liegen könnte. Aber so gesehen hatte sie recht. Zumindest die gealterte Schiffsbesatzung befand sich nun schon geraume Zeit in unmittelbarer Nähe zu den Nollonin. Und nichts war geschehen.

»Hast du vielleicht … noch etwas mit den Nollonin getan, zu dem nur du die Gelegenheit hattest?«, äußerte ich also vorsichtig.

Sie setzte an, etwas zu erwidern, da entglitten ihr ihre Gesichtszüge auf einmal völlig.

»Ja«, sagte sie schlicht.

Zwar hatte Lia mir gezeigt, wie die Mooskinder im silbernen Schein tanzten, und auch den rätselhaften Tod Delans von Gramenfeld hatte ich mit eigenen Augen gesehen – aber es fiel mir noch immer schwer, an die Magie zu glauben, die den Wundern aus den alten Legenden glich. Sie packte einen mit unglaublicher Wucht, so dass man niederknien und den Göttern danken wollte. Das, was nun geschah, raubte nicht nur mir, sondern auch allen anderen Anwesenden an Bord den Atem – und nicht nur das.

Lia nahm mich bei der Hand zog und mich im Laufschritt über das Deck zum Heck, wo Prinz Leonhrak mit Kapitän Korl und seinem ersten Maat Brimbart einen detaillierten Kartenausschnitt über die Grüne Weiche und die folgenden Verläufe der Langen Ronar über das leicht vom Rest des Schiffs erhöhte Steuerdeck ausgebreitet hatten.

»Prinz!«, rief sie schon auf halbem Weg. »Prinz der Nordleute!«

Leonhrak sah hoch, seine tief geränderten Augen erschreckten mich jeden Tag aufs Neue. Ich hatte weder eine Idee, was Lia vorhatte, noch wusste ich, woher ihre plötzliche Begeisterung stammte.

»Prinz!«, rief sie erneut, dann waren wir dort. Lia scherte sich nicht um die auf dem Boden ausgebreitete Karte, sondern kniete sich einfach darauf und riss sich ihren Rucksack von den Schultern.

Ärgerlich starrte Leonhrak mich an. »Deckard, verflucht! Was bei Wahyrras buschigem Bart soll der Blödsinn?«

Ich konnte nur versuchen, so glaubhaft wie möglich die Achseln zucken und inständig zu hoffen, dass das, was meine elbische Schutzbefohlene vorhatte, Sinn und Verstand besaß.

So schnell sie konnte, schälte Lia die Seiten ihres Rucksacks herunter und legte den Blick auf die drei Nollonin frei. Sofort merkte ich wieder, wie sie auf ihre unergründliche Art an meinem Verstand zogen. Auch Leonhraks Ärger schien mit einem Male wie weggeblasen. Augenblicklich war er vom Anblick der Kugeln gefangen.

»Was-«, begann der Prinz der Nordmänner und wurde jäh von der jungen Elbin unterbrochen.

»Berühr sie!«, forderte sie ihn auf.

In diesem Moment schien der Bann von Leonhrak abzufallen.

»Ich soll *was*?«, rief er nahezu entsetzt.

»Berühr sie!«, drängte Lia. »Fass sie an!«

»Aber …«

»Nun mach schon!«, ermunterte Lemander ihn, der ebenfalls

vom Bug des Schiffes herübergeeilt war. Genau, wie alle anderen Nordmänner mittlerweile neugierig ihre Hälse reckten ob der Vorgänge, die am Heck stattfanden.

Ich konnte Leonhraks Zweifel mehr als nachvollziehen. Die Nollonin strahlten so offenkundig irgendeine unerklärliche Macht aus, die sie furchtbar erhaben wirken ließen. Der Gedanke, sie einfach so anzufassen, hatte etwas von einem sakralen Frevel. Heilige Gegenstände oder Reliquien fasste man nicht einfach so an.

Zögerlich streckte Leonhrak seine von Altersflecken überzogene Hand aus. Adern zeichneten sich in deutlichem Violett unter seiner dünnen Haut ab. Schließlich berührte sein Zeigefinger eine der Kugeln.

Und nichts geschah.

»Berühr den nächsten Nollonar!«, verlangte Lia augenblicklich.

Also streckte Leonhrak seinen Finger nach der nächsten Kugel aus, unerschrockener nun. Doch diesmal zuckte er schreckhaft zurück, als seine Fingerkuppe das Äußere berührte.

»Ah«, schrie er und fiel zurück in eine sitzende Haltung.

»Was?«

Der dicke Brimbart stürzte herbei, so schnell es ihm seine gealterten Beine erlaubten.

»Ich … nichts«, meinte Leonhrak verwundert. »Es war, als hätte ich auf einen heißen Herdstein gefasst. Ich …«

Ein Raunen ging durch die Menge der Seeleute. Im nächsten Augenblick merkte auch ich, was vor sich ging.

Leonhraks Haarfarbe wurde dunkler. Zunächst nur am Bartansatz, doch langsam, immer deutlicher gewannen sowohl sein kurz gestutzter Vollbart, als auch sein Haupthaar mehr und mehr an Farbe. Sie wurden dunkler und dunkler. Das ehemalige Schwarz, Leonhraks natürliche Haarfarbe, wurde immer deutlicher erkennbar. Auch die Falten auf seinem Gesicht wurden ebener und glätteten sich allmählich. Die Haut an seinen Armen wurde fester, Flecken verschwanden und Äderchen traten weniger stark hervor – gleichzeitig kehrte ein gesunder Farbton auf seine Haut zurück. Auch seine Muskeln schienen sich zu verfestigen. Langsam, nach und nach wurde aus dem alten Mann, der mich bei seinem Besuch in Anselieth beinahe zu Tode erschreckt hatte, wieder Leonhrak, der Prinz der Nordleute. So, wie ich ihn kennengelernt hatte – wenige Jahre älter zwar, aber die waren dem gewöhnlichen Lauf der Zeit geschuldet.

Er spannte die Beine an und schnellte aus der Hocke hoch, als die Kraft in seinen Körper zurückfloss. Weit breitete er die Arme aus und legte den Kopf in den Nacken, um einen lauten Jubelschrei auszustoßen.

Nach und nach stimmten alle seine Männer mit ein. Er schrie immer weiter und immer lauter. Dann riss er Lia mit einem Ruck hoch und drückte sie an sich, als sei sie eine lang vermisste Geliebte. Er entließ sie aus seinem Griff, aber hielt sie an einer Hand fest, um erneut einen Jubelruf über das Schiff und über den Fluss hallen zu lassen. Diesmal stimmten Lemander und ich mit ein und klatschten begeistert in die Hände.

»Das ist ja unfassbar«, rief Leonhrak völlig außer sich und drückte Lia wieder an sich. »Dich schicken, die Götter, Elbin! Dich schicken alle Götter!«

Lemander neben mir hingegen raunte vor dem einsetzenden Trubel verschmizt etwas in meine Richtung.

»Sieh einer an«, meinte er. »Die größten Geheimnisse können oft so simpel sein. Man muss den Nollonar einfach bloß berühren, um seinen Bann zu brechen.«

Nach und nach erlangte jeder der Nordmänner sein natürliches Alter zurück. Und auf einmal reiste ich mit zwei Dutzend kräftigen und überaus bärtigen Männern, deren Freude überschwänglich war. Sie waren von ihrem Fluch erlöst. Die Alte Magie war auf unserer Seite – oder zumindest fühlte es sich dieses Mal so an. Angestachelt von ihrer wiedererlangten Stärke legten sich die Nordleute kräftig in die Riemen.

»Verblüffend, wie einfach es doch war«, resümierte Lemander erneut mit einem spitzen Lächeln. Auch bei ihm machte sich merklich Erleichterung breit.

»Jetzt werden wir die Nollonin in unsere Heimat bringen – und alles wird gut«, rief Leonhrak begeistert über das Schiffsdeck. »Unsere Familien werden wieder jung, unser Volk wird nicht vergehen. Wir werden bestehen und stolz wie einst werden.«

Ja, die Alte Magie war auf unserer Seite, wenn man es so wollte. Doch wo war sie all die Jahrzehnte und Jahrhunderte bloß geblieben? Ich dachte an das, was Lemander über König Aans Hofmagier gesagt hatte. Mundus war sein Name gewesen. Es gab tatsächlich einige Geschichten über ihn, die recht ungewöhnlich klangen. So sollte er zum Beispiel einmal die Statuen, die die Elben in Anselieth gelassen hatten, zum Tanzen gebracht haben, um ein schillerndes Fest zu krönen. Ein andermal sollte er einen kleinen Wald mittels seiner magischen Kräfte an einen anderen Ort versetzt haben, weil er strategisch ungünstig lag, bevor Aan in eine Schlacht gegen die Elben zog. Was an diesen Geschichten wahr und was bloße Fantasie war, war kaum zu unterscheiden. Fest stand nur, dass diese Geschichten weit, weit entfernt von dem waren, was diejenigen zu tun vermochten, die sich heute noch Magier nannten. Was war geschehen? War den Menschen die Magie auf ihrem Weg durch die Zeit verloren gegangen? So, wie Kinder die Krümel eines süßen Kuchens auf dem Weg verloren, während sie den Rest hastig aufaßen?

Mit der Ruderkraft der Nordmänner sausten wir nur so über den großen Strom der langen Ronar.

Die verjüngten Nordmänner sprühten nur so vor Lebensenergie. Lia behandelten sie wie eine Prinzessin. Wenn sie über Deck kletterte, fand sie überall helfende Arme und Hände. Überall wurde ihr anerkennend auf die Schulter geklopft und in kurzen persönlichen Gesprächen ließ man ihr tiefe Dankbarkeit zuteil werden.

»Was ein Glück, dass wir einen Verräter an Bord haben«, schmetterte Leonhrak und gab mir einen freundschaftlich gemeinten Klaps auf den Rücken, der mich beinahe umfallen ließ.

Immerhin haben wir überhaupt etwas erreicht, versuchte mich mein Gewissen über meine Verluste hinwegzutrösten. Zumindest ein kleiner Lichtstreifen in der dunklen Nacht meiner Seele.

Nur wenige Stunden nachdem wir die Grüne Weiche und ihre Stromschnellen passiert hatten, hielten wir und gingen das erste Mal seit unserer Abfahrt aus Anselieth an Land. An einer weiten Flussbiegung war über Jahre hinweg eine großflächige Kiesbank angespült worden, die ideale Bedingungen für einen Landgang bot. Zwar tat es gut, sich endlich einmal wieder die Beine abseits des schwankenden Schiffsdecks vertreten zu können, aber der Zweck des kurzen Landaufenthaltes war ausschließlich einer: Kochen. Sehr zum Leidwesen der beiden Gänse, deren leises Geschnatter nun für immer verstummen sollte.

Nach diesem kurzen Aufenthalt legten sich die Nordmänner jedoch gleich wieder in die Riemen. Trotz der Feierlaune ob ihrer wiedergewonnenen Jugend durfte keine Zeit verloren gehen. Erst als am späten Abend die Dunkelheit über uns hereinbrach, wurde davon abgelassen.

Der Mond schien voll und hell, also entschied Kapitän Korl, dass die Skrara unter Segel bleiben sollte. Die Dunkelheit senkte sich vollends über das Harjennerschiff, während wie die ersten Ausläufer des leuchtenden Moors passierten. Hier, im größten Sumpfgebiet des Reiches, hatte die Ronar im Zusammentreffen mit den Ausläufern des Großen Kamms nach und nach eine Fläche von mehreren Tages-, wenn nicht gar Wochenmärschen in sumpfigen Morast verwandelt. Das leuchtende Moor erhielt seinen Namen von den Irrlichtern, bläulich schimmernden kalten Flammen, so groß wie Kinderfäuste, die hier und dort die Wasserläufe, Tümpel und die weiten Moorflächen bevölkerten. Im Ehernen Reich erzählte man sich Geschichten von den Irrlichtjägern. Sie waren unerschrockene Pioniere, denen die wenigen sicheren Wege in den Mooren bestens bekannt waren. Dort machten sie auf nicht näher bekannte Weise Jagd auf die blauen Erscheinungen, die sie in große, gläserne Flakons sperrten. Die Universität von Niebenheim galt als einer der größten Abnehmer.

Lia stand allein an der Reling und ließ den Wind in ihr Gesicht wehen, der kühl vom Fluss herüber blies. Die Tatsache, dass wir uns immer weiter nach Norden bewegten, trug nicht dazu bei, dass die Nächte wärmer wurden. Stumm beobachtete sie die einzelnen Irrlicht-Erscheinungen, die hier und dort am Ufer zu sehen waren.

Ich stellte mich zu ihr und stützte mich mit den Ellenbogen auf der Reling ab.

»Nun«, sprach ich in die Nacht und in den Fahrtwind hinein. »Wie geht es dir, jetzt, wo die Nordmänner entzaubert sind?«

»Viel besser«, gestand sie. Es war das erste Mal, dass ihre Stimme nahezu unbeschwert wirkte. Konnte man sonst in die zeitlose Tiefe ihres Klangs immer tausend Facetten hineininterpretieren, überwog die Freude diesmal eindeutig.

»Du bist hier, weil du meine Geschichte hören willst«, sprach sie. Es war keine Frage.

»Ich denke, es ist an der Zeit«, meinte ich.

Lia nickte nur stumm, dann holte sie Luft.

Kapitel 10

Lias Geschichte und weitere bittere Erkenntnisse

»Im erhabenen Palast Finduil in Quainmar regiert seit jeher ein Königspaar«, begann Lia ihre Geschichte. Langsam und bedacht sprach sie in die von einzelnen Irrlichtern erleuchtete Dunkelheit vor sich hinein, während uns der Fahrtwind sanft über die Gesichter strich. »Die ersten waren Indurian und Tiulia, die unter dem Ansturm der menschlichen Armeen des Königs Aan hatten kapitulieren müssen. Der Menschenkönig Aan hatte die Elben geschlagen. Jedoch war er nicht ungnädig. Er erlaubte meinem Volk, unter seiner Herrschaft als Bürger des neugeschaffenen Reiches ihr Leben zu fristen. Als Alternative bot er ihnen zudem das von fruchtbaren Böden und tiefen Wäldern bedeckte Land Quainmar an, das sich bis zu den Savannen vor der Wüste erstreckte. Indurian und Tiulia akzeptierten das ihnen zugewiesene Land. Stolz und von Schmerz gezeichnet machte sich mein ganzes Volk auf, weiter im Süden ein neues Reich zu errichten. Alle gefangenen oder überlebenden Elben stellte Aan vor die Wahl. Der größte Teil ging ins Exil nach Quainmar, wo Indurian und Tiulia fortan gut über das ihnen anvertraute Volk herrschten. Wir Elben machten das Land zu unserem eigenen und herrschten weise und klug in Quainmar.

Doch der Schmerz über das an die Menschen verlorene Land, das diese nun Ehernes Reich tauften und noch bis weit in den Norden und Osten erweiterten, saß zu tief. Viele von uns verbitterten, trauerten über Jahrzehnte, manche gar über Jahrhunderte. Einige gingen in die tiefsten Wälder, um dort mit sich und ihrem Schmerz allein zu sein. Andere zogen auf die höchsten Gipfel. Und wieder andere ließen sich nieder am äußersten Meer und ergaben sich dort ihrem Kummer. Die Fröhlichkeit wich aus unserem Volk wie Wasser aus einer löchrigen Schale. Die Elben wurden ernster als sie es je zuvor gewesen waren.

Als die Zeit für Indurian und Tiulia gekommen war, schickte sich ein neues Königspaar an, in Weisheit über die Elben zu herrschen. Ihre Namen waren Glinmanil und Fauniel und sie waren die schönsten und die mildesten unter den ihren. Doch auch sie vermochten den Schmerz nicht aus dem Gedächtnis unseres Volkes zu tilgen. Einige Elben vergaben den Menschen im Laufe der Jahre. Andere hingegen vererbten ihr Unglück weiter an ihre Kinder und Kindeskinder.

Vor beinahe hundert Jahren trat schließlich ein neues Königspaar an die Spitze unseres Volkes: Elaia und Innimdal, meine Eltern.«

»Deine Eltern?«, entfuhr es mir. Bis jetzt hatte ich stillgeschwiegen. Eigentlich wollte ich sie nicht unterbrechen. Ihre Erzählung hatte etwas Besonderes. Es war, als würden die uralten Zeiten wieder zum Leben erwachen. Die Zeit der Legenden, aus der wir Menschen nicht mehr überliefert hatten als einige Geschichten, die vielfach unglaublich klangen.

»Meine Eltern«, bestätigte Lia ohne Aufregung in der Stimme.

»Aber dann bist du ja eine Prinzessin und-«

Ich sprach nicht weiter, weil der Gedanke mich traf wie ein Schlag.

»... und Linus' Schwester«, führte Lia den Satz zu Ende. Und wenn sie gerade noch von einem tiefen Schmerz im Herzen der Elben gesprochen hatte, so gab sie mir mit diesen Worten eine Ahnung von dem, was sie meinte.

»Aber ... wie alt seid ihr denn?«, hauchte ich.

»Elben leben sehr viel länger als Menschen. Irgendwann beschließen sie zu altern, denn sie wissen, dass es einst Zeit für sie wird.«

Ein berührendes Lächeln huschte über ihr Gesicht.

»Auch gemessen am Leben eines Menschen bin ich nicht besonders alt«, meinte sie schließlich. »Ich habe zwanzig Sommer und zwanzig Winter gesehen.«

Ich nickte. Sehr viel älter wirkte sie auch nicht auf mich.

»Linus hingegen hat schon weit über fünfzig Sommer gesehen«, ergänzte sie.

Das wiederum hatte ich nicht erwartet. Linus ähnelte Lia äußerlich so sehr, dass ich ihn für jünger gehalten hatte. Nun gut, wenn Elben langsamer alterten, dann war das wohl möglich. Die geschwisterliche Ähnlichkeit der beiden erklärte auch, weshalb ich Linus gleich beim ersten Mal zweifelsfrei als Elb hatte identifizieren könnten. Aber warum Lia Angst vor ihrem eigenen Bruder hatte, erklärte das noch lange nicht.

»In Ordnung«, sagte ich, unschlüssig darüber, ob das momentan die richtige Wortwahl war. Ich gab ihr die Chance, sich auszuführen. »Erzähl bitte deine Geschichte weiter!«

»Meine Eltern ließen Linus alle Freiheiten. Zwar war er ein Prinz, wie die Menschen sagen würden, aber er würde nicht ihre Nachfolge antreten. Denn wenn für ein Königspaar der Elben die Zeit kommt, dann erwählen sie sich ein neues aus ihren Reihen. Es ist nur sehr selten vorgekommen, dass das Kind eines Königspaares Teil des nächsten Königspaares wurde. Während unserer Zeit in Quainmar noch überhaupt nicht.

Doch offenbar lag es in Linus' Natur, sich eben jenen Schmerz auszusuchen, der entstand, nachdem die Elben von den Menschen besiegt worden waren. Und so wurde Linus nie ein Freund der Menschen. Nie konnte er ihnen oder dem, was sie taten, etwas Gutes abgewinnen. Selbst wenn er die schönsten Lieder und Balladen schrieb, kreisten seine Gedanken irgendwo tief in seinem Innern immer nur um eine Sache: Den Schmerz, den die Menschen dem Volk der Elben vor langer Zeit zugefügt hatten und der sie bis heute so vehement verfolgt.

Er ging sogar soweit, meine Eltern zu bitten, das Eherne Reich herauszufordern. Denn das Eherne Reich hat seine einstige Größe und Macht nicht halten können, sondern ist stetig geschrumpft. Ob im Frieden oder durch den langen, blutigen Bürgerkrieg, letztlich ist das Eherne Reich der Menschen wieder verwundbar geworden. Als sei es auf die Dauer für den erneuten Niedergang geschaffen.

Doch meine Eltern wiesen Linus ab, entsetzt von seinen Plänen. Der Friede des Elbenreiches war und ist ihnen heilig. Denn auch sie kennen die tiefen Wunden unseres Volkes, die die Niederlage gegen König Aan hinterlassen hatte. Doch nach ihrer Auffassung ist es an den Elben, das Bestmögliche daraus zu machen – Quainmar soll Zentrum des elbischen Lebens bleiben und die Länder des Ehernen Reiches Vergangenheit. Das Leben spielte für sie im Hier und Jetzt.

Doch Linus ließ nicht davon ab und so gingen sie im Streit auseinander. Linus verließ Quainmar noch vor meiner Geburt und suchte sich eine lange Reise als Exil.

Meine Eltern trauerten noch viele Jahre. Selbst als ich bereits ihr Leben bereicherte, wich der Verlust ihres Sohnes nicht von ihnen. Nirgendwo auf der Welt waren Berichte über Linus zu vernehmen – selbst unter all den Elben, die nicht in Quainmar leben, wusste niemand etwas über seinen Verbleib. So ergaben sich meine Eltern irgendwann nicht weiter der Illusion, Linus könnte einst zurückkehren. Im Laufe meiner Kindheit wurde es immer mehr zu einer umfassenden Gewissheit, dass Linus gestorben sei.«

Der Fahrtwind spielte mit ihren schwarzen Haaren. Im Mondschein hatte ihre Haut eine beinahe silbrige Farbe. Sie war tatsächlich wunderschön. Ich fühlte mich verantwortlich für sie, auch wenn sie mir trotz ihrer wenigen Lebensjahre wahrscheinlich in mancher Hinsicht einiges voraus hatte. Wie sollte ich die Frage formulieren, die mir auf den Lippen brannte? Ich machte einen holprigen Versuch: »Aber Linus ist nicht gestorben. Wo auch immer er in der Zwischenzeit war.«

Sie senkte den Blick. »Nein, das ist er nicht. Doch es dauerte zwanzig Jahre, ehe ich meinem Bruder das erste Mal von Angesicht zu Angesicht gegenüberstand.

In dieser langen Zeit war Linus viel in der Welt herumgereist. Er hatte lange in den Metropolen gelebt, die die Menschen im tiefen Süden errichtet haben. Der Umgangston ist dort noch rauer als auf den Straßen Anselieths, doch Linus wollte wissen, wie die Menschen sind. Weitere Jahre verbrachte er im fernöstlichen Lao und im Land Ebben, das von hier aus hinter den Verlorenen Landen liegt. Später kam er zu den Steppenvölkern im Endlosen Gräsermeer. Und als seine Zeit dort gekommen war, reiste er weiter zu den Unholden, die in den Verlorenen Landen leben und die ihr Orks nennt.

Und dort fand er schließlich etwas, das seinen Ehrgeiz entfachte.«

»Die Nollonin«, vermutete ich.

»Richtig. Die Nollonin.«

»Und was sind die Nollonin jetzt genau?«, fragte ich. Bei dieser Gelegenheit wollte ich gerne alle Fragen restlos geklärt haben.

»Die Nollonin sind uralte Artefakte, aus der Zeit als die Welt noch jung war.«

»Als die Götter noch auf Erden wandelten?«

»Ja. Die Kinder Allandars, des Weltenträumers.«

»Des Weltenträumers?«

»So nennen wir ihn«, meinte Lia. »Hast du denn noch nie überlegt, warum all das Land, das Menschen und Riesen und Elben und so viele mehr bewohnen, *Dorn* genannt wird?«

Ich verneinte. Tatsächlich hatte ich keinen Schimmer – und mir auch noch nie Gedanken darum gemacht.

»Dorn ist das elbische Wort für … Traum. Sofern Traum denn eine gute Übersetzung dafür ist. Eigentlich fasst es die Bedeutung nicht vollkommen. Aber um dir eine Vorstellung zu geben: Genau so sehen wir diese Welt, die uns gegeben ist. Sie ist ein wahr gewordener Traum.«

Diese Sicht der Dinge war mir völlig neu.

»Zu dieser Zeit stritten sich die Kinder des Weltenträumers um die Ausgestaltung des Traumes. Sie führten mächtige Kriege gegeneinander, aber nutzten ebenso hinterlistig das Vertrauen des jeweils anderen aus. Wer von ihnen die Nollonin letztlich geschaffen hat, ist nicht mehr bekannt. Aber bis in unsere Tage sind sie selbst bei den Elben eher der Nachhall einer Legende. Niemand weiß, was nach den Tagen des ersten Äons mit ihnen geschah und niemand weiß, wie sie zu den Orks in die verlorenen Lande gelangten.«

»Das ist letztlich auch nicht mehr so wichtig, oder?«, folgerte ich. »Wichtig ist lediglich, dass Linus sie in seinen Besitz gebracht hat.«

»Du hast doch bemerkt, welche Wirkung die Nollonin auf die Wesen in ihrer direkten Umgebung ausüben können, wenn diese nicht willens sind, ihnen zu widerstehen.«

Ich nickte.

»So muss es den Orks gegangen sein. Natürlich kann niemand mit Gewissheit sagen, was ein Ork in Gegenwart eines Nollonar spürt, aber gewiss hat er irgendeinen Einfluss auf ihn. Und so kam es, dass die Orks die Nollonin als Götter verehrten. Sie bauten ihnen einen schwarzen Tempel und beteten sie an. Ganze Priesterschaften haben sich um die Nollonin gebildet.

Und dann kam mein Bruder und erschlich sich das Vertrauen der Orks. Es hat wohl sehr, sehr lange gedauert, aber letztlich hat er irgendwie Zugang zu ihren inneren Heiligtümern bekommen … und Zugang zu den Nollonin. Und im Laufe der Zeit hat er herausgefunden, wie sie funktionieren.«

»Das klingt, als ob diese Kugeln irgendeine Art mechanisches Spielzeug wären«, warf ich verwundert ein. »Ich dachte immer, Magie wäre … erhabener.«

Lia lachte kurz auf. »Wie einfältig ihr Menschen doch manchmal sein könnt. Nein, wenn du so willst, funktioniert Magie immer nach einem bestimmten Muster. Man muss es bloß herausfinden, um die Wirkung beeinflussen zu können.«

»Und Linus *hat* herausgefunden, wie die Nollonin funktionieren.«

»Leider ja.«

»Und du weißt es ebenfalls.«

Lia drehte den Kopf und sah mich lange an. Der Mond schien hell genug, dass ich tief in ihre meerblauen Augen blicken konnte.

»Ich weiß es bedingt«, sagte sie ruhig. »Aber das wenige, was mir bekannt ist, ist genug, um zu wissen, dass die Nollonin ein schreckliches Werkzeug sein können. Linus hat mir gegenüber nicht all sein Wissen offenbart.«

»Also? Ich weiß, dass es mit Vertrauen zu tun hat – aber wie genau das funktioniert, ist mir völlig schleierhaft.«

»Richtig«, stimmte Lia mir zunächst zu. »Die Nollonin setzen auf das Vertrauen, dass Lebewesen einander entgegenbringen. Linus hat das herausgefunden und gelernt, wie er mithilfe der Nollonin diejenigen manipulieren kann, die ihm vertrauen.«

»In welchem Sinne manipulieren?«, wollte ich wissen, doch eigentlich konnte ich mir schon denken, dass es wahrscheinlich nicht um ein einfaches Manipulieren im Sinne von Einflussnahme gehen konnte.

»Zum Beispiel konnte er einem ganzen Volk die Jugend rauben, nur weil ihm genug Vertrauen entgegengebracht wurde.«

Das passte. War es nicht das, was Leonhrak mir geschildert hatte? Linus war gefeierter Berater am Hofe König Fjeldings gewesen. Er hatte das ihm entgegengebrachte Vertrauen mehrfach gerechtfertigt. Jeder im Volke der Harjenner war der Meinung, dass der Elb Linus nur Gutes über die Nordlande gebracht hatte.

Und als Linus schließlich am Höhepunkt seines Einflusses gewesen war, hatte er den Nordleuten ihre jugendliche Kraft einfach weggenommen.

»Und es reicht aus, dass man den entsprechenden Nollonar berührt, um sich wieder davon loszusprechen?«

»Offensichtlich«, meinte Lia. »Sieh mich an. Beinahe alle Elben in Quainmar sind stumm, aber ich nicht, weil ich den Nollonar berührt habe, in dem die Stimmen der Elben gefangen sind.«

Das war irgendwie einleuchtend.

»Ich habe mit dem Prinzen der Nordleute gesprochen«, erklärte Lia weiter. »Er sagt, es sei bei ihnen wie bei den Elben. Je näher am Zentrum von Linus' Einfluss sich jemand befand, desto stärker hat ihn befallen, was Linus dem Volk zugefügt hat.«

»Deshalb haben die Elben in Anselieth noch ihre Stimmen, richtig? Sie waren weit genug entfernt von Linus.«

»So ist es gewesen, denke ich«, bestätigte Lia. »Linus' Plan hingegen scheint aufzugehen.«

»Sein Plan? Du weißt, was er vorhat?«

Lia verneinte traurig. »Jetzt, wo ich ihn in Anselieth wiedergesehen habe, kann ich es mir denken.«

Ich wurde aufgeregt. »Was? Was hat er vor?«

»Kannst du es dir nicht denken, Deckard?«

Und mit einem Male fiel es mir wie Schuppen von den Augen. Es traf mich wie ein Schlag in die Nieren, ich spürte, wie alle Farbe mein Gesicht verließ. Heiß vor Schrecken strömte das Blut durch meinen Körper.

Ich taumelte, musste mich setzen und lehnte mich mit dem Rücken an die Reling.

»Er will das Eherne Reich vernichten«, sagte ich. Es klang so erschlagend wie es gemeint war. Die Vorstellung erschien mir völlig grotesk – aber ich hatte gesehen, was Linus zu tun vermochte. Ich hatte gesehen, über welche Macht er verfügte. Und jetzt war er dort in Anselieth, hockte wie ein Parasit im Herzen der menschlichen Macht.

Lia ging neben mir in die Hocke und legte mir tröstend eine Hand auf die Schulter. Ich merkte, wie die Wärme ihrer elbischen Haut meinen Umhang und meine Kleidung durchdrang.

»Ja«, sagte sie so nüchtern, wie ich es noch nie von ihr gehört hatte. »Ich denke, er will euer Ehernes Reich vernichten.«

Mit einer Mischung aus Verwirrung und absoluter Hilflosigkeit hob ich den Blick. Lias Gesichtsausdruck hätte mitleidiger kaum sein können.

»Aber *wie*?«, stöhnte ich. »Und wie kommt es, dass *du* die Nollonin hast?«

»Ich habe sie ihm abgenommen«, sagte Lia ruhig. Dann setzte sie sich neben mich und lehnte sich ebenfalls an die Reling. Wir sahen in Richtung der Schiffsmitte, wo das Zelt als Unterstand gespannt war. Die meisten Nordmänner schliefen selig, euphorisiert durch ihre wiedererlangte Jugend und erschöpft vom Rudern.

»Zuerst muss Linus bei den Riesen gewesen sein, nachdem er

die Nollonin in seinen Besitz gebracht hatte«, setzte Lia ihren Bericht fort. »Was er ihnen angetan hat, ist mir nicht bekannt. Aber es scheint Wirkung zu zeigen, wenn die Nordmänner sich derart vor einem Krieg mit ihnen fürchten.

Dann war er im Harjenner Reich. Was er dort tat, weißt du ja.

Schließlich begab er sich ins Eherne Reich, an den Hof des Markgrafen von Gamar. Serion von Gamar ist ein Mann, der leicht zu beeinflussen ist.«

»Das kann ich mir vorstellen«, meinte ich mit einem kurzen, bitteren Auflachen. Aber je mehr ich von Linus hörte, desto mehr Sorgen machte ich mir. Vor allem machte ich mir Sorgen um Ellyn.

»Was hat er dort mit den Nollonin angestellt?«, wollte ich wissen.

»Ich glaube, er hat keinen Gebrauch von einem Nollonar gemacht.«

»Du *glaubst* es?«

»Ja. Er hat einen bei den Riesen gebraucht, einen bei den Nordleuten … und einen bei den Elben.«

»Bist du sicher, dass er für jede seiner grausamen Verfluchungen nur einen Nollonar eingesetzt hat? Ich mein', die Dinger sind von irgendwelchen Halbgöttern gemacht worden.«

»Nicht *irgendwelche* Halbgötter«, korrigierte mich Lia lachend. »Es sind dieselben sieben Gottheiten, an die auch ihr Menschen glaubt. Die Leute im Ehernen Reich nennen sie sogar so wie wir Elben es tun.«

»Unwichtig«, wischte ich diese Information zur Seite. »Wichtig ist, was Linus getan hat. Die Götter können uns später kümmern.«

»Ich bin ziemlich sicher, dass er in Gamar die Macht der Nollonin nicht eingesetzt hat.«

»Woher?«

»Er hat nichts davon erwähnt.«

»Erwähnt? Ihr habt miteinander über diese Dinge geplaudert?«

Ich wusste nicht, ob ich enttäuscht oder entsetzt sein sollte. Doch Lia verneinte wieder.

»Es war keine friedliche Unterredung, die wir hatten.

Vom Hofe Serions trat Linus schließlich die Rückreise nach Quainmar an. Was er den Menschen erzählt hat, kann ich dir nicht sagen.

Meine Eltern überschlugen sich beinahe vor Glück. Ebenso wie das gesamte Volk in Noienna. Der totgeglaubte Sohn des Königspaares war zurückgekehrt und es wurden lange und ausdauernde Feste gefeiert. Die Elben versanken in Fröhlichkeit und Übermut.

Und genau das war es, was Linus ausnutzte. Im Moment des größten Vertrauens seines eigenen Volkes nahm er ihnen ihre Stimmen und sperrte sie in einen der Nollonin.

Anschließend stahl er sich auf geheimen Wegen im Schutze der Dunkelheit davon. Ich war die Einzige, die Verdacht geschöpft hatte. In Linus' Stimme hatte ich die Verbitterung gespürt, die er durchlitten hatte. Und als Kind des Königspaares waren auch mir die geheimen Wege in Noienna zugänglich. Stumm nahm ich seine Spur auf, folgte ihm über viele Tage in nördlicher Richtung, bis auf Sichtweite der Menschenstadt Balien. Dort traf er mit dem Mann Schekich zusammen – und trotz ihrer außergewöhnlichen Fähigkeiten nahm ich allen Mut zusammen und stellte sie. Mit dem Vorteil von Überraschung und Verzweiflung auf meiner Seite konnte ich Schekich überlisten. Beim Ringen mit Linus verletzte ich ihn und konnte ihm die Nollonin im Kampf entreißen.

Ich floh und versuchte Zuflucht bei den Menschen zu finden. Doch in weiten Teilen des Ehernen Reiches werden die Elben verachtet. Ein altersmilder Mann namens Garm sagte mir schließlich, ich solle mich nach Falkenberg wenden. Dort würde ein Graf wohnen, der den Elben wohlgesonnen ist.

Gejagt vom erzürnten Schekich bin ich hinaus in die Wildnis der Länder Lilienbach und Dinster. Ich weiß nicht mehr, wie oft ich ihm knapp entronnen bin. Dieser Mann ist außergewöhnlich talentiert. Schnell, grausam und kompromisslos. Er ist wie ein Dämon.

Schließlich, nach Tagen und Wochen voll Angst bin ich nach Falkenberg gekommen.«

»Zu mir«, schloss ich ihren Bericht resümierend ab.

»Ja. Und von dort an kennst du meine Geschichte ja sehr gut.«

Das Reden hatte immens geholfen. Eine Art Damm zwischen Lia und mir war gebrochen. In den folgenden Tagen verstanden wir uns immer besser. Möglicherweise hatte ich genau das gebraucht, um mich dem Elbenmädchen endlich ein wenig näher zu fühlen, eine Beziehung zu ihm aufzubauen. Es war das, was eben das Vertrauen ausmachte, wie sie gesagt hatte. Unser Verhältnis wurde freundschaftlicher, je weiter wir uns gen Norden bewegten. Langsam, ganz langsam, begann ich sie zu verstehen, begriff ihre Ängste und Sehnsüchte – jenseits der offensichtlichen. Lia war von einer tiefen Dankbarkeit für die Welt, in der sie leben durfte, erfüllt. Weniger für große Bauten oder technologische Wunder. Nein, viel mehr für das, was uns die wandelnden Götter nach dem ersten Äon hinterlassen hatten. Die atemberaubenden Täler und tiefen Wälder, die endlosen Meere und majestätischen Seen. Es gab eine unglaubliche Fülle schierer Schönheit in der Welt.

Wir fuhren den Fluss in stetigem Tempo hinauf. Das Wetter wurde sonniger, aber die sommerliche Wärme hielt sich in Grenzen. Nachdem wir die Stadt Wilnfurt passiert hatten, waren Lia, Lemander und ich nun offiziell sicher. Das Hoheitsgebiet des Ehernen Reiches lag hinter uns. Lediglich den Dienst an den Grenzfesten zu den verlorenen Landen hatte der Orden der Steinernen Hand in Übereinkunft mit den freien Städten nicht aufgegeben. Den zusätzlichen Schutz ließen sich die freien Städte sogar etwas kosten. Aber gemessen an dem Dienst, den der Orden leistete, war es ein Witz. Die Städte würden nicht im Traum daran denken, das Eherne Reich finanziell in großem Stil zu unterstützen. Zu erheblich war das Misstrauen.

Weiter ging es auf dem Teil des Flusses, der nach Norden abzweigte und hier nur noch Ronar hieß. Die Tage wurden nun immer länger, die Luft rauer. Zu unserer Linken lagen die letzten Ausläufer des Seenlandes mit seinen weiten grünen Hügeln und Tälern, in denen tausend kleinere aber auch gigantische Seen ruhten. Und tief in mir konnte ich Lias Bewunderung für die Erhabenheit der Welt verstehen.

Schließlich kam Pantritz in Sichtweite, die nördlichste der fünf freien Städte und gleichzeitig großer und stolzer Handelshafen für die Wilde See im Norden. Doch noch bevor wir die Ronarmündung passierten, kam Airi zurück von ihrer langen Reise und landete auf der Reling, um sich von den Strapazen zu erholen.

Das Erstaunlichste war allerdings der Brief, den Lemander in der Hand hielt, als er zu mir herübereilte.

»Eine Antwort, Deckard. Eine Antwort«, rief er mir schon vom anderen Ende der Skrara zu. Ich konnte es kaum erwarten, das Schriftstück zu lesen. Als ich das von Wind und Wetter mitgenommene Papier in die Hand bekam, stockte ich. Ein Wachssiegel prangte darauf, groß und rot, und der Abdruck darin zeigte das Wappen einer zum Himmel gerückten Faust. Ich zerbrach es und faltete den Brief auseinander.

Lieber Deckard,

Selten habe ich mir mehr gewünscht, es stünde jemand wie Du an meiner Seite. Hier im Reich sind schlimme Zeiten angebrochen und es wäre gut, jemanden mit kühlem Kopf vor Ort zu haben.
Aber beginnen wir von vorn.
Nach Deiner überstürzten Flucht hat mein Vater das Konklave auf seine Seite gezogen. Sie sehen in Gamar die Partei, die am schnellsten und entschlossensten zu handeln imstande ist. Das Seenland hat sich enthalten. So bin ich nun also tatsächlich Königin und regiere vom Ehernen Thron aus. Doch Glückwünsche halte ich leider nicht für angebracht.
Ich habe nun die Geschicke eines riesigen Reiches zu lenken. Und das ist weit weniger leicht als es sein sollte. Du hattest so recht mit Deinen Behauptungen!

Mein Vater sieht Deinen Verrat als erwiesen an und drängte mich, dies anzuerkennen. Jedoch fürchte ich den Einfluss von Linus ebenso sehr wie Du es tust. Du hast absolut keinen Grund gehabt, Delan von Gramenfeld umzubringen. Ich gehe also ebenfalls von einer Intrige aus. Überhaupt irgendjemandem Vertrauen entgegenzubringen, ist schwer geworden.
Nach Amondo Lakarrs Tod wurde im Orden noch nicht über eine Nachfolge entschieden, sodass ich von dieser Seite erst einmal keine Hilfe erwarten kann. Zumal die Skepsis gegenüber meinem Haus groß ist. Linus hat Amondo eigenhändig im Kampf getötet. Er und mein Vater schwören, dass es aus Notwehr geschehen ist, was allein schon eine beängstigende Tatsache ist. Noch viel beunruhigender finde ich allerdings, dass Linus offenbar in der Lage ist, einen Kämpfer wie Amondo zu bezwingen.
Es hat viel Streit zwischen mir und meinem Vater gegeben. Gegenstand der Auseinandersetzungen war oft der Umstand, dass ich nicht willens bin, Gamar zu bevorteilen. Das ist ein Eid, den ich als Königin geschworen habe und ich gedenke, mich daran zu halten. Zugeständnisse an meinen Vater wird es nur im selben Rahmen geben, wie an jedes andere Hohe Haus.
Zu allem Überfluss hat mein Vater auch noch eine Debatte über das Gebiet des Fürstentums Falkenberg vom Zaun gebrochen. Er will es unbedingt annektieren, wozu es jedoch keinerlei rechtliche Grundlage gibt. Aber die Truppen meines Vaters sind stark. Er ist in der festen Absicht abgereist, seine Interessen notfalls gewaltsam durchzusetzen. Seiner Ansicht nach hat das Fürstentum Falkenberg keinerlei Bestandsrecht mehr, seitdem er dich nicht mehr als dortigen Herrscher anerkennt.
Aber zum einen kann ich ohne Großmeister nur in bedingtem Umfang auf die Männer und Frauen des Ordens zurückgreifen. Zum anderen kann ich doch nicht gegen meinen eigenen Vater Truppen ins Feld führen. Zumindest bete ich zu allen sieben Göttern, dass ich es nicht muss.

Während Dinster und Lilienbach sich gerne aus dem Konflikt heraushalten möchten, ist stattdessen Alen Wetmann in die Bresche gesprungen und hat im Falle einer militärischen Aktion Gamars gegen Falkenberg seinerseits meinem Vater gedroht. Dies hat wiederum Gramenfeld Drohungen für den Kriegsfall aussprechen lassen.
Zu allem Überfluss erreichen uns Nachrichten von den Festungen an der Grenze zu den Verlorenen Landen. Man beobachtet dort eine große Unruhe bei den Riesen und befürchtet, dass es dort bald ebenfalls zu bewaffneten Konflikten kommen könnte.
Deckard, das Reich befindet sich am Rande eines Bürgerkrieges! Ich fühle mich beinahe wie eine hilflose Figur in einem Königsturm-Spiel, dabei bin ich doch die mächtigste Person im Reich. Offiziell habe ich alle Vorwürfe gegen Dich aufgehoben, deine Leute sind alle auf freiem Fuß. Sie sind treue Seelen, allen voran der junge Wobert von Loh. Erst nachdem ich ihnen befohlen hatte, nach Falkenberg zurückzukehren, sind sie aufgebrochen. Ich habe eine Schiffspassage nach Falkenberg für sie veranlasst und ihnen den einbalsamierten Körper ihres Hauptmanns Hermelink mitgegeben. Sie sollen ihn dort begraben, wo sein Herz gewohnt hat.
Doch es rumort gewaltig im Reich, Deckard. Ich weiß nicht, wie lange ich meinen Vater noch zurückhalten kann.

Wo immer du auch bist,
Sanfte Wege!
Ellyn

Was ich las, spiegelte viele meiner Befürchtungen wider. Die kalte Angst kroch zurück, die ich in den letzten Tagen so erfolgreich verdrängt hatte. Eine jähe Woge der Zuneigung für meine neue Königin ergriff mich – ihre Verlorenheit, ihre Machtlosigkeit konnte ich nur allzu gut nachempfinden. Sie versuchte, dem Reich eine treue Dienerin zu sein. Aber was nutzte das, wenn sich das Reich gegenseitig zerfleischte?

Und mit einem Male war mir alles klar. Ein Moment gnadenloser Einsicht durchflutete meine Gedankenwelt. Aber so sehr ich mich auch wehrte, es gab keine andere Weise der Auslegung: »Linus will das Eherne Reich gar nicht selbst zerstören«, sagte ich tonlos.

»Bist du sicher?«, erkundigte sich Lemander.

Doch meine Augen mussten alles verraten, was ich dachte, bevor ich es aussprach, denn Lemanders Blick ging zu Boden. »Er will, dass sich das Reich selbst vernichtet.«

Wieder spürte ich Lias Hand auf meiner Schulter.

»Anders kann es nicht sein«, folgerte ich bitter. »Und es hat bereits begonnen.«

Lemander schnappte sich den Brief und überflog die Zeilen. Seine Augenbrauen zogen sich zusammen.

»Du hast völlig recht«, raunte er schließlich. »Das ist der absolut perfekte Plan, um das Eherne Reich zugrunde gehen zu lassen.«

»Inwiefern?«, fragte Lia, aber der bangende Ausdruck auf ihrem Gesicht verriet mir, dass sie ahnte, auf was es hinauslief.

»Zunächst nutzt er die Nollonin um das Eherne Reich zu isolieren«, führte Lemander also aus. »Irgendetwas macht er mit den Riesen, um Unruhe zu stiften. Denn die Riesen bedrohen anscheinend nicht bloß das Harjenner Reich, sondern auch die Grenzfesten des Ehernen Reiches im Norden.

Zusätzlich schwächt Linus die Harjenner derart, dass sie in keinen bewaffneten Konflikt eingreifen könnten. Die engsten Verbündeten des Ehernen Reiches sind also ausgeschaltet, während die Ordenstruppen im Norden ebenfalls beschäftigt sind.

Dann sichert sich Linus eine einflussreiche Stelle im Reich, an der Seite von Serion von Gamar. Jetzt muss er nur noch warten, wie sich die Dinge entwickeln. Und – ob es Schicksal war oder ob Linus gar nachgeholfen hat, spielt hier keine Rolle – zu dieser Zeit stirbt König Hroth. Das Konklave muss zusammentreten und die Fürstentümer des Reiches sind sich so uneins wie selten. Das Eherne Reich wird nur notdürftig regiert – und genau das nutzt Linus aus. Er braucht einen handfesten Skandal. Und da kommst du ins Spiel, Deckard. Durch deinen angeblichen Verrat kann er sich zudem Amondo Lakarrs entledigen.

Zwar kommt das Konklave endlich zu einem Ergebnis, aber die Gereiztheit untereinander ist durch den Skandal derart gewachsen, dass einige Leute in machtvollen Stellungen den Kopf verlieren. Ich weiß nicht, welchen Einfluss Linus auf Serion hat, aber die Bedrohung Falkenbergs zieht Aggressionen von allen Seiten nach sich.

Käme es zu einem ernsthaften Bürgerkrieg, wäre dies das Ende des Reiches. Es würde im Chaos versinken, und sich quasi selbst zerstören.«

»Und Linus würde mit grimmiger Befriedigung zusehen«, beendete Lia Lemanders Ausführung. »Doch er weiß nicht, wie Quainmar reagieren würde. Zwar ist es nicht besonders wahrscheinlich, aber es bestünde zumindest eine kleine Chance, dass mein Volk versuchen würde, seinen eigenen Königssohn am Blutvergießen zu hindern.

»Deshalb hat Linus auch die Elben außer Gefecht gesetzt«, nickte Lemander ernst. »Er nutzt also die Nollonin gar nicht, um das Eherne Reich direkt zu schädigen, sondern schneidet es lediglich von seiner Umwelt ab, um dann im Reich selbst Intrigen zu spinnen und die Fürstentümer gegeneinander auszuspielen.«

Ja, das war es! Ein Plan, der in seiner Gänze betrachtet beinahe schlicht wirkte.

»Gibt es denn irgendetwas, was wir tun können?«, fragte ich ergeben. »Es muss doch eine Möglichkeit geben, Linus aufzuhalten, ihm die Stirn zu bieten.«

»Nicht mit Armeen und Waffen«, sagte Lemander bedeutungsschwer. »Ebenso wenig, wie Linus die Vernichtung des Reiches mit Tausenden von Bewaffneten heraufbeschwört. So wird es zwar enden, aber so hat es nicht begonnen.«

»Wir haben die Nollonin«, stellte Lia fest. »Das heißt, wir können rückgängig machen, was mein Bruder den Nachbarvölkern des Reiches angetan hat.«

»Aber das würde ewig dauern«, klagte ich. »Selbst wenn es

nur einer einzigen Berührung bedarf, um den Fluch zu brechen. Jeder Mann, jede Frau und jedes Kind eines Volkes müsste den entsprechenden Nollonar berühren. Das dauert eine halbe Ewigkeit.«

»Und dennoch ist es an uns, die Nollonin zu den Völkern zu bringen.«, brachte Lemander es auf den Punkt. »Wir sind die Einzigen, die das können! Und daher ist es unsere verdammte Pflicht!«

War es wirklich so? Waren wir urplötzlich zum Dreh- und Angelpunkt einer ganzen Welt geworden? Ein alter Mann, der sich mit einem Falken unterhielt; ein junge Elbin, die verloren war fernab der Heimat; ein verstoßener junger Markgraf, der zwanghaft versuchte, immer und stets das richtige zu tun.

»Dann sind unsere Ziele klar«, meinte ich grimmig. »Wir müssen zuerst ins Harjenner Reich. Wie praktisch, dass wir immerhin *diesen* Weg schon größtenteils zurückgelegt haben. Dann müssen wir irgendwie zu den Riesen gelangen. Und schließlich müssen wir in den Süden nach Quainmar, wie auch immer wir das bewerkstelligen sollen.«

»Da sei unbesorgt«, sagte Leonhrak, während er vom Heck der Skrara zu uns herüberkam. »Wir können euch gar nicht dankbar genug sein, wenn ihr unser Volk von diesem unnatürlichen Fluch erlöst. Ein Schiff, das euch sicher und schnell an euer Ziel bringt, wird euer geringstes Problem sein.«

Ein Lächeln stahl sich auf Lemanders Gesicht, während er einen grimmigen und arythmischen Vers zitierte, der König Aan zugesprochen wurde:

Auf, auf, ihr Recken!
Der Weg ist lang, das Tagwerk schwer
Und allezeit
fließt magere Hoffnung sanft zum Meer.

Kapitel 11

Brüder im Norden

Das schlimmste Gefühl auf unserer Reise war die Ungewissheit des Wartens. Die Wilde See des Nordens war zu dieser Jahreszeit nicht besonders wild. Dafür schien sie schier endlos. Tiefblaues Meerwasser soweit das Auge reichte, über viele Tage lang. Die Skrara schaukelte langsam über einen Wellenkamm zum nächsten. Hier, ohne Land in Sichtweite, hatte es den Anschein, als ob wir trotz voller Segel und kräftigen Männern in den Riemen unsagbar langsam vorankamen, obwohl mir natürlich bewusst war, dass wir gute Fahrt machten. Vom spritzenden Wasser bei hohem Wellengang war meine Haut bald vollkommen salzig.

Meine Gedanken kreisten um unsere neu abgesteckten Ziele. Ein guter Zeitpunkt, um sich den Metschlauch zurück zu wünschen.

Oder auch nicht.

Ich hatte Ellyn zurückgeschrieben und ihr Lias Geschichte dargelegt. Die Nollonin waren der einzige Faktor im gesamten Geschehen, den wir kontrollieren konnten. Zumindest solange sie sich in unserem Besitz befanden. Wieder vermied ich es, unseren Aufenthaltsort oder unseren nächsten Zielort anzugeben. Überraschenderweise schien sich in Anselieth die Idee nicht aufgedrängt zu haben, wir könnten an Bord der Skrara gegangen sein. Dennoch fürchtete ich, Linus könnte es in Erfahrung bringen. Denn aus unserem bisherigen Schriftwechsel ließ sich zweifelsohne folgern: Entweder waren wir auf dem Weg in den Norden, wobei das Reich der Riesen das unwahrscheinlichste Ziel darstellte. Oder wir waren auf dem Weg nach Quainmar.

Schließlich kam eines Morgens Jorhammer in Sicht, die größte Insel des Harjenner Reichs. Dort lag die Hauptstadt Lukae und die sagenhafte hölzerne Halle, in der König Fjelding auf seinem Thron saß. Zumindest hoffte ich inständig, dass er das noch tat und dass ihn das vorzeitige Alter nicht hinweggerafft hatte. Wir brauchten noch einen weiteren Tag, um das östlichste Ende Jorhammers zu umsegeln, damit wir den großen Handelshafen Tjaabu von Norden her ansteuern konnten. Schmachtend stand der erste Maat Brimbart an der Reling. »Meine Heimat«, freute er sich und rieb sich über den dicken Bauch. Abgenommen hatte er trotz seiner wiedergewonnenen Jahre nicht merklich. Doch sein Bart hatte beinahe die strahlend rote Farbe eines Fuchsfells angenommen.

»Wir werden es schaffen«, murmelte er immer wieder vor sich her. »Wir werden sie alle wieder zurückverwandeln.«

Seine kindliche Freude stimmte mich traurig. Verdammt noch mal, ich wusste nichts, absolut nichts darüber, was in Falkenberg vor sich ging!

Nach Hause, nach Hause. Der Wunsch wuchs wie ein Geschwür in meinem Kopf und drängte schmerzhaft gegen meinen Verstand. Doch vor mir lag bloß die Heimat der Nordleute: Eine Insel, deren grünes Vorland am Ufer sehr bald in sattgrüne Tannenwälder und schließlich in Berge von schroffem Felsgestein übergingen. Hier war der Sommer kurz und der Winter hart. Dafür war mir, als wäre die Luft um mich herum noch nie so klar gewesen. Die tausend Ausdünstungen der Hauptstadt lagen viele Hundert Meilen hinter mir. Ebenso wie alle Orte an denen ich jetzt hätte sein wollen.

In unserer letzten Nacht auf See ankerte die Skrara in einem kleinen, jedoch weit verzweigten Fjord. Die Vorfreude der Männer an Bord lag knisternd über dem Schiff. Meine Schlafgewohnheiten hatten sich nicht gebessert und so lag ich lange wach, außerhalb des Zeltes in einige Decken geschlagen, und starrte in den Himmel. Schwache Nordlichter huschten dort über das Antlitz der Sterne. Mancherorts erzählte man sich, dass sie Fetzen des Schleiers wären, den die Göttin Idis der ersten Frau der Altvorderen zur Hochzeit geschenkt hatte. Ich verzichtete darauf, Lia nach ihrer Version der Geschichte zu fragen. Mir gefiel die Mythologie der Menschen des Reiches. Aber vor der Erhabenheit dessen, was die Elben über Götter und Sterbliche zu erzählen hatten, wirkte sie nur wie Spritzer schlammigen Wassers vor einem weiten Ozean. Die Vorstellung ließ mich erschaudern. Schließlich zitterte ich mich in einen unruhigen Schlaf.

Unter dem lautem Gebrüll der Nordmänner fuhren wir in den Hafen Tjaabu ein. Jubelrufe hallten von allen Seiten über die Skrara und die Männer schlugen mit Speeren auf die Rundschilde, die an der Reling befestigt waren.

Tjaabu war der größte Seehafen des Harjenner Reichs. Schon von Weitem war ein geschäftiges Treiben zu sehen und ich mochte mir kaum ausmalen, wie es sein würde, wenn die Harjenner ihre gestohlenen Jahre zurückbekommen hatten.

Vielleicht zwei Dutzend lange, sehr massive Holzstege ragten in die geschützte Bucht hinein und an ihnen lagen mindestens noch einmal so viele Schiffe. Viele davon waren von gleichem oder ähnlichem Bau wie die Skrara, aber von unterschiedlicher Größe. Doch ich erkannte auch Koggen und eine Karavelle, die sicherlich Händlern aus dem Ehernen Reich gehörten, die in Tjaabu Fracht löschten und neue Waren an Bord nahmen. Ich entdeckte auch einen recht exotischen Schiffstyp, den ich nicht zuordnen konnte. Ich schätzte, dass es ein Schiff aus den Reichen im tiefen Süden war, das eine lange und gefährliche Reise hinter sich haben musste. Allerorts wurden Fässer, Kisten, gut verschnürte Säcke, Rollen von Stoff, Tiere, Werkzeuge und vieles mehr auf Schiffe oder von diesen herunter verladen.

Der Geruch der großen Ansammlung von Menschen in Tjaabu stieg mir überdeutlich in die Nase, während wir langsam in den Hafen einliefen. Der Rauch einer Vielzahl von Holz- und Kohlefeuern lag in der Luft, Ochsen- und Pferdemist, Schweißgerüche von sicherlich tausend Einwohnern, ihren fremdländischen Gästen und Handelspartnern – und über allem der salzige Duft der See, vermischt mit dem der Salzwiesen und der Tannenwälder, die sich hinter dem Handelshafen erstreckten.

An der nordwestlichen Flanke ragte das raue Felsmassiv empor, dessen Berge zum Zentrum der Insel Jorhammer hin stetig anstiegen. Der große Hafen schmiegte sich an die Felsen, wie ein riesiger Waldpilz an einen umgestürzten Baumstamm. Holzhäuser bestimmten das Bild, viele von ihnen fensterlos und mit regelmäßigen Stützbalken an den Außenwänden. Weiter landeinwärts gab es neben Reetdächern auch solche, die mit Grassoden bedeckt waren. Die Straßen waren mit Holz gepflastert, auf denen Ochsenkarren polternd schwere Lasten hinauf zu Lagerhäusern oder von einem Anbieter zum nächsten Abnehmer transportierten.

Und überall waren alte Leute zu sehen. Dichte Bärte waren lichten Zotteln gewichen und Falten lagen auf ihren Gesichtern. Am schlimmsten traf mich der Anblick der Kinder, die hier und dort Spiele spielten – lange nicht so wild, wie sie es wahrscheinlich getan hätten, wenn ihre Knochen jung, ihr Haar voll Farbe und die Haut ihrer Hände glatt gewesen wären. Wie Geister aus fernen Schauergeschichten wirkten sie. Ich kniff die Augen zusammen, wischte mir Schmutz aus den Augenwinkeln. Wie groß konnte der Hass eines einzelnen Mannes sein, dass er ein ganzes Volk zu diesem eigenartigen Siechtum verurteilte? Selbst, wenn König Aan den Elben ohne jedes Recht ihr Land genommen hatte und sie in die Verbannung getrieben hatte, rechtfertigte das nicht Linus' Taten. Ich stieß die rechte Faust in die linke Handfläche. Seine tapfere Schwester würde ihm einen Strich durch die Rechnung machen … zumindest hoffte ich das inständig.

Während wir von Bord gingen, sah ich Leonhrak Hände schütteln und Umarmungen entgegennehmen. Die Männer umarmten ihre alten Frauen und greisen Kinder. Ein wenig abseits warteten Lia, Lemander und ich und beobachteten all die überschwängliche Wiedersehensfreude. Lia hatte erneut eine Kapuze übergezogen, auch wenn Brimbart ihr versichert hatte, dass sie von den Harjennern nichts zu befürchten hatte.

Hier waren Elben zwar selten, wurden aber als Handelspartner aus fernen Ländern wertgeschätzt.

Trotz des rauen Umgangs und des rauen Wetters, an das die Nordleute gewöhnt waren, schien es hier friedlicher zuzugehen als im Hafen von Anselieth. Ich beobachtete Frauen, die gefangene Dorsche und Seelachse an Holzgestellen aufhängten, um sie in der Seeluft zu Stockfisch zu trocknen. Robbenfelle wurden gegerbt und Werkzeuge und Schmuck aus bunten Perlen feilgeboten. Ein Junge mit schneeweißem Haar trieb eine kleine Ziegenherde vor sich her. Von einer Seite der Hafensiedlung klang das Klirren der Schmiedehämmer zu uns herüber und hinter uns ragten in einiger Entfernung die groben Skelette einiger im Bau befindlicher Schiffe auf.

Schließlich fand sich ein halbes Dutzend Soldaten der Harjenner ein, die uns zum Hofe König Fjeldings eskortieren sollten. Ihr langes Haar fiel ihnen unter den Helmen auf den Rücken und über ihre Schuppenpanzer. Im Tross hinter sich führten sie vielleicht zehn Fjordfalben mit sich, Pferde mit buschigen Mähnen und einem fahlgelben Fell.

Der Prinz wies uns jeweils einen der Falben zu, ebenso den Soldaten und Brimbart. Die Soldaten nahmen uns in die Mitte und so durchquerten wir Tjaabu in südwestlicher Richtung, um nach dem Passieren eines Holztores auf eine breite Straße zu gelangen. Sie war aus Sand und zu beiden Seiten mit Bohlen fixiert. Außerhalb der Palisaden von Tjaabu verfielen wir in einen strengen Galopp, denn es würde noch etwa eine Stunde dauern bis Lukae, die Hauptstadt des Harjenner Reiches, vor uns auftauchen sollte. Von oben bis unten aus Tannenholz erbaut, lag sie strategisch günstig auf mehreren Hügelkämmen, bevor sich dahinter der nackte Fels des Gebirges erhob. Die Wälder im Umland waren über die Jahrhunderte dem Ausbau der Stadt gewichen. Der Entwurf einer solch großen Stadt aus Holz wirkte brachial auf mich. Zwei mächtige Befestigungswälle umgaben in konzentrischen Ringen die Anhöhe in der Mitte, auf der die berühmte Hölzerne Halle emporragte. Tannenstämme, dick wie mehrere Männer, ragten als Wall empor. Die Zwischenräume waren aufgefüllt mit Bruchstein und Schutt. Diese mehrere Schrittlängen dicken Palisaden zu durchbrechen schien kaum möglich – selbst mit Feuer nicht. Kein Angreifer würde es bewältigen können, ein solches dermaßen heiß anzufachen, dass es die Wälle niederreißen konnte, bevor er unter dem Beschuss von oben zugrunde ging.

Wie die Strahlen eines riesigen Sterns ragten überdies nach etwa jeder halben Meile des Walls sogenannte Brecher weit über die Grenze der Stadt hinaus. Nur zu beiden Seiten des Tores standen sie dichter. Es waren Palisadenabschnitte, die – wie ihr Name schon vermuten ließ – etwaige Feindeshorden brechen, also teilen sollte, während man sie von oben mit allem bewerfen und beschießen konnte, was einem in die Finger fiel.

Wir passierten das erste gewaltige Torhaus, nach dem sich die Straße dann weiter hinauf schlängelte und wir bald auch den zweiten Festungsring durch ein ebenbürtiges Tor durchquerten. Vor uns lag die gewaltige Hölzerne Halle von Lukae. Sie sah an vielen Stellen aus wie die Holzhäuser der Harjenner, doch sie war um einiges größer. Allein ihr Dach überspannte die Fläche von mehreren Äckern. Kunstvolle Verzierungen waren an Säulen und Stützen angebracht. Bunte Rundschilde mit metallenen Buckeln zierten den hölzernen Palast.

Der Vorhof war mit einem steinernen Pflaster ausgelegt, etwas, das sich selten fand bei den Harjennern, denn ihre Handwerkskunst konzentrierte sich viel mehr auf das Bearbeiten von Holz und Eisen. Die Hufeisen der Fjordfalben klapperten darauf. Die Pferde wurden uns von eifrigen Bediensteten abgenommen und Leonhrak schritt uns voran durch das imposante Tor in eine noch imposantere Halle. Jeder Baumeister des Ehernen Reiches wäre bereits an dem Versuch verzweifelt, eine Halle zu erdenken, die nur die halbe Größe gehabt hätte.

Drinnen war es kühl. Wie die übrigen Häuser der Harjenner hatte auch die Halle keine Fenster. Sie seien zu unpraktisch bei den rauen Winden der nördlichen Inseln, hatte Brimbart mir erklärt. Daher brannten den gesamten Tag über Feuer im Innern der Häuser, deren Rauch durch große Abzugsöffnungen in der

Decke entwich, durch die wenigstens ein Hauch von Tageslicht einfiel. Ein allgegenwärtiger leichter Geruch nach Rauch und Ruß schwebte über allem. Die Halle war wie ein Tempel in mehrere Schiffe unterteilt. Wir strebten durch das mittlere. In den Nischen zwischen den Pfeilern aus Tannenholz waren Bänke, aber auch Betten eingelassen. Hier saß eine Frau an einem Webstuhl, dort kochte eine andere etwas auf einer mit Lehm überzogenen Herdstelle und wieder eine andere umsorgte eine Gruppe von kleineren Kindern.

Die Harjenner hatten eine andere Gesellschaftsstruktur. Im Ehernen Reich wurde Wert darauf gelegt, dass Männer und Frauen vollkommen gleich vor dem Gesetz und ebenso frei in der Wahl waren, wie sie ihr Dasein zu fristen gedachten. Hier, weit im Norden, war es anders. Männer waren hier für die schweren Arbeiten vorgesehen, waren Schmiede und Seeleute und leisteten Kriegsdienste. Frauen dagegen waren verantwortlich für die Erziehung der Kinder, das Weben und Verarbeiten von Stoff, das Kochen und alle anderen Dinge, die im Haushalt anfielen. Trotz ihrer unterschiedlichen Aufgaben, waren ein Mann und seine Frau gleichermaßen Herren in ihrem Haus, für das sie sich die Verantwortung teilten.

Beherrschender Fluchtpunkt der riesigen Halle aus Holz war der Thron König Fjeldings. Ein niedriger Lehnstuhl, der auf einem steinernen Podest stand. Wachen standen zur seiner Linken und zu seiner Rechten und große Wolfshunde lagen faul um das Kohlenfeuer herum, auf das der Thron ausgerichtet war.

Der König war ein Schatten seiner selbst. Sein schlechter Zustand kündete weniger vom künstlichen Alter, als von den Sorgen, die er sich um sein Volk machte. Zusammengesunken saß der Mann auf seinem Thron und starrte ins Feuer. Sein Bart war dünn geworden und seine Augen saßen tief in ihren Höhlen. Er trug kein prachtvolles Gewand. Nicht einmal ein paar wenige kunstvolle Borten hatte es. Auch trug er keinen prächtigen Umhang. Nein, lediglich eine einfache blaue Tunika und Hosen aus Leinen hatte er an, sowie ein ausladendes Bärenfell, das er um die frierenden Schultern gelegt hatte. Eine schwarze, gusseiserne Krone lag schief auf seinem Schoss, er hatte keine Kraft, sie auf dem Haupt zu tragen. Ein Schauer durchlief mich. Es war König Aans Schlachtenkrone. Diese Krone hatte er getragen als er Anselieth erobert hatte. Er hatte auf dem Sterbebett veranlasst, dass sie der damalige Herrscher der Nordleute erbte, aus Dankbarkeit für seine Unterstützung bei den Eroberungszügen um das Eherne Reich. Die Nordleute hatten sie stets in Ehren gehalten und so war die schwarze Krone zum Symbol ihrer Macht geworden. Auch als Jahrzehnte später König Harjenn sich schließlich vom Ehernen Reich losgesagt hatte, hatte er Aans Krone behalten. Sie hier zu sehen, machte mich ehrfürchtig. Damals bei meiner ersten Begegnung mit König Fjelding und seinen Söhnen Leonhrak und Leondorr hatte Fjelding sie getragen – damals voller Stolz und vor Kraft strotzend.

»Vater«, rief Leonhrak schon von weitem und ein zweites Mal: »Vater!«

Da sah der greise König hoch, dessen Körper beinahe zu schwach schien, um die Haut auf seinem Fleisch zu tragen.

Der wieder erstarkte Leonhrak nahm Lia bei der Hand und zog sie im Laufschritt mit sich.

»Leonhrak«, hustete König Fjelding und seine Augen wurden vorübergehend klar.

Lia ging vor dem König in Ehrerbietung auf die Knie, doch Leonhrak zog sie sogleich wieder hoch.

»Nein, meine Liebe«, sagte er bestimmt. »Du solltest vor niemandem auf die Knie fallen.«

Dann ließ er sich ihren Rucksack geben und legte ihn seinem Vater auf den Schoß, um die Nollonin auszupacken.

»Leonhrak«, ließ Fjelding wieder ein heiseres Krächzen vernehmen. Doch der Harjenner-Prinz antwortete nicht. Zärtlich nahm er die Hand des alten Mannes und legte sie auf die Artefakte.

Ein Schlag durchfuhr den alten König und ein Aufschrei ging durch die Umstehenden. Wie bei seinem Sohn gewann schließlich kurz darauf der Bart des Königs wieder an Farbe und seine

Augen an Klarheit. Seine Haut verjüngte sich und seine Sitzhaltung wurde aufrechter.

Überall aus dem hölzernen Palast, der uns umgab, kamen die gealterten Harjenner herbei. Ein Raunen ging wie ein Lauffeuer durch ihre Reihen, während sich der König glückselig von seinem Thron erhob und seinen Sohn in eine nun wieder kräftige Umarmung nahm.

»Du siehst«, raunte Lemander mir von hinten ins Ohr, »es ist das Einzige, was wir tun können. Aber es fühlt sich verdammt richtig an, oder?«

Ich konnte ihm nicht antworten. Zu berührt war ich von dem Bild, auf das ich blickte. Ja, dachte ich bei mir. Es fühlte sich tatsächlich richtig an.

Es war auf höchste Weise angenehm und bedrückend zugleich, zu sehen, wie die Nordleute wieder nach Hause fanden. Das galt sowohl für Leonhrak und seine Männer, die ihre tapfere Reise nach Anselieth angetreten waren, als auch für ihr ganzes Volk, das nach und nach von dem dunklen Zauber erlöst wurde, der auf ihm lag. Ein nicht abreißen wollender Zustrom von Pilgern kam nach Lukae, um den Nollonar zu berühren, der ihnen ihr eigentliches Alter wiedergab. Die Gasthäuser waren bald überfüllt und die Wachen der Hölzernen Halle mussten den Zustrom scharf regulieren.

König Fjelding hatte uns ein Schiff samt Besatzung zugesichert, sobald der größte Teil seines Volkes genesen war und so blieben Lia, Lemander und mir einige Tage Zeit, in denen wir uns einerseits von der Reise erholen konnten und andererseits Gelegenheit bekamen, neue Besitztümer zu erwerben. Zwar hatte Leonhrak uns nach unserer Flucht aus Anselieth notdürftig mit Kleidung ausgestattet, doch das war im Grunde das Einzige, was wir besaßen. Ich hatte zwei Goldtalente und etliche Silberpfennige in der Börse – eine völlig übertriebene Menge Geld, die ich vor der Abreise in Richtung Hauptstadt mitgenommen hatte. Eine gute Entscheidung, wie sich herausstellte. So hatte ich zum Beispiel die Schiffspassage von Marnstadt nach

Anselieth buchen können, die uns nach Schekichs Überfall und der Weiterreise am Strand gut getan hatte.

Schekich! Ich schüttelte mich beim Gedanken an ihn. Besser, ich beachtete meine abschweifenden Gedanken nicht. Der Attentäter war ein offenes Kapitel in meinem Leben. Wenn er mich nicht fand, würde ich einst ausziehen, um ihn zu stellen – um Hermelinks Tod zu vergelten und um Schekich ein für allemal unschädlich zu machen. Und wenn es mich das Leben kosten sollte, würde ich weitere Gräueltaten des düsteren Attentäters wenigstens nicht erleben müssen, sondern stattdessen auf der sonnenlosen Straße wandeln.

Nun aber war das Mindeste, was ich tun konnte, Lia und Lemander zu einem ausführlichen Einkauf bei den Händlern und Handwerkern der Hauptstadt der Harjenner einzuladen.

Was wir fanden, war hauptsächlich zweckmäßig. Diverse Tuniken und Oberhemden aus dickem Leinenstoff, Hosen, sowie dicke, mit Robbenfell gefütterte Stiefel. Dazu Umhänge aus Loden mit ausladenden Kapuzen, die wettertauglich genug waren, um Regen und Wind zu trotzen. Ich erstand zusätzlich einen Dolch in einer ledernen Scheide, sowie einen zweiten Gürtel mit einigen ledernen Taschen daran. Und natürlich einen Seesack, um mein neues Hab und Gut zu verstauen. Für Lia kaufte ich eine Kette aus Glasperlen mit eleganten Mustern, sowie zwei mit Ornamenten versehene Schalenspangen. Über beides freute sie sich sehr.

»Siehst du«, meinte sie fröhlich. »Du lernst, die Schönheit der Welt langsam doch wertzuschätzen.«

»Ich habe sie auch vorher wertgeschätzt.«

»Aber du lässt deine Trauer immer noch deinen Blick darauf verschleiern.«

Obwohl dieses Mädchen ein Dutzend Sommer weniger gesehen hatte als ich, besaß es doch in manchen Angelegenheiten ein Vielfaches an Weisheit. Ihre Gegenwart war bewundernswert und bezaubernd zugleich. Sie eröffnete mir neue Blickwinkel auf die Welt. Und wäre ich das Dutzend Jahre jünger gewesen, das uns trennte, wäre ich ihr möglicherweise hoffnungslos verfallen. Oh ja, über die unglückliche Liebe zwischen Menschen und Elben gab es Myriaden von Geschichten. Zum Beispiel die von Mallina und Pak, deren Eltern ihnen solange das Zusammensein verweigerten, dass sie erst im Tod zueinander finden konnten – welchen sie dann auch frei wählten.

Es tat gut, die Last der Pflicht für einige kurze Momente nicht mit voller Wucht zu spüren, auch wenn sie dennoch stetig drückte. Wir saßen hier, droben im Norden und harrten der vollständigen Genesung des Volkes der Nordleute. Tag für Tag kamen Hunderte, wenn nicht gar Tausende an den Hof König Fjeldings alle nur, um eine mysteriöse schwarze Kristallkugel ein einziges Mal zu berühren. Der Nollonar selbst wurde dabei so gut bewacht, als wäre er eine in Glas gefasste Gottheit.

Die Abende waren ausgelassen und Lemander ließ sich treiben, erzählte lange Geschichten an den Feuern und gab Lieder aus fernen Ländern zum Besten. Die große Halle verwandelte sich allabendlich in ein einziges Festbankett. Zwei parallel verlaufende, lange Tafeln von vielen Dutzend Schrittlängen führten von einem Ende der Halle zum anderen. Aufgetischt wurde alles, was die Harjenner zu bieten hatten. Es gab in Tannenhonig gebratenen Fasan, Wachteln auf Kräuterbetten und am Spieß gegarte Rebhühner. Lamm und Ziegenbraten mit deftigen Soßen standen bereit, ebenso wie allerlei Sorten zubereiteten Fischs. Eine breite Auswahl von Soßen und Suppen; deftiges Gemüse, von Kartoffeln und Wurzeln bestimmt; herzhaften Ziegen- und Schafskäse; verschiedene Quarkspeisen; allerlei frisches Obst; Feld- und Wiesensalate; Grobes Schwarzbrot und knusprig gebackenes Knäckebrot; eingelegte Eier und Gurken und noch so vieles mehr. Kurzum, die Auswahl an Speisen war überwältigend. Dazu gab es viel Met und Malzbier und ab und an eine Karaffe von dünnem Wein.

Überall in der Halle wurde um die Herdfeuer getanzt und gesungen. Selbst Lia ließ sich zu dem einen oder anderen Tanz hinreißen, besonders, wenn Leonhrak sie darum bat, der ebenso galant sein konnte, wie er als Führer seiner Leute eine starke Hand bewies. Er besaß trotz der harten Schale einen weichen

Kern. Ich wusste nicht, ob er sich nicht vielleicht sogar in mein Elbenmädchen verguckt hatte. Sie verstanden sich ausgesprochen gut – oder zumindest tat Leonhrak sein Bestes dazu. Für ihn schien sie eine Art Heilige zu sein, die sein Volk erlöst hatte und obendrein auch noch von strahlender Schönheit war. Und dass sie eine Elbin aus dem fernen wie exotischen Quainmar war, machte sie selbstverständlich so interessant wie faszinierend für die jungen Männer – oder sollte ich sagen für die *wieder* jungen Männer?

Nicht weit von mir entfernt stimmte Lemander klatschend einen weiteren Gesang an, dessen Begleitung ein Skalde auf einer Laute gekonnt improvisierte. Eine Trommel war auch zu hören. Ich lauschte der ausgelassenen Stimmung, die der alte Mann verbreitete. Gerade beendete er das Lied vom tanzenden König:

Und selbst die Götter liebten ihn
Ihn sahen sie als Sohn
Und bauten ihm unter der Welt
Einen elfenbeinern' Thron.

Dort ruht er nun vom langen Tanz
Und träumt von seinem Land.
Bis alter Feind sich wieder regt
Und hebt im Zorn die Hand.

Dann steht der alte König auf
Vom Thron unter der Welt.
Dann tanzt er wieder wundergleich,
Auf dass sein Volk nicht fällt.

Nachdem er geendet hatte, brandete Applaus auf. Auch ich klatschte in die Hände, um mich anschließend zu erheben und den Weg nach draußen zu suchen. Nachdenklich und mit einem Tonbecher voll goldenem Met überquerte ich den gepflasterten Außenhof der Halle, der ringsum von einer niedrigen Holzmauer umgeben war. Sie war gerade so hoch, dass sie vom zentralen Hügel, auf dem die Halle ruhte, die Aussicht über die beiden Wälle der Stadt Lukae hinweg ermöglichte. Von hier hatte man einen optimalen Blick über die Tannenholzstadt und das umliegende Land. Nach Südwesten hin lag Lukae direkt am steilen Gebirge. Während der innere der beiden dicken Wälle geschlossen war, zog sich der äußere am Fels hoch, sodass es unmöglich war, ihn zu überwinden. Dahinter lag der nackte, unbegehbare Fels.

Der Sommer im Norden bedeutete lange und helle Nächte. Vorgestern Nacht hatte ich mir das Phänomen von Brimbart erklären lassen. Im Hochsommer wurde es selbst in der Mitte der Nacht bloß dämmrig. Der Horizont im Westen wurde zu einem glühenden Streifen und die Sonne war nur für zwei kurze Stunden überhaupt völlig hinter dem Horizont verschwunden.

Jetzt war der Abend noch nicht so weit fortgeschritten. Taghell lagen die Stadt und dahinter die von Moos überzogenen Ebenen vor mir. Einst hatten hier dichte Tannenwälder gestanden, doch zum einen waren sie dem Bau der Stadt zum Opfer gefallen und zum anderen war nun das Gelände um vieles übersichtlicher. Am Horizont im Nordosten konnte ich die Lichter von Tjaabu sehen und das weite Meer, das sich in der Bucht dahinter öffnete. Mein Blick schweifte zurück über die Stadt aus Holz. Durch die Brecher der beiden in konzentrischen Ringen verlaufenden Wälle wurde die Stadt in diverse Viertel unterteilt. Vom inneren Wall fielen die Brecher ein Stück ab, wie in ein Tal hinein, um lediglich die dahinterliegende Stadt zu teilen und hoben sich wieder zum äußeren Wall hin an. So konnten Feinde nicht einfach auf den zweiten Wall übersetzen, wenn sie einen Teil des ersten erobert haben sollten. Über den äußeren Wall hinaus ragten die Brecher dann weit und hoch in die Ebene und das Umland hinein. Ich hatte nicht wenig Lust, einen von ihnen entlangzulaufen und mich an sein äußeres Ende zu stellen, um in die abendliche Landschaft hineinzublicken. Es musste ein wenig wie das Gefühl sein, am äußersten Ende einer Hafenmole zu stehen und aufs offene Meer zu schauen.

Ich schwankte noch, ob ich mich wirklich auf den nicht gerade kurzen Weg zum Ende eines der Brecher machen wollte, da hörte ich hinter mir Schritte die Holzstufen hinaufkommen. Leonhrak hatte ebenfalls einen Tonbecher in der Hand – höchstwahrscheinlich mit stark alkoholischem Inhalt.

»Du bist mir ja ein prächtiger Verräter«, meinte er mit einem fetten Grinsen auf dem Gesicht.

Sicherlich war das ein Spruch, der aus einer Spaßlaune heraus entstand. Aber ich wusste nicht, ob mir danach zumute war, ihn lustig zu finden. »Bin ich das?«

»Wären du und deine Freunde nicht gewesen, würde mein Volk wohl immer noch den langsamen Tod des schnellen Alterns sterben.«

Er gab mir einen herzlich gemeinten Klaps auf die Schulter. »Von daher bist du mir der willkommenste Verräter von allen.«

Ich spürte, wie ich mir ein müdes Lächeln abrang. »Ich wünschte, ich wäre keiner.«

»Ich wünschte das auch nicht«, gab Leonhrak entschieden zurück.

Es klang mitfühlend. Natürlich wusste Leonhrak genau wie es war, sein Volk im Stich lassen zu müssen. Doch im Gegensatz zu mir hatten sich das Glück, das Schicksal oder gar die Götter dazu entschlossen ihn davon zu erlösen. Mich hingegen plagten weiterhin Sorgen. Sorgen um meine Heimat; Sorgen um die Leute, die ich kannte und liebte; Sorgen um das Reich und alles, wofür ich politisch einstand.

Die kalten Winde, die ungebremst von den eisigen Öden des allerhöchsten Nordens süd- und westwärts über die Wilde See peitschten, ließen meine Haut frösteln. Ich war hier nicht geboren und aufgewachsen. Ich konnte auch im Sommer des Harjenner Reiches nicht in Lederwesten mit bloßen Armen umherlaufen, wie die Männer es hier bisweilen taten. Also zog ich den Hals enger in meinen Kragen und nippte am Met, um mich zu wärmen. Glühwürmchen schwirrten über den Dächern von Lukae und ließen Erinnerungen an die Wälder und Auen in Falkenberg um diese Jahreszeit wach werden.

»Wie können Geschwister so unterschiedlich sein?«, fragte Leonhrak nach einer Weile.

Ich sah ihn verständnislos an. »Was meinst du?«

»Die Elben. Ich meine die Elben. Bei Leondorr und mir ist es wie mit zwei gleichen Früchten vom selben Baum. Wir sind uns in vielen Sachen einig, wir lieben dieselben Dinge und wenn etwas für den einen allein zu schwer ist, machen wir es gemeinsam. Es gibt keinen Neid. Würde mein Vater einst entscheiden, dass Leondorr der bessere Thronerbe wäre … dann wäre das kein Problem für mich.

Aber bei den Elben Lia ist ein bezauberndes Geschöpf. Sie ist schön wie die Wilde See und tapfer wie ein Dutzend meiner Männer. Und zu allem Überfluss ist sie tugendhaft genug, um uns Menschen von unserem Schicksal zu erlösen, obwohl wir sicherlich keine großen Gönner der Elben sind.

Und dann ist da ihr Bruder, von den schmerzvollen Rachegelüsten geleitet, die auch wir Menschen bestens kennen. Er hasst unsere Art so sehr, dass er uns solche Dinge antut wie den Zauber, der auf meinem Volk lastete.«

»Nicht nur auf deinem Volk«, gab ich zu bedenken. »Auch sein eigenes hat er verflucht.«

»Unfassbar, oder? Und dann will er grimmig dabei zusehen, wie sich die Menschen gegenseitig vernichten.«

»Ja«, seufzte ich. »Und ich weiß nicht, wie die Elben reagieren, falls ihm dieser dämonische Plan gelingt. Würden auch sie so tugendhaft bleiben wie unsere Lia? Würden sie das Unrecht verurteilen, das Linus getan hat?«

Leonhrak wusste, worauf ich hinauswollte. »Oder würden sie es ausnutzen, dass das große Menschenreich zerschlagen daniederliegt und zurückerobern, was ihnen vor Hunderten von Jahren genommen wurde?«

Ich schlug der Faust auf das Geländer. Es tat weh. »Soweit darf es niemals kommen, Leonhrak. Hörst du? Soweit darf es niemals kommen!«

Wie flehend war der Blick in meinen Augen?

»Niemals«, bestätigte der Prinz sofort und legte mir die Hand auf die Schulter. »Wir sind doch ebenso Brüder – die Söhne großer Männer, die sich um das Wohl ihrer Leute sorgen.«

Einen Wimpernschlag lang herrschte Stille zwischen uns – ein Momente des absoluten Verstehens. Ja, im Geiste waren wir vielleicht tatsächlich so etwas wie Brüder.

»Komm!«, sagte er. »Vergiss deinen Kummer nur für diesen Abend!«

Seine Hand löste sich und er trank einen großen Schluck aus seinem Becher, bevor er sich wieder auf den Weg zurück in die Hölzerne Halle machte. Ich blieb noch eine Weile allein zurück und starrte in den kühlen Sommerabend hinaus. Der Met duftete verführerisch in meiner Nase.

Schließlich entschied ich mich gegen den Ausflug hinaus auf einen der Brecher und machte mich ebenfalls auf den Weg zurück in die Halle König Fjeldings.

Der König war es dann auch, der mir bedeutete, den Platz neben sich einzunehmen. Fjelding selbst sah wieder so aus, wie ich ihn in Erinnerung hatte, nur, dass sein schwarzes Haar mittlerweile stark vom Grau durchwoben war und auf seinem Gesicht ein rauer Schatten lag. Die schwarze Krone saß jetzt wieder fest und stolz auf seinem Haupt. Im Reich war Fjelding stets als strenger aber guter Herrscher bekannt. Eine Eigenschaft, die er seinen Söhnen wohl ebenfalls anerzogen hatte – zumindest was Leonhrak betraf.

»Lieber Deckard«, sagte er laut, um über das allgemeine Stimmgewirr der Feuer hinweg verständlich zu bleiben. »Es ist schön, zu sehen, was für ein stattlicher Mann aus dir geworden ist. Mir ist zu Ohren gekommen, du wärst für dein Alter ein erstaunlich weiser Herrscher in Falkenberg.«

»Zur Zeit bin ich ein Niemand«, gab ich von mir. Mir war nicht danach, Höflichkeiten auszutauschen. Offenbar bemerkte auch Fjelding das, denn natürlich war er über meine Situation und die im Ehernen Reich bestens unterrichtet worden.

»Aber du kannst es jetzt ohnehin nicht ändern«, betonte der König.

»Ich brauche ein schnelles Schiff nach Quainmar, Fjelding!«, sagte ich drängend und setzte nach: »Nein, nicht *ich* brauche es. Vielmehr Lia, die tapfere Elbin, der du und dein Volk eure Genesung zu verdanken habt.«

Der König der Harjenner kratzte sich nachdenklich am Bart und starrte für einen Moment ins nächstgelegene Feuer.

»Ihr bekommt euer Schiff«, meinte er schließlich mit Bestimmtheit. »Du hast völlig recht, mittlerweile sind genug meiner Leute wieder geheilt von der Magie des Elbenprinzen. Es gibt keinen Grund, euch hier länger als nötig festzuhalten. Ihr bekommt die Skrara sowie genügend starke Männer, um sie so schnell wie möglich ans Ziel zu bringen.«

Dann fügte er hinzu: »Und Leonhrak bekommt ihr auch.«

Das war zuviel der Ehre. »Dein Sohn muss uns nicht begleiten, Fjelding. Du wirst ihn hier sicherlich brauchen.«

Der Blick des Königs traf mich. Seine Augen waren grau wie Schiefer und voller Scharfsinn. »Es ist mein Wille, dass er euch begleitet. Nicht nur aus Dankbarkeit für das, was ihr an unserem Volk getan habt. Nein, ich möchte außerdem die Beziehungen zu den Elben verbessern. Zwar schauen wir nicht so abfällig auf sie herab, wie ihr im Ehernen Reich es tut, aber Handelsreisende der Elben verirren sich nur selten zu uns. Ganz zu schweigen davon, dass wir wirklich gerne Freunde dort hätten.«

»Du willst dir Freunde bei den Elben machen?«, fragte ich verwirrt.

»Warum nicht? Diese tapfere kleine Elbin dort«, er zeigte mit dem Finger auf Lia, deren Haar im Tanz zu einem Skaldenlied wirbelte und im Schein des Feuers glänzte, »sie hat ganz allein das Wagnis aufgebracht, dieser schwarzen Magie ihres Bruders zu trotzen. Und zwar nicht, weil sie irgendjemandem von uns etwas schuldig gewesen wäre. Sie schuldet sicher keinem Menschen irgendetwas. Nein, sondern weil sie es schlicht und ergreifend für falsch hielt. Es war Unrecht, was ihr Bruder mit den Nollonin angerichtet hat.«

Daran stimmte jedes Wort. Und ich bewunderte den Mut und den Willen des Königs, diesen Weg zu suchen.

»Die Elben scheinen doch an und für sich gute Herzen zu besitzen«, meinte Fjelding weiter. »Warum sollte ihnen nach all den Jahrzehnten und Jahrhunderten nicht einfach mal jemand die Hand reichen? Es kann nur zu unser aller Vorteil sein.«

Das war wirklich erstaunlich. Und ich hoffte, dass er nicht einfach nur beschwingt vom Glücksrausch der wiedererlangten Jahre war.

»Was geschieht eigentlich mit dem Nollonar, dessen Berührung dein Volk heilt?«, erkundigte ich mich. Ich selbst war unschlüssig, was damit zu tun sei. Vielleicht hatte Fjelding einen Plan.

»Zunächst«, überlegte er, »werde ich das Ding noch einige Wochen unter Bewachung dem Wohl meines Volkes zur Verfügung stellen. Und dann, eines Tages, werde ich befehlen, es weit hinaus auf die Wilde See zu bringen und dort zu versenken.«

»Du willst es vernichten?«, fragte ich erstaunt.

»An was hattest du denn gedacht?«

»Ich habe noch nicht darüber nachgedacht«, gestand ich ehrlich. Momentan hatte ich ganz andere Sorgen, als mir über ein mögliches *Danach* Gedanken zu machen.

»Es ist nur richtig, das nach uns niemand jemals wieder diese Dämonendinger in Gebrauch nehmen kann«, bekräftigte Fjelding sein Ansinnen. »Sollen die Fische der Wilden See sich doch die Köpfe darum einschlagen. Aber um nichts in der Welt will ich riskieren, dass diese Nollonin noch einmal in die falschen Hände geraten.«

Ja, der Gedanke war gut. Wirklich, wirklich gut.

»Das ist ein weiser Schluss«, stimmte ich ihm schließlich zu.

Fjelding nickte zufrieden. »Ich wusste, dass du selbst auch so darüber urteilst. König Aan soll zwar einen grausamen Krieg gegen die Elben geführt haben und er war sicher nicht ohne Fehl. Doch er soll auch ein guter Herrscher für sein Volk gewesen sein. Kann es ein Zufall sein, dass wir beide seine Wahrzeichen bei-«

Er brach abrupt ab, als die Torflügel der großen Halle aufschwangen. Neugierige Blicke hafteten auf dem Neuankömmling.

Im Torbogen stand Brimbart. Seine langen fuchsroten Haare hingen klatschnass an seinem Kopf herunter und seine Tunika hatte dunkle Flecken, wo der Schweiß durch den Stoff drang. Keuchend hielt er einen Augenblick inne, dann setzte er an und rief mit tiefer Stimme etwas, das alle Feierlichkeiten mit einem Donnerschlag zunichte machte.

»Die Riesen kommen!«

Niemals zuvor hatte ich Riesen gesehen. Und wären sie in diesen Tagen nicht so gefährlich gewesen, hätte ich sie wohl mit ähnlich kindlichen Augen betrachtet wie vor vielen Wochen die Mooskinder im Wald Arith. Auch sie wirkten, als seien sie aus der Zeit der Legenden übriggeblieben.

Leonhrak hatte mir erzählt, dass es einige Riesenfamilien gab, die bis vor kurzem auf Jorhammer gelebt hatten. Hier hätten sie abseits der Ortschaften ihre Herden geweidet und wären an und für sich sanftmütige Mitbewohner der großen Insel gewesen. Das Königreich der Riesen hingegen lag auf dem Festland. Den Karten nach zu urteilen befand es sich im Norden etwa auf gleicher Höhe mit Jorhammer, und erstreckte sich über eine hügelige Wiesenlandschaft an der Westküste der Verlorenen Lande. Das Gebiet besaß vielleicht die doppelte Größe Falkenbergs, aber so genau wusste das niemand. Die diplomatischen Beziehungen von Seiten des Ehernen Reiches waren kaum vorhanden und außerdem nahmen es die Riesen mit den Grenzen auch nicht ganz so genau. Weiter hatte Leonhrak mir berichtet, dass Riesen auf den ersten Blick wie grobschlächtige Wilde wirken mochten, doch der Anblick täuschte. Hinter ihrer Fassade versteckte sich ein hochintelligenter Geist.

Als die Riesen allerdings urplötzlich anfingen, gewalttätig zu werden, hatten die Harjenner die Riesenfamilien von der Insel Jorhammer vertreiben müssen, weil die kleineren Dörfer und Ortschaften nicht mehr sicher gewesen waren. Das war geschehen, bevor Linus das Harjenner Reich heimgesucht hatte. Seitdem hatten die Harjenner nur auf die Rache der Riesen gewartet – doch in den letzten Tagen war die stetige Angst vor dem

Angriff der überschwänglichen Freude über die Erlösung von der mächtigen Umklammerung der Nollonin gewichen.

Schnell galoppierten wir in einem kleinen Tross nach Tjaabu. Allen voran König Fjelding, an seinem Waffengurt das Schwert Dramjord, dass sich einst in König Harjenns Besitz befand. Ihm folgte sein Sohn Leondorr. Der jüngere der beiden Brüder hatte ebenso langes schwarzes Haar, wie sein Vater es einst besessen hatte. Er war ein halbes Dutzend Sommer jünger und stürmischer als sein Bruder, aber jene Form von Weitsicht, die einen guten Herrscher oder Kommandant ausmacht, legte auch er bisweilen schon an den Tag. Leider hatte ich bisher wenig Gelegenheit bekommen, mit ihm zu sprechen. Einige Wachen der Harjenner flankierten sie.

Im Anschluss ritten Lemander und ich, ebenfalls geschützt durch kampferprobte Männer. Den Abschluss bildete Leonhrak, an dessen Seite Lia mit wehendem Haar ritt.

Mit kräftigen Hornstößen bahnten uns die Nordmänner eine Passage durch die uns entgegenströmenden Menschen.

Der König legte ein atemberaubendes Tempo vor und ich musste mich stark konzentrieren, um mitzuhalten, denn ich war lange Zeit nicht mehr so schnell geritten. Das Blut pulsierte überall in meinem Körper. Der Himmel kam mir grauer und der Sommer noch kälter vor, als es der Fall war.

Die Straßen und Wege Tjaabus waren lange nicht mehr so überfüllt, wie es noch vor wenigen Tagen der Fall gewesen war. Überall sah ich Männer wie Frauen ihr wichtigstes Hab und Gut auf Planwagen und Ochsenkarren verladen. Die Harjenner verließen die Hafensiedlung beinahe panisch.

Einige Nordmänner unter Waffen nahmen uns in Empfang. Wir banden die Pferde an und ließen einige Wachen zurück, bevor wir den Männern Tjaabus hinaus auf einen der breiten und langen Stege folgten, an dem ein großes Harjenner-Schiff lag.

Die Riesen kamen mit einer Armada auf Jorhammer zu. Der Horizont war bedeckt von grobschlächtigen Schiffen und breiten Flößen jeder Art. Unförmige Segel trieben grob gezimmerte Fortbewegungsmittel langsam auf die Küste zu. Durch ihre schiere Größe waren die Flöße offensichtlich hochseetauglich, auch wenn sie natürlich mit der Geschwindigkeit der Harjenner-Schiffe nicht im Entferntesten mithalten konnten. Schließlich konnte ich auch vereinzelt die Gestalten der Riesen an Bord ausmachen. Noch erkannte ich nichts Genaues, aber sie schienen mir sehr schlank zu sein. Ich hatte mir Riesen stets als sehr große Menschen vorgestellt, aber ihr Körper war für ihre Größe eher feingliedrig. Nun, ich würde sicher bald mehr Riesen aus der Nähe zu sehen bekommen, als mir lieb war.

Mich fröstelte wieder. Hatten Prinz und König vorhin noch versucht, mich aufzumuntern und mir die blasse Laune der Verlorenheit zumindest für den Moment von der Seele zu reden, erstickte das, was ich hier sah, jede Hoffnung im Keim. Eine Gewissheit machte sich leise, aber beharrlich in meinem Verstand breit: Jorhammer könnte der letzte Ort sein, den ich sah, bevor ich die sonnenlose Straße betrat.

»Ich fürchte, wir müssen unseren Ausflug nach Quainmar verschieben«, plapperte Lemander neben mir. Sein unbekümmerter Plauderton ging mir auf die Nerven.

»Das ist nicht komisch«, versetzte ich scharf.

Lemander zuckte die Schultern. »Ich wünschte, das wäre es. Aber ganz ehrlich: Mit allzu schlechter Laune sollten wir das Ganze nicht angehen.«

Ich blickte ihn verständnislos an: »Das Ganze angehen?«

»Ernsthaftigkeit heißt nicht, dass man schlechte Laune haben muss«, meinte er bloß und drehte sich zu König Fjelding um. Hier und dort war Gemurmel unter den Männer zu hören. So tapfer die Nordleute auch waren: Ihnen stand der atemlose Schrecken ins Gesicht geschrieben.

Leonhrak neben mir schnaubte: »Die Riesen sind so anders geworden. Früher waren sie ehrliche, sanftmütige Bewohner ihres Reiches. Ihnen wohnte eine gewisse Herzensruhe inne.«

»Herzensruhe«, wiederholte ich grübelnd. *Herzensruhe*, was für ein schön gewähltes Wort. Es beschrieb gut, wie jemand trotz aller Umstände in sich ruhte und …

… ich stockte. Mein Blick ging zu Lia hinüber.

»Lia?«

Sie sah zu mir herüber.

»Könnte der Begriff *Herzensruhe* vielleicht das bezeichnen, was Linus den Riesen genommen haben könnte?«

Sie antwortete nicht sofort. Ihr vertiefter Blick verriet mir, dass sie über das nachdachte, was ich von mir gegeben hatte.

»Wenn man die Nollonin dazu gebrauchen kann, einem ganzen Volk sein Lebensalter zu nehmen«, sagte sie schließlich, »dann scheint es beinahe so, als könne man einem anderen Volk seine .... Herzensruhe nehmen. Ja, nenn es so. Warum nicht?«

»Es *scheint* nur so?«, vergewisserte ich mich.

»Ich habe keine allzu genaue Kenntnis davon, wie die Nollonin funktionieren, das habe ich dir doch schon gesagt. Aber denkbar ist es meiner Meinung nach.«

Herzensruhe. Herzensruhe. Das ließ mich nicht los. Wenn man die Riesen irgendwie dazu bringen könnte ...

König Fjelding ließ ein langes und tiefes Knurren vernehmen.

»Mein Volk ist immer noch geschwächt – noch längst sind wir nicht alle von dem Fluch geheilt«, presste er zornig hervor. »Doch sie erwischen uns zumindest nicht am absoluten Tiefpunkt unseres Daseins. Wir werden nach jeder noch so kleinen Hoffnung greifen.«

»Sie steuern die Küste weiter im Osten an«, bemerkte Leondorr neben ihm. »Wahrscheinlich rechnen sie mit Widerstand, wenn sie Tjaabu direkt ins Visier nehmen.«

»Wären wir bei voller Stärke, würde ich Tjaabu auch mit dem Blut vieler Männer verteidigen lassen«, entgegnete der König. »Der Hafen ist strategisch zu wichtig. Die Riesen tun also gut daran, nicht direkt hier zu landen. Doch so, wie es im Moment für uns aussieht, werden wir Tjaabu wohl aufgeben müssen.«

Eine Spur von Unglauben spiegelte sich auf dem Gesicht des jüngeren Prinzen wieder. »Aufgeben?«

Fjelding nickte grimmig. »Wenn sie uns wirklich schaden wollen, dann werden sie sehr bald Lukae angreifen, denn nur dort können sie uns schwer und unwiederbringlich treffen. Die Stadt ist gut befestigt. Also werden wir sie mit allen Mitteln halten, die uns zur Verfügung stehen. Wenn wir uns durch unseren Einsatz nur genug Zeit erkaufen können, dann haben wir vielleicht eine Chance – aber dazu, müssen wir den Hafen vorübergehend aufgeben.

Graf Deckard?«

Ich sah verblüfft drein, aber er hatte meine Aufmerksamkeit.

»Ich habe gehört, du seist ein hervorragender Krieger.«

»Er ist schnell mit dem Schwert und hat einen scharfen Verstand«, bestätigte Lemander hastig, bevor ich auch nur ein Wort dazu sagen konnte.

»Gut«, meinte der König. »Dann möchte ich dich bitten, dass du eine Lanze meiner Männer anführst.«

Eine Lanze seiner Männer? Ich schluckte trocken. Ich sollte Verantwortung für einen Teil von König Fjeldings Streitkräften übernehmen?

Was war nur in Lemander gefahren? Manchmal wirkte es beinahe so, als ließ er diejenigen, die ihn umgaben, nach seiner Pfeife tanzen.

Selbstverständlich würde ich Fjelding zusagen – alles andere wäre weder ehrenhaft noch in irgendeiner Form loyal gewesen. Obwohl … war die Flucht aus Anselieth nicht auch weder ehrenhaft noch loyal gewesen? Ich wischte den Gedanken beiseite und Lemander würde ihn womöglich aus mir herausprügeln, wenn ich das Thema noch einmal ansprach.

Es würde also zur Schlacht gegen die Riesen kommen. Und nun war es an mir, einen Teil von Fjeldings Männern in der Schlacht anzuführen. Zwei Dinge mehr, die mir Unbehagen bereiteten.

Mit dem Schrecken in den Gliedern ritten wir zurück nach Lukae. Auf dem Vorhof der Hölzernen Halle versammelte sich auf Geheiß des Königs ein Teil seiner Männer. Es galt, Vorbereitungen zu treffen. Niemand wusste, wie viel Zeit uns bleiben würde, bis die Riesen vor den Toren der Harjenner-Hauptstadt stünden, doch viel konnte es nicht sein. Es waren Aufgaben zu delegieren, Truppen zu ordnen, die Bewachung und Bewaffnung auf den Wällen der Stadt war sicherzustellen.

Der König der Harjenner war eine beeindruckende Erscheinung, als er die Stimme von seinem mächtigen grauen Pferd aus erhob.

»Männer«, rief er und seine Stimme hallte wie das Bellen eines Wolfes über den Hof. Jeder schwieg, nur das unruhige Hufgetrappel der Falben und das Knistern der ersten Fackeln in der Dämmerung waren zu hören. »Uns steht vielleicht der blutigste Tag unserer langen Geschichte bevor. Wir kämpfen gegen einen Feind, der eigentlich nicht unser Feind sein sollte. Aber es ist wohl der Wille des Schicksals, dass die Riesen uns in unserer dunkelsten Stunde mit erhobenen Waffen begegnen. Doch so wahr ich Fjelding heiße und in einer Line mit dem großen König Harjenn stehe …«, er wies mit der Hand auf die innere Stadtmauer hinter sich, »Niemals soll jemand einen Fuß über diese Wälle setzen!

Das Volk der Harjenner kann nur Bestand haben, wenn wir ihn mit unserem Blut erkaufen. Doch wer sein Leben für sein Volk gibt, dem wird in der Ewigen Halle am Ende der sonnenlosen Straße reichlich aufgetischt werden.

Ich frage euch deshalb: Seid ihr bereit, dem Schicksal die Stirn zu bieten?«

Ein hundertstimmiges »Ja!« hallte augenblicklich über den Vorhof der Halle in den Abend hinein, sodass mich eine Gänsehaut überkam.

»Ich frage euch weiter: Seid ihr bereit, alles zu geben, um euer Volk zu schützen?«

»Ja!«

»Wird unser Volk auf dem Antlitz der Welt fortbestehen, bis einst die Sonne aller Zeiten zum letzten Mal hinter dem Horizont versinken wird?«

»Ja!«

»Dann geht hin und fasst euer Herz fest mit der Hand eures Glaubens. Der morgige Sonnenaufgang wird nicht der letzte sein, den unser Volk sieht. Viele Tausend Sonnenaufgänge werden wir noch erblicken.

Aus den Reihen von Fjeldings Männern erhob sich eine einzelne Stimme und krähte nach Leibeskräften. Ich konnte ihren Ursprung nicht ausmachen.

»Lang lebe König Fjelding!«

Doch hundertfach antworteten die Harjenner: »Lang lebe König Fjelding!«

»Auf dann!«, knurrte der König grimmig. »Lasst uns unseren Feinden einen Empfang bereiten, der noch lange besungen werden wird!«

Während sich die Menge verstreute, um eifrig Befehle und Anweisungen entgegenzunehmen, lenkte Fjelding sein Pferd zu Lemander und mir herüber.

»Wie bekämpft man am besten einen Riesen?«, fragte er leise. »Was richtet man gegen eine Kreatur aus, die dreimal so hochgewachsen ist, wie der größte Krieger?«

Das war eine gute Frage. Und sie traf mich hart, denn diese bedächtigen Worte Fjeldings im kleinen Kreis, sprachen davon, dass der König selbst nicht wusste, ob und wie lange, man den Riesen würde standhalten können. Die Zuversicht, die er seinen Männern gegenüber noch ausgestrahlt hatte, war nichts als Fassade.

»Man könnte ihnen etwas Schweres auf den Kopf werfen«, schlug Lemander vor.

»Wie steht es mit Belagerungswaffen?«, wollte er vom König wissen.

Fjelding sah ihn an. Irritation lag in dem Blick.

»Ich weiß nicht, ob die Riesen Belagerungswaffen haben. Verdammt, ich weiß überhaupt nichts von der Kriegskunst der Riesen. Niemand tut das, weil niemand, der noch lebt, jemals einen Krieg gegen die Riesen geführt hat.«

»Nein, Herr. Du missverstehst mich«, schüttelte Lemander den Kopf. »Wie steht es auf unserer Seite mit Belagerungswaffen?«

»Warum fragst du?«

»Wir könnten den zur Halle hin verlaufenden Anstieg der Hügel innerhalb der Stadt nutzen, um aus dem äußeren Ring über den ersten Wall zu schießen. Wenn ein Pfeilhagel die Riesen nur bedingt beeinträchtigen kann, dann müssen wir zusätzlich schwereres Gerät auffahren. Die wuchtigen Steingeschosse eines Tribocks oder die großen Speere einer Balliste müssten in der Lage sein, einen Riesen ernsthaft zu verletzen.«

»Das ist ein guter Einfall«, stimmte Fjelding ihm zu. »Ich werde meine Baumeister beauftragen, alles Belagerungsgerät bis morgen früh aufgestellt zu haben. Unsere Triböcke können bis zu dreihundert Schrittlängen weit schießen, weit genug, um den Vormarsch der Riesen zu beeinträchtigen.«

»Gut«, meinte Lemander weiter. »Testet die Reichweite der Maschinen unbedingt und dann markiert sie mit großen Steinen oder Holzpfählen. Wenn die Riesen die jeweilige Markierung passieren, könnt ihr zuverlässiger auf sie schießen.«

»Woher weißt du so viel über Kriegskunst, alter Mann?«, wollte der König wissen.

Lemander grinste verschmitzt. »Spielt das eine Rolle, solange du davon profitieren kannst, Herr?«

Fjelding legte den Kopf schief.

»Sagen wir einfach, ich bin sehr belesen«, meinte Lemander mit einem vielsagenden Blick.

Zuversicht erhielt wieder Einzug in das Minenspiel des Harjenner Königs.

»Hast du noch etwas für mich und meine Männer?«

»Wenn du mich schon fragst, Herr. Deine Männer sollen in Reichweite eines Bogens ein Geflecht aus dünnen, knietiefen Gräben ziehen und sie mit in Pech getränktem Stroh füllen. Das ist leicht entflammbar. Pechgräben stiften Panik und Verwirrung unter anrückenden Feinden und ich kann mir kaum vorstellen, dass ein Riese immun gegen ein allesverzehrendes Pechfeuer sein könnte.«

»In Ordnung.«

»Und, König?«

»Ja?«

»Bitte sende einige mutige Truppen auf die Straßen hinaus nach Osten. Sie sollen den Strom derer aufhalten, die wegen der Nollonin auf dem Weg nach Lukae sind. Sie dürfen nie und nimmer in die bevorstehende Schlacht geraten. Und …«

»Ja?«

»Gibt es hier in Lukae einen schnellen und zuverlässigen Schmied, Herr?«

Zwar hatte weder der König noch ich irgendeine Vorstellung davon, was Lemander vorhatte, aber der König nannte ihm einen Namen und eine Adresse und ich ließ Lemander gewähren. Stattdessen machte ich mich auf, einem Treffen mit Prinz Leonhrak und einigen der Nordmann-Offiziere beizuwohnen. Später würde ich wohl am sinnvollsten bei der Vermessung der Schussweite der Kriegsgeräte mithelfen. Ich hatte eine ziemlich gute Vorstellung davon, was Lemander beabsichtigte.

Wenig später galt es, mich in der großen Halle abseits des Hauptschiffs einzufinden. An einem eher unscheinbaren Tisch saßen bei Kerzenschein Prinz Leonhrak, sowie Brimbart und zwei weitere, sehr stattliche Nordmänner mit berechnenden Augen. Ihre Namen lauteten Andrak und Behrend und auch sie waren verantwortliche Offiziere.

Schnell und sachlich kamen die Fakten zur Sprache. Wir verfügten über etwa tausendfünfhundert Männer unter Waffen, solchen die schon einmal gedient hatten oder Veteranen. Der jüngere Prinz Leondorr hatte sich umgehend aufgemacht, um in Begleitung eines größeren, handverlesenen Trupps diejenigen zu schützen und zur Umkehr zu bewegen, die von Osten her auf dem Weg nach Lukae waren. Andrak würde das Kommando über alle Männer übernehmen, die keinerlei militärische Ausbildung genossen hatten: alle Handwerker, Händler und Bauern, die in der Stadt zu finden waren. Sie würden in erster Linie zum Pfeilhagel beitragen. Behrend würde die Aufsicht über die Baumeister und Konstrukteure der Ballistik übernehmen und das Kommando über Lemanders Pläne zum Beschuss der Riesen führen. Leonhrak, Brimbart und ich würden die

Wälle und Brecher besetzen und den Riesen nach bestem Vermögen Einhalt gebieten.

Ich wollte mich zusammen mit Behrend auf den Weg zu den Kriegsmaschinen machen, als Leonhrak mir den Weg abschnitt.

»Zuerst«, meinte er in einem Tonfall, der keinen Widerspruch duldete, »wirst du dich in der Rüstkammer ausstatten lassen. Das einzig Kampftaugliche, das du am Körper trägst, ist dieses zugegebenermaßen sehr elegante Schwert.«

Er zeigte mit dem Finger auf Erlenfang, das über meiner Schulter hing.

»Wenn ich dich morgen früh dort draußen erwische, ohne dass du eine Rüstung trägst, die deinem Stand und deinem Rang gerecht wird«, sagte er drohend, »werde ich dir deinen schönen Kopf abreißen.«

»Dann wäre ich dir auch keine Hilfe mehr.«

Doch die Augen des Prinzen strahlten denselben stolzen Grimm aus, der seinen Vater groß vor dem eigenen Volk machte. Und noch mehr …

»Ich werde nicht zulassen, dass unser gemeinsamer Feind dich erwischt.« Und er fügte hinzu: »Bruder!«

Ich legte ihm eine Hand auf die Schulter und peitschte mich mit meinen eigenen Worten an, zu glauben, es läge etwas für mich hinter dem morgigen Tag.

»Ich werde mich von keinem Riesen der Welt plattwalzen lassen«, verkündete ich mit schiefem Lächeln. »Es gibt im Süden tapfere Elben, die unserer Hilfe harren.«

»*Auch hier* gibt es eine Elbin«, ergänzte Leonhrak und starrte an mir vorbei. »Und der sind wir es schuldig, dass wir überleben.«

Ich hatte eine Ahnung davon, was ihn umtrieb und sprach sie aus: »Du bist verliebt in sie, oder?«

Leonhrak sagte eine Weile nichts. Dann schnaubte er und verkündete schroff: »Wir werden es den Riesen schon zeigen. Und anschließend jedem, der es böse meint mit deinem verdammten Ehernen Reich!«

Kapitel 12

Der Größte unter den Riesen

Die Morgendämmerung war bereits in vollem Gange, als Lemander mich weckte.

Ich blinzelte. Die Hölzerne Halle roch nach dem Rauch der Herdfeuer und durch die Abzüge drangen goldene Lichtstrahlen herein.

»Es ist früh am Morgen, Deckard«, grinste er beinahe boshaft. »Heute ist der Tag, an dem Heroen geboren werden. Ich dachte mir, du willst sicherlich keinen Atemzug davon verpassen.«

Ich setzte mich auf, rieb mir die Augen. Ich war auf einer der Bänke in der Hölzernen Halle von Lukae in einen kurzen, traumlosen Schlaf gefallen. Das geschwärzte Kettenhemd aus der Rüstkammer hatte ich zu einem Haufen ineinandergefallener Ringe auf die Bank gelegt. Mit dem sandfarbenen, gepolsterten Gambeson darüber gelegt, hatte es ein beinahe passables Kopfkissen gebildet. Als Decke diente mir mein Umhang.

Lemander streckte mir die Hand entgegen. Doch anstatt mir aufzuhelfen, wie ich zuerst vermutet hatte, drückte er mir ein gefaltetes Stück Papier in die meine und ging seiner Wege. Verdutzt faltete ich es auseinander.

Lieber Deckard,

Es tut mir so leid. Ich würde Dir gern wundervolle Dinge schreiben. Doch jetzt, in den einsamen Stunden der Nacht, in denen ich vor lauter Sorgen nicht schlafen kann, vermag ich Dir nur die schlimmsten zu berichten. Ich hoffe, der Falke trägt sie sicher zu Dir – wo immer Du auch bist.
Mein Vater hat Falkenberg im Norden angegriffen. Ich weiß

nichts Genaueres. Doch sein Handeln scheint eine Spirale der Gewalt nach sich zu ziehen.
Alen Wetmann hat meinem Vater ein Ultimatum gestellt, um seine Truppen zurückzuziehen. Andernfalls kommt es zum Krieg zwischen dem Seenland und Gamar. Auch, wenn Alens erklärte Absicht ist, lediglich die bestehenden Grenzen und Herrschaftsgebiete sichern zu wollen.
Ich kenne meinen Vater nicht mehr, Deckard! Wie konnte er so etwas tun? Der Einfluss dieses Elben muss grässlich sein – und so viele haben darunter zu leiden.
Amondos gewählter Nachfolger als Großmeister des Ordens ist Eklipto von Pantus. Zuvor war er Anführer der berühmten Marschalle aus den Verlorenen Landen. Er drängt mich, in Falkenberg einzugreifen. Ich habe gestern einen Brief an meinen Vater verfasst und ihm die Dringlichkeit bewusst gemacht. Gamar und Gramenfeld besitzen gemeinsam eine furchtbare militärische Stärke – ein Krieg würde so viele Leben kosten, Deckard!
Der Schlaf ist heute nicht gnädig mit mir – vermutlich werde ich hinunter in die Krypten gehen und beten. Zu den Göttern und zu meinen Vorgängern auf dem Ehernen Thron, die nun auf der sonnenlose Straße miteinander wandern. Vielleicht zeigen sie Gnade und gewähren mir eine Eingebung.
Dein Falke braucht so viele Tage hin und zurück. Ich schätze, das heißt, die Welt trennt uns über viele Hundert Meilen. Ich wünschte, es wäre Frieden.
Und ich wünschte, Du wärest hier.

Sanfte Wege!
Ellyn

Ich hätte schreien können. *Meine Heimat! Dieser verdammte Hurensohn von einem Grafen, Serion, wagte es doch tatsächlich, meine Heimat mit Krieg zu überziehen!* Und wer wusste, was alles geschehen war, während Airi mit dem Brief unterwegs gewesen war?

Draußen erklangen lange Hornstöße.

Verflucht! Nicht mal mehr Zeit, um eine einzige Zeile zu schreiben, hatte ich. Ich warf hastig Gambeson und Kettenhemd über und schwang Erlenfang über den Rücken. Meine Schulterplatten schnappte ich mir an den Riemen. Dann hastete ich hinaus.

Auf dem Vorhof der Halle traf ich gleichzeitig mit Fjelding und Leonhrak ein. Beide trugen sie Rüstungen aus gebläutem Stahl. Die Rüstung des Königs hatte kunstvolle Ränder aus einer goldenen Legierung. Worte und Sätze aus Runen – die Schriftzeichen der Harjenner – waren darin eingraviert.

»Was gibt es?«, fragte der König eine seiner Wachen.

»Herr, der König der Riesen kommt zu Verhandlungen.«

»Zu Verhandlungen?«, rief Leonhrak verblüfft und ärgerlich zugleich. »Was gibt es zu verhandeln?«

»Das wurde nicht gesagt«, bedauerte der Wachmann.

Ohne, dass sein Ärger verflogen wäre, drehte sich Leonhrak zu mir um, als ich eintraf und musterte mein Kettenhemd.

»Na ja«, sagte er missmutig. »Besser als mit freiem Oberkörper in die Schlacht zu ziehen. Aber besorg dir einen verdammten Helm, Deckard!«

Hastig folgten wir dem Wachmann den inneren Wall hinauf und begaben uns auf einen der Brecher. Von dort aus schritten wir über den äußeren Wall hinweg. Der bestimmt fünfzehn Schrittlängen hohe Brecher ragte vielleicht sechs oder sieben Dutzend Schrittlängen über das Stadtgebiet hinaus.

Es war zum hoffnungslosen Erbleichen. Unten stand eine Abgesandtschaft aus Riesen, die ihren König Ruhman eskortierte. Und hinter ihnen bevölkerten Scharen von ihnen den Horizont. Ich konnte unmöglich einschätzen, wie viele es waren. Doch der Blick auf die Hafensiedlung Tjaabu war vollkommen verstellt. Sie führten dunkelrot gefärbte Banner, deren Zeichen oder Wappen man aus der immensen Entfernung noch nicht erkennen konnte. Konturen von größeren Konstruktionen waren auszumachen, vermutlich Belagerungsgerät.

Mein Blick fiel wieder auf die Abgesandtschaft und den König der Riesen. Ja, sie sahen im Grunde aus wie große Menschen, wenn man so wollte. Dennoch gab es eklatante Unterschiede. Der markanteste war wahrscheinlich ihre Haut. Sie war grau, schimmerte vielleicht etwas ins Bläuliche hinein und wirkte erheblich dicker als Menschenhaut. Auch der Körperbau der Riesen unterschied sich dezent vom menschlichen. Vor allem waren sie für ihre Größe von vier bis fünf Schrittlängen relativ schlank, und in der Proportion waren ihre Arme dünner und länger. Dennoch waren es alles in allem gewaltige Wesen, die wirkten, als könnten sie junge Bäume wie lange Grashalme pflücken.

Gekleidet waren sie vorwiegend in Felle. Ihre Arme und Teile ihrer Oberkörper waren unbedeckt, wichtige Stellen wurden von groben Rüstungsteilen aus Metall oder Knochen geschützt.

In der Mitte der vielleicht zwanzig Gestalten stand der Herrscher der Riesen: König Ruhman. Er überragte seine Männer noch einmal um eine Schrittlänge und war auch erheblich breiter gebaut. Eine wirklich mächtige Erscheinung! Sein Helm war mit riesigen Hörnern bestückt – vielleicht von den Auerochsen, die dem Vernehmen nach im Riesenreich lebten. Große Tierschädel dienten ihm als Schulterplatten und an einem breiten Ledergürtel hing ein Schwert, so groß wie ein Mann. Von den übrigen Riesen hatten nur wenige Schwerter. Die meisten von ihnen waren mit kunstvoll verzierten Keulen oder riesigen, zweischneidigen Äxten bewaffnet, deren Axtblätter groß wie Fassdeckel waren.

»Fjelding!«, dröhnte die Stimme des Riesenkönigs tief und volltönend über die Ebene. In seinen Augen lag ein rötlicher Schimmer, ein irrer Glanz ging von ihnen aus.

»Hier bin ich«, rief der König der Harjenner als Antwort hinunter. »Warum bedrängst du mein Land, Ruhman?«

Der Riese bellte lachend – und sehr, sehr bitter.

»Fjelding, Fjelding«, ließ er schließlich tadelnd vernehmen. »Du hast mein Volk aus deinem Land gejagt, hast sie verfolgt und geächtet.«

»Unsinn!«, entgegnete Fjelding. »Deine Artgenossen haben

angefangen, sich wie marodierende Irre aufzuführen. Sie haben die Herden der Bauern abgeschlachtet und halbe Dörfer in Schutt und Asche gelegt. Wir haben all die Jahrhunderte friedlich nebeneinander gelebt. Sag mir, Ruhman, was haben wir euch getan, dass wir das hier verdienen?«

»Du hast mein Volk von dieser Insel vertrieben«, antwortete der Riesenkönig, als ob er kaum zugehört hätte. »Und es gibt nur einen Weg, dies zu sühnen: Wir werden eure große Stadt nehmen und aus ihr die gewaltigste Festung meines Volkes bauen, die man in Dorn je gesehen hat. Und es wird den Menschen zum Zeichen gemahnen, meinem Volk nie wieder ein Leid anzutun.«

»Hör mich doch an!«, schrie Fjelding außer sich. »Gerne dürft ihr euch wieder auf Jorhammer niederlassen. Ihr dürft euch eine Festung bauen, sogar eine ganze Stadt, wenn es sein muss. Aber weder an diesem Ort, noch zu Lasten meines Volkes. Halte deine Riesen in Zaum, Ruhman, dann werden wir friedlich nebeneinander leben wie in alten Zeiten!«

»Lügner!«, bellte Ruhman. »Der Elb hat deine Heuchelei kommen sehen und mich davor gewarnt, Fjelding. Ich war hier, um dir und den Deinen eine letzte Chance zu geben, eure Stadt aus Holz lebend zu verlassen. Also frage ich dich: Wirst du uns Lukae überlassen, auf dass wir deine hölzerne Halle bewohnen und aus ihr die prächtigste aller Burgen bauen werden?«

Es wurde still um uns, während Fjelding zögerte. Der Wind pfiff über die Ebene. Am Horizont lauerte das Verderben.

Der *Elb*! Ruhman hatte den Elb erwähnt! Die Spur von Linus' Verderbtheit führte in der Tat von den Riesen bis hierher in den Norden. Von den Riesen, die dort standen, war niemand mit etwas beseelt, was man *Herzensruhe* hätte nennen können.

»Nein, Ruhman«, sagte Fjelding schließlich laut und vernehmlich. »Niemals werden wir dir den Stolz unseres Volkes einfach überlassen. Wenn du dich wirklich auf ein Kräftemessen mit den Harjennern einlassen willst, dann trauert meine Seele schon jetzt um all die Toten unserer Völker. Aber so sei es.«

»Also gut«, knurrte der Riesenkönig. »Ich habe dich gewarnt. Dann wirst du auch keine Chance bekommen, dein Volk in Sicherheit zu bringen! Wir werden dich und die Deinen blutig büßen lassen für euren Verrat.«

Er bellte etwas in der Sprache der Riesen und seine Männer eskortierten ihn zurück zu der gewaltigen Armee. Wieder ließen sie ihre großen Hörner erklingen.

Fjelding blieb einen Moment lang mit beinahe demütig gesenktem Haupt an der Brüstung stehen. Dann schlug er mit der Faust gegen das Tannenholz. Blut quoll aus seinen Knöcheln hervor.

»Wir können dein Volk immer noch in Sicherheit bringen«, gab ich Fjelding zu bedenken.

Der fuhr herum. »Hast du das Feuer des Wahnsinns gesehen, dass in Ruhmans Augen loderte?«

Ja, das hatte ich, sagte dazu aber nichts.

»Dann wirst du mir sicher zustimmen, wenn ich sage, dass wir nirgends sicher sein werden. Selbst wenn wir Lukae räumen.«

Ich senkte den Blick. »Also sitzen wir hier fest?«

Fjelding nickte entschlossen.

Ich ergänzte: »Dann ist das hier wirklich das letzte Gefecht der Harjenner?«

»Oder das der Riesen«, presste er zwischen den Zähnen hervor. »Sei es das Volk der Riesen oder das Volk der Harjenner. Am Ende dieses Tages wird nur eines vor dem Antlitz der Welt bestehen!«

Bitter hing der Geschmack von Verzweifelung in der Luft. Wind und dunkle Wolken kamen auf. Dieser Sommer war eisern.

Als wir auf den Vorhof zurückkamen, ließ ich einen Jungen laufen und mir einen Helm aus der Rüstkammer bringen. Andrak trat uns entgegen.

»Mach deine Männer bereit«, befahl König Fjelding. »Es geht los.«

Lemander kam aus dem Haupttor der Halle geeilt. Er hatte eine Waffe in der Hand, die wie eine Mischung aus Speer und

Schwert wirkte. Ein langer Schaft, der ihm bestimmt bis zu den Schultern reichte, mündete in eine scharfe Klinge, die auch ein Breitschwert hätte zieren können.

»Was soll denn das sein?«, murmelte ich nur zur Hälfte anwesend.

»Ach, das ist eine Idee für eine Waffe, die ich aus Lao im fernen Osten mitgebracht habe«, erklärte er schulterzuckend. »Was gibt es Neues von den Riesen?«

»Sie wollen Lukae einnehmen und aus der Stadt eine Riesenfestung erbauen«, verkündete ich trist. »Linus erwähnten auch sie.«

Lemander nickte knapp. »Und jetzt?«

»Überleben?«, war mein Vorschlag und ich biss mir auf die Lippen, als ich merkte, wie sarkastisch es daherkam.

»Die Nordmänner haben keine Pechgräben mehr gezogen«, murmelte Lemander mit gerunzelter Stirn.

»Wieso nicht?«

»Niemand hatte Zeit dafür.«

Eine Stimme sprach von hinten zu uns.

»Wir müssen also tatsächlich kämpfen?«

Lemander und ich drehten uns um. Dort stand Lia. Ihr Äußeres zeugte deutlich davon, dass sie nicht wie die Frauen und Kinder der Harjenner Zuflucht in der großen Halle finden würde. Sie hatte Jagdkleidung an. Ähnlich jenen Sachen, die sie aus der Hinterlassenschaft meiner Mutter erhalten hatte, nur aus dickerem Stoff und mit wulstigen Nähten, wie sie für die Harjenner Kleidung üblich waren. Am Oberkörper trug sie über einem grünen Hemd einen Panzer aus gehärteten Lederschuppen, sowie dazu passende Schulterstücke und Unterarmschienen. Zwei lange, breite Messer hingen an Scheiden links und rechts an ihrem Gürtel und in der rechten Hand hielt sie einen schlanken Speer.

»Ich hatte gehofft, es würde nicht dazu kommen«, ergänzte sie beinahe niedergeschlagen. »Können wir nicht die Nollonin zu den Riesen bringen und sie von Linus' Fluch erlösen?«

Ich seufzte. »Wenn du mir verrätst, wie das funktionieren

soll, dann ja. Ich habe den Wahn in König Ruhmans Augen blitzen sehen.«

»Er müsste es sein, der den richtigen Nollonar zuerst berührt«, stimmte Lemander mir zu. »Und so leid es mir tut, aber ich sehe nicht, wie wir das bewerkstelligen können.«

»Wir könnten ihn zu Verhandlungen bitten«, warf Lia ein.

Doch ich schüttelte bedauernd den Kopf. »Du hast ihn nicht gesehen. Er ist zu keinem klaren Gedanken mehr fähig. Er hört einem ja noch nicht einmal zu.«

»Und wenn er später noch einmal zu Verhandlungen bittet?«

In meinem Blick musste etwas Flehendes gelegen haben. »Ich hoffe inständig, dass er das tut.«

»Und falls nicht?«

Behutsam legte Lemander ihr die Hand auf die Schulter. »Lass uns hoffen, Lia.

»Und überleben«, nickte ich missmutig.

Lemander lächelte. »Wie's aussieht brauche ich mir wenig Sorgen um meine Haut zu machen, solange ich in der Nähe unserer Kriegerprinzessin bleibe.«

Womit er nicht ganz Unrecht haben dürfte, spukte es mir durch den Kopf. Ich hatte gesehen, wie Linus sich im Kampf bewegte. Wenn sie auch nur halb so geschickt war wie ihr Bruder, dann musste ich mir wenig Sorgen um sie machen. Dennoch war ich offengestanden überrascht, sie in solch kriegerischer Kluft zu sehen. Doch es war besser, als sie verängstigt in einer Ecke kauernd zu wissen.

Kurze Zeit später zog ich mich mit den anderen Offizieren zu einer kurzen Beratung zurück, dann war es soweit. Leonhrak und ich teilten die Abschnitte des äußeren Walls unter uns auf, während Brimbart und Fjelding mit ihren Leuten als Verstärkung auf dem inneren Wall postierten. Sie würden uns den Rücken decken und Verwundete ersetzen. Lemander und Lia bat ich, sich fürs erste Brimbart anzuschließen.

Andrak hatte über Nacht Unmengen an Bögen und Kurzschwertern unter seinen Leuten verteilt. Wir hofften, dass ein

Pfeilhagel auf die Riesen wenigstens einen kleinen Effekt haben würde.

Auf dem Vorhof der Halle kamen die Männer schließlich zusammen.

»Harjenner«, brüllte Fjelding über das sorgenvolle Gemurmel hinweg. Langgezogen und deutlich wie ein Hornstoß: »Harjenner!«

Das Stimmgewirr wurde leiser, verstummte aber nicht gänzlich.

»Heute ist der Tag, da unser Volk am Scheideweg steht. Ihr folgt mir in die Schlacht! Ihr folgt euren Befehlshabern in die Schlacht! Und hier an unserer Seite steht der Markgraf Deckard von Falkenberg und seine Klinge Erlenfang, die einst dem großen König Aan gehörte. Auch er wird euch tapfer und weise durch diesen Sturm führen.«

Die Männer jubelten mir zu, doch es zog wie durch einen Schleier an mir vorbei. König Aans Schwert? Ich wusste, das Fjelding zu seinem persönlichen Vergnügen manchmal historische Studien betrieb. Aber König Aans Schwert? Er musste es doch eigentlich besser wissen: Aans Schwert hatte den Namen Navriel getragen und war …

Doch ich vertagte den Gedanken, als mir etwas anderes in den Sinn kam: Möglicherweise versuchte Fjelding seinen Männern Mut zu machen. Und wenn man ein legendäres Schwert an seiner Seite wusste, konnte das beflügeln.

»Streitet für euer Volk! Streitet dafür, dass unser Stern am Himmel der Völker nicht erlöschen wird! Nicht heute!«

Jubel brandete auf, die Männer reckten ihre Waffen in die Höhe und klopften sich gegenseitig auf die Schultern, um sich Mut zu machen und sich anzutreiben.

König Fjelding reckte sein Schwert Dramjord in die Höhe.

»Harjenn!«, rief er so kräftig er konnte über die Köpfe seiner Männer hinweg den Namen ihres Gründerkönigs. »Harjenn!«

Und ein Chor aus über zweitausend Männern stimmte mit Gebrüll in den Ruf ein.

»Harjenn!«, klang es schallend. Und auch ich rief den Namen

des Königs, dessen Volk ich mit meinem Leben verteidigen würde.

Dann schwärmten die Männer unter Leonhraks und meinem Kommando auf die Wälle aus. Der Marsch den Männern voran, bis ganz nach außen auf den Brecher kam mir vor wie der längste Weg meines Lebens. Ich hörte jeden Herzschlag, jeden Atemzug, jedes Scheppern meiner Schulterplatten gegen das Kettenhemd. Ich spürte meinen Helm schwer auf meiner gepolsterten Bundhaube lasten und das Lederband unter meinem Kinn scheuern.

Schließlich stand ich dort, an der Stelle, die am weitesten über den äußeren Wall hinausragte, den Wind im Gesicht. In der Ferne konnte ich die Riesen sehen, wie sie sich formierten. Es war, wie ich befürchtet hatte: Die Riesen waren uns Zahlenmäßig überlegen. Und ich hatte das beunruhigende Gefühl, dass ein Riese mehr als einen Harjenner aufwog. Die Wälle Lukaes waren unsere einzige Chance.

Eine Weile standen wir dort oben. Angestrengt, wachsam, wissend, dass jeder Fehler unser letzter sein konnte. Ich stand auf dem Brecher, der südlich des Tores in die Ebene hinausragte und konnte Leonhrak sehen, der auf dem Brecher nördlich des Tores an gleicher Stelle stand. Sollten es die Riesen auf das dicke Holztor abgesehen haben, hätten wie sie in der Zange, um sie von oben zu bekämpfen.

Dann erklangen die tiefen Hörner der Riesen erneut. Diesmal wurden es mehr und mehr, bis ein vielstimmiges Brummen über der Armee stand. Sie formierten sich ein letztes Mal, bildeten mehrere Regimenter aus. Dann setzten sie sich in Bewegung und nahmen den Marsch in Richtung Lukae auf.

Als die Hörner der Riesen verstummt waren, veränderte sich die Geräuschkulisse. Zwar umfing uns keine Stille, aber eine eigenartige Ruhe kehrte über dem Schlachtfeld ein. Es gab nichts außer dem Wind zu hören und dem unheimlichen Stampfen der grauen Masse, die sich langsam aber unaufhaltsam auf uns zuschob.

Einer der Männer stimmte ein Lied an.

In der Stille über allen Feldern
Ist's ein Wind, der braust und fegt
Er ist der letzte klare Odem
Der sich weit und breit noch regt

Und sein Brausen ist sein lautes Klagen
Über allen Schmerz der quält
Wenn trauernd über allen Feldern
Er die Zahl der Toten zählt

Nach und nach fielen die meisten Männer mit tiefen Stimmen ein, sodass die Wälle Lukaes in dem Grollen versunken waren, das das Lied heraufbeschworen hatte. Eine Gänsehaut zog sich über meinen Rücken hinauf bis in meine Haarspitzen. Leonhrak drüben auf dem anderen Brecher begann mit dem Schwert auf seinen Rundschild zu schlagen und nach und nach fielen alle Schildträger der Harjenner ein.

Dann erreichten die Riesen die erste der Markierungen auf der Ebene. Es war, als hielte die Welt für einen Augenblick den Atem an und dann …

»Los!«, gab Behrend den Befehl für die Tribôcke frei. Es ratterte und ächzte, als die Wurfmaschinen ihre tödliche Ladung in Bewegung setzten. Schwere Felsbrocken und Gefäße mit brennendem Tran flogen in hohem Bogen einige Hundert Schrittlängen weit und krachten donnernd in die Heerscharen der Riesen.

Tiefes, wütendes Gebrüll erhob sich auf der Ebene. Einige der großen Gestalten fielen, doch bei Weitem nicht genug. Die Flächenwirkung der Geschosse war zu gering. Die große Masse bewegte sich weiter unablässig auf uns zu.

Rasant passierten die Riesen eine Markierung nach der nächsten und waren viel zu schnell schon an der letzten, womit sie nahe genug für Andraks Bogenschützen waren. Pfeilhagel um Pfeilhagel prasselte zischend auf sie nieder und tatsächlich gingen einige von ihnen darunter zu Boden. Aber die meisten Treffer konnten der Masse der Riesen nicht viel anhaben – sie waren zwar schmerzhaft, aber nicht tödlich. Nichts konnte die gigantische Armee ins Stocken bringen.

Dann konterten die Riesen. Mit großen Stabschleudern verschossen sie Steine, so groß wie Menschenfäuste. Die meisten prasselten mit heftigen, dumpfen Aufschlägen gegen den Wall und seine Zinnen aus Holz, hinter denen wir Deckung suchten. Aber einige der Steine fanden ihr Ziel. Kaum eine Handvoll Schrittlängen neben mir klatschte ein Stein gegen den Helm eines jungen Harjenner Wachmanns. Es gab ein Geräusch, als hätte jemand auf einen gefüllten Kessel geschlagen und das Gesicht des Mannes explodierte in einer blutigen Wolke. Der Schrecken der Schlacht hatte endgültig auf den Wällen Lukaes Einzug gehalten. Schreie von Schmerz und Entsetzen waren jetzt immer und immer häufiger zu vernehmen.

Ich lehnte mit dem Rücken an einer der mächtigen hölzernen Zinnen. Lautes Hämmern und Vibrieren im Rücken verrieten mir jeden Einschlag eines der geschleuderten Steine. Als der lautstarke Geschosshagel nachließ, lugte ich seitlich an der Zinne hervor, um herauszufinden, was vor sich ging.

Die ersten gewaltigen Leitern hatten die Nähe der Wälle erreicht. Sie hatten Holme, die aus ganzen Baumstämmen gemacht schienen. Die Riesen stemmten sie hoch und schon fielen einige von ihnen krachend mit den oberen Enden gegen Brüstung und Zinnen. Jede Leiter war so schwer, dass sie ihrerseits ein kleines Beben heraufbeschwor.

Ich deutete mit Erlenfang auf die Enden der Holme und brüllte über den Lärm hinweg: »Werft sie um! Werft sie um!«

Kräftige Harjenner stemmten sich gegen die Holme und versuchten sie teils mit den Händen, teils mit Hilfe von Forken wieder umzustoßen. Ich legte selbst Hand an die Leiter, die mir am nächsten stand. Doch diese Leitern erwiesen sich als viel zu schwer – sie umzustoßen war nur bedingt und nur unter absurd hohem Kraftaufwand zu bewerkstelligen. Mit unserer Leiter gelang es schließlich nach immenser Anstrengung. Die nächste, die mir in den Blick geriet, war bereits von zwei mächtigen Riesen besetzt, deren zusätzliches Gewicht es den Männern unmöglich machte, sie noch zu kippen. Ich machte mich drängelnd auf den Weg dorthin.

Verdammt! Ich hätte gerne befohlen, die Leitern mit Öl zu tränken und anzuzünden – doch wir saßen in einer gewaltigen Festung aus Holz. Wenn wir hier Öl in Brand setzten, liefen wir Gefahr, die eigenen Befestigungsanlagen dem Feuer preiszugeben.

»Öl!«, schrie ich wie wild den Befehl. »Bringt Öl her!«

Trotzdem! Öl allein war vielleicht schon die Lösung. Wenn wir die schweren Leitern schon nicht kippen oder gar abbrennen konnten, dann konnten wir sie wenigstens so rutschig wie nur möglich machen.

Der nackte graue Oberkörper eines Riesen lugte am oberen Ende der Leiter empor. Er hatte eine schwere, verzierte Keule in der Rechten und schlug damit gewaltsam zwischen zwei Zinnen. Er traf einen Mann damit, der brach wie ein morscher Ast. Wieder holte der Riese aus, doch diesmal ging seine Keule ins Leere. Ich steckte Erlenfang zurück in die Scheide und riss einen Spieß aus einem der Waffenständer. Mittlerweile erreichten auch anderenorts die ersten Riesen die Enden der Leitern. Ich warf mich gegen die Zinne und wartete. Wuchtig schmetterte die Keule auf den Wehrgang eine halbe Schrittlänge neben mir und ließ Holzsplitter fliegen. Postwendend stach ich mit voller Kraft zu und trieb den Spieß in den Ellenbogen des Riesen und durch seinen Arm hindurch. Ein elendes Heulen ertönte, während der Arm zurückschnellte und ich von den Beinen gerissen wurde. Doch ein weiterer Harjenner hatte bereits die Initiative ergriffen und dem Riesen seinerseits einen langen Speer tief in die ungeschützte Kehle gebohrt. Warmes Blut, so tiefrot wie das eines Menschen, prasselte auf ihn herab, während der Schrei des Riesen in einem schauerlichen Gurgeln erstickte und seine mächtige Gestalt hintenüber von der Baumstammleiter kippte.

Ich sah Fäuste, die gen Himmel gereckt wurden, schüttelte mich und raffte mich hoch. Dies würde nicht die einzige Kreatur bleiben, die heute ihr Leben ließ.

»Kämpft!«, stachelte ich meine Männer mit lauter und rauer

Stimme an. »Kämpft für eure Familien! Sie werden sterben, wenn die Riesen diese Wälle nehmen!«

Es waren Floskeln, doch die Emotionen dahinter waren ungebremst. Und ich merkte, wie es die Harjenner, die mich hörten, anstachelte. Darum ging es schließlich: Ein Signal auszusenden.

Wieder tauchte ein Riesenkopf über den Zinnen auf.

»Sie dürfen die Wehrgänge niemals erreichen!«

Rechts von mir erschien ebenfalls ein kletternder Riese. Ich hieb mit aller Gewalt nach seiner Hand, als er sich auf einer der Zinnen abstützte. Blut spritzte, und ein Finger so dick wie ein Speerschaft fiel zu Boden. Der Riese brüllte vor Wut und Schmerz und ich schaffte es nicht, dem Ruck seines Armes auszuweichen – Rückwärts wurde ich in eine Traube eifriger Nordmänner geschleudert und warf sie zu Boden. Mir blieb die Luft weg. Verzweifelt versuchte ich zu atmen, besann mich, riss die Arme hoch. Kühle Sommerluft strömte in meine Lungen. Stöhnend rollte ich mich zur Seite und stützte mich auf den Händen ab, schnaufte hart. Meine Brust schmerzte von dem Schlag und Blut tropfte von meiner Lippe. Ich stemmte mich hoch, keuchte, sammelte mich kurz. Dann fasste ich den nächsten Riesen in den Blick, biss die Zähne zusammen und stürmte an allen Männern vorbei auf ihn zu. Pures Glück verhinderte, dass seine Keule mich hinwegfegte wie ein Spielzeug, doch der Riese hatte damit seine Deckung geöffnet. Ich nahm allen Schwung mit, sprang und stieß ihm Erlenfang mit einem lauten Knacken durch das weiche Gelenk seiner Leisten bis zur Parierstange in den Leib. Jemand packte mich von hinten und zog mich zurück von der Zinne, damit ich nicht mit hinabgerissen wurde, als der gewaltige Hüne stumm vor Schreck von der Leiter den Wall hinunterstürzte. Frisches Blut spritzte mir ins Gesicht, als Erlenfang aus dem Riesenkörper glitt. Ich stand auf der Zinne und riss Erlenfang für jeden sichtbar in die Höhe. Glänzendes Rot tropfte vom Schwert. Es würde jeden Harjenner beflügeln, wenn er sah, dass ein einzelner Mann einen Riesen eigenhändig auf die sonnenlose Straße schicken konnte.

»Kommt schon!«, schrie ich den Riesen entgegen wie im Rausch. »Kommt schon!«

Der nächste Riese hatte die Leiter zur Hälfte erklommen und wollte mit dem Ergreifen der nächsten Sprosse zum Schlag ausholen. Geistesgegenwärtig trat ich mit Wucht nach seiner Keule, ging in die Hocke und stieß mit meinem schlanken Schwert nach seinem Gesicht. Ich traf ihn mit Erlenfangs Spitze an der Stirn. Der Schnitt war zwar nicht tödlich, aber reflexartig ruckte der Riese mit Kopf und Oberkörper vor der Klinge zurück und verlor den Halt auf den öligen Sprossen. Schwer fiel er nach unten und riss seinen Kampfgenossen unter ihm auf der Leiter mit sich. Polternd und mit aller Wucht prallten sie auf dem Erdboden vor dem Wall auf. Ich sprang von der Zinne und schob mit aller Kraft am rechten Holm der schweren Leiter – sofort kamen mir ein halbes Dutzend Harjenner zur Hilfe und endlich, bevor die Riesen sie wieder bemannt hatten, bewegte sich das schwere Gerät und kippte hintenüber. Das reine Gewicht der Leiter reichte aus, um sie mit einem Krachen in ihre Einzelteile zerbersten zu lassen, als ihr oberes Ende auf der Ebene aufkam.

Grimm benebelte meinen Blick. Wie ein Berserker begann ich, mit allem, was ich fand auf weitere Riesen einzuschlagen. Die Männer um mich herum hatte mein Elan angesteckt. Überall wo ich hinblickte, wurde die Riesen vom Erobern der Wälle ferngehalten.

Unnachgiebig ging der Kampf weiter. Stunde um Stunde stürzten wir die Riesen von den Wällen. Der Kraftaufwand, den jeder dazu aufwenden musste, war gewaltig. Aber wir hielten stand. Weiter, weiter, immer weiter. Jedes Mal, wenn ich wieder ein Podest zur Aussicht erklomm, um mir einen Überblick über das Geschehen zu verschaffen, wurde ich darin bestätigt, dass auch auf allen anderen Brechern und entlang der Wallabschnitte dazwischen die Riesen an keiner Stelle auf den Wällen Fuß gefasst hatten.

Schließlich, als die Sonne ihren Zenit lange überschritten hatte, begannen die Bemühungen der Riesen abzuebben. Ihre

Versuche, die Wälle Lukaes mit Leitern zu erklimmen, waren vorerst gescheitert. Stattdessen zogen sie sich hinter eine Linie aus Schilden zurück, die ihre Nachhut aufgebaut hatte, und die durch Tierhäute und Flechtwerk, die zwischen Pfähle gespannt waren, verstärkt wurde. Hinter diesem errichteten Wall waren die Riesen vor den Pfeilen der Harjenner sicher und dennoch nahe genug an den Wällen, um von unseren Katapulten und Triböcken keinen Beschuss befürchten zu müssen.

Zwar wirkten die Riesen wie viel zu groß geratene Wilde, doch führten sie einen erschreckend organisierten Krieg. Während uns die erste Streitmacht also auf Abstand umzingelt hatte, begann vielleicht eine knappe Meile hinter dem Wall das Lager der Riesen. Die aus gegerbten Tierhäuten gebaute Zeltstadt war im Laufe des Vormittags errichtet worden, während der erste Teil der Riesenstreitmacht uns beschäftigt hatte. Die Zelte standen viel zu weit entfernt, um von uns beschossen zu werden.

Behrend und seine Ingenieure hatten in der Zwischenzeit die Versorgung unserer Truppen übernommen. Große Kessel und Fässer mit Trinkwasser wurden auf Wall und Brecher geschafft. Man kümmerte sich um die Toten und Verwundeten, die man in die Heilhäuser und Lazarette unten in der Stadt brachte. Oder aufs Totenfeld.

Besorgt beobachtete ich die Riesen. Ich hatte den Helm vom Kopf genommen und rieb mir den Nacken. Jeder Knochen im Leib tat mir weh. Mein Körper war unter dem Kettenhemd übersät mit blauen Flecken. Eine Mischung aus Schweiß und Blut – das von Riesen als auch das von Menschen – durchtränkte meine Rüstung und Kleidung. Jemand reichte mir eine große Kelle mit Wasser, die ich so hastig trank, dass ich zu husten begann. Dann strich ich mir die schweißnassen, dunklen Haare aus dem Gesicht und machte mich ächzend auf den Weg zum Tor. Leonhrak hatte mir durch das Winken einer blau gefärbten Flagge signalisiert, dass wir uns zur Besprechung treffen sollten. Ich stimmte dem vorbehaltlos zu.

Als ich über dem Tor eintraf fielen Leonhrak und ich uns in

die Arme. Mein Bruder im Geiste sah nicht viel besser aus als ich, aber auch ihm schien glücklicherweise nichts Ernsthaftes widerfahren zu sein.

»Sie ändern ihre Taktik«, schnaufte ich völlig geschafft.

»Ja«, meinte Leonhrak mit Sorgenfalten auf der Stirn. »Oder sie sammeln lediglich ihre Kräfte. Das ist ein gut organisierter Angriff, Deckard. Sie scheinen zu wissen, dass sie den längeren Atem haben.«

Dann hob er winkend die Hand. Ich sah über die Schulter, wem der Gruß galt. Andrak, Brimbart und König Fjelding stießen auf dem Wall zu uns. Gekämpft hatte von ihnen bisher nur Andrak, doch der war zwar verschwitzt, aber nicht wie wir mit Blut besudelt – hatte er doch in erster Linie Bogenschützen und Fernkämpfer unter seinem Kommando.

Fjelding umarmte seinen Sohn. »Bei Wahyrras Bart, euch ist nichts zugestoßen!«

Sie klopften einander auf die Schultern.

»Die Wäscherinnen werden mich verfluchen«, grinste Leonhrak.

Doch der König ging nicht darauf ein. »Wie steht es um die Männer? Brauchen eure Bataillone eine Pause?«

Leonhrak und ich tauschten einen ernsten Blick aus.

»Eine Pause brauchen wir alle«, meinte er. »Aber ich halte es für sinnvoll, wenn wir bis zum Abend weiterkämpfen. Wenn es so weiterläuft, halten wir ihnen bis dahin stand.«

»Völlig richtig«, pflichtete ich ihm bei. »Wenn wir wissen, dass wir noch einmal so viele ausgeruhte Männer in der Hinterhand haben, halten wir durch. Schont die frischen Kräfte, so lange es eben geht!«

»Also gut«, nickte Fjelding. Es war kein falsches Heroentum in seinem Blick erkennbar, nur kühle Berechnung, wie er diese Schlacht zu Gunsten seines Volkes wenden konnte. »Wie sieht es mit Gefallenen aus?«

»Ich habe noch keine genauen Informationen einholen lassen. Ich würde schätzen, ich habe in meinen Reihen drei Dutzend Tote und ebenso viele Verletzte.«

Es war so bitter, wenn das Leben eines Menschen nicht mehr war als eine Zahl. Ich schloss die Augen und ging durch, was ich gesehen oder gehört hatte in den letzten Stunden. Dann gab auch ich eine Schätzung ab: »Etwa dasselbe Bild bei mir. Etwas mehr Verwundete vielleicht.«

Betretenes Schweigen breitete sich unter uns aus.

»Wahyrra möge ihren Seelen gnädig sein«, murmelte Andrak in seinem Bart.

»Alle Götter mögen ihren Seelen gnädig sein!«, ergänzte Leonhrak mit Blick auf mich. »Egal, ob unsere Gottheiten, die des Ehernen Reiches oder der Elben. Ihren Segen können wir alle mehr als gut gebrauchen!«

Die Runde stimmte brummend zu.

»Also dann«, sagte Fjelding schweren Herzens. »Bisher haben die Riesen sich nicht in ihr Lager zurückgezogen. Ich fürchte also, dass uns heute noch mindestens eine Angriffswelle bevorsteht. Am Abend werden sie ihre Angriffe dann hoffentlich unterbrechen.«

Das hofften wir allesamt.

Doch unsere Sorgen über eine ruhige Nacht sollten bald schon wieder anderen Sorgen weichen. Erschöpft lehnte ich für einige Momente mit dem Rücken an einer hölzernen Zinne.

»Alles in Ordnung, Graf?«, fragte ein Mann, der bestimmt zehn Sommer mehr gesehen hatte als ich. Das erste Grau zeichnete sich deutlich in seinem Bart und in den Haarsträhnen ab, die unter seinem Helm hervorquollen.

»Danke, ja. Ich bin erschöpft.«

»Das darfst du auch sein, Herr. Du hast tapfer für uns gekämpft. Die Männer dichten bereits erste Verse über dich.«

Ich blickte entgeistert drein, unschlüssig, was ich sagen sollte.

»Das ehrt mich«, meinte ich schließlich. »Aber sag ihnen, sie sollen sich das Liederdichten für den Moment aufheben, an dem unser Fortbestehen gewiss ist!«

Ein Grinsen voller Zahnlücken huschte über das Gesicht des Mannes. Er bot mir die Hand an und ich packte zu, um mich wieder auf die Beine ziehen zu lassen. Dann drückte der Alte mir einen Streifen Dörrfleisch in die Hand.

»Eine Stärkung, Graf. Mehr kann ich dir leider nicht geben. Du hast heute schon mehr Riesen getötet als viele der großen Helden aus unseren Liedern es taten.«

»Danke«, sagte ich aufrichtig. »Aber es bereitet leider keine Freude.«

Doch unsere Sorgen waren bald schon wieder andere. Dann war die Zeit des Verschnaufens vorbei. Denn die Riesen änderten tatsächlich ihre Taktik. Die nächste Angriffswelle richtete sich zunächst gegen das Tor. Eine gewaltige Ramme wurde langsam vom Zeltlager der Riesen über die Ebene geschoben. Das Gestell, in dem ein furchterregend großer Baumstamm an Ketten frei vor- und zurückpendeln konnte, war mit groben Holzbrettern überdacht, die den Riesen darunter Schutz vor Beschuss gewährten. Wie um alles in der Welt sollten wir diesen Koloss zum Wanken bringen, bevor er das Haupttor erreichte? Wir konnten ihn nicht mit Öl überschütten und abbrennen. Die Gefahr, dass der Wall Schaden nahm, war zu groß.

Ich nahm den Helm unter den Arm und hetzte so schnell es ging die Brecher entlang in Richtung des Hauptwalls.

»Andrak«, rief ich immer wieder. »Andrak!«

Man trug mein Begehren schneller von Mund zu Mund weiter, als ich zwischen all den Männern rennen konnte. Andrak empfing mich bereits an der Stelle, an der der Brecher in den äußeren Wall überging.

»Ich brauche Brandpfeile«, hustete ich atemlos.

»Brandpfeile?«

»Ja«, nickte ich hastig und musste erneut husten. »Wir müssen das verdammte Ding in Brand setzten, bevor es das Tor erreicht. Das ist die einzige Chance! Schick deine Bogenschützen auf die Brecher hinaus!«

Andrak verstand blitzschnell und gab bereits Befehle, während ich mich erschöpft für einige kurze Augenblicke gegen eine Holzzinne lehnte.

Kurze Zeit später hatte Andrak auf den beiden Brechern, die eine Schneise zum Tor hin bildeten, mehrere Dutzend Schützen postiert. Pfeile, deren Spitzen mit in Pech getränkten Lumpen umwickelt waren, wurden reihenweise angezündet. Umstehende Männer traten mit bangen Blicken die kleinen Flammen von herabtropfendem Pech aus, bevor diese größer züngeln konnten. Alle warteten darauf, dass sich der Rammbock endlich der entsprechenden Markierung näherte.

Dann war es soweit. Andrak gab den Befehl zum Schießen. Er wurde über den gesamten Wall gerufen und etliche Male wiederholt. Von beiden Brechern aus schossen die besten Schützen der Harjenner so schnell sie konnten einen Pfeil nach dem anderen ab. Ein Regen aus Feuer ging auf den Rammbock und um ihn herum nieder. Höchstens ein Zehntel aller Pfeile traf das Ziel und das Holz war dick und feucht. Unerbittlich schoben die Riesen darunter das Gerät weiter voran. Sie hatten die letzte Markierung längst passiert und bewegten sich bald auf Höhe der beiden Brecher.

Doch das machte es den Bogenschützen leichter zu treffen. Von beiden Seiten ließen sie Pfeilhagel um Pfeilhagel aus brennendem Pech auf die Ramme herniedergehen.

Und endlich, nach einer gefühlten Ewigkeit, fraßen sich die Pechflammen der Pfeile durch die Konstruktion der Abdeckung. Krachend gab sie nach und Bretter und Balken prasselten auf die Riesen darunter herab. Es wären keine drei Dutzend Schrittlängen mehr bis zum Tor. Ihres Schutzes beraubt verließen acht Riesen fluchtartig das Kriegsgerät und rannten zurück in ihre Reihen. Einen von ihnen konnten die Bogenschützen noch zu Fall zu bringen, während der Rammbock in der Mitte zwischen den beiden Brechern in hohen Flammen aufging. Funken stoben aus dem knackenden, feuchten Holz, während vor dem Tor eine mächtige schwarze Rauchwolke aufstieg.

Dann war es vorbei. Vorerst. Denn es sollte nicht der letzte Angriff für heute gewesen sein. Die Riesen sammelten sich hinter ihrem Schildwall erneut. Zunächst konnte ich nicht erkennen, was sie dort taten. Doch im nächsten Moment wurde es für alle offensichtlich: Sie hoben die großen Schutzschilde an und rückten hinter ihnen vor. Die Leitern ließen sie liegen. Mir wurde mulmig zumute. Die Riesen hatten irgendeinen Plan und ich konnte ihn nicht durchschauen.

»Beschuss!«, schrie ich so laut es ging in Andraks Richtung.

»Beschuss!«, wiederholte Andrak.

»Beschuss!«, hörte ich den Befehl wie ein Echo auf den anderen Brechern ebenfalls. Wieder sirrten Schwärme von Pfeilen durch die Luft, doch kaum einer der Riesen fiel ihnen zum Opfer. Ihre hocherhobenen Schutzschilde aus dickem Flechtwerk, überspannt mit Tierhäuten, hätten ebenso gut aus Stahl sein können. Nervosität breitete sich rasend schnell aus wie eine Seuche. Die Riesen hielten unaufhaltsam auf den Wall zu …

… nein. Ihr Ziel waren eindeutig die Brecher.

Was wollten sie hier? Die Brecher waren doch völlig uninteressant für das Durchbrechen des Walls. Dann hörte ich ein Geräusch. Ein Hämmern erklang – wieder und wieder. Hastig lehnte ich mich zwischen zwei Holzzinnen hindurch und riskierte einen Blick nach unten. Dort hatten die Riesen ihre schweren, mannshohen Äxte zur Hand genommen und schlugen auf die Fundamente der Brecher ein. Geschützt wurden sie durch ihre tragbaren Belagerungsschilde.

Panik kroch in mir hoch, wie ein kaltes, schleimiges Tier, das nach meinem Herzen griff. Die Riesen wollten die Brecher zerstören. Und sie taten ihr Werk derart geschickt, dass wir kaum etwas dagegen zu unternehmen imstande waren.

Was sollten wir bloß tun? Einen Ausfall wagen? Das wäre Selbstmord.

Das Hämmern der Äxte wurde vielstimmiger, lauter, schneller. Hilflos suchte ich Leonhraks Blick weit entfernt auf dem nächsten Brecher, doch er wirkte ebenso entsetzt wie hilflos. Die Brecher bestanden aus demselben Material wie die Wallmauer. Tannenstämme, breit wie mehrere Männer, dicht an dicht gesetzt und in ihrer Mitte mit Schutt aufgefüllt. Kein menschlicher Feind hätte auch nur daran denken können, die Brecher als solche anzugreifen. Sie zu zerstören wirkte wie eine monumentale Aufgabe, die absurde Kraft erforderte – aber die Riesen waren Wesen, die absurde Kräfte besaßen. Außerdem waren sie nahezu immun gegen unseren Beschuss von oben. Was also tun?. Öl zu entflammen war auch keine Lösung. Kochendes Wasser? Vielleicht!

Ich schnappte mir einen jungen Krieger, der direkt neben mir stand.

»Geh!«, herrschte ich ihn unfreundlicher an, als ich beabsichtigt hatte. »Sag Andrak und Behrend, sie sollen Kessel mit Wasser zum Sieden bringen!«

»Aber …«

»Mach schon! Und sag es zwischendurch weiter. Wir brauchen kochendes Wasser! Viel kochendes Wasser.«

Der Junge verschwand und ich widmete mich wieder dem panischen Nachgrübeln. Immer noch versuchten Bogenschützen mit vereinzelten gezielten Schüssen die Lücken in der Schilddeckung der Riesen zu finden. Zu selten gelang es ihnen. Ich flehte innerlich, dass es mit dem Wasser schnell ging.

Doch das Schicksal war diesmal nicht auf meiner Seite. Keine fünf Schrittlängen von mir entfernt ging ein Ruck durch den Brecher. Das ängstliche Gemurmel der Männer verstummte. Da! Wieder ein Ruck. Dann löste sich langsam, sehr langsam einer der langen, breiten Stämme, aus denen die Außenverkleidung der Brecher gemacht war. Ich beugte mich über die Zinnen und sah wie die Riesen mit starken Händen versuchten, den angeschlagenen Stamm zu packen und hinauszuziehen.

Es war zu spät.

»Runter vom Brecher!«, kommandierte ich so ruhig es eben ging.

Das panische Stimmgewirr wurde lauter. Ich zog mich an einer Zinne hoch und schrie so laut ich konnte.

»Runter hier! Geordnet, aber zügig. Wer am nächsten zum Wall steht, geht zuerst.«

Ein Schlag traf mich am Schulterblatt, stark genug, um mich vornüberzuwerfen. Reaktionsschnell fingen mich zwei Krieger auf und stellten mich wieder auf die Beine. Das war ein Stein aus einer Riesenschleuder gewesen. Schnell vergewisserte ich mich, dass ich keinen größeren Schaden davongetragen hatte. Meine Schulterplatte war an der Seite eingedrückt, es schmerzte wie nach einem Faustschlag, aber nichts blutete oder schien gebrochen. Ich schenkte den Göttern einen kurzen Blick gen Himmel – das war knapp!

Die Riesen bekamen den Stamm in diesem Moment zu Fall. Teile von Geröll fielen aus dem Konstrukt des Brechers heraus und der Weg zwischen den Zinnen gab nach. Zwei Nordmänner fielen unter Schreien hinunter, die restlichen wurden von Kameraden gepackt oder konnten sich irgendwie festhalten.

Verflucht!

»Schneller!«, rief ich. Jetzt war es gleich. Hauptsache, ich brachte so viele Männer wie möglich in Sicherheit. Im Wehrgang klaffte eine Lücke von einer Schrittlänge. Sie war leicht zu umgehen oder zu überspringen, doch es musste schnell gehen, bevor die Riesen noch mehr Stämme herausreißen konnten. Ich trieb die Nordmänner vor mir her. Bloß runter! Krachend fiel ein neues Stück des Brechers und die Lücke klaffte größer. Schließlich waren die Männer alle auf der anderen Seite. Ich drückte mich am gegenüberliegenden Rand entlang und spürte im Boden unter meinen Füßen die mächtigen Schläge der Riesen, die auch dort schon begonnen hatten, die Stämme zu Fall zu bringen. Den letzten Schritt sprang ich.

Ein Blick zur Seite verriet mir, dass auch Leonhrak nicht mehr lange hatte, bis er seine Stellung würde aufgeben müssen. Schließlich hatte ich das Stück erreicht, an dem der Brecher in den Außenwall überging.

Keuchend blieb ich stehen und richtete den Blick hinter mich. Immer mehr Stämme wurden herausgerissen und fielen.

Es dauerte seine Zeit. Vielleicht zwei oder drei Stunden, doch am Ende waren nur noch Ruinen übrig, wo am morgen noch die gewaltigen Festungsanlagen über den Wall hinaus in die Ebene geragt hatten. Jetzt standen sie da wie verfaulte Zähne in einem schlechten Gebiss. Unsere wirksamste Verteidigung war zunichte.

Staub ging von dem Geröll der Ruinen auf, als die Riesen gegen Abend endlich abgezogen waren. Feuer loderten auf in ihrem Zeltlager. Ja, sie hatten sich ihre Nachtruhe wahrlich verdient. Sie hatten die Hoffnung eines ganzen Volkes an nur einem Tag eingerissen.

War das der Wille der Götter? Dass ein einziger Elb den Zorn ganzer Völker gegeneinander ausspielte? Aber über Gnade und Ungerechtigkeit der Götter philosophierte ich bereits seit zwölf Jahren nicht mehr. Was auch immer die Götter taten in ihren himmlischen Hallen – gerechter machten sie die Welt hier unten dadurch nicht.

»Verflucht«, schrie ich. Die schwarze Wut der Hilflosigkeit senkte sich mit einem Mal auf meinen Blick, bahnte sich ungehindert einen Weg in mir. Ich trat auf das Ende eines Baumstamms ein, das nun mehr schief aus dem Stumpf eines Brechers ragte. Wieder und wieder. Ich schlug mit der Hand zu, mit der Faust. Schließlich zog ich sogar Erlenfang und hieb in ein geborstenes Stück Tannholz. Die Klinge blieb stecken und beim Versuch, sie herauszuziehen, fiel ich auf den Hosenboden. Erschöpft ließ ich auch den Oberkörper nach hinten fallen und starrte in den Abendhimmel.

Da erschien über mir eine Gestalt. Ich blinzelte, dann erkannte ich Andrak, der mir eine Hand hinhielt. Zögernd griff ich zu und mit eine Ruck stellte mich der Mann wieder auf die Beine. Dann drehte er Erlenfang mit einer geschickten Hebelbewegung aus dem Holz und reichte es mir.

»Du hast tapfer gekämpft«, meinte er.

»Aber ich habe verloren«, antwortete ich matt.

Andrak nickte. »Aber tu mir den Gefallen und lass die Männer dich nicht so sehen. Wenn du entmutigt bist, dann gräme dich! Aber bitte nicht vor den Augen derer, die zu dir aufblicken.«

Und damit ließ er mich allein.

Die Dämmerung war bereits heraufgezogen, als ich mich auf die breiten Stufen zurückzog, die vom Vorhof hinauf zur Hölzernen Halle führten. In meiner Hand befanden sich eine Schüssel, gefüllt mit einem dickflüssigen Eintopf und ein Kanten Brot, den ich ab und an lustlos hineintunkte. Das Kettenhemd und jedwede andere Rüstung hatte ich neben mir abgelegt, nachdem ich mir das Blut vom Gesicht gewaschen hatte. Lediglich Erlenfang hing in seiner Scheide quer über meinem Rücken. Ganz egal, wann und wo ich in diesem zornigen Krieg sterben würde, ich würde es mit jenem Schwert in der Hand tun, das in unserer Familie schon seit Generationen weitervererbt wurde.

Ich hatte mich wieder halbwegs in der Gewalt.

Lia und Lemander suchten mich auf, nachdem sie in Erfahrung gebracht hatten, wo man mich zuletzt gesehen hatte. Wenigstens sie waren unversehrt. Brimbart hatte sie wie befohlen aus der Schlacht rausgehalten. Aber auch sie würden am morgigen Tag ihr Leben verteidigen müssen, dessen war ich mir sicher.

»Deckard«, sagte Lia erleichtert, als sie mich erspähte. Sie schob einige Nordleute zur Seite und eilte zu mir herüber, um sich neben mich auf die breiten Stufen zu setzen und mich kurz zu drücken. Niedergeschlagen, wie ich war, machte ich keine Anstalten die Herzlichkeit zu erwidern. Stattdessen biss ich mürrisch in meinen Brotkanten, der von fettigem Eintopf triefte.

»Du siehst geschafft aus«, stellte sie überflüssigerweise fest.

»Mir tut alles weh«, gestand ich, nachdem ich geschluckt hatte. »Aber das spielt keine Rolle mehr. Am morgigen Abend sind wir ohnehin alle tot.«

»Red doch nicht so einen Unsinn!«, tadelte mich die Elbin.

»Nicht?«

»Nein, lass es bitte sein!«, bekräftige Lemander, der mittlerweile auch seinen Weg über den Vorhof gemacht hatte. Sein Blick wollte Milde verströmen, aber ich sah, wie es hinter seiner Fassade vor lauter Nachdenken brodelte. »Du raubst den Harjennern jeden Mut, wenn du so sprichst.«

»Aber so ist es doch«, meinte ich ohne Rücksicht. »Dem Hass, den Linus in ihnen heraufbeschworen hat, können wir nicht standhalten. Wir bräuchten zehnmal soviel Männer, hundertmal so viele Pfeile, schärfere Klingen und eine Mauer, ein Dutzend Schrittlängen dick und aus dem härtesten Granit. Am besten mit einem Graben aus kochendem Öl davor. Dann, und nur dann hätten wir eine Chance!«

Wieder tunkte ich Brot in den Eintopf, der nach Speck und Rüben schmeckte.

»Dieser Elb, über den du so abfällig sprichst, ist mein Bruder«, sagte Lia traurig. Den Vorwurf darin hörte ich vielleicht auch fälschlicherweise heraus.

Ich knallte die Schüssel auf die Steine des Vorhofs und sprang auf. Wütend schleuderte ich auch noch meinen Kanten Brot von mir.

»Mir ist es gleich, dass er dein Bruder ist. Er könnte ebenso gut den Mond bewohnen oder aus dem Meer emporgestiegen sein. Er benutzt die Alte Magie und sein verdammtes elbisches Charisma um alle in einen blutigen Abgrund zu stürzen. Er hat kein Recht zu dem, was er tut.«

Ich schnaufte. Tränen der Wut und Verzweiflung rannen mir aus den Augenwinkeln.

»Warum hetzt er die Riesen auf die Nordleute? Wäre es nicht gnädiger gewesen, gleich diese ganze verfluchte Insel in den Fluten versinken zu lassen? Wozu all der Schmerz, wozu all der Tod? Bereitet es ihm Freude?«

Lia sah beschämt weg – vielleicht auch, damit ich ihre Tränen nicht sah.

»Sag mir, Elbenprinzessin, bereitet es seiner sadistischen Seele Freude, uns alle leiden zu sehen? Hat er deshalb den Riesen ihre Herzensruhe gestohlen und den Harjennern ihre Jahre? Damit sie sich gegenseitig umbringen? Hätte er sie nicht einfach alle auf der Stelle töten können?«

Lemander schlug mir das stumpfe Ende seines eigenartigen Stockschwertes gegen die Brust. Schmerz durchzuckte mich dort, wo mich vor Stunden der Riese getroffen hatte – die Luft wich mir aus den Lungen und ich fiel auf die Knie, um mich zu krümmen.

»Ruhe, Deckard!«, herrschte der Alte mich an. »Und hör mir zu!«

Ich zwang meinen Atem mühsam, ruhiger zu gehen. Dann blickte ich zu Lemander hoch.

»Du hast mich gerade auf eine Idee gebracht«, sagte er. »Eine letzte, verzweifelte Idee.«

Unser Plan war tatsächlich verzweifelt naiv, aber es war der einzige, den wir noch hatten. Sollte er scheitern, würde mit ihm das Volk der Harjenner zugrunde gehen.

Lemander hatte Leonhrak eingeweiht und das verstehende Blitzen in den Augen des Prinzen hatte mir sofort verraten, dass er die Tragweite dessen verstanden hatte, was wir vorhatten. Lia war mit uns gekommen, Lemander hingegen war in der Stadt geblieben.

»Ich bin ein alter Mann, Deckard«, hatte er beteuert. »Ich würde euch aufhalten oder euch durch mein Ungeschick verraten.«

So waren wir nun zu dritt und in einer äußerst riskanten Mission unterwegs.

Dort wo sich die Stadt an die Flanke des Gebirges schmiegte, hatte Leonhrak uns einen Stollen gezeigt, dessen Eingang im Schuppen einer Schmiede hinter schweren Werkzeugen versteckt war. Er war eng und schmal, sodass wir uns an vielen Stellen ducken mussten, um hindurch zu gelangen. Im schwächlichen Schein einer kleinen Laterne war Leonhrak vorangegangen. Als wir schließlich das obere Ende des Stollens erreicht hatten, hatte er die Laterne gelöscht. Niemand durfte von unserem Ausflug erfahren! Kein Feind – und zur Sicherheit auch kein Freund.

Die Dämmerung war weit fortgeschritten und alles, was vor uns lag, war nun Grau in Grau gezeichnet. Wir waren ins Gebirge vorgedrungen. Meine Gelenke schrien vor Schmerz und Müdigkeit bei jedem Schritt, doch ich hielt es verbissen aus. Es gab keine Schonung, jetzt nicht mehr.

Über ein Netz aus heimlichen, schmalen Pfaden, die kaum zu entdecken waren, wenn man direkt vor ihnen stand, führte Leonhrak uns nordwärts. Wir kamen nur beschwerlich voran, aber schließlich waren wir auf der Höhe des Lagers der Riesen und schlichen weiter Richtung Osten. Wenig später erreichten wir einige schmale Vorsprünge und Felsbrocken, um dahinter in Deckung zu gehen – falls uns zu dieser Zeit überhaupt jemand zwischen den Felsen zu sehen vermochte.

Die Temperaturen hatten sich nachts soweit abgekühlt, dass mein Atem dünne Wolken bildete. Durch den Dunst betrachtete ich das Lager der Riesen. Zelte, beschienen im Licht großer Lagerfeuer, soweit das Auge reichte. Das rückwärtige Ende des Heerlagers grenzte direkt an Tjaabu. Die Hafensiedlung war leer gefegt. Nicht eine Laterne, nicht eine Fackel brannte dort. Niemand von uns konnte den Zustand des Hafens erkennen, doch ich schätzte, dass die Riesen ihn einfach außer Acht gelassen hatten. Für jedes menschliche Heer wäre die zurückgelassene Hafensiedlung ein willkommenes Geschenk gewesen. Doch ein Riesenheer konnte in einer kleinen Hafensiedlung wie Tjaabu kein Quartier beziehen. Und so erstreckte sich die Stadt aus den eigenartig groben und teils unförmigen Zelten bis zum Horizont. Das größte unter ihnen stand nicht weit – und schien doch so unendlich weit entfernt. In menschlichen Maßstäben handelte es sich um einen Zeltpalast, errichtet aus überspannten schweren Holzstangen. Ein Kurzbogen hätte gereicht, um es von hier oben zu treffen. Aber dorthin zu gelangen, mitten durch eine Horde streitsüchtiger Riesen, schien beinahe unmöglich.

Ich sah, wie die Hoffnung in Leonhraks Blick schwand und wie er sich dennoch zusammenriss.

»Dorthin also?«, raunte er. Es war weniger eine Frage als eine Feststellung.

»Sag du es mir!«, gab ich zurück. Wenn Leonhrak sagte, dass König Ruhman wie ein menschlicher Feldheer im größten aller Zelte Wohnstatt genommen hatte, dann musste ich mich diesem Urteil fügen.

Lia begann leise einige Töne zu intonieren.

»Still!«, zischte ich. Das war so typisch für meine elbische Freundin. Vom Zauber eines Anblicks so sehr eingenommen, dass sie ein romantisches Liedchen summen musste.

»Mein lieber Graf und Freund Deckard«, meinte sie lächelnd, belehrend, jedoch ohne mich anzusehen, den Blick weiterhin auf das Riesenlager unter uns gerichtet. »Wie willst du unbemerkt dort hindurchschleichen? Selbst wenn du keine klappernde Rüstung mehr trägst – die Schatten verstecken dich niemals gut genug vor den Blicken der Riesen.«

Leonhrak schaltete sich raunend ein: »Aber wir müssen es trotzdem vers-«

Sanft legte Lia ihm einen Finger auf den Mund.

»Ich habe dich sehr gern, Prinz«, flüsterte sie sachte. »Aber deine Welt und dein Volk sind verloren, wenn uns nicht gelingt, was wir beabsichtigen. Schon der nächste Tag könnte euer letzter sein. Darum lass mich ein wenig Magie gebrauchen, wie wir Elben es zu tun vermögen. Ich kann keine Heerscharen unsichtbar machen, aber ein richtiges Lied zur richtigen Zeit, vermag vielleicht die Schatten etwas milder zu stimmen. Derjenige, der auch nur für eine kurze Dauer die Schatten auf seiner Seite hat, der hat mächtige Verbündete.«

Elbenmagie! Ich staunte nicht schlecht. Bei dem Wenigen, das ich über Magie wusste, wusste ich doch immerhin, dass die Musik und die Magie der Elben in einem engen Verhältnis zueinander standen. Wahrscheinlich würde ich nie ganz begreifen, wie diese Dinge funktionierten, aber das war wohl auch nicht meine Aufgabe im Leben.

Lia hauchte ihren Gesang in der Sprache der Elben mit klarer, glockenheller Stimme in die Nacht hinein.

Da war es wieder, diese bezauberte Starre, dieses andächtige Lauschen, in das meine Leute und ich schon auf der Reise in die Hauptstadt jedes Mal verfallen waren, wenn Lia einmal ein Liedchen gesungen hatte. Jetzt wusste ich, wieso: Es war die Magie in diesen Liedern.

Auch wenn ich nicht jedes Wort verstand, das Lia sang,

konnte ich den groben Sinn erahnen. Es war eine kurze gesungene Geschichte über jemanden, der sich mit den Schatten gut stellte, damit sich diese für ihn quasi verbogen.

Nachdem sie verstummt war, stand sie auf. Ihre Bewegungen waren nicht mehr zu hören, als hätte ein unsichtbarer Geist selbst das Knarzen ihrer Lederstiefel verschluckt. Sie beugte sich vor und gab Leonhrak einen zarten Kuss auf die Stirn.

»Lasst uns gehen«, flüsterte sie verheißungsvoll. »Wir werden dein Volk retten, mein Prinz.«

Und mit diesen Worten begann sie, so geschwind wie vorsichtig den Hang hinabzusteigen.

Es war tatsächlich wie ein Zauber, der auf uns lag. Unsere Schritte schienen nur einen Bruchteil des Trittgeräusches zu machen, das sie normalerweise taten. Und wir alle drei schienen die Schatten auf eigenartige Weise anzuziehen. Es war ein wenig, als hätte man uns eine Nuance düsterer als alles Übrige in eine ohnehin schon düstere Umgebung gezeichnet. Wir konnten uns nicht frei bewegen, aber das Schleichen in den Schatten wurde uns immens erleichtert.

Wir hielten uns abseits der großen Feuer, und doch kam uns deren Hitze wie ein Glutofen vor. Die Riesen selbst saßen in Gruppen darum. Aber ihre Stimmung war weit weniger ausgelassen, als ich es vermutet hätte. Oder als es bei einem menschlichen Heer der Fall gewesen wäre, das am Tag noch einen todsicheren Weg gefunden hätte, die Mauern des Feindes einzureißen. Alle Riesen, die nicht bereits von den Erschöpfungen des Tages in tiefen Schlaf gefallen waren oder zur Wache abgestellt waren, blickten griesgrämig drein. Das konnte auch ein Nachteil sein bei unserer abenteuerlichen Unternehmung. Mein Herz schlug laut pochend bis zum Hals und beinahe fürchtete ich, dass es das Einzige sei, dass jeder hören konnte. Natürlich hatte ich Angst. Nicht vor dem Tod, sondern vor dem Weg dorthin. Angst vor dem Sterben und Angst um all die Leute, die ich im Stich lassen würde. Ich warf einen Blick auf das nächtliche Firmament, über das nur ganz seicht einige Nordlichter zogen, die die Schwärze zwischen den Sternenhaufen ein wenig bunter ausmalten. Dort irgendwo waren die Götter zu Hause, auf der anderen Seite des Todes, am Ende der sonnenlosen Straße.

Wenn dies meine letzten Atemzüge sein sollten, dann kümmert euch um Falkenberg! Dort leben gute Menschen. Kümmert euch um Ellyn von Gamar und schenkt ihr ein lauteres Herz!

Dann waren wir da. Wir hatten die Rückwand des Königszeltes erreicht. Was nun? Wir konnten schlecht zum Vordereingang hinein. Die dicken Zeltwände unbemerkt zerschneiden konnten wir auch nicht. Also saßen wir fest im Lager der Riesen, kaum fähig, auch nur laut zu atmen. Es war zu dunkel abseits der Feuer und wir waren zu gut von den Schatten versteckt, als dass wir uns in die Gesichter hätten sehen können. Ich sah mich nach Leonhrak um. Der zuckte mit den Schultern, sah mich also offenbar ebenfalls ratlos an. Dann ging alles sehr schnell.

Lia sprang auf und rannte, geschmeidig wie eine Katze. Leonhrak und ich sprinteten hinterher, so schnell es ging. Lia umkurvte das Zelt und war an den beiden Riesenwachen vorbei, ehe diese auch nur wussten, wie ihnen geschah. Verdutzt, aber alarmiert drehten sie sich um und gaben Leonhrak und mir die Gelegenheit, ebenfalls ins Zelt zu stürmen. Doch während wir zu unseren Schwertern griffen hielt Lia die Arme ausgestreckt zu beiden Seiten, um zu demonstrieren, dass sie keine Waffen bei sich trug.

»Halt«, brüllten die beiden Wachen donnernd. Leonhrak und ich zogen unsere Waffen und umtänzelten sie. Dabei gab es nichts, das wir hätten tun können. Den Schlag einer Riesenkeule konnte niemand von uns parieren und eine Fluchtmöglichkeit war nicht gegeben.

»Ah, der Held vom großen Wall«, dröhnte hinter uns im Zelt eine Stimme, die wir nur allzu schnell erkannten. Ich blickte über die Schulter und sah, wie Lia auf den viel zu hohen Tisch in der Mitte des Raumes gesprungen oder geklettert war, um König Ruhman die leeren Hände zu zeigen.

Der König hingegen stand vor dem Tisch und blickte mir direkt in die Augen. Ich konnte seine unheimlichen, rot geränderten Pupillen sehen. Er trug eine gewaltige Krone. Aus vielen Hirschgeweihen kunstvoll gefertigt, legte sie sich um das gewaltige Haupt.

Aus dem Augenwinkel nahm ich eine Bewegung wahr, drehte den Kopf und sah, wie der Wachmann vor Leonhrak mit der Keule ausholte und danebenschlug. Der Nordmannprinz wollte nachsetzen, doch der Riese schlug mit der leeren Rückhand und traf Leonhrak am Arm. Er fiel krachend in einen Haufen Holzscheite, die an der Innenwand des Zelts aufgeschichtet waren.

Also begann das Ende jetzt! Ich erhob Erlenfang drohend, hörte im Hintergrund das zigfache Gestampfe von Riesenfüßen auf dem Grund der Ebene. Die ersten sahen zum Eingang herein.

»Hört auf!«, schrie Lia so laut sie vermochte. »Bei allem, was euch heilig ist, hört auf!«

Der Wachmann über Leonhrak holte mit seiner Keule aus.

»Stopp!«, mahnte Ruhman laut und vernehmlich.

Und der Wachmann hielt inne.

Langsam ließ sich Ruhman auf einen gewaltigen Klappstuhl sinken, dessen Streben wieder aus den Stämmen junger Bäume gemacht schienen. Er ächzte unter dem Gewicht des Königs.

»Ihr wagt es, mich zu infiltrieren«, brummte Ruhman und wie ein Donnern grollte seine Stimme durch das Zelt.

»Der Held vom Wall, der Prinz der Harjenner und eine Elbin. So, so«, seufzte er bedeutungsschwer. »Ich werde euch dafür mit dem Tod bestrafen, soviel sei gewiss. Aber zunächst werdet ihr mir erklären, wie ihr überhaupt so dumm sein konntet, in mein Lager einzudringen.«

Die Verblendung des Riesenkönigs stand in seinen Augen geschrieben – es würde keine Gnade für uns geben.

Doch wer von uns rechnete schon mit dem Mut und der Gerissenheit einer jungen Elbin, die wieder ins Lot bringen wollte, was ihr Bruder der Welt angetan hatte.

»Ich bin nicht gekommen, um dich zu töten, König Ruhman. Du bist ein mächtiges Wesen und es wäre falsch, dich der Welt zu rauben.«

Blitzschnell nahm sie ihren Rucksack von der Schulter und griff hinein.

»Ich bin hier, um dich und die Deinen von eurem Leid zu erlösen«, sagte sie entschlossen und warf den Nollonar in Ruhmans Richtung. Reflexartig versuchte der Riesenkönig die nachtschwarze Kugel zu fangen …

… und berührte sie so.

Keuchend stand er auf, wankte als sei ihm schwindelig – seine Männer verfielen in aufgeregtes Raunen, einer von ihnen riss mich am Kragen empor.

»Was habt ihr getan?«, brüllte er mich grollend an, und sein schlechter Atem wehte mir ins Gesicht.

Doch da wurde der Blick des Riesenkönigs bereits klar – alles Rot war daraus verschwunden. Wie ein alter Mann hustete er. Dann hob er die Hand, um seinen Riesen Einhalt zu gebieten.

»Nein«, sagte er – es klang so schwach für ein so mächtiges Wesen. Und all sein Gefolge hielt inne, als Ruhman fortfuhr: »Wir wissen nicht, wer wir sind … oder was wir tun.«

Interludium

Morgen

»Und so hast du den König der Riesen von seinem Wahnsinn erlöst?«, fragte Hinck eifrig. Aber Deckard wehrte ab.

»Nein«, sagte er und es klang etwas wehmütig. »Ich war lediglich zugegen. Es war Lia. Ganz allein Lia, die ihr Leben riskiert hatte für das Wohl eines fremden Volkes.«

Die Sonne berührte bereits den Horizont und Hinck wusste, dass sein hoher Gast es für heute wahrscheinlich gut sein lassen würde. Der Markgraf hatte nun schon so viel erzählt, aber herausgefunden, warum er sich eigentlich hier aufhielt und auf welches Ereignis er wartete, das wusste Hinck bis jetzt nicht. Und Deckard hatte es auch nicht durchschimmern lassen.

»Für heute lassen wir es gut sein, Hinck.«

Da war es! Verflucht noch eins. Und wenn morgen schon passierte, weshalb Deckard von Falkenberg hier war?

Es war nicht zu ändern. Hinck versuchte sich seine Missmutigkeit nicht anmerken zu lassen.

»Ich hatte keine Ahnung von den Elben«, machte er eine halbherzige Unternehmung, den jungen Grafen noch zu ein paar Sätzen zu bewegen. »Ich dachte, sie seien schlimme Zauberwesen und würden Kinder entführen, um grässliche Dinge mit ihnen anzustellen.«

»Aberglaube«, sagte Deckard nur. »Du wirst bemerkt haben, dass das alles Aberglaube ist.«

»Natürlich, so weit war ich bereits«, murrte Hinck. »Aber ich dachte, du erzählst mir mehr davon, wie die Elben wirklich sind, Herr.«

»Keine Sorge«, zwinkerte Deckard ihm aufmunternd zu. »Das werde ich morgen gerne tun.«

»Morgen«, stöhnte Hinck.
Doch Deckard von Falkenberg blieb dabei. »Ja, morgen.«

Dritter Akt

Kinder der Dämmerung

Kapitel 13

Der gläserne Palast

»Land!«, brüllte der Nordmann auf dem Mast der Skrara.

Ich sah von meinem Schälchen mit Dörrobst auf, das ich auf den Knien hatte, ließ meinen Kanten Brot hineinfallen, stellte es auf den Boden dicht neben die Reling und eilte über das gesamte Schiff an den kräftig rudernden Männern vorbei bis zum Bug.

Dort stand Lia mit hellem Glanz in den Augen. Wir warteten noch ein gutes Drittel einer Stunde, während derer auch Leonhrak und Lemander zu uns stießen, dann sahen auch wir es: Ein schmaler Küstenstreifen glitzerte im Licht der Spätsommersonne, die hoch über der See stand. Sanfte Erhebungen zeichneten sich hier und dort ab, doch noch war es kaum mehr, als ein grauer Streifen am Horizont.

So lag das Land also vor uns: Quainmar, Lias Heimat, das Ziel von beinahe sechs Wochen Reise auf der Skrara. Sechs Wochen, die im Ehernen Reich Narben hinterlassen hatten. Und mein Herz fühlte sich an, als hätte es jemand in Ketten gelegt.

Bleischwer lasteten die Ereignisse der vergangen anderthalb Monate auf mir. Auch oder vor allem, weil ich sie lediglich in Briefform übermittelt bekam – und selbst das viel zu selten. Zwischenzeitlich hatte ich meinem Haushofmeister Dirnt geschrieben, um ihn darüber in Kenntnis zu setzen, dass ich am Leben war. Doch ich hatte mich bewusst kryptisch und mysteriös gegeben. Ich sei an anderer Stelle mit der Lösung des Konflikts im Reich beschäftigt – was ja in gewisser Weise auch der Wahrheit entsprach.

Die nördlichen Fürstentümer des Ehernen Reiches hatten sich in eine lange Schlachtenfehde gestürzt. Alen Wetmann gab sich offen als Verteidiger des Reiches und bezeichnete Gramenfeld und Gamar als Schurken-Fürstentümer. Nach einigen blutigen Aufeinandertreffen von Truppen hatte Königin Ellyn von Anselieth dem Fürstentum Gramenfeld offiziell untersagt, in diesem Konflikt Partei zu ergreifen. Dabei hatte sie die Unterstützung von Dinster und Lilienbach, sowie den Orden der steinernen Hand auf ihrer Seite. Soweit die brüchigen Verhältnisse im Reich es zuließen, war dies eine vorübergehend wirkungsvolle Maßnahme. Denn Gramenfeld begehrte zwar an der Seite Gamars gegen das Seenland und vor allem gegen Falkenberg auf, dessen Fürst ja der vermeintliche Mörder seines Thronerbens war. Doch konnte es sich diese mächtigen Gegner nicht allein leisten. Die vereinigten Fürstentümer und zusätzlich zu ihnen auch noch der Orden, waren zu stark, selbst für die militärisch gut aufgestellten Länder Gamar oder Gramenfeld. Daher untersagte Gramenfeld jegliche militärische Aktion auf seinem Grund und Boden, um die Bevölkerung nicht unnötig leiden zu lassen. Der Sommer war zu wichtig. Vorräte für die harten Winter im Norden mussten angelegt werden. Und trotz allen Schmerzes über seinen ermordeten Sohn Delan und der verzweifelten Suche nach einem Schuldigen, hatte Markgraf Pelikor von Gramenfeld nicht die Absicht, gebrandschatzte und geplünderte Dörfer sowie niedergetrampelte und verkohlte Felder in seinem Fürstentum zuzulassen. So waren die Streithähne Serion von Gamar und Alen Wetmann vorerst auch räumlich getrennt. Doch der Herr von Gamar schäumte vor Wut in seiner Burg auf den Klippen von Tjerke. Es war die Wut über einen nicht vorhandenen Verrat. Es war die Wut über Alen Wetmann. Denn der drohende Zusammenprall mit dem Seenland nötigte Serion, einen großen Teil seiner Truppen an der Ostgrenze Gamars zusammenzuziehen. Und am meisten schäumte er über seine Tochter, die tatsächlich mehrere Hundert Ordenskrieger entsandt hatte, um in Zusammenarbeit mit der bescheidenen Menge meiner Soldaten die Nordgrenze Falkenbergs zu sichern. Mein Haushofmeister Dirnt machte dem Vernehmen nach gute Arbeit. So sah Falkenberg sich zwar weiter bedroht, jedoch nicht in aussichtsloser Lage, da die Nordgrenze in den Bergen lag und verhältnismäßig einfach zu sichern war. Ein Trost hingegen war das für mich kaum. Dieser Krieg war unfassbar sinnlos. Er kostete Leben und erschütterte die im Reich verbliebenen Fürstentümer in seinen Grundfesten. Und selbst, wenn das Eherne Reich als Ganzes aus dieser Krise hervorgehen würde, würde es doch niemals so werden wie zuvor.

Ich wusste nicht, was mich erwarten würde, wenn ich ins Reich zurückkehrte. Ich wusste ja noch nicht einmal, *ob* ich einst zurückkehren würde. Doch nachdem die Nordleute und die Riesen erlöst waren, war ich zuversichtlicher, dass dieses Abenteuer einen anderen Ausgang nehmen konnte, als lange gedacht – auch wenn es bis dahin meine Seele und mein Herz zerfraß. Noch hatte niemand einen Einfall, wie Linus aufzuhalten war. Keinen, außer zunächst das aus den Nollonin zu befreien, was Linus dort gefangen hatte. Und sollte uns das gelingen ... ja, was dann? Ich würde wohl auf dem schnellsten Weg nach Falkenberg zurückkehren müssen, um dort alles in meiner Macht stehende zu tun, damit sich die Wogen glätteten. Auch, wenn meine Rückkehr vermutlich nur noch mehr Zorn in Serion von Gamar hervorrufen würde.

Sechs lange Wochen. Auch mit den besten Nordmännern und dem schnellsten Schiff war die Strecke nicht in weniger Zeit zu bewältigen.

König Ruhman, der voller Reue über seine unter dem Fluch begangenen Taten war, hatte angeboten, das Schiff von seinen Riesen rudern zu lassen. Doch dafür war es nicht gemacht. Stattdessen hatte er uns vor der Abreise zwei andere Dinge versprechen müssen:

Zum einen den Wiederaufbau von Lukae. Und zum anderen das Versenken des Nollonar, den wir ihm überlassen hatten, um alle seine Riesen von ihrem Fluch zu erlösen.

Jetzt hatten wir es tatsächlich geschafft, und waren vor den Küsten Quainmars angelangt. »Mar« war das elbische Wort für »Land« – ob Serion, dem Elbenhasser, bewusst war, dass auch sein Land dies im Namen trug?

Die Küste glich derjenigen von Falkenberg oder Dinster sehr, auch wenn es etwas wärmer war. Sie sah beinahe ein wenig aus wie vor dem Wald Arith, wo die Bäume direkt hinter dem Strand begannen. So war es auch hier, bis auf den Unterschied, dass die Küstenlinie an sich etwas schroffer verlief. Mehrere kleine Inseln ließen wir links und rechts liegen.

Selbst für gute Seeleute wie die Harjenner war es kaum möglich, die versteckte Bucht ausfindig zu machen, in der die Hauptstadt der Elben ihren Hafen verbarg. Und Lia selbst war nautisch nicht bewandert.

»Lasst uns einfach an Land gehen, sobald wir können«, hatte sie gesagt. »Die Elben von Quainmar werden uns finden bevor wir sie gefunden haben.«

Also taten die Nordmänner, wie ihnen geheißen und steuerten aufs Geratewohl die größte Bucht an, die sie ausmachen konnten. Dort, wo den groben Karten nach Noienna ungefähr liegen musste. Sie sah zivilisiert aus, denn in der Mitte der Bucht lag eine felsige Insel mit einem beinahe monumentalen Gebäude. Doch erst, als Lia merkte, wohin Leonhrak steuern ließ, klärte sie das Missverständnis auf.

»Das ist *Liupatheron*, der Palast der Dämmerung«, erklärte sie. Es klang beinahe enttäuscht. »Er ist nicht bewohnt. Es war der erste Versuch, einen Sitz für das Königspaar in Quainmar zu bauen. Doch Elbenglas hat eine Schwäche: Salzwasser. Mit der Zeit, lässt es das Glas spröde werden und seine Stabilität geht dahin.«

Als wir näherkamen und die Insel schließlich passierten, sahen wir, was Lia meinte. Einst war dies ein absolut gigantischer Bau gewesen. Ganz im Grün des Elbenglases. Der Palast war kleiner als der in Anselieth, und dennoch war dieser hier auf seine Weise beeindruckender. Seine Türme und Erker, seine Hallen und Höfe, seine Spitzen und Zinnen, sie alle waren in den schroffen Fels eingepasst und darüber hinaus teils aus Onyxstein, teils aus dem grünen Elbenglas errichtet. Doch der Palast war eine Ruine. Wenn das Salzwasser das Elbenglas wirklich zerstörte, dann hatte es hier ganze Arbeit geleistet. Die Wellen, die die hohe Gischt gegen die Felsen schlugen, hatten ganze Flügel das beeindruckenden Bauwerks abbrechen lassen, wie morsches Holz. Auch die gierige Pflanzenwelt dieser Lande hatte bereits die Fänge in den Palast geschlagen. Über und über wurde er von Ranken und Moos bedeckt.

Schließlich landeten wir im Abendlicht am weißen Strand der ausladenden Bucht, während der Palast der Dämmerung auf seiner Insel vor der im Meer versinkenden Sonne aufragte. Vor Jahrhunderten einmal, mochte das Elbenglas ein atemberaubendes Farbenspiel mit dem Licht der untergehenden Sonne getrieben haben.

Die Elben würden uns finden, hatte Lia gesagt. Wir müssten nur an Land gehen und warten. Also taten wir das und beschäftigten uns damit, ein Lager für die Nacht zu schaffen.

»Wie geht es nun weiter?«, fragte ich Lemander, der einen Arm voll Äste vom nahen Waldrand herantrug.

»Was meinst du damit? Wir warten natürlich auf die Elben und-«

»Nein«, winkte ich ab. »Was passiert, wenn wir den Elben den Nollonar gebracht haben? Was ist der wirkungsvollste Weg ins Eherne Reich zurückzukehren?«

»Ah«, machte Lemander. »Du willst wissen, wie wir das politische Glück im Reich zu unseren Gunsten wenden?«

»Ich will wissen, wie wir das politische Glück zugunsten der Menschen im Reich wenden.«

»Du bist manchmal schon fast ekelhaft rechtschaffend«, grinste Lemander mich an.

»Hör auf damit! Ich meine es ernst.«

»Ich auch. Hast du mal darüber nachgedacht, dass die eine oder andere Unaufrichtigkeit vielleicht am Ende zu etwas weniger Unheil geführt hätte?«

»Zum Beispiel?«

»Du hättest Linus in Anselieth locker vom Orden festsetzen lassen können. Gut, das hätte zwar Serion von Gamars Zorn auf den Plan gerufen, aber der Mann hat eh genug Charakterfehler. Der wäre früher oder später ohnehin durchgedreht.«

»Sprich nicht so abfällig!«

»Natürlich spreche ich abfällig darüber. Ich bin ein Mensch und ab und zu drastische Urteile zu fällen ist menschlich, Deckard.«

Ich wusste nur zu gut, was es hieß, menschlich zu sein. Nach unserer Flucht aus Anselieth war ich drauf und dran gewesen, mich um den Verstand zu trinken. Aber Mensch zu sein, hieß auch, die Schmerzen zu ertragen.

»Hättest du Linus gefangen gesetzt, wäre vieles nicht passiert. Dann-«

»Hör auf, es mir zu erläutern«, unterbrach ich ihn missmutig. »Ja, dann wäre Delan von Gramenfeld noch am Leben und Amondo Lakarr wahrscheinlich auch, ganz zu schweigen von Hermelink. Worauf willst du hinaus, Lemander? Ich bin, der ich bin – und zu keinem Zeitpunkt hat Linus mir einen offiziellen Grund geliefert, ihn unter Arrest zu stellen.«

»Wirklich nicht?«

Ich dachte an meine erste persönliche Begegnung mit Linus. Ja, möglicherweise hätte ich damals Grund genug haben können, ihn aus dem Spiel zu nehmen. Aber ich liebte den Frieden so sehr und hatte mich wohl der Hoffnung ergeben, es wäre alles nur halb so schlimm.

»Ach, lass mich in Frieden, Lemander«, grummelte ich und verzog mich. Mir war die Lust vergangen, noch lange aufzubleiben. Sobald das Feuer brannte und das südliche Sternenzelt Quainmars sich über uns spannte, rollte ich mich in meine Decken und schlief ein. Das exotische neue Land, das wir betreten hatten, interessierte mich nicht im Geringsten. Ich wollte Frieden für meine Leute haben – und für meine Seele. Nichts als Frieden.

Doch Frieden sollte ich so bald nicht bekommen.

»Wrajan«, hallte der Entsetzensschrei über unseren Lagerplatz. »Wrajan!«

Ich hatte zur Ausnahme einmal viele Stunden tief und fest durchgeschlafen. Und mit eben jener Verzögerung, die das plötzliche Aufwachen aus einem tiefen Schlummer mit sich brachte, begriff ich nur langsam, dass ich nicht räumte. So schnell es mir möglich war, schüttelte ich meine Decken ab und kam auf die Beine.

Die Morgendämmerung war gerade angebrochen, doch an unserem Lagerplatz herrschte helle Aufregung.

Einer der Nordleute – namentlich Wrajan – lag tot in seinem eigenen Blut. Er war Teil der letzten Wache vor dem Morgen gewesen. Der zweite Nordmann, der zur Wache eingeteilt war, hatte lange nichts bemerkt. Bleich wie der Tod stammelte er etwas davon, dass er das nördliche Ende des Lagers bewacht hatte und sich schon eine Weile nicht umgewandt hatte. Als er es im allerersten, schwachen Schein der Dämmerung getan hatte, war ihm aufgefallen, dass er keine Wache im Süden des Lagers stehen sah. Dann war es chaotisch geworden und seine panischen Schreie über dem toten Körper seines Freundes, hatten die übrigen Mitreisenden geweckt.

»Wo ist Lia?«, rief Lemander neben mir. Er wirkte sehr viel hektischer, als ich es von ihm gewohnt war.

Lia?

Ich sah mich um. Nirgendwo war die junge Elbin zu sehen. Leonhrak eilte an mir vorbei, ich packte ihn am Arm. »Hast du Lia gesehen?«

Auch er blickte um sich und ich sah, wie das Entsetzen auf seinem Gesicht noch größer wurde. *Helft mir, oh Götter!*, sagte sein Gesicht.

Fass einen klaren Gedanken, Deckard! Fass einen klaren Gedanken!

Die Spuren im Sand. Sie waren so deutlich, dass man sie kaum übersehen konnte – beinahe schon fahrlässig breit, führten sie über den Strand in südlicher Richtung in den Wald hinein. Leonhrak und ich hetzten an ihnen entlang, zogen unsere Klingen. Zwar wuchsen hier noch Laubbäume, doch glich die Gegend mehr den Geschichten, die ich über die Urwälder im tiefen Süden gelesen hatte. Überdeutlich war niedergetretenes Buschwerk und Unterholz zu sehen. Wir folgten der Spur unbeirrt, bis wir zu einer runden Lichtung kamen. Die Helligkeit der fortgeschrittenen Morgendämmerung reichte aus, um mir das Bild einer unfassbaren Gewalttat in meinen Verstand zu ritzen.

Elben. Sechs Stück, ein halbes Dutzend. Sternförmig lagen sie dort, mit den Köpfen zur Mitte der Lichtung und den Gesichtern zur Erde. Lange, grausame Schnitte und Stichwunden fanden sich auf allen Körpern. Die Stille des Todes deckte sich über sie wie ein schweres Tuch. Nahe an vollkommener Panik drehten Leonhrak und ich sie um. Lia war nicht unter ihnen. Bei den Göttern, was war hier geschehen?

»Deckard!«, rief Leonhrak herüber. Mit wenigen langen Schritten war ich bei ihm in der Mitte des grausigen Sterns, zu dem hin die toten Elben angeordnet waren. Unter einem großen Stein lag gut sichtbar für jeden ein gefaltetes Pergament. Mit dem Blut der Toten stand etwas dort geschrieben, in einer Handschrift, die so gestochen scharf war, wie das Messer eines Barbiers:

Verehrter Graf Deckard,
Die schwarze Kugel, die der Elb so sehr begehrt, ist gut versteckt. Deine junge Elbenfreundin habe ich bei mir. Ich allein kenne den Weg, wie Du beides unversehrt wiederbekommen kannst.
Graf Deckard, Du triffst mich allein im Palast der Dämmerung. Nimmst Du jemanden mit Dir, stirbt Deine Freundin, noch bevor Ihr die Hauptpforte durchschritten habt.
Machen wir unter uns zweien aus, wer der Bessere ist! Ein für allemal.
Schekich

Übelkeit und Schwindel übermannten mich. Ich ging in die Knie und stützte mich mit beiden Händen auf Erlenfang. Was hatte ich getan? In was für einem Monster hatte ich Zorn heraufbeschworen? Und wie hatte er mich wiedergefunden, hier am anderen Ende der Welt?

Der Beste? Schekich wollte herausfinden, wer der Bessere

von uns war? War es das, worum es ihm ging? Dieser Wahnsinnige!

Mein Magen gab nach und ich erbrach mich auf den Waldboden. Schwer schnaufend und nach Luft schnappend, versuchte ich auf meine wackeligen Beine zu kommen. Leonhrak half mir hoch. Und als ich in das Gesicht des tapfersten aller Nordmänner blickte, griff die Übelkeit der Ohnmacht um ein Haar erneut nach mir. Tränen kullerten in den schwarzen Bart des Prinzen. Stille, bittere Tränen.

Alle Vorschläge, die am Strand erörtert wurden, waren sinnlos. Wenn Schekich im Palast der Dämmerung saß und uns von seiner erhöhten Position aus beobachten konnte, hatten wir keine andere Wahl, als seiner Forderung nachzugeben.

Ohne den Nollonar waren wir verloren! Dann wären wir ohne Grund unter großer Anstrengung ans Ende der Welt gereist. Und ohne Lia wäre meine Seele verloren. Und Leonhraks ebenfalls.

Die Elbin hatte mir Grund zum Antrieb geliefert, sonst hätte ich mich vor vielen, vielen Wochen bereits meinem Schicksal ergeben.

Ich war es ihr schuldig. Doch es schmeckte mir ganz und gar nicht, Lias Leben zu Schekichs Bedingungen zurückkaufen zu müssen. Und wenn es meines kosten sollte? Dann war es das wohl immer noch wert. Während ich jemand war, den die Verzweiflung lähmen konnte, war Lia ein Wesen, das immer weitermachen würde. Immer, immer weiter.

Also war es beschlossen: Ich würde dem Alptraum ins Gesicht blicken.

Der Tag war warm, beinahe schwül. Quainmar lag weit genug im Süden, dass der Sommer endlich Sommer war. Die weiten Laubwälder des Landes taten das Ihre zu dem eher feuchten Klima bei. Doch die Luft hier war so sehr mit Leben erfüllt, wie ich es noch nie zuvor erlebt hatte. Ich nahm nicht viel mit. Hose, Hemd, Stiefel; eine Weste aus gehärtetem Leder, Armschienen und Handschuhe; den Dolch am Gürtel, den ich bei den Harjennern erstanden hatte; Erlenfang, mein treues Schwert. Schekich wollte ein Duell mit dem einzigen Menschen, von dem ihm bekannt war, dass er mit ihm mithalten konnte. Doch ob ich dazu wirklich fähig war, bezweifelte ich. Bisher waren es Überraschung, Angst, oder Wut gewesen, die mich schneller gemacht hatten. Eins gegen Eins unter gleichen Bedingungen würde Schekich vermutlich mit mir spielen wie ein Luchs mit seiner Beute.

Leonhrak befahl, dass die Hälfte der Harjenner mich mit der Skrara übersetzen sollte, um postwendend wieder zu verschwinden.

Auch Lemander, der sonst so beredt und voller Einfälle war, blieb stumm. Wortlos trat er auf mich zu und schloss mich in die Arme, wie einen Sohn. Verwirrt ließ ich es schließlich geschehen. Ich hatte mit dem alten Wirrkopf so vieles durchgemacht in den letzten Monaten. Hinter ihm saß Airi auf einem toten Stück Holz. Sie war zurückgekehrt, während wir im Wald gewesen waren. Der Raubvogel hatte einen Brief dabei, doch ich fürchtete mich vor dem Inhalt. Entweder würde ich ihn lesen, wenn ich zurückkehrte oder niemals. Der lange, kreischende Schrei wirkte ein wenig, als ob das Tier vor mir salutierte.

Der Prinz der Nordleute verabschiedete mich, wie man einen Bruder verabschiedet. Er selbst würde am Strand zurückbleiben – und beten.

Dann legte die Skrara ab und trug mich meinem Schicksal entgegen.

Es war eine kurze Überfahrt. Vorsichtig wurde das Schiff unter sanften Ruderschlägen seitlich an die Felseninsel heranmanövriert. Soweit, bis schließlich einer der Männer, der mit einem Ruderriemen nachmaß, flaches Wasser meldete. Dann ließen mich die Nordmänner an einer Strickleiter herunter. Die letzte Schrittlänge über dem Wasser, nahm ich Erlenfang und den Dolch hoch über den Kopf und ließ mich fallen. Das Meer reichte mir hier gerade bis zur Hüfte und ich konnte auf dem steinigen Grund bis zur Insel waten. Als das Wasser nur noch knöcheltief war, drehte ich mich um und winkte. Wie vereinbart, machte sich die Skrara auf den Rückweg zum Strand.

Ich erreichte einen kleinen Sandstrand, der durch die Strömung in der Bucht hier über Jahre angeschwemmt worden war. Hier nahm ich mir die Zeit, um meine Leinenhose auszuwringen, damit sie mich nicht, schwer von Meerwasser, behinderte. Dann suchte ich mir einen Weg, die Felsen empor. Lange musste ich nicht klettern, dann kam ich bereits zu von den Elben gehauenen Gängen, ehemaligen Anlegestellen und steinernen Stege. Die Kunstfertigkeit der weit geschwungenen Ornamente, die alles zierten, wäre unter jedem anderen Umstand atemberaubend gewesen. Doch mein Schicksal wartete und ich hatte nicht vor, es noch mehr herauszufordern, als ich es ohnehin schon tat – oder tun musste.

Ein breiter Pfad, überwuchert mit Moos und vertrocknetem Seetang, führte schließlich in einem Bogen zum Tor des ebenso monströsen wie ehemals filigranen Gebildes aus Elbenglas.

Ehrfürchtig stand ich vor den viele Schrittlängen hohen Torbögen aus grünem Glas. Der Palast war mattgeschliffen vom Salz und Wasser in der Luft und von den heftigen Winden, die es sicherlich vielfach im Jahr gab, wenn die Stürme vom offenen Meer in die Bucht fegten. Das Krachen der hohen Wellen, die von Seeseite her gegen die Felsen schlugen, war von hier aus leiser. So schwer, wie die Strömung von der offenen See her vermuten ließ, war sie auf der dem Land zugewandten Seite nicht. Ich blickte zurück, sah in anderthalb oder zwei Meilen Entfernung den Strand der Bucht, auf den die Skrara zulief – und meine Freunde warteten.

Dann trat ich ein.

Das Licht schien schwach in den Palast hinein. Das Glas, das sonst das Morgenlicht zwischen schwerem Rot und hellem Orange hereingelassen und mit den eigenen Grüntönen schillernd zu einem bunten Farbengewirr vermengt hätte, war im Laufe der Jahrhunderte abgenutzt. Trüb war es im Inneren, trotz der einst wohl gewaltigen Hallen, die der Palast der Dämmerung beherbergte. Nun verstand ich auch, warum er so genannt wurde: Hier war es wie in einer stetigen Dämmerung.

Das Licht stand auf der Kippe zwischen dieser Welt und der nächsten, eine Spannung zwischen zwei Zuständen. Es war beinahe, als wäre in der feuchten Luft ein verhuschter Blick auf die sieben Götter möglich – ein Schimmer bloß, stets am Rande des Sichtfeldes, doch niemals klar zu sehen.

Größe und Erhabenheit meiner Umgebung waren trotz des stetigen Verfalls bedrückend und beeindruckend zugleich. Heruntergekommene Fassaden, bröckelnde Ornamente, zersprungene Treppen, die über dem Rauschen der Wellen endeten. Hunderte von Säulen, viele von ihnen lagen zersplittert oder völlig überwuchert danieder. Die Flora Quainmars eroberte, was sie nicht selbst geschaffen hatte.

»Schekich«, rief ich in die Leere der großen Halle hinein. »Schekich.«

Keine Antwort. Ich rief wieder und wieder, wütend, unsicher, mit bebender Stimme. »Schekich.«

Mein Zorn ballte sich, mein Hass auf diesen Mann, der sich nahm, was er wollte. Der nicht davor zurückschrecken würde, ganze Königreiche zu Fall zu bringen, wenn es nur der Befriedigung seines Stolzes diente.

Momente, Augenblicke verstrichen. Ich hörte mein Herz schlagen, meine Atemgeräusche, die Unruhe, die meinen gesamten Körper erfüllte. »Schekich!«

Dann war er da. Er schälte sich als dunkle Gestalt direkt vor mir aus einem Schatten in der Dämmerung, als sei er schon immer da gewesen. Ich wusste nicht, ob es mein Leben oder vielleicht nur eines meiner Gliedmaßen kosten würde, aber diese Fähigkeit mit den Schatten zu verschmelzen verschaffte Schekich ungeahnte Vorteile.

»Graf Deckard«, sagte die Gestalt mit Mantel und Kapuze. Die Süffisanz in seiner Stimme war dieselbe, die Linus an den Tag gelegt hatte. An jenen Tag, an dem Schekich meinen besten und teuersten Freund auf Geheiß eines dämonischen Elbenprinzen ermordet hatte – und Freude dabei empfunden hatte.

Schekich schlug die Kapuze zurück und löste die Brosche, die seinen Mantel zusammenhielt. Seine dunklen Locken fielen lang an der Seite seines Gesichts herunter. Waren das erste Spuren von grauem Haar, die sich hier und dort offenbarten?

»Warum bin ich hier?«, wollte ich wissen und versuchte den Hass in meiner Stimme zu zügeln. »Willst du ein Duell? Dann komm und hol es dir, Bastard!«

Schekich lächelte dünn.

»Ich muss etwas zu Ende bringen«, sagte er emotionslos.

»Du meinst, ein unschuldiges Mädchen fangen und die Nollonin deinem Herrn zurückbringen?«

Mein Gegenüber schüttelte den Kopf.

»Nein, Deckard. Der Elb Linus hat für meine Dienste bezahlt. Sehr gut bezahlt. Und es kränkt meinen Stolz, dass du und deine Freunde mich mehrfach daran gehindert habt, meine Pflichten zu erfüllen. Vor allem kränkt meinen Stolz, dass ich offenbar jemanden gefunden habe, der mir trotz all der Jahre voll harter Übung im Schwertkampf ebenbürtig ist. Und dazu noch so ein lächerlicher adeliger Schnösel.«

»Das ist es also, was du siehst?«, meinte ich verächtlich. »Einen Adeligen, der nichts besseres in seinem Leben zu tun hat, außer sich im Schwert zu üben?«

»Ihr seid doch alle gleich«, entgegnete Schekich, jetzt mit offener Verachtung in der Stimme. »Ihr sollt regieren und euch um eure Leute sorgen. Stattdessen vertreibt ihr euch die Zeit.«

»Du scheinst ja gut über mich informiert zu sein und über das, was ich den lieben langen Tag so tue.«

»Das Volk sagt von dir, dass du ein guter Fürst bist, Deckard. Möglicherweise bist du eine Ausnahme unter den Deinen. Du hast eine sehr stolze Auffassung von Loyalität – und die habe ich ebenfalls.«

»Nein«, rief ich. »Du bist loyal einem Auftraggeber gegenüber, der dich bezahlt. Ich bin loyal denjenigen gegenüber, denen ich durch Geburt verpflichtet bin.«

»Das macht keinen Unterschied«, erwiderte Schekich. »Doch ich möchte diese eine Sache zwischen uns ein für allemal beseitigen. Du hast eine bemerkenswerte Gabe, mir zum falschen Zeitpunkt im Weg zu stehen, Deckard. Wie ein Fluch lastest du auf mir. Selbst damals, als es mein Auftrag war, im Rahmen des Verlustedikts den König zu ermorden. Meine Auftraggeber wollten ein Exempel statuieren. Stattdessen traf es deine Eltern. Und schon damals warst du es, der nicht zugegen war. Schon damals bist du mir entkommen, auch, wenn deine Familie damals gar nicht mein Ziel war.«

Die Bemerkung über meine Familie traf mich wie einen Schlag vor den Kopf. Schekich war derjenige, der mir damals alles genommen hatte? Meine Eltern? Esja, meine große Liebe? Also war es alles Schekichs Schuld … Wäre er nicht gewesen, wären meine Eltern noch am Leben, wäre ich vermutlich noch nicht Markgraf von Falkenberg. Jemand anderes wäre zum Nicht-König geworden … und hätte womöglich härtere, aber konsequentere Entscheidungen getroffen.

Eine Welle unkontrollierbaren Hasses kochte in mir hoch. Ich nahm Erlenfang von der Schulter, zog die Klinge und schleuderte die Schwertscheide durch den Raum auf die aufgesprungenen Fliesen der Halle. Es schepperte an diesem ansonsten so stillen Ort.

»Dann mach schon!«, brüllte ich. »Beende, was du begonnen hast! Oder versuch es!«

Langsam, geschmeidig und bedrohlich zog auch Schekich sein Schwert. Er kostete das lange Schleifgeräusch aus, das erklang, während die Klinge seiner Waffe aus ihrer Scheide glitt.

»Hier ist der Handel, Graf von Falkenberg: Gewinnst du dieses Duell, ist das Elbenmädchen dir überlassen. Sie weiß, wo die geheimnisvolle Kristallkugel versteckt ist.

Verlierst du, wirst du ohnehin keine Chance mehr haben, dir über die Folgen Gedanken zu machen. Ich verrate sie dir trotzdem: Ich werde Elbin und Kristallkugel an den gehässigen Elben Linus übergeben, so, wie es mein Auftrag war, für den ich entlohnt worden bin.«

Ich nickte und tat die nötigen Schritte, um auf ihn zuzuspringen. Stahl traf klingend auf Stahl. Lachend drehte sich Schekich unter einem meiner wütenden Schläge weg, parierte den nächsten, dann noch einen, und noch einen. Lächelnd ließ er sich einige Meter von mir rückwärts treiben, bis ich meinen Ansturm keuchend unterbrach und mich einige Schrittlängen zurückfallen ließ.

»Du bist zornig, Graf«, meinte Schekich. »Das macht dich zwar schneller und stärker … aber es macht dich auch unvorsichtiger.«

Schekich hatte recht mit seiner Warnung. Ich musste meine Wut unter Kontrolle kriegen, sonst würde ich bei dem nächsten oder übernächsten Angriff ins offene Messer rennen. Irgendwann würde einer meiner Schläge nur die Luft treffen und Schekich würde es gnadenlos ausnutzen. Also versuchte ich ruhiger zu atmen. Zählte bis drei vor jedem Luftholen und Ausatmen.

Lauernd umkreisten wir einander. Beinarbeit war so unsagbar wichtig im Schwertkampf. Und bei Schekich wirkten die Schritte beinahe wie bei einem Raubtier, dass seine Beute im Visier hat.

Wieder versuchte ich es mit zwei Ausfallschritten, führte einen Schlag senkrecht von oben und nutzte den Abpraller, um mich um die eigene Achse zu drehen und so kräftig ich konnte Erlenfangs Klinge von links auf Schekich sausen zu lassen. Der Schlag hatte den gewünschten Effekt: Schekich parierte zu lässig, sodass der Schlag ihn stärker zurückdrängte, als er geplant hatte. Den Wimpernschlag, den er brauchte, um sein Gleichgewicht zu festigen, nutzte ich, um einhändig mit Erlenfang nach ihm zu stechen. Doch ich traf nur sein schwarzes Hemd und die scharfe Klinge schlitzte durch den Stoff von Schekichs Ärmel. Der Attentäter schlug mein Schwert zur Seite und brachte sich mit einer Rückwärtsrolle in Sicherheit, nur um gleich wieder auf den Füßen zu landen.

»Und du bist fahrlässig, weil du arrogant bist, Attentäter«, griff ich das Gespräch wieder auf. »Mein Hass allein macht mich nicht blind im Kampf.«

»Respekt«, beteuerte Schekich. Es klang süffisant, aber ein kurzes Flackern in seinen Augen sagte mir, dass ihm durchaus bewusst war, wie knapp es gewesen war. Aber sein Blick verriet mir auch, dass dies der letzte Fehler gewesen war, den er gemacht hatte, weil er mich unterschätzte.

Diesmal ging er in den Angriff über und zwang mich in die Defensive. Mehrere schnelle Schläge und eine wenig überraschende Pirouette folgten, doch es war nichts, was mich besonders forderte. Das war auch nicht das Ziel dieses Angriffs gewesen. Wollte er mir lediglich beweisen, dass er auch tatsächlich vorhatte, aktiv an dem Duell teilzunehmen?

Ich schnaubte, nachdem Schekich die Attacke abgebrochen hatte.

»Wie hast du uns gefunden?«, wollte ich wissen. Es war mir ein Rätsel. Wir hatten seit unserem letzten Aufeinandertreffen genug Abenteuer für ein ganzes Leben bei den Harjennern bestanden. Schekich konnte uns unmöglich gefolgt sein. Dazu hätte er gar nicht schnell genug sein können – niemand war zur See schneller als die Harjenner.

»Ich habe hier gewartet«, meine Schekich ruhig.

»Hier?«, fragte ich ungläubig.

Schekich zuckte die Achseln. »Es war die einzige Möglichkeit. Der Elb hatte die immense Sorge, dass die kleine Elbin die Kugeln – ja, damals waren es noch drei – zurück zu ihren Verwandten bringen könnte. Und nachdem ihr mit mehr Glück als Verstand aus Anselieth geflohen seid, gab es eigentlich nur eine Möglichkeit: Ihr musstet früher oder später nach Quainmar.

Ich fand recht schnell heraus, dass ihr das nicht auf dem Landweg bewerkstelligt hattet, weil ich euch die ganze Strecke vermeintlicherweise nachgereist war. Auch den Seeweg hattet ihr nicht genommen, denn in der Elbenhauptstadt war weit und breit kein Zeichen von euch zu sehen. Die Stadt schwieg immer noch. Ihr konntet also nicht bereits dort gewesen sein.

Es gab also nur eine Möglichkeit: Ihr wart mit den Nordmännern gefahren. So hattet ihr das Reich ungehindert verlassen können. Dass ihr hierher kommen würdet, war nur eine Frage der Zeit. Ich musste nur die Küste nahe der Hauptstadt im Auge behalten – und geduldig warten.«

»Du hast hier wochenlang gewartet?«, versuchte ich Zeit zu

schinden. Es musste eine Möglichkeit geben, mir einen Vorteil zu verschaffen. Verstohlen blickte ich mich um. Schekich würde diesen Ort sehr gut kennen, wenn er sich tatsächlich schon eine ganze Weile hier aufhielt. Er war gewissermaßen Perfektionist.

Schekich legte den Kopf schief. »Ich erhalte Aufträge und führe sie aus – nicht zuletzt, weil ich verflucht viel Geld dafür erhalten habe und noch einiges auf mich wartet.«

»Du bekommst viel Geld, weil du der Beste deines Fachs bist?«, provozierte ich.

»Unter anderem«, meinte Schekich und lachte auf. »Es hat doch beinahe symbolischen Wert, was wir hier tun. Im Palast der Dämmerung tragen wir aus, wer von uns der beste Schwertkämpfer der Welt ist. Eigentlich ein Kampf für die Lieder der Barden. Man könnte uns die *Kinder der Dämmerung* nennen.«

Dann ging er wieder auf mich los. Diesmal war es eine Demonstration seiner Ausdauer. Nicht die Komplexität der Schläge oder Manöver brachte mich ins Schwitzten, sondern schlicht und ergreifend die Tatsache, dass Schekich scheinbar mühelos dazu in der Lage war, das Tempo über zwei Dutzend Schläge aufrecht zu erhalten – wenn nicht gar noch länger.

Endlich gelang es mir, Schekichs Klinge seitlich abzulenken, um mir einen Schritt Vorsprung zu verschaffen und mich in Sicherheit zu bringen. Ich rannte die ersten Stufen einer breiten, moosbewachsenen Treppe hinauf, doch Schekich folgte mir nicht.

»Ich hole dich ein«, sagte er genüsslich, mit betont langsamem Gang. »Es ist völlig egal. Du kannst mir an diesem Ort nicht entkommen – und wenn doch, dann stirbt die Elbin.«

Hustend wischte ich mir den Schweiß von der Stirn. Trotz der Drohung stieg ich die Treppe langsam rückwärts hinauf, Schekich ständig im Blick. Ich brauchte Zeit zum Nachdenken. *Zeit, Zeit, ein verfluchtes winziges bisschen Zeit!*

Ohne einen Einfall erreichte ich ein neues Stockwerk. Wie das Seitenschiff eines mächtigen Tempels ging ein Flügel des gläsernen Palastes nach Norden ab. Hier fiel mehr Licht hinein, denn das nördlichste Ende des Palastflügels war abgebrochen und ins Meer gestürzt, wo es langsam vom Salzwasser zersetzt wurde. Ich beschloss, den Vorteil meines erhöhten Standpunktes zu nutzen und wartete am oberen Ende der Treppe auf meinen Feind.

Als Schekich in Reichweite war, griff ich an. Doch er parierte mühelos. Einmal, zweimal, dann schlug er meine Klinge zur Seite und hieb mir gleichzeitig mit der flachen Hand vor die Brust, sodass ich rückwärts taumelte und nach hinten stolperte. Hastig kam ich wieder auf die Beine.

»Du hast doch nicht ernsthaft glauben können, du würdest einen Vorteil erlangen, nur weil du mich von oben attackierst?«

Ich ließ ihn den Satz nicht zu Ende sprechen, sondern preschte erneut vor und deckte Schekich mit Schlägen ein. Doch welchen Kniff, welche Finte und welchen akrobatischen Trick ich auch versuchte, Schekichs Deckung blieb unversehrt. Schließlich musste ich ablassen und ging in die Defensive.

»Das war sehr aufschlussreich«, sicherte Schekich mir höhnend zu. »Du vermischst verschiedene Stile, glaubst, du könntest mich übertölpeln. Doch sei dir gewiss, Graf von Falkenberg: Ich bin sechzehn Sommer älter als du – und ich habe sechzehn Sommer mehr Erfahrung. Ich habe mehr Duelle gefochten als du es dir vorstellen kannst und mehr aufrichtige Männer getötet als dir je begegnet sind.

Du bist ein brillanter Fechter, Deckard, aber am Ende wirst du verlieren.«

Der Südländer hatte verflucht noch mal recht! Er war ein Dämon in Person – und ich war ein niemand. Früher oder später würde er mich ausschalten, denn früher oder später würde ich einen Fehler machen.

Ein letztes Mal versuchte ich es mit einem Angriff. Wir wirbelten umeinander wie entfesselt. Es hagelte Attacken, Riposten, Finten, Konter aus der Drehung – der Stahl der Klingen verschwamm zwischen uns in der Luft, wir waren ein Ganzes aus fließenden Bewegungen, agierten, reagierten. Doch während mein Durchhaltevermögen von der Verzweiflung und der Angst um meine Freunde aufrechterhalten wurde, war es bei Schekich nur eine Frage der Übung. Meinem finalen Angriffshieb aus einer Drehung wich er einem Akrobaten gleich aus, indem er sich hintenüber kippen ließ und zwei Flickflacks und schließlich einen Salto vollführte, der vollkommen außerhalb meiner Reichweite lag. Es war ein Spiel für ihn. Ein ernstes Spiel zwar, bei dem es um Leben und Tod ging, aber dennoch bloß ein Spiel. Natürlich, wie konnte es auch anders sein? Schließlich hatte er dabei sein Leben lang nur gewonnen.

Tief stand das boshafte Grinsen in seinem Gesicht, als er mich fixierte.

Mir hingegen lief der Schweiß in Strömen herunter. Meine lockigen Haare hingen in klatschnassen Strähnen herab.

»Das ist nicht gerecht«, stöhnte ich.

»Es gibt kein *gerecht*«, entgegnete mein Kontrahent. »Nur *besser* oder *schlechter.*«

Ich versuchte weiter, ruhig zu atmen. Zwar wusste ich, dass ich meine Grenze eine lange Zeit überlisten konnte, das hatte die Schlacht gegen die Riesen gezeigt. Doch das hier war anders. Das hier forderte alles von mir, forderte absolute Konzentration von jeder Faser meines Körpers. Unter diesen Umständen konnte ich mir keinen Vorteil dadurch verschaffen, mein Blut in Wallung zu bringen. Ich dachte an meine Familie, an Esja, an Hermelink. An all die Toten, die mir lieb und teuer waren und die den Weg hinter Schekich pflasterten. Doch jeden Vorteil kann man leicht ins Gegenteil verkehren.

Im Zuge meiner nahenden vollkommenen Erschöpfung, war meine einzige Chance, mich nicht auskontern zu lassen. Ich nahm das leichte Erlenfang allein in die rechte Hand. Mit der Linken zog ich den Dolch. Beide Klingenspitzen wie eine Schere auf Schekich gerichtet, erwartete ich seinen Angriff. Hinter mir wehte scharf der Wind vom Meer herein.

Und dann ging er auf mich los. Nein, er fiel förmlich über mich her. Die Geschwindigkeit und die Brutalität seiner Schläge konnten nur eines bedeuten: Jetzt und hier würde es enden. Einmal und für immer.

Rasante Schlagfolgen prasselten auf mich nieder. Schekich

verwandelte sich in den wirbelnden Tod. Ich brachte jeden Funken Konzentration auf, den ich hatte. Ja, Schekich hatte sechzehn Jahre mehr Erfahrung, wahrscheinlich sogar mehr. Und all die Zeit über war er ein brutaler Mörder gewesen, kein Markgraf.

Ich versuchte einen seiner Schläge zu Kontern, indem ich ihn mit dem Dolch abfing und nach Schekichs Kopf schlug. Eine abgeschnittene Haarsträne fiel zu Boden, doch mein Gegenüber ließ sich nicht beirren. Schnell und schneller gingen die Schläge auf mich nieder.

Und schließlich brach meine Verteidigung. Schneller als ich es wahrnehmen konnte, hatte ich einen Schnitt an der linken Schulter. Ich merkte bloß die Schärfe der Klinge, die durch meine Haut schnitt, nicht so sehr den Schmerz. Aber die Erkenntnis und die Verzweiflung darüber, dass meine Deckung schwand, übermannten mich mit aller Macht. Wieder ließ Schekich eine Riposte ins Leere laufen, drehte sich und wischte mit seinem Schwert nach oben. Trotz meines ungelenken Sprunges zurück traf er mich mit der Spitze im Gesicht. Wieder spürte ich die Klinge heiß durch mein Fleisch schneiden, schlug sein Schwert zur Seite und machte den hilflosen Versuch, mich zum Verschnaufen einige wenige Schritte rückwärts in Sicherheit zu bringen. Doch meine Mühe war vergebens. Blut sickerte mir ins Auge, brannte und verschleierte mir die Sicht.

Schekich trieb mich vor sich her wie man ein Tier mit dem Stock trieb. Irgendwann würde der lange Palastflügel zu Ende sein, abgebrochen wie ein morscher Steg. Irgendwann wäre hinter mir bloß noch das Meer.

Ich versuchte eine schnelle Drehung, doch Schekich duckte sich weg und hieb seine Klinge mit Gewalt in den Boden vor meinen Füßen. Glassplitter stoben auf und ich musste die Linke heben, um meine Augen zu schützen.

Darauf hatte er gewartet. Ich spürte den Ruck, als die Spitze seiner Klinge in meinen Unterarm, knapp über dem Handgelenk eindrang. Mit einem Schmerzensschrei ließ ich den Dolch fallen, direkt in den frischen Spalt im abgenutzten Glasboden.

Endlich ließ Schekich von mir ab und ich stolperte Rückwärts, die Linke angezogen, das Schwert in der Rechten mit der Spitze vor mir ausgestreckt. Wie ein Anfänger, ohne jede Deckung, nur noch darauf bedacht, meinen Feind auf Distanz zu halten. Blut lief mir warm über das Gesicht und den Arm und tropfte vor mir auf den Boden, während ich schrittweise zurückwich. Den linken Arm hielt ich schützend angewinkelt. Ich fühlte mich wie ein Tier, das mit Pfeilen gespickt, angeschossen in die Enge getrieben war.

»Damit wäre es entschieden. Das Ende aller fechterischen Eleganz«, resümierte Schekich seine Überlegenheit. »Und ich dachte um ein Haar, ich hätte nach all den Jahren einen ebenbürtigen Gegner gefunden. Schade. Gibt es noch etwas, das ich der Nachwelt mitteilen soll?«

Hinter mir rauschte das Meer. So nah ... so nah.

Die Schmerzen in meinem Arm waren widerlich und ließen mich beinahe stumm werden vor Qual, trotzdem wischte ich mir das Blut aus dem Sichtfeld.

»Schert es dich nicht, was mit dem Ehernen Reich geschieht? Schert es dich überhaupt nicht, dass dein Auftraggeber das Leben vieler Hunderttausend zerstören will?«

Schekich zuckte wieder die Achseln. »Und wenn es so ist. Irgendetwas wird dem Reich folgen und es wird auf unserem riesigen Kontinent irgendwo immer irgendjemanden geben, der mich bezahlt.«

»Dann sehen wir uns auf der sonnenlosen Straße«, nickte ich heiser.

»So ist es«, bestätigte Schekich und ging auf mich los. Ein letztes Mal.

Müde parierte ich einen Schlag. Meine Gedanken waren bei denen, die mir etwas bedeuteten.

Parade – Ich dachte an die Menschen im Reich – Parade – Ich dache an Falkenberg – Parade – Ich dachte an Lia – Parade – Ich dachte an Ellyn ... die tapfere junge Königin, die sich gegen ihren eigenen Vater stellte.

Ein letzter Atemzug, eine allerletzte Verzweiflungstat!

Ich wehrte einen der lässigen Schläge zur Seite ab und stürzte mich gleichzeitig mit all meiner verbliebenen Kraft auf meinen Feind. Schekich war ob der stümperhaften Bewegung überrascht, als ich ihn mit meiner verletzten linken Seite traf und zu Boden riss. Es würde mein Ende sein.

Doch als wir fielen hörte ich ein scharfes, brechendes Geräusch und ein Stöhnen.

Der entscheidende Stich in meinen Körper blieb aus. Stattdessen hob und senkte sich Schekichs Brustkorb hektisch. Ich blickte auf und sah die Klinge meines Dolches, die kaum eine Handbreit vor mir aus Schekichs Torso ragte. Als ich ihn fallenließ hatte er sich in der Bodenspalte verkantet.

Ich nahm mich zusammen und rollte mich von Schekich, beruhigte meinen Atem, rappelte mich hoch.

Da lag er. Geschlagen durch meine allerletzte Verzweiflung. Der steckengebliebene Dolch hatte seine rechte Brusthälfte durchbohrt und ihm alle Kraft geraubt. Sein Atem ging rasselnd und er starrte mich mit einem Blick an, den ich nicht einordnen konnte. Hass lag keiner darin. Vielleicht so etwas wie Erlösung?

Mit dem Stiefel schob ich sein Schwert außer Reichweite. Doch ich musste nichts mehr befürchten.

»Da … habe ich mich wohl verschätzt«, stöhnte Schekich, es klang verzerrt durch das Blut, mit dem sich seine Lungen füllten. Er versuchte sogar so etwas wie ein Lächeln auf die Lippen zu bekommen. »Erfahrung und Skrupellosigkeit … kann … wohl doch nicht alles sein.«

Mit wackeligen Knien richtete ich Erlenfangs Spitze auf ihn, obwohl ich wusste, dass es vorbei war.

»Wo ist Lia?«, wollte ich wissen. Es war das Einzige, was zählte.

Schekich hustete.

»Es ist schlimm, wenn die Kraft dich verlässt«, meinte er, als sei es ein gedankenverlorenes Spiel. »Den Schmerz kann man mit Kräutern betäuben … aber die Kraft … sie kommt nicht zurück.«

Wieder hustete er. Schmerzmittel, ja. Lemander hatte davon erzählt.

»Wo ist Lia?«, schrie ich.

Als er seinen Hustenanfall unter Kontrolle hatte, lächelte er wieder dünn. »Ich verrate es dir. Versprochen ... ist versprochen. Nur bitte ... tu mir einen ... Gefallen.«

Sein Blick bekam etwas Flehendes.

»Welchen Gefallen könnte ich *dir* reinen Herzens erfüllen?«, fragte ich kraftlos. »Nach allem, was du mir angetan hast?«

Das flehende Lächeln auf seinem Gesicht bekam einen wissenden Zug. »Du bist mir ähnlicher, als ... du es selbst wahrhaben willst. Du bist ebenso besessen von deinen Idealen wie ich von meinen – von den ehrbaren, wie von den fragwürdigen. Jeder von uns ist süchtig nach seinem Begriff von ... Loyalität.«

Ich senkte kraftlos mein Haupt. Krampfhaft versuchte ich, nicht auf seine Worte zu achten, auch wenn ich wusste, das auf eine gewisse Weise Wahrheit in ihnen lag.

»Wo ist Lia?«, beharrte ich.

»Im höchsten ... Turm ... den man noch begehen kann.«

Ich wandte mich um tat einen Schritt. Dann hielt ich inne.

»Wie lautet der Gefallen?«, zischte ich, wütend über mein weiches Herz. Wieder musste ich mir Blut vom Gesicht wischen. Noch war mein Körper taub von der Hitze des Gefechts, die Schmerzen waren schlimm, aber sie warfen mich noch nicht um – ich mochte nicht an jene Schmerzen denken, die mir erst bevorstanden, wenn ich zur Ruhe kam.

»Wirf mich ins Meer!«, sagte Schekich mit bebender Stimme. »Lass mich ... nicht hier sterben! Lass das Meer ... meinen Körper zurücktreiben in den tiefen Süden ... oder ... wo ... auch immer die Götter es beschließen.«

Ich verharrte ... versuchte, einen klaren Gedanken zu fassen. Wie würde ich sterben wollen, wenn ich die Wahl hätte? Was würde derjenige für mich tun, der mich erstochen oder vergiftet hatte? Was würden diejenigen mit mir tun, die mich bestatten würden? Wahrscheinlich wäre ich erleichtert, wenn irgendjemand nur einen Hauch von Mitleid zeigen würde.

Trotz meiner Schmerzen trat ich hinter Schekich und griff unter seine Achseln, um ihn von dem verkanteten Dolch herunter zu hieven. Ein Ruck, und er war frei. Mein Handgelenk rebellierte und ich ging auf die Knie, mit einem Schrei aus tiefster Seele.

Schekich blieb auf dem Bauch liegen. Ich bemerkte, wie er seine Beine versuchte zu bewegen, doch die Kraft schwand sichtbar aus seinem Körper. Es gelang ihm nicht, sich umzudrehen. Vorsichtig schätzte ich die Lage ab: Bis zur Kante waren es vielleicht zehn Schrittlängen. Dahinter und darunter toste das Meer.

Mit der rechten griff ich Schekichs gebräunte Hand, schaffte es, ihn auf den Rücken zu drehen und zog. Zog und zog gegen das Gewicht des Mannes, dessen Hände um ein Haar mein eigenes Leben beendet hätten.

Langsam schleifte ich ihn Schritt für Schritt. Ich wusste nicht recht, warum ich das tat. Wahrscheinlich wollte ich, dass er aus meinem Leben verschwand. Und nie wieder zurückkehrte.

Dann war es geschafft. Der stumme, dankbare Blick des sterbenden Mannes begleitete mich, während ich ihn kraftlos über die letzte Kante rollte. Wie ein Stein fiel der Körper in die Fluten hinab.

Hatte ich einem Dämon seinen letzten Wunsch erfüllt? Mein Körper und Geist schienen kaum noch mir selbst zu gehören. War es so? Waren Schekich und ich uns ähnlicher, als ich es wahrhaben wollte? Ein Schauder überkam mich.

Ich blickte ihm nicht länger nach, sondern sammelte Erlenfang kraftlos auf und machte mich auf die Suche nach Lia.

Kapitel 14

Die Erhabenheit einer anderen Welt

Als ich zu mir kam, schaukelte ich auf einer Trage durch den Wald. Licht fiel durch das Blätterdach über mir, während ich blinzelte und versuchte, die Umgebung zu sortieren. Mein linkes Auge sah nichts. In einem kurzen Anfall von Panik fuhr meine Hand in mein Gesicht und ertastete einen festen Verband. Erleichtert atmete ich auf. Als ich den Kopf hob, sah ich einen Nordmann am hinteren Ende der Trage. Er nickte mir freundlich zu.

»Er ist wach«, sagte er nach vorn gewandt. Dann setzten sie mich ab und Lemander kam herbei.

»Guten Morgen!«, verkündete er mit fröhlich blitzenden Augen, während ich mich unter leichtem Schwindelgefühl aufsetzte. Vorsichtig untersuchte ich den starken Verband an meiner linken Schulter und begutachtete die Schiene an meinem Handgelenk.

»Ich hatte eigentlich befürchtet, du kommst in mehreren Stücken zu uns zurück«, scherzte Lemander. Dann kam auch schon Leonhrak herübergeeilt und ging in die Hocke, um mich heftig zu umarmen.

»Bruder!«, strahlte er mich an. Ich keuchte vor Schmerz.

Auch Lia erschien in meinem Sichtfeld. Sie schien körperlich unversehrt zu sein und nickte mir mit wissendem Blick zu.

Das Licht, das den Wald flutete, war golden wie der Herbst, obwohl alle Blätter der hohen Bäume grün strahlten. Glühwürmchen schwirrten umher, obwohl ich anhand des Tageslichtes schätzte, dass wir erst Vormittag hatten. Das Stimmengewirr vieler Tiere war zu hören. Der Tross der Nordmänner wirkte beinahe wie ein Fremdkörper zwischen all dieser natürlichen Anmut. Um uns her waren riesige Nester in den Baumkronen zu sehen, als ob sie Vögeln von immenser Größe gehörten.

»Baumgräber«, sagte Lia, die meinen unschlüssigen Blick bemerkt hatte. »Wir beerdigen unsere Toten hoch über der Erde in den Bäumen.«

»Das heißt, wir sind am Ziel?«, fragte ich verwirrt.

»Wir sind heute Morgen nach Noienna aufgebrochen.«

»Also sind wir noch nicht in Noienna?«

Lia schüttelte sanft den Kopf. »Nein, noch sind wir im großen Wald Aluthian, der uns Freund und Beschützer zugleich ist.«

»Habt …«, ich sortierte meine Worte im wirren Kopf, als mich ein grausiges Bild einholte »Habt ihr die toten Elben auch in solchen Baumgräbern bestattet?«

»Das wird geschehen«, meinte Lia. »Doch zuerst bringe ich meinem Volk seine Stimmen wieder.«

Ich konnte nicht tatenlos auf einer Trage liegen und lief bald wieder neben den Nordmännern her, trotz eines Schwindelgefühls, das ich nicht ganz abschütteln konnte. Eine Schiene fasste mein linkes Handgelenk ein und ich legte den ganzen Arm in eine Schlinge, die ich um den Hals trug. Sowohl Leonhrak als auch Lemander bestanden darauf, mich wenigstens von jeglicher Gepäcklast zu erlösen. Widerwillig ließ ich sogar Erlenfang von Lemander tragen, während er mir schilderte, was in der Zwischenzeit vorgefallen war.

Kurz nachdem ich Lia im höchsten Turm des Palastes der Dämmerung ausfindig gemacht hatte, hatte ich das Bewusstsein verloren. Danach war es der Falke Airi gewesen, der sie winkend auf der Spitze des Palastes entdeckte. Die Nordmänner hatten uns zurück an Land geholt und Lias Anweisungen gemäß den Nollonar unweit der Stelle ausgegraben, an der Schekich die toten Elben so grausam angeordnet hatte. Ohne einen Hinweis hätten wir die Kugel niemals wiedergefunden. Währenddessen hatte ich den ohnmächtigen Schlaf der Erschöpfung geschlafen und meine Wunden waren so gut es ging versorgt worden. Um mir Ruhe zu verschaffen, hatte man eine weitere

Nacht am Strand verbracht, um in aller Frühe in Richtung Noienna aufzubrechen.

Wir hatten Noienna auf dem Seeweg tatsächlich nur knapp verfehlt und waren wenige Meilen weiter in der nächsten Bucht gelandet. Die Landzunge, die dazwischen lag, beschrieb in Richtung Festland einen langen bewaldeten Bogen, sodass Noienna nicht einsehbar war. Das äußerste Ende der Landzunge musste sich hervorragend eignen, um ankommende Schiffe in beiden Buchten auszumachen. Hatte Schekich uns so gefunden? Es schien wahrscheinlich. Doch würde ich es ihn nicht mehr fragen können – und war heilfroh darum.

Der Übergang vom Wald zur Stadt Noienna war so schleichend, dass ich es zunächst gar nicht bemerkt hatte. Doch dann wurde mir klar, wie die Stadt der Elben erbaut war. Es gab keine Mauern, die eine gerodete Fläche einzäunten. Erste, gepflasterte Wege begannen schon im tiefen Wald zwischen Moos und Laub. Die Gräber in den Baumkronen wurden mal mehr, mal weniger. Niedrige Statuen standen teils verwittert und von Laub und Ranken besetzt da und dort hinter Bäumen. Schreine mit unscheinbaren Altären und fein gearbeiteten Stufen sah ich zwei. Trockene Blätter fielen vereinzelt wie im Herbst auf uns herab. Bald gab es kein Unterholz mehr, und der Urwald wich einem Wald, der gezähmt, ja sogar freundlich wirkte. Als sei er eine weite, heilige Halle, deren Säulen die Baumstämme bildeten. Dann passierten wir einen Turm aus glattem, hellem Stein, um den sich ganze Bäume rankten wie Efeu um einen Erker. Schließlich betraten wir eine lange steinerne Brücke, die in hohem Bogen über den Fluss Neimeroth führte. Während unter dem mit Ornamenten geschmückten Pflaster der Brücke der Strom rauschte und die Bucht speiste, fiel unser Blick erstmals auf die gesamte Herrlichkeit Noiennas – auch wenn der Ort in Grabesstille vor uns lag.

Alles war aus hellem Stein erbaut, dessen Farbe irgendwo zwischen Weiß und Gold lag. Geschwungene Türme und riesige Terrassen säumten weite Hügel, deren Baumbestand wie ein einziger gewaltiger Park die Wege und Plätze rahmte. Offene Häuser auf schlanken Säulen, verbunden durch eine Vielzahl von Treppen, standen überall. Ich hatte viel gesehen, seit ich Falkenberg hinter mir gelassen hatte, aber niemals eine derartige Stein gewordene Erhabenheit, die sich über eine Meile von den sanften Hügeln des Waldlandes hinunter zur Bucht erstreckte.

Auf dem höchsten der Hügel stand der Palast Finduil, ein Gebäude aus vielen großen und lichten Hallen. Schlanke, beinahe zerbrechlich wirkende Säulen und Streben beherbergten Fenster und Wintergärten aus Elbenglas.

Wir alle waren sprachlos ob der reinen Anmut dieses Ortes. Es war, als hätte man das Ende der Welt erreicht, als würde sich die sonnenlose Straße vor einem in das weite Tal auftun, in dem Allandar, der große und ewige Träumer all seiner Geschöpfe harrte.

Am Ende der Brücke standen zwei Elben mit goldenem Haar und silbernen Bögen in den Händen. Lia hob ihre Hand zum Gruß und sie verbeugten sich tief vor ihr.

Sachte nahm Lia die Hand eines jeden elbischen Wächters und legte sie auf die nachtschwarze Kugel in ihrer Hand.

»*Laithah*«, hauchte einer von ihnen erschlagen und fiel auf die Knie. »*Otheth velorenai … a minuhilieth aivynn*« – *Herrin, du bist zurück … und du erlöst uns.*

»*Mai*«, bestätigte sie zärtlich, was der Elb gesagt hatte und verbeugte sich tief vor ihm. »*Otha velorenai … a minuhilia ethivynn.*«

Während wir wie im Traum durch die Stadt Noienna wandelten, wurden wir nur weniger Elben gewahr. Eine schwere Traurigkeit lag über dem Ort und ließ ihn trotz seines fremden Glanzes ein wenig schauerlich wirken.

»Das Leben in Noienna liegt brach, seitdem der Fluch der Nollonin über uns gekommen ist«, erklärte einer der Elben, die uns eskortierten. »Es war, als wäre mit unseren Stimmen sämtliche Hoffnung gestorben.«

Andächtig, ja beinahe ehrfürchtig setzten die Nordmänner einen Schritt vor den nächsten. Unter Lias Führung wandelten sie staunend durch die Stadt.

Schließlich bedeutete uns Lia vor einem Haus zu halten. Es besaß eine prunkvolle überdachte Veranda, deren Stützen nach oben hin zu spitzen Bögen zusammenliefen. Geschnitzte Efeuranken wanden sich an jeder von ihnen hoch. Das Gebäude selbst war sehr offen gebaut und mehrere Stockwerke mit vielen Terrassen schmiegten sich an die Seite eines gras- und laubbedeckten Hügels, den man durch viele große Türen des Hauses betreten konnte.

Eine Elbin, die in ein langes, weißes Kleid gehüllt war, trat barfuß auf die Terrasse. Ihre Augen weiteten sich, als sie Lia erblicke.

»Mavenna«, verbeugte sich die Prinzessin vor der Elbenfrau, deren Augen seltsam alterslos erschienen.

Auch sie fand ihre Stimme wieder, nachdem sie den Nollonar berührt hatte und sie wechselte mit Lia einige Worte in der elbischen Sprache – der gebrauchte Wortschatz überstieg meinen bei Weitem und so war ich erstaunt, als Lia mich hinzubat.

»Dies sind die *gonilin meagaren*, die Gärten des Heils«, erklärte sie mir. »Ich möchte, dass du in Mavennas Obhut bleibst, bis wir von meinen Eltern zurückkehren.«

»Aber … ich muss mit deinen Eltern sprechen«, protestierte ich. »Das Eherne Reich ist auf die Hilfe der Elben angewiesen, ich kann mich erholen, wenn ich-«

Durch eine einzige sanfte Berührung meines Arms unterbrach Lia mich. Ja, dies hier war ihr Zuhause, hier besaß sie Macht, Stärke und eine natürliche Autorität. Jeder konnte es spüren.

»Du wirst mit ihnen sprechen«, sagte sie sachte und mit einem milden Lächeln auf ihren Zügen. »Aber du bist niemandem auf dieser Welt eine Hilfe, wenn du verletzt und erschöpft bist. Gib Mavenna einen Tag und sie wird dir helfen, neue Kräfte zu sammeln.«

Ich spürte instinktiv, das jeder weitere Einwand sinnlos war.

Hilfesuchend blickte ich mich nach Leonhrak um, doch der nickte verständnisvoll.

»Du hast tapfer für jene gekämpft, die dir etwas bedeuten, Bruder. Gib deinem Körper diesen einen Tag Zeit!«

Ich spürte eine weitere Berührung, diesmal an meiner Hand, und blickte auf. Mavenna hatte mich bei der Hand genommen.

»Komm, *aven ammaiah*«, sagte sie. »Was auch immer dir noch bevorsteht, du wirst deine Kräfte brauchen.«

Freund der Elben, hatte sie mich genannt. Ich wusste, dass man mir womöglich keine Wahl lassen würde. Und so ließ ich mich in die Gärten entführen, deren Geheimnisse meiner harrten.

Erneut erwachte ich aus einem tiefen Schlaf. Der warme Wind Quainmars spielte sanft mit meinen Haaren, während ich die Muster der Decke über mir betrachtete. Honiggelbes Abendlicht durchströmte alles um mich.

Ja, ich erinnerte mich wieder. Die Elbin Mavenna hatte mir ein warmes Bad bereitet und meine Nordmannskleidung gegen elbische Hosen und Obergewänder getauscht. Schließlich hatte sie mich zu einem Pavillon inmitten eines Gartens geleitet und mir einen süßlichen Tee zu trinken gegeben. Offenbar ein Beruhigungsmittel.

Mir fiel auf, dass der Verband über meinem linken Auge fort war. Behutsam tastete ich nach der Wunde. Über dem Auge teilte ein Schnitt meine Braue in zwei Hälften und zog sich unter dem Auge fort. Alles fühlte sich wulstig und verschorft an, und der Schmerz pochte als dumpfer Begleiter gegen die Stellen. Ich hatte eine Menge Glück gehabt, dass mir mein Augenlicht geblieben war. Der Schnitt an meiner Schulter sah gar nicht mal so schlimm aus, aber mein durchstochenes Handgelenk war stark mit blütenweißen Stoffbahnen bandagiert. Noch wusste ich nicht, wie es um meine linke Hand in Zukunft stehen würde.

Es kam mir eigenartig vor, im Freien auf einem Bett zu liegen. Nicht, dass ich in den letzten Wochen nicht ausreichend im Freien übernachtet hätte – aber eben nicht auf einem Bett. Ich setzte mich auf und fand meine Sachen auf einem Beistelltischchen. Und oben auf meiner Nordmannkleidung lag das, was mich am meisten interessierte. Ein Brief.

Vor meiner Abreise in Richtung meines Schicksalstreffens mit Schekich hatte Airi einen Brief zu uns gebracht, den ich nicht mehr hatte lesen wollen, in der Befürchtung, die Nachricht könnte mir das moralische Genick brechen.

Und es war die richtige Entscheidung gewesen, wie ich feststellen sollte. Ungelenk und mühsam faltete ich ihn auseinander. Meine verletzte Hand war mir dabei mehr im Weg als eine Hilfe:

Lieber Deckard,

Es dringen Gerüchte zu mir vor, Du wärst am Konflikt des Harjenner Reiches mit den Riesen beteiligt gewesen. Die Leute erzählen sich Heldengeschichten über Dich – doch ich fürchte, Du möchtest sie am allerwenigsten hören.
Wo auf dieser großen Welt bist Du? Das Reich könnte Dich gebrauchen. Dein Land am allermeisten.
Nein, am allermeisten bin ich es wahrscheinlich, die Dich an ihrer Seite braucht.
Die neuesten Nachrichten, die mich aus Falkenberg erreichten, dürften Dich tröstlich stimmen. Der Bürgerkrieg berührt Deine Heimat nicht mehr stark.
Stattdessen wird er jedoch ins Herz des Reiches getragen.
Ich bin geradezu verzweifelt.
Mein Vater hat gemeinsam mit der Familie von Gramenfeld mobil gemacht. Während ein Teil der Truppen von Pelikor von Gramenfeld die Grenze zum Seenland gesichert hat, soll eine riesige Streitmacht aus Gramenfeld und meiner Heimat den großen Kamm überqueren. Ich weiß nicht, was ihr erklärtes Ziel ist, aber Erimee von Dinster wird Angst und Bange. Sie verlangt nach Unterstützung, doch niemand kann ihr die gewähren. Während Falkenberg kaum fähig ist, sich selbst zu verteidigen und auf die Hilfe der Ordenstruppen angewiesen

ist, sind Lilienbach und das Seenland zu weit weg. Sollte mein Vater es wirklich wagen, mich – seine so missratene Tochter, wie man ihn weithin sagen hört – in der Hauptstadt anzugreifen, wird es für den Orden schwer, die Mauern zu halten. Zwar liegt Anselieth strategisch günstig, aber die Heere, die Pelikor und mein Vater aufgestellt haben, müssen gewaltig sein.
Oh, könnte nicht dieser verfluchte Elb an der Seite meines Vaters endlich von ihm ablassen? Es ist an ihm, das Eherne Reich zerbrechen zu lassen.
Wo auch immer Du bist, Deckard, das Reich braucht Dich.
Und wenn es nur als starker Fürsprecher ist.
Aber ich fürchte, das weißt Du bereits.

Sanfte Wege
Ellyn

Ich schluckte schwer, während ich die Zeilen las. Das bestätigte meine schlimmsten Befürchtungen.

Eine warme, milde Brise zog vom Meer herüber und verwirbelte mein Haar. Ich kniff die Augen zusammen. Ich musste eine Möglichkeit finden zu handeln. Vielleicht würden mir ja die Elben eine Eskorte zur Verfügung stellen. Vielleicht würden sie auch an meiner Seite Truppen entsenden, um … ja, um was eigentlich? Um einen Konflikt beizulegen, der sie im Grunde nichts anging? Sie waren mir im Grunde nicht zu Dank verpflichtet, vielmehr den Nordleuten.

Ich nahm Untergewand, Hemd, Hose, Weste und Umhang von dem Beistelltischchen und tauschte sie gegen die elbische Kleidung aus, die ich trug.

»Guten Morgen, Deckard«, hörte ich Lias Stimme leise hinter mir. Ich drehte mich um. Über das Gras kam sie auf mich zu, von Mavennas Haus her durch den Garten.

»Guten Morgen?«, lächelte ich so gut es ging, während ich in Gedanken bei Ellyn und den Heerscharen war, die bald im Reich aufeinandertreffen würden. »Habe ich so lange geschlafen? Ich dachte, es wäre Abend …«

Aber bevor Lia antwortete, sah ich noch einmal genauer in den Himmel und bemerkte meinen Fehler.

»Nein, du wirst wohl Recht haben«, meinte ich, niedergeschlagen über die verlorene Zeit, die zwischen dem Betreten der *gonilin meagaren* und meinem Aufwachen verstrichen war.

Zeit. Wenn es etwas gab, das niemand hatte, war es Zeit. Am allerwenigsten ich selbst. Doch es half nichts, unruhiger zu werden, als ich es ohnehin schon war.

Lia setzte sich an das Fußende meines Bettes und bedeutete, mich neben sie zu setzen. Behutsam nahm sie meine bandagierte Hand in ihre zarten Finger.

»Mein Volk versteht sehr viel von Heilkunst«, meinte sie, während sie die Bandage eingehend betrachtete. »Mavenna meinte, es sei dennoch wahrscheinlich, dass deine Hand nie wieder gänzlich heilt. Womöglich werden deine Finger nicht mehr so filigran sein, wie zuvor. Deine Sehnen haben starke Schäden davongetragen.«

Das war wenig ermutigend. Auch wenn nicht gesagt war, dass ich ein Krüppel sein würde.

Ich seufzte. Aber unser Häscher Schekich war Vergangenheit, von uns abgefallen wie ein gebrochener Bann. War eine verkrüppelte Hand nicht ein gerechtfertigter Preis?

Doch waren das Dinge, über die Gedanken zu machen sich jetzt lohnte? Gab es nicht dringendere Angelegenheiten?

»Meine Eltern würden dich gerne sehen«, sagte Lia. Ich wusste, dass sie meine Stimmung sofort durchschaut hatte.

»Ich werde mit dir kommen«, fügte sie hinzu.

»Zu deinen Eltern?«

Sie schloss kurz geduldig die Augen. »Nein. Dorthin, wo du hingehen möchtest um das Reich der Menschen zu retten.«

Ich blieb einige Augenblicke lang sprachlos. Dann, als mir die Tragweite ihrer Worte vollends klar geworden war, fuhr ich entsetzt hoch und entgegnete: »Bitte tu das nicht. Ich habe meine Versprechen gehalten – wenn auch über Umwege und mithilfe von Leonhrak und seinen Leuten. Aber wenn du mit mir gehst, dann wartet nur Verderben auf dich.«

»Wer weiß das schon?«

»Lia! Ich gehe, um deinen Bruder zu bekämpfen. Es ist das Einzige, was mir noch zu tun bleibt. Ich kann mich umdrehen und davonlaufen, mein Glück im tiefen Süden suchen oder jenseits der Verlorenen Lande. Oder ich ergebe mich der einzigen Alternative: Ich kehre zurück und setze alles daran, Linus zu vernichten – ihn und seinen verderbenden Einfluss auf das Reich.«

Ich wusste nicht, welche Festigkeit in meinem Blick lag, doch er zwang selbst die nun so selbstsichere Elbenprinzessin, ihm auszuweichen.

»Ich weiß, was du im Begriff bist zu tun, Deckard«, meinte sie. Es lag wenig Stolz, sondern vielmehr Traurigkeit in ihren Worten. »Und ich werde mit dir kommen. Du hast ein Versprechen gehalten. Mehr noch, du hast gegen Alpträume und gegen dein eigenes Schicksal gekämpft, um mich herzubringen. Und außerdem …«

Jetzt sah sie wieder her und ich konnte in ihrem Gesicht lesen, dass es nichts auf der Welt gab, das sie umstimmen konnte.

»… ist es richtig so. Das Sterben der Unschuldigen, nur weil mein Bruder seinen Hass nicht zu kontrollieren vermag … Es muss aufhören! Und das ist schließlich auch der Grund, warum du ins Reich zurückkehren willst.«

Schweigen breitete sich aus. Der Wind blies in einer kurzen Böe über die Stadt, während ich einige unruhige Schritte machte. Einige Blätter fielen von den Bäumen des Gartens um uns herum und das Licht des neuen Morgens ließ sie strahlen wie Flocken aus Gold. Die Luft lastete so bedeutungsschwer auf uns, als wolle sie uns erdrücken.

Lia kam zu mir herüber und lehnte den Kopf gegen meine Schulter.

»Und wenn dies das Ende ist«, hauchte sie. »Dann ist es richtig so.«

Ich schloss die Arme um meine Freundin. Trotz des warmen Klimas wurde mir kalt bei dem Gedanken an die Grauen, die sich viele Hundert Meilen nordwestlich ereignen mussten.

»Was ist mit Leonhrak?«, wollte ich wissen.

Lia nahm den Kopf hoch und sah mich fragend an.

»Er liebt dich«, erklärte ich es ihr so schlicht und einfach es eben war. Doch das Elbenmädchen biss sich nur auf die Lippe und sah an mir vorbei. »Ja.«

Den erhabenen Palast Finduil zu betreten, war als betrete man einen fein gesponnenen Kokon aus purem Licht. Die weitläufige Halle war aus denselben dünnen Streben errichtet, wie auch Mavennas Haus, doch natürlich waren es ungleich mehr. Überall fanden sich prachtvolle Schnitzereien – vornehmlich die von Pflanzen. Es duftete frisch und die Luft war klar, wie sie es oft über stillen Bergseen war.

Niemand begegnete mir, nachdem Lia mich an den Wachen vorbei hineingeschickt hatte. Vorsichtig, beinahe andächtig, tapste ich die Stufen aus hellem Marmor hinauf, um die große Halle des Königspaares vor mir ausgebreitet zu sehen – lichtdurchflutet und von überragender Schönheit. Doch erstaunlich weit und erstaunlich leer. Viele Dutzend Schrittlängen, am gegenüberliegenden Ende der Halle saß ein Paar von unbeschreiblicher Anmut – und doch beinahe unbeweglich wie Statuen.

»Willkommen, Deckard aus dem Hause von Falkenberg«, hörte ich eine sonore Männerstimme. Es war als spräche jemand direkt neben mir. Erschrocken drehte ich mich um, doch begriff ich schnell, dass es die Magie der Elben war, die die Stimme den Raum überbrücken ließ. Ehrfurchtsvoll verbeugte ich mich, bevor ich dazu ansetzte, den Raum zwischen mir und dem Königspaar zu überbrücken. Noch während ich ging, sprach Innimdal weiter: »Du hast weite Wege auf dich genommen. Nicht etwa, weil du darauf erpicht warst, sondern weil du ein gutes Herz hast.«

Ich erreichte die beiden Throne, die aus zu Stein erstarrten Sonnenstrahlen zu bestehen schienen und verbeugte mich abermals.

Das Königspaar der Elben erhob sich – und diesmal hörte ich sie von Angesicht zu Angesicht.

»Wir sind dir zu tiefstem Dank verpflichtet, Deckard von Falkenberg. Du hast nicht nur unsere Tochter gerettet, sondern auch das Schicksal unseres Volkes.«

Sie waren beide ausgesprochen schöne Wesen. Schlank, mit langem glänzenden Haar, das ihnen bis auf die Brust fiel. Das der Königin war golden wie ein Sonnentag, das des Königs tiefschwarz. Lange, fließende Gewänder fielen an ihnen herab und sie waren barfuß.

»Herr Innimdal, Herrin Elaia«, sagte ich voller Ehrfurcht. »Ich würde euch gern die Freundlichkeit erweisen, in eurer Sprache zu sprechen, aber ich bin nicht fähig, mich darin komplex auszudrücken.«

»Das ist in Ordnung, lieber Deckard«, sagte Innimdal mit großer Ernsthaftigkeit. »Wir beherrschen deine Sprache gut.«

»Du hast unser Kind und unsere Stimmen zurückgebracht«, fuhr die Königin der Elben fort. Sie war älter als meine Mutter es gewesen wäre, sie war sogar älter als Lemander. Aber sie war von einer Schönheit, die wie der Sonnenaufgang erstrahlte.

»Ich habe nur getan, wozu das Schicksal oder die Götter mich befähigt haben. Und es ist leider nicht alles, was ich mir erhofft habe.«

Ein mildes Lächeln umspielte die Lippen von Königin Elaia. »Dennoch – nicht jeder, dem das Schicksal solche Taten ermöglicht, vollbringt diese auch.«

Ich machte erneut die Andeutung einer Verbeugung.

»Meine Herrin, du beschämst mich mit deiner Freundlichkeit.«

»Auch beschämt brauchst du nicht zu sein, Deckard. Sich des Dienstes zu schämen, den du uns erwiesen hast, wäre falsch.«

»Dann freut es mich, den Elben von Quainmar geholfen zu haben. Ihr seid ein so anmutiges Volk – und es wäre ebenso falsch, keine Rücksicht auf euch zu nehmen.«

Innimdal zog anerkennend die Augenbrauen nach oben. »So denken nicht viele Menschen. In der Vergangenheit nicht und heutzutage ebenso wenig.«

»Ich weiß«, gestand ich. »Es war grausam und verkehrt, was

vor der Proklamation des Ehernen Reiches geschah. Ich schäme mich für die Taten, die meine Vorfahren an euch begingen.«

»Aber dennoch würdest du das Reich nicht wieder an die Elben geben, Deckard. Ist das richtig?«

Skepsis lag in der Stimme des Elbenkönigs.

»Das ist richtig«, bestätigte ich. »Das Reich ist meine Heimat und die Heimat unzähliger Menschen. Niemand von uns trägt Schuld an dem, was vor über dreihundert Jahren geschehen ist, weil niemand zu der Zeit gelebt hat. Es bereitet euch Schmerz, weil das Gedächtnis der Elben anders gewebt ist als unseres, weil euer Leben länger ist und über mehrere unserer Generationen reicht. Aber die Menschen, die jetzt das Eherne Reich bevölkern, zu bestrafen, ist ein ungerechter Weg.«

»Es war auch nicht gerecht den Elben gegenüber, die euer Land zuvor bewohnten.«

»Dem stimme ich voll Bitterkeit zu. Aber genügt das als Grund, erneut Tausende Unschuldige in den Tod zu schicken? Ist es in den Augen der Elben nur ein Rechenspiel um Vergeltung? Eine Ungerechtigkeit legitimiert im Gegenzug keine andere Ungerechtigkeit.«

»Du hast Recht, Deckard«, übernahm Königin Elaia wieder die Gesprächsführung. »Es schmerzt uns sehr, zu sehen, was unser eigen Fleisch und Blut an Leid unter euch Menschen anzurichten gedenkt. Und dennoch können wir nicht eingreifen.«

Da war er, der Satz, der meine heimliche Hoffnung zunichte machte. Mit bröckelnder Zuversicht hakte ich nach. »Ihr müsst keine Armee entsenden …«

»Was du aber zweifellos im Sinn hattest, richtig?«

Ich ging nicht darauf ein. »Ihr könnt jeden anderen Weg wählen, um dem grausamen Treiben eures Sohnes Einhalt zu gebieten …«

Doch sowohl König als auch Königin schüttelten bedauernd den Kopf.

»Es ist gleich, was wir tun, Deckard«, versuchte Elaia mich zu besänftigen. »Am Ende würden die Menschen es auf uns zurückfallen lassen, ob gerechtfertigt oder nicht. Eure Angst schwingt zu schnell in blinden Hass um.«

Ich sank mutlos auf die Knie.

»Ich bitte euch von ganzem Herzen«, machte ich einen letzten Versuch. »Tut *irgendetwas*! Es ist euer eigener Sohn, der das Menschenreich mit sich in den Abgrund reißt. Es *kann* euch nicht recht sein.«

Doch all mein Bitten und Flehen war vergebens. Das Königspaar der Elben in seinen lichtdurchfluteten Hallen änderte seine Meinung nicht.

Mit gesenktem Kopf verließ ich schließlich die Erhabenheit Finduils. So berauschend die Begegnung mit dem Königspaar der Elben auch für mich begonnen hatte, so niederschmetternd und ernüchternd war das Ergebnis im Endeffekt für mich. Ich hatte trotzige Dinge sagen wollen zu Elaia und Innimdal, doch ich hatte mich beherrscht. Aber ich teilte ihre Sichtweise nicht, die es ihnen erlaubte, sich moralisch nicht in die Pflicht nehmen zu lassen. Verdammt, was war denn nötig, um die Elben zum Eingreifen zu überreden? Der Prinz der Elben ließ das Eherne Reich lachend in tausend Scherben zerspringen, stahl dem eigenen Volk gar die Stimmen, um es am Eingreifen zu hindern. Ich nahm seine Schwester in Schutz, die ihm als einzige Widerstand entgegenbrachte. Mit ihr durchstand ich Stürme und Gefahren, um den Elben Stimmen und Prinzessin zurückzubringen … und bekam *was* dafür? Strahlende Dankbarkeit?

Das Einzige, was mir blieb, war grimmiger Trotz: Ich würde ins Reich zurückkehren und dort an der Seite der Aufrichtigen sterben.

Doch was hieß schon aufrichtig in diesen Tagen?

Wie konnte mir nur so kalt sein? Trotz all der Wärme hier im Elbenreich, trotz all des Lichts und des Glanzes.

Lange saß ich auf einem unbehauenen, hellen Stein, sah aufs Meer und ließ den Tag über mich ergehen.

Ich wusste nicht, wie schlimm es derweil im Ehernen Reich geworden war. Ich wusste nur, dass ich versuchen musste, einen letzten, verzweifelten Einfluss auf die Geschicke dort zu nehmen. Nein, nicht allein. Lia würde mich begleiten, das hatte sie mehr als deutlich gemacht. Also ein Mensch und eine Elbin gegen den aufgewiegelten Hass riesiger Heerscharen? Wie sollte das funktionieren? Was sollte am Ende dabei herauskommen?

Aller Wahrscheinlichkeit nach würde das Reich zerbrechen, gegenseitige Bündnisversprechen aufgekündigt. Serion würde im Nordwesten seine Schreckensherrschaft aufbauen und Falkenberg unterjochen. Lilienbach und Dinster würden sich hinter dem Großen Kamm verschanzen und das Seenland auf Eigenständigkeit pochen, ständig bedroht von den brutalen Nachbarn im Westen.

Wer wusste schon, wie die Freien Städte in diesem Fall reagierten? Sie waren wirtschaftlich und militärisch stark. Vielleicht unternähmen sie den Versuch, ein Stück des großen Kuchens abzubekommen. Ihrer Macht hätte zumindest Lilienbach nicht viel entgegenzusetzen, wenn die Städte nur entschlossen genug handelten. Auch das Seenland müsste dann eine Entscheidung treffen – wobei ich nicht glaubte, dass die Städte sich mit Alen Wetmann anlegen würden. Er sorgte stets für ausgeglichene Verhältnisse und stellte sich gut mit den Magistraten der Städte.

Wie man es auch drehte und wendete: Falkenberg fiel heraus aus der Gleichung. Am Ende würde meine Heimat wohl trotz allem von Gamar annektiert werden, komme, was wolle. Dinster würde sich nicht als brüderlicher Beschützer aufspielen.

Ich wusste nicht, was die passende Gefühlslage für mich war. Wut? Trauer? Ernüchterung? Aufgabe?

»Hier bist du«, vernahm ich eine Stimme in meinem Rücken. Es war Leonhrak, der den Weg herauf zu meinem Aussichtspunkt geschlendert kam. Ich konnte an seinem Gesicht nicht ablesen, wie es um sein Gemüt bestellt war. Doch vor Glück schäumte er nicht unbedingt über, soviel sah ich.

»Wie geht es dir?«, wollte ich wissen.

Er zuckte die Achseln. »Ich hatte kurze Zeit einen schönen Traum. Jetzt bin ich aufgewacht.«

»Du hast Innimdal um die Hand seiner Tochter gebeten«, riet ich tonlos. Und landete einen Volltreffer.

Leonhraks Blick ging an mir vorbei, ebenfalls aufs Meer hinaus. »Ich hätte ihn auch fragen können, ob ich seinen Palast einreißen darf.«

»Tut man das denn?«

»Was? Paläste einreißen?«

»Nein, elbische Väter um die Hände ihrer Töchter bitten?

Wieder zuckte er die Achseln. »Ich weiß es nicht. Aber seine Tirade über viele Bedeutungen des Wortes *Schande* hätte er sich sparen können. Zumindest wundert mich jetzt nicht mehr, wie sein Sohn so verflucht nachtragend sein kann. Diese ganze elbische Erhabenheit dient doch nur dazu, ihre Verstocktheit zu kaschieren.«

Er legte mir seufzend die Hand auf die Schulter. »Aber erzähl mir, wie es dir am heutigen Morgen ergangen ist. Du siehst nämlich hundeelend aus, wenn ich bemerken darf.«

Also erzählte ich ihm alles, was das Gespräch mit dem Königspaar der Elben ergeben hatte. Auch meine Überlegungen und Erwägungen darüber, wie es nun weitergehen würde, eröffnete ich dem Harjenner Prinzen vorbehaltlos.

»Du weißt, dass du nicht allein ins Reich zurückkehren wirst?«, fragte er mich schließlich, als ich geendet hatte.

»Es ist lieb gemeint, aber was würde es bringen, wenn du mich begleitest? Das Harjenner Reich braucht dich.«

Leonhrak schüttelte entschieden den Kopf. »Das Eherne Reich braucht mich. Wir haben immer zu unserem Bündnis gestanden, Deckard. Und wenn es darum geht, dem Elben Linus Einhalt zu gebieten, um nicht noch mehr Leid über Dorn zu bringen, dann ist es wohl das Mindeste, wenn ich dich begleite.«

»Du musst das wirklich-«

»Ich muss!«, bekräftigte Leonhrak. »Ich lasse Lia nicht allein mit dir in einen Krieg mit ungewissem Ausgang ziehen. Und ich lasse auch nicht zu, dass dein Land von diesem dahergelaufenen Markgrafen Serion in Gamar eingegliedert wird. Du hast dir auf deinen Irrfahrten nicht nur Feinde, sondern auch Freunde gemacht, Deckard. Bedenke das! Sollte Serion es wagen, dich anzugehen, dann hätte er mächtige Feinde. Wenn er Falkenberg besetzen würde, dann würde das Heer der Harjenner die Reise auf sich nehmen und es wieder befreien.«

Leonhraks Worte rührten mich zutiefst. Ja, sollten die Elben doch sehen, wo sie mit ihrem Stolz blieben. Ich hatte in der Tat Freunde gewonnen auf meinen Reisen.

»Aber was ist, wenn Falkenberg in der Zwischenzeit schon längst an Gamar gefallen ist?«, gab ich zu bedenken.

»Das glaube ich nicht«, meinte Leonhrak entschieden. »Du hast selbst gesagt, dass eure Königin Ordenstruppen nach Falkenberg entsandt hat. Und die Ordenskrieger sind verflucht harte Hunde. Die härtesten, wenn du mich fragst. Nicht umsonst lassen sich eure Könige seit Jahrhunderten von ihnen beschützen. Und wenn Serion wirklich nach Anselieth zieht, lässt er zumindest vorerst Falkenberg außer Acht.«

Was Leonhrak mir aufzählte, sollte nach Hoffnung klingen. Doch der fiel es immer schwerer, sich in meinen Gedanken einzunisten.

»Hör auf, dich in Selbstmitleid zu ergehen, Deckard! Klagen kannst du, wenn du auf der sonnenlosen Straße wandelst. Denn solange du noch atmest, hast du die Chance einzugreifen. Zum Guten, wie zum Schlechten.«

Die Harjenner waren aufgebrochen, um die Skrara in die Bucht von Noienna zu lenken. Hier wollten die Elben sie mit Proviant und Vorräten für die Rückreise ausstatten.

Leonhrak hatte den Plan gefasst, mich mit seinen Männern ins Eherne Reich zu begleiten, koste es, was es wolle.

Am Nachmittag suchte mich Lemander auf, um mir eine Entdeckung mitzuteilen.

»Deckard«, rief er aufgeregt. »Es gibt da eine Sache, die dich brennend interessieren könnte.«

»So?«

»Komm!«, sagte er. »Du solltest es dir am besten selbst ansehen.«

Doch Lemander ließ keine Zeit verstreichen und schleifte mich mit sich, quer durch die Hauptstadt der Elben hindurch, die uns auf den Straßen und Plätzen freundlich, aber reserviert begegneten.

Lemander führte mich die Hügel hinunter, vorbei an Häusern und Bäumen, hin zu einer kleinen Klamm, deren Felswände von Efeu überwuchert waren. Immer tiefer führten säuberlich abgeschliffene Stufen im Fels unter einem Wasserfall hindurch.

»Wo führst du mich hin?«, wollte ich wissen und konnte mir beim besten Willen nicht vorstellen, was wichtiger sein konnte, als die baldige Abreise zurück ins Eherne Reich vorzubreiten.

»In die grüne Bibliothek von Elurian«, verkündete Lemander im Gehen.

»Elurian?«

»Ja. Der Sohn des letzten Königspaares, der Vorgänger von Elaia und Innimdal. Ihre Namen waren-«

»Ist ja schon gut«, unterbrach ich ihn. »Vermutlich kann ich mir die Namen ohnehin nicht merken. Aber was – bei den Göttern – ist eine *grüne Bibliothek*?«

Doch da schritten wir bereits hinter einem zweiten Wasserfall vorbei – und ein Rund im Fels wurde offenbar. Der Fluss Neimeroth musste im Laufe der Jahrhunderte eine große, zylindrische Kammer mit dem Durchmesser eines großen Handelsschiffes in den Fels gegraben haben. Über und über wurden die Felswände von Ranken und dicken Gehölzen überwuchert. Ein dichtes Dach aus Baumkronen und Kletterpflanzen überspannte das Gebilde in mehreren Dutzend Schrittlängen Höhe, sodass kein direktes Sonnenlicht hineinfiel. Stattdessen wurde die Felsenkammer von Abertausenden von Glühwürmchen hell erleuchtet. An dem pflanzlichen Bewuchs der Wände entlang führten Treppen und Trassen zu Gängen und Emporen aus Holz. Und auf einer kleinen Halbinsel in der Mitte des Sees, der den Grund bildete und seitlich versteckt vom Hauptarm des Neimeroth lag, stand ein Elb vor einem Lesepult. Er war groß und hager, mit ergrautem Haar und langen, spitzen Ohren. Sein goldener Blick war klug und mild und er breitete die Arme aus, um Lemander und mich willkommen zu heißen.

»Lemander, da bist du ja schon wieder. Und lieber Herr Deckard von Falkenberg, ich begrüße dich und hoffe, es ist dir angenehm in meiner grünen Bibliothek.«

»Danke … Elurian«, riet ich seinen Namen richtig. »Ich bin aufs Äußerste beeindruckt von diesem Ort. Aber wo bin ich hier?«

»An einem Hort des Wissens«, erklärte der Elb mit einer ausladenden Handbewegung. »Hier bewahre ich alles Geschriebene der Elben und Menschen auf, das die Jahrhunderte überdauert hat. Und das, was ich des Aufbewahrens für wert erachte.«

Ich blickte mich erneut um und erst jetzt sah ich, dass zwischen den Ranken und Ästen des Felsbewuchses Schriften hervorragten. Die Pflanzen waren gespickt mit Rollen, Folianten, Briefumschlägen, Dokumentenbündeln und vielen anderen Handschriften.

»Wie ist das möglich?«, fragte ich erstaunt. »Ich dachte, Papier und Pergament verrotten, wenn sie zu feucht werden und …«, ich hielt inne, um die feuchte Luft zu atmen, die Wasserfall, See und Pflanzenwelt mit sich brachten, »… hier ist es doch ziemlich feucht.«

Elurian hingegen sagte nur: »Das ist Teil unserer Magie. Und ich muss dir danken, Deckard. Denn ohne meine Stimme hätte ich all das hier nicht mehr sehr lange vor dem erbarmungslosen Griff der Natur zu schützen vermocht. Die richtigen Lieder zur richtigen Zeit können vieles bewirken, Herr Deckard.«

Das glaubte ich ihm gerne und dachte daran zurück, wie Lia uns im Heerlager der Riesen in den Schatten verborgen hatte.

Lemander zwinkerte mir zu: »Du weißt doch noch, was ich dir und dem armen Hermelink über Alte Magie erzählt habe?«

Nickend bestätigte ich. Wir hatten Mooskinder gesehen – und Hermelink hatte bei seiner Rückkehr Frau und Kindern davon erzählen wollen. Doch Elurian und Lemander hinderten mich daran, von der Traurigkeit der Erinnerung übermannt zu werden.

»Elurian hat mir von etwas erzählt, das sich uns vielleicht als hilfreich erweisen könnte.«

»So?«

»Komm mit, junger Graf«, forderte Elurian mich auf. »Es gibt doch nicht mehr viel zu verlieren für dich, oder?«

Ich verneinte.

»Dann hast du doch sicherlich einige wenige Augenblicke Zeit für die Spinnereien eines alten Elben. Immerhin ist eure Abreise erst für den morgigen Tag geplant.«

Elurian schritt leichtfüßig voran, hinein in das Gewirr aus Stufen und Terrassen. Glühwürmchen stoben vor ihm auseinander, wie kleine Sternenhaufen. Lemander und ich folgten ihm unsicheren Schrittes über die Rankentreppen, uns festklammernd an Geländern aus Astwerk und Blättern.

Schließlich waren wir ein gutes Stück über dem Grund des Sees, als Elurian stehenblieb und einen einzelnen Briefumschlag zwischen zwei dicken Blättern hervorholte und mir reichte. Das Papier war gelblich, aber der Umschlag war soweit intakt. *An Baterius von Wintershelm*, prangte in großen, geschwungenen Lettern auf der Vorderseite. Ich klappte ihn auf und holte das zusammengefaltete, offensichtlich sehr alte Stück Papier heraus und las:

Lieber Baterius,

das neue Reich, das Aan geschaffen und bis zu seinem Tod mit erbaut hat, besitzt großes Potential. Ein derart großes gesamtpolitisches Gebilde ist hier im Norden von Dorn noch nie von Menschenhand erschaffen worden. Es bietet Möglichkeiten für ein sicheres Zusammenleben und fördert durch seine schiere Größe allein schon Handel und Kultur. Ich bin sicher, dass man sich noch lange an unsere Tage erinnern wird. Ich hoffe und bete, dass es noch in Jahrhunderten, vielleicht in Jahrtausenden der Fall sein wird.

Aber auch ich bin mittlerweile hoch betagt, wie Du nur allzu gut weißt, mein Lieber. Doch wenn Du gehofft haben solltest, dass ich die Geheimnisse meiner Magie mit Dir in Briefform teile, dann muss ich Dich enttäuschen. Ich habe im Laufe eines langen Lebens viele Mysterien zu Gesicht bekommen und erforscht. Und ich weiß, wie gefährlich dieses Wissen wiederum sein kann, wenn es in die falschen Hände gerät. So werde ich viele Geheimnisse also einfach für mich selbst behalten, auf dass sie einst mit mir sterben mögen.
Jedoch gibt es eine Sache, die ich Dir mitzuteilen habe, in der Hoffnung, dass dieses Wissen bei Dir in sicheren Händen ist. Es geht um jene Gegenstände, die ich die »Insignien« nenne. Jene äußeren Zeichen von Aans Königswürde, die auch in späterer Geschichtsschreibung wohl häufig mit ihm in einem Atemzug genannt werden:
Die schwarze Krone, das rubinrote Szepter und das Schwert Navriel.
Ich habe durch einen kompliziert gewobenen und sehr alten Zauber sichergestellt, dass der- oder diejenige, der diese Gegenstände in seinem Besitz weiß, immer eine Möglichkeit haben wird, das Eherne Reich zusammenzuhalten. Ich spreche keine Garantie dafür aus, dass der- oder diejenige die Chance nutzen wird, die sich bietet. Noch werde ich mich explizit darüber auslassen, worin sie besteht. Aber ich muss dieses Wissen mit jemandem teilen, bevor es verloren geht. Denn dann wäre alle Anstrengung vergebens gewesen.

Sei nicht verstimmt, wenn Dich diese Form eines Testaments vielleicht weniger beschenkt, als Du es Dir gewünscht hast. Ich hoffe, Du erkennst die Macht des Wissens dahinter, gibst es weiter und lässt es einst vielen Menschen zum Vorteil gereichen.

Mit größter Ehrerbietung,
Mundus

»Mundus?«, entfuhr es mir überrascht und ich blickte Lemander und Elurian fragen an. »Geht es um *den* Mundus?«

»Ich denke schon«, sagte Lemander mir einem Leuchten in den Augen, während er mir den Brief abnahm. »Der letzte große Magier, der etwas von der Alten Magie wusste.«

Elurian nickte zustimmend. »Mundus war nicht nur der Hofmagier Aans. Mundus war der letzte Mensch, der wusste, wie man die Alte Magie manipuliert und gebraucht. Nicht so wie wir Elben, durch Musik und die richtigen Lieder. Mundus kannte die Elemente beim Namen. Er wusste, welcher Materie und welchen Gegenständen Energien innewohnen und er wusste sie auch zu gebrauchen. Ein scharfsinniger Geist, der nicht zuletzt eine Menge zu unserer endgültigen Niederlage gegen die vereinigten Menschen unter König Aan beigetragen hat.«

Doch die Fragen in meinen Augen schwanden nicht.

»Du hegst also keinen Groll gegen Mundus?«, wunderte ich mich.

Elurian blickte zu Boden. »Welchen Sinn ergäbe es, den Menschen noch zu zürnen? Es würde zu nichts führen außer Leid.«

»So, wie es das in Linus' Fall tut.«

»Ja«, bestätigte Elurian mit Bedauern in der Stimme. »Ich heiße nicht gut, was Linus tut. Doch würde ich auch nicht gegen ihn in die Schlacht ziehen.«

»Also überlässt du es uns Menschen, wie wir damit umgehen?«, schloss ich daraus.

Wieder bejahte Elurian. »Es ist nun euer Reich und in eurer Verantwortung, euch geschlossen gegen Einflüsse von außen zu stellen. Ihr habt diese Lande einst von den Elben genommen, jetzt könnt ihr nicht erwarten, dass wir sie für euch beschützen. Das«, Elurian zeigte auf den Brief, »ist das Einzige, was ich euch an Hilfe geben kann, Herr Deckard.«

»Die Insignien also«, murmelte ich vor mich hin, suchte Lemanders Blick mit Fragen in den Augen. »Glaubst du wirklich, dass es uns einen Vorteil einräumen könnte, wenn wir diese Insignien finden?«

Lemander zuckte mit den Achseln. »Das liegt bei uns. Indes muss ich aber darauf bestehen, dass wir die Insignien nicht zu suchen brauchen.«

»Nicht?«

Kopfschütteln. »Die gusseiserne Krone ist sicher auf Jorhammer bei König Fjelding.«

Das stimmte, ich hatte sie selbst gesehen. Auch wusste ich wo das Szepter war. »Das Szepter hängt über dem Ehernen Thron in der großen Halle von Anselieth.«

»Richtig. Und das Schwert Navriel haben wir hier.«

Elurian deutete auf Erlenfang, das ich an einem Riemen quer über dem Rücken trug.

Ich bekam große Augen. Also sollte die Vermutung, die König Fjelding angedeutet hatte, tatsächlich wahr sein? Trug ich seit dem Tod meines Vaters das Schwert des ersten Königs des Ehernen Reiches mit mir herum? Das Schwert König Aans, des Eroberers, des Visionärs? Ja, es stimmte, dass in den Erzählungen von einem sehr schlanken Schwert die Rede war, das Aan geführt hatte. Navriel war sein Name gewesen.

Ich nahm Erlenfang ab und betrachtete den mit Leder umwundenen Griff. Nirgends war ein Zeichen davon zu sehen, dass das Schwert einmal jemand anderem als einen Falkenberger gehört hätte. Im Knauf war gar unser Wappen eingeprägt.

»Seid ihr sicher?«, murmelte ich und zog die Klinge aus ihrer Scheide, um auch sie noch einmal eingehend zu besichtigen. Ich konnte nirgends eine Gravur oder ähnliches entdecken, das einen Hinweis auf die Herkunft gegeben hätte.

Da erhob Elurian seine Stimme und sang volltönend eine einzige Zeile.

bruanith dun avynn, gahar taulir

Und wieder nahm mich die Magie der Elben völlig für sich ein. Einen Moment lang dehnte sich die Welt um mich herum zu einem weiten Feld und verdichtete sich wieder zu der großen Felskammer, in der wir standen. Nur ein einzelner hoher Ton schwang durch den Raum und hallte von den dicht bewachsenen Wänden und der Wasseroberfläche des Sees wider. Es war, als würde man mit feuchten Fingern auf dem Rand eines kristallenen Bechers entlang gleiten – nur war der Ton um ein vielfaches lauter. Erlenfang vibrierte in meiner Hand.

Während Lemander und ich wie angewurzelt auf die Klinge starrten, nickte Elurian wissend.

»Ich denke, dies ist Aans Klinge.«

»Du … denkst es?«, vergewisserte ich mich zögerlich.

»Dies ist Elbenstahl. Diese Klinge stammt aus dem alten Elbenreich, in dem nun die Menschen wohnen. Es ist eine meisterhafte Arbeit und sie wird teuer gewesen sein. Die Klinge ist so schlank und leicht wie sie stabil ist.«

»Man hat mir stets erzählt, dass die Klinge aus dem Reich Ebben stammt.«

»Aber so genau wusste es niemand, richtig?«

Das stimmte. Eine völlig klare Aussage zur Herkunft der Klinge hatte ich nie bekommen.

»König Aan muss ein faszinierender Mann gewesen sein. Klug, charismatisch, mitreißend«, erklärte Elurian. »Es kommt nicht häufig vor, dass Elben ihr Handwerk in die Dienste eines Menschen stellen. Aber in all den Geschichten, die ich im Laufe meines langen Lebens gehört habe, schien es mir eigentlich immer offensichtlich, dass Aans Schwert Navriel eine Elbenklinge sein musste. Allein schon des Namens wegen.«

»Aber Aan hat einen Krieg gegen euch geführt.«

»Dennoch hat er die Elben stets respektiert, oder? Er war kein Elben-Hasser, sondern wollte lediglich das Beste für sein eigenes Volk. Im Gegenteil, er hat uns sogar ein äußerst fruchtbares Land für unser Exil überlassen.«

»Das klingt ja beinahe, als ob ihr dankbar sein müsstet.«

»Das nicht. Ich heiße nicht gut, was Aan uns angetan hat. Aber es ist falsch, es engstirnig und einseitig zu sehen. Aan hatte Gründe für sein Handeln. Das mag in einer Katastrophe für uns Elben gemündet haben, aber ich glaube nicht, dass Boshaftigkeit der Antrieb eures ersten Königs war.«

»Noch etwas«, mischte sich Lemander ein. »Aan stammte aus Falkenberg.«

Unschlüssig sah ich ihn an, nickte aber dann.

»Richtig«, erinnerte ich mich und murmelte: »Vielleicht ist das Schwert auf diese Weise ja in die Gegend gelangt.«

Lemander hatte noch eine weitere spannende Bemerkung auf Lager: »Es ist sind ja keine Geschichten über das Schwert mehr bekannt, die nach Aans Eroberungsfeldzug spielen. Wieso sollte das Schwert nicht einst in Erlenfang umbenannt worden sein. Es würde mich nicht überraschen, wenn man den elbischen Namen nicht mehr nutzen wollte. Und Erlenfang ist auch nur ein altes Wort, das in etwa Elbenhäscher bedeutet.«

Das kam überraschend. Dabei war es nur logisch, wenn man die Geschichte so betrachtete, ja beinahe vollkommen offensichtlich. Dreihundertvierundzwanzig Jahre seit der Proklamation waren in der Geschichte der Zeit nur ein Katzensprung.

Und vielleicht hatte sich der historisch interessierte Fjelding einfach nur alles zusammengereimt. So schwer war es ja auch nicht, wenn man die richtigen Schlüsse zog.

Ich ließ mich auf einen aus Ästen gewachsenen Lesestuhl sinken.

»Und … was heißt das nun alles?«, fragte ich unsicher.

»Das liegt bei dir«, meinte Lemander. »Entscheide du, was du mit deinem neugewonnen Wissen anstellten kannst.«

Er zwinkerte. »Es kann nicht schaden, die Geschichte um die drei Insignien von König Aan im Hinterkopf zu behalten.«

Am nächsten Morgen reisten wir ab, während sich die Sonne mit goldgelbem Glanz von Osten her über die Hügel und Wälder Quainmars schob. Sie tauchte alles in ihre warmen Farben und das Meer schillerte unter ihr wie ein Teppich aus Goldmünzen.

Es hatten sich einige Elben versammelt, um unsere Abreise zu verfolgen. Sie trugen Gewänder, die ebenso hell wie der Morgen waren und sie ein wenig wie Gestalten aus Licht wirken ließen.

König Innimdal und Königin Elaia waren gekommen, um ihre Tochter zu verabschieden und ihre Gesichter kündeten vom Widerwillen, sie erneut ziehen zu lassen. Doch Lia war zu einer selbstständigen Person herangereift – vor allem im Verlauf der letzten Monate, die sie allein in der Fremde hatte überstehen und in der sie ihre eigenen Entscheidungen hatte treffen müssen.

Ich beobachtete die Szene aus einiger Entfernung, doch schließlich holte die Königin der Elben auch mich heran.

»Deckard von Falkenberg«, begann sie, während alles um sie herum zu schweigen begann. Auch die geschäftigen Nordmänner und sogar die Vögel am Himmel schienen in andächtige Stille zu verfallen. »Wir können dir keine Hilfe sein, so wie du uns eine gewesen bist. Das bedaure ich zutiefst um deinetwillen. Aber die Welt bewegt sich weiter und vielleicht werden Menschen und Elben eines Tages wieder in Eintracht miteinander leben.

Meine Tochter begleitet dich auf deiner Mission, Deckard. Es ist ihre eigene Entscheidung und ich nehme es dir nicht übel. Ich sehe die Aufrichtigkeit in deinem Gesicht und weiß, dass du wie eh und je versuchen wirst, sie mit allen Mitteln zu beschützen.

Dennoch bitte ich dich: lass ihr nichts zustoßen! Mein Herz würde zerspringen wie ein Krug, falls auch noch mein zweites Kind in den Abgrund gerissen wird.«

Dann holte sie etwas aus ihrem Gewand und gab es mir.

»Hier«, sagte sie. »Nimm du es. Wir brauchen es nicht länger. Unsere Magie hat ausgereicht, um das Land in der wenigen Zeit eurer Anwesenheit wieder zum Singen zu bringen.«

Es war der Nollonar, den wir hergebracht hatten, um die Elben von ihrem Fluch zu erlösen. Ein Stück Kälte in einem warmen Land.

»Ich hoffe, dies wird dir einmal gute Dienste leisten«, gab sie mir mit auf den Weg. »Ich überlasse es deiner Weisheit, was damit zu tun ist. Und nun, wie ihr Menschen im Ehernen Reich gerne zum Abschied sagt, wünsche ich dir und all deinen Begleitern *sanfte Wege*.«

Ich verbeugte mich lang und tief, sprachlos ob der Geste, mir dieses Instrument schrecklicher Macht anzuvertrauen, das all unsere Sorgen überhaupt erst ausgelöst hatte.

Nachdenklich darüber, was uns erwarten würde, betrat ich schließlich die Skrara.

Ein verzweifelter Versuch, mein Land zu retten, lag vor mir. Mit wem an meiner Seite? Was würde mir nützen und was nicht? Die Insignien? Der Nollonar in meiner Tasche? Oder nur meine Hoffnung?

Kapitel 15

Große Reiche

Auf hoher See konnte das Schiff der Harjenner volle Fahrt machen und wir kamen gut voran. Am Morgen des achtzehnten Tages bereits sahen wir hinter dem Basiliskenkopf am Bug der Skrara die Spitze des königlichen Palastes von Anselieth am Horizont aufragen. Doch der gigantische Bau des Palastes war derart immens, dass wir erst am frühen Nachmittag überhaupt dort eintrafen. Diesmal jedoch unter ganz anderen Vorzeichen.

Das Meer war voll. Angefüllt mit ganzen Schiffsverbänden, die Anselieth den Rücken kehrten. Dutzendweise segelten die Menschen nach Süden, flohen vor dem drohenden Unheil. Kaum ein Schiff steuerte den riesigen Handelshafen der Hauptstadt an.

Dann war es also wahr – trotz aller ernsten und bitteren Stunden der letzten Monate traf mich die Erkenntnis erneut wie ein Hammerschlag. Gramenfeld und Gamar zogen gegen Anselieth. Ein Vater gegen seine eigene Tochter.

Das Falkenweibchen Airi war viel geflogen in den letzten Tagen. Nachdem ich mich mit Leonhrak ausführlich beraten hatte, war es der Prinz der Nordmänner gewesen, der ein Schreiben an seinen Vater geschickt hatte mit der Bitte, uns in Anselieth zu unterstützen. Und zu unserer Überraschung hatte König Fjelding schon lange zugesagt, mit seinen Truppen zur Unterstützung von Anselieth ins Eherne Reich zu ziehen. Alen Wetmann aus dem Seenland war schon nach den ersten Berichten über die nach Süden ziehenden Truppen aus Gramenfeld und Gamar auf die Idee gekommen, die Harjenner um Hilfe zu bitten. Fjelding schrieb, er sei es mir und dem Reich schuldig.

Das Eherne Reich dürfe nicht zerbrechen, die Folgen für alle Umliegenden wären katastrophal. Und er schrieb auch, dass er bereits aufgebrochen sei.

Mein Herz hatte einen Sprung gemacht. Wenigstens diese Sorge schien uns also schon einmal von der Seele genommen. Auch wenn es mich zunehmend beunruhigte, schon wieder sehenden Auges in einen bewaffneten Konflikt zu fahren. Wie lange würde das gut gehen? Wie lange würde ich das Aneinanderreihen von Schlachten, Duellen und Scharmützeln überleben? Lang genug, um nach Falkenberg zurückzukehren und dort für den Frieden einzustehen?

Doch der Falke war schnell wie der Wind und so hatte es gereicht, auch Ellyn noch eine kurze Nachricht über unsere Ankunft in Anselieth zukommen zu lassen, wie sich zeigte. Denn man ließ uns passieren und an den Anlegern in den Grotten unter dem königlichen Palast landen und von Bord gehen.

Meine Beklemmungen darüber, erneut den Grund und Boden der Hauptstadt zu betreten, war der Beklemmung über die bevorstehenden Tage gewichen. Denn schon unsere Begrüßung begann mit einem Paukenschlag.

»Graf Deckard? Prinz Leonhrak?«, begrüßte uns ein hochgewachsener, breitschultriger Mann in den Docks. Er trug eine dünne Rüstung, die durch die schiere Muskelmasse darunter sehr stark und fest schien. Darüber flatterte ein unverkennbarer Wappenrock im Wind, der vom Golf aus hereinwehte und in den Grotten verwirbelte: Eine zum Himmel gereckte Faust. Das Gesicht des Mannes wirkte verblüffend jung. Viel jünger als seine Stimme oder seine Augen es einem glauben machen wollten. Hellblondes, beinahe weißes Haar flatterte zerzaust im Wind. Und etwas, das noch viel weniger zu seiner Statur eines weit herumgekommenen Kriegers passen wollte, zierte sein rechtes Auge: ein Monokel.

Leonhrak grüßte den breiten Mann mit dem hellen Gesicht mit seiner rustikalen Art.

»In der Tat«, meinte er. »Die sind wir. Und mit wem haben wir die Ehre?«

»Eklipto von Pantus«, murmelte ich eine Spur zu laut neben ihm. »Großmeister des Ordens der Steinernen Hand.«

Unser Gegenüber nickte. »So ist es in der Tat. Ich erfülle meine Pflicht mit Stolz, auch in diesen schweren Tagen.«

»Entschuldige, Großmeister«, meinte ich verlegen. »Das sollte nicht abschätzig klingen ... aber meine Erinnerungen an diesen Ort sind ... sagen wir sie sind nur bedingt erinnernswert.«

»Du hast eine Menge durchgemacht, Graf. Zumindest nach allem, was man so hört.«

»Ich bin noch nicht am Ende.«

»Oh nein«, versprach Eklipto mit einem kurzen, bitteren Auflachen in der Stimme. »Das Ende bezieht viel zu bald Stellung draußen vor den Toren.«

»Aber das ist Wahnsinn«, ging Leonhrak dazwischen. »Anselieth kann man nicht einnehmen. Die Mauern sind breit und die Türme hoch. Im Osten liegen der Fluss und die Sümpfe von Leith. Und außerdem müsste man den Hafen blockieren, wenn man die Stadt belagern und aushungern wollte.«

Eklipto drehte sich mit seinem weißen Gesicht zu ihm um. Der Blick, der durch sein Monokel verzerrt wurde, war von markerschütterndem Ernst erfüllt. »Ach nein? Man kann die Hauptstadt nicht einnehmen?«

Leonhrak hielt dem scharfen Blick des Monokelgesichtes stand. »Ich wüsste nicht, wie.«

»So?«, resümierte der neue Großmeister, beinahe wie ein Lehrer vor seinem Schüler. »Dann frage ich dich, Prinz: Wie hat König Aan es seinerzeit angestellt, das alte Anselieth einzunehmen, wenn es doch strategisch so günstig liegt?«

Leonhrak schnaubte. Doch der Punkt des Großmeisters war gut. Ja, wenn die Stadt so uneinnehmbar zwischen Flussdelta, Meer und Sumpf lag und obendrein noch zur Hälfte auf hohen Klippen ... wie hatte König Aan das Kunststück fertiggebracht, Anselieth zu erobern? Im Grunde gab es nur eine Lösung.

»Für gewöhnlich wiegt ein Mann oder eine Frau auf den Zinnen der Stadt fünf oder sogar zehn Feinde auf«, folgerte ich und mir wurde übel bei der Vorstellung. »So betrachtet braucht der Aggressor einfach nur genug Truppenstärke, um …«

Ich brach ab, als ich die Bestätigung in den Augen des Großmeisters sah.

»Bis dahin ist noch ein wenig Zeit«, meinte er beschwichtigend, aber der Ernst in seiner Stimme bekam nun ein völlig anderes Gewicht. »Ladet in Ruhe aus, kommt mit allen Leuten von Bord. Man wird euch eure Quartiere im Ostturm zeigen. Bei Sonnenuntergang erwartet die Königin eure Anwesenheit in der großen Halle.«

Also würde Ellyn uns noch heute empfangen. Ich nickte Eklipto dankbar zu. »Dann wünsche ich gutes Gelingen beim restlichen Tagwerk.«

»Ebenso. Nutzt die wenige Zeit zum Schlaf, die ihr noch bekommen könnt!«

Damit wandte er sich um und stapfte mit großen Schritten seiner Wege. Sein Körperbau hatte wirklich beeindruckende Ausmaße. Allein deswegen galt er vermutlich schon als Respektsperson. Aber er musste sich seine Reputation auch verdient haben. Der Orden wählte ausschließlich seine erfahrensten und führungsstärksten Leute in die Spitze. Vielleicht würde er ja noch von sich erzählen.

»Warum überlässt man Anselieth nicht einfach dem Fürsten von Gamar?«, fragte Leonhrak, während wir auf dem Weg in den Ostturm waren. Einen Teil des Nordmanntrosses hatten wir auf dem Weg gelassen, sie verstauten Gepäck und Proviant in den Speichern und Kellern des Palastes. »Ich meine, der Seeweg ist frei. Niemand auf Dorn besitzt in diesen Tagen eine Flotte, mit der man eine Seeblockade um Anselieth errichten könnte. Es wäre so einfach …«

»Aber dann bekäme Serion von Gamar genau das, was er will«, gab ich zu bedenken. »Anselieth ist eine strategisch wertvolle Ausgangsposition. Serion würde sie sich nicht mehr nehmen lassen. Im Gegenteil, er würde seine Machtansprüche unterstreichen.«

»Und wenn man die Hauptstadt bis auf die Grundmauern niederbrennen würde? Dann wäre nichts mehr da, was sich zu regieren lohnt.«

Bei den Göttern, dachte ich. Wie oft war mir dieser Wunsch in den letzten Monaten gekommen? Würde sich doch bloß endlich alles in Luft oder Rauch auflösen. Alle Streitigkeiten um Fürstentümer und Throne hätten sich erledigt.

Es war seltsam, wieder hier zu sein. Mein Gemach war dasselbe, das ich während des Konklaves bewohnt hatte. Man hatte es ordentlich hergerichtet. Sogar meine alte Kleidung, die ich bei der Flucht zurückgelassen hatte, hatte man gewaschen und in die große Truhe am Fußende des Bettes geräumt. Doch nachdem ich mir den Schmutz und die Strapazen der Reise abgewaschen hatte, holte ich mir aus dem Seesack dennoch eines der dicken Hemden, die ich im Harjenner Reich erstanden hatte. Ich hatte mich an diese Kleidung gewöhnt und sie strahlte ein gewisses Maß an Bequemlichkeit für mich aus.

In dem kleinen Spiegel, der über einem Sekretär an der Wand hing, besah ich mein Gesicht. Über die linke Wange zog sich eine dünne Narbe hinauf, ließ die Augenhöhle aus und teilte meine Augenbraue oberhalb. Noch war sie stark gerötet, aber die Heilkunst der Elbin Mavenna hatte Beachtliches geleistet. Auch meine linke Hand war erstaunlich schnell abgeheilt. Aber es hatte sich bewahrheitet, was Lia mir prophezeit hatte: Zwar konnte ich gut greifen, doch wenn es um feinere Dinge ging, versagten meine Finger. Ich musste mich vor Konzentration regelrecht anstrengen, wollte ich etwas mit Daumen und Zeigefinger ergreifen. Zu oft fiel es mir herunter, was frustrierend war. Doch in Erinnerung an Hermelink und all die anderen Gefallenen, versuchte ich meine Narben mit Würde zu tragen.

Schließlich nahm ich mein Falkenberger Rasiermesser, um meinem Bartwuchs etwas Einhalt zu gebieten. Das ständige Rasieren ohne Spiegel hatte mich in den letzten Wochen nicht gerade in einen Ausbund an äußerlicher Gepflegtheit verwandelt. Und so nahm ich mir wenigstens dazu die Zeit.

Nach einer Weile klopfte es an der Tür und Lia trat ein. Auch sie hatte sich die Zeit zur äußerlichen Pflege genommen.

»Du siehst gut aus«, sagte sie, als sie mich vor den Rasierspiegel sah, wie ich mit einem Handtuch die letzten Reste aufgeschäumter Kernseife entfernte. »Es scheint, als wärest du endlich wieder in jener Zivilisation angekommen, die dir so am Herzen liegt.«

Etwas ungelenk streifte ich mein Nordmannhemd über. »Tut sie das?«

»Du riskierst dein Leben für sie«, meinte Lia. »Warum solltest du das tun, wenn dir nichts an dem liegt, was du so verzweifelst zu retten versuchst?«

»Vielleicht möchte ich einfach nur das Sterben Tausender verhindern? Vielleicht möchte ich ihnen das Leid und Elend eines Krieges ersparen?«

»Mach die Augen auf, Deckard!«, mahnte meine Elbenfreundin. »Es herrscht längst Krieg da draußen.«

»Und er wird nur noch schlimmer, wenn wir ihn nicht beenden.«

Lia trat in die offene Balkontür, durch die das Licht der warmen Nachmittagssonne ins Zimmer strömte. »Es wird schlimmer, wenn wir meinen Bruder nicht aufhalten.«

Ich trat von hinten an sie heran. »Liebst du ihn?«

Erschrocken wandte Lia sich um.

»Leonhrak?«, fragte sie.

»Ich meine Linus.«

»Das ist eine gute Frage«, gestand sie. »Ich bin mir unsicher. Ich habe ihn nie wirklich kennengelernt. Ich bin ihm erst begegnet, als er mit seinem teuflischen Plan nach Quainmar zurückkehrte. Aber meine Eltern lieben ihn und …«

Sie stockte.

»… und?«, fragte ich nach.

»Und es ist egal, was ich auch tue. Am Ende wird irgendetwas davon falsch sein.«

Damit traf sie einen wunden Punkt. Wenn wir zwischen den Möglichkeiten wählten … wählten wir dann nicht bloß zwischen verschiedenen Übeln? War es nicht der Kern der Sache, dass wir lediglich zwischen kleineren und größeren Übeln abwogen?

»Und was ist mit Leonhrak?«, wollte ich schließlich wissen. »Du könntest sein Herz brechen.«

Lia seufzte. »Sag du es mir! Was ist mit der Königin? Liebst du sie?«

»Das kann ich dir nicht sagen. Unsere Zeit zusammen war sehr sehr kurz.«

»Ist es denn so wichtig, wie viel Zeit man zusammen verbracht hat?«

»Ja«, beharrte ich. »Ich brauche Zeit, um das Herz eines Menschen kennenzulernen.«

Lia zog die Balkontür zu. »Ich glaube, du brauchst nicht viel Zeit, um das Herz einer anderen Person kennenzulernen, Deckard. Deine Fähigkeit zur Menschenkenntnis liegt nicht weit hinter derjenigen von Lemander. Ich glaube eher, du brauchst Zeit, um dein eigenes Herz zu erforschen.«

Sie durchschritt den Raum. »Komm! Wir haben eine Audienz.«

Die gewaltige Aanshalle hatte sich nicht groß verändert seit meiner Abreise. Man hatte den Holzstuhl fortgeschafft, den ich einst vor dem Ehernen Thron hatte aufstellen lassen, um nicht selbst auf dem Monstrum aus Gusseisen und Edelstein Platz nehmen zu müssen. Doch da es nun eine neue Königin gab, deren Recht es war, auf dem Thron zu sitzen, bedurfte es meiner Zwischenlösung nicht mehr.

Und genau dort saß sie, Ellyn von Gamar, wunderschön wie bei unserer letzten Begegnung, mit smaragdgrünen Augen und wallendem blonden Haar, das von einem fast unscheinbaren Diadem gekrönt wurde. Das grüne Feuer ihrer Augen flutete den Raum. Ihre Aufmerksamkeit galt einem Bittsteller oder Legaten, der vor den drei Stufen stand, die zum Thron hinaufführten und sich über etwas echauffierte, das ich nicht verstand. Mein Herz schlug auf einmal bis zum Hals, hatte ich diesem

Moment doch mehr entgegengefiebert als ich es mir eingestanden hatte. Dann erblickte sie mich.

Ellyn erhob sich, ohne ihren auf sie einredenden Gesprächspartner eines weiteren Blickes zu würdigen und stieg die Stufen herab. Ein wertvolles, dunkelblaues Seidenkleid warf fließende Falten, während sie durch die Halle eilte. Ich ging ihr entgegen und ehe ich mich versah, fand ich mich in der festesten Umarmung wieder seit dem Tod meiner Eltern.

»Deckard«, flüsterte sie erleichtert und vergrub ihr Gesicht in meiner Schulter, während auch ich meine Arme fest um sie schlang, als wollte ich sie bis zum Ende der Welt nicht mehr loslassen. Schließlich lehnte sie ihre Stirn gegen meine.

»Die Welt ist eine andere geworden, seit wir uns zuletzt gesehen haben«, hörte ich mich sagen.

Ellyn nickte. »Wir sind nicht die Generation unserer Eltern und Großeltern. Wir werden alle Welten wieder errichten, die sie hinter sich einreißen.«

Es war ein bisher unausgesprochener Schwur, der uns verband und gleichzeitig war es so absurd, wenn man die Gepflogenheiten der letzten Jahrhunderte bedachte. Jedem, der sich in diesem Moment in der Aanshalle befand, dürfte klar gewesen sein, dass dies hier nicht einfach die Begegnung zweier befreundeter Angehöriger der hohen Häuser war. Doch das Raunen der Leute war nicht von Bedeutung.

Schließlich ließ Ellyn von mir ab und schritt erneut zum Thron hinauf.

»Bürger und Einwohner des Ehernen Reiches«, sprach sie laut und mit beherrschender Stimme in den Raum hinein. »Dies ist Deckard, Markgraf von Falkenberg, den man fälschlicherweise als Verräter aus dieser Stadt gejagt hat. Seine Irrfahrten sind vorerst beendet, denn ich berufe ihn hiermit als persönlichen Berater an meine Seite. Er wird mir mit Wissen und Weitsicht beistehen, während dieser Konflikt zwischen der Hauptstadt und den nördlichen Fürstentümern schwelt.«

Ich blickte mich misstrauisch um. Es war meine gewohnte

Reaktion, mit der ich die Feindseligkeit, die mir entgegengebracht wurde, mit jedem Blick aufzuschnappen gedachte. Stattdessen sah ich lediglich Lias Lächeln auf mir ruhen. Mild und wissend.

Erst nach dem Abendessen gab es Zeit, um unter uns zu sein. Das Leben als Regent war voller Arbeit, wie ich nur allzu gut wusste.

Es war Ellyn, die mich in meinem Gemach aufsuchte. So, wie schon zuvor, als ich noch die leidliche Aufgabe hatte, die Geschicke des Reiches vorübergehend zu lenken … und mir die Finger daran verbrannt hatte.

»Die Königin stattet also ihrem persönlichen Berater einen Besuch ab«, spöttelte ich schmunzelnd, als Ellyn eintrat.

»Gerede wird es so oder so geben. Das kann ich nicht verhindern.«

»Nach der Szene in der Ehernen Halle nicht mehr, das stimmt.«

»Es ist mir egal«, meinte sie entschlossen, tat zwei lange Schritte auf mich zu und küsste mich innig.

Ich schloss die Augen und gab mich meinen Empfindungen hin.

»Willst du es sein, der an meiner Seite auf dem Thron sitzt, Deckard?«

Die Frage kam unvermittelt und ich musste einen Augenblick darüber nachdenken. Grübelnd lehnte ich mich in den Rahmen der Balkontür, durch die sich die Nacht hereinstahl.

»Mit dir gemeinsam die Geschicke dieses Reiches lenken?«, überlegte ich laut. Ein Schauer lief mir über den Rücken, von dem ich nicht wusste, was er bedeutete. Ja, ich empfand viel für diese Frau, aber würde es reichen, meine Schatten zu bewältigen? »Ich weiß es nicht, Ellyn. An deiner Seite zu sein, zu stehen, ist so verlockend …«

»Aber?«

»Aber könnte ich dauerhaft in Anselieth weilen? Meine eigene Heimat in der Verantwortung anderer Leute lassen?«

»Du könntest jemanden als Truchsess einsetzen … und später könnten deine Kinder nach Falkenberg zurückkehren.«

»Meine *Kinder*?«

Ich war von der Geschwindigkeit überrascht, die dieses Miteinander gewann.

»Entschuldige«, meinte Ellyn und blickte beschämt fort. »Das war … zu …«

Ich trat unsicher zu ihr und legte ihr die Hände tröstend auf die Schultern. Konfrontierte die Königin mich etwa mit meinen eigenen Wünschen und Sehnsüchten? War es nicht das, wonach ich mich sehnte? Eine sichere Zuflucht, nach Jahren der Zweifel. Ein Ort, zu dem ich gehörte. Lag er an der Seite dieser Frau?

»Dies sind verzweifelte Zeiten«, sagte ich. »Und es wäre schön, einen Ausblick auf eine friedlichere Welt zu haben. Wir klammern uns an Hoffnungen, Ellyn. An bloße Hoffnungen.«

Sie ergriff meine gesunde Hand.

»Ich weiß«, sagte sie. »Aber spürst du die Verantwortung nicht, die auf unseren Schultern lastet?«

»Schwerer, als mir lieb sein kann.«

»Dann weißt du, dass wir einander brauchen? Allein zerbrechen wir an all der Verantwortung, die vor uns liegt.«

»Wollen wir denn all jene Verantwortung?«, fragte ich, hin- und hergerissen von den Möglichkeiten. Hier war vielleicht die einzige Frau Dorns, die mich und mein Innerstes verstand. Aber hier lag auch der Thron des Reiches und ein Schrecken meiner Vergangenheit.

»Die Aufrichtigen sollten es sein, die diese Welt und ihre Bewohner regieren«, verstärkte Ellyn ihr Drängen.

Das war ein schön formulierter Gedanke.

»Ist es das, was dir den Mut verleiht, dich gegen deinen eigenen Vater zu stellen?«

Ellyn nickte entschlossen. »Dies sollte der Grund für all unser Handeln sein. Du … siehst es doch genauso, oder?«

»Ich würde es vielleicht noch ein wenig anders ausdrücken, meine Königin«, sagte ich und versuchte so sanft wie möglich zu klingen. »Diese Welt gehört all denen, die in ihr leben. Und wir Mächtigen sollten eindringlich versuchen, ihren Wünschen zu entsprechen und das Beste für sie zu tun. Wir sind die obersten Diener aller anderen.«

»Also würdest du bleiben?«

»Und die Last einer ganzen Welt auf meinen Schultern tragen? An einem Ort, an dem ich mich niemals heimisch fühlen würde, der mich seit zwölf langen Jahren in meinen Alpträumen verfolgt?«

»Ja, genau das.«

Ich schwieg für einen Moment. Dann stellte ich die Gegenfrage: »Was ist mit dir? Was wäre, wenn ich dich anders herum frage: Würdest du mit mir kommen und den Ehernen Thron jemandem überlassen, der ebenso aufrichtig ist, wie du es dir wünscht?«

»Und auf alle Throne verzichten?«

Ich strich ihr eine wilde blonde Locke aus dem Gesicht. Ihre Augen fixierten mich gebannt – und meine sie wohl ebenso.

»Nein«, meinte ich. »Du würdest zusammen mit mir über Falkenberg herrschen und für die Leute dort dein Bestes geben. Wir beide zusammen als Einheit.«

»Ich weiß nicht, ob ich das könnte.«

»Überlass die Sorgen hier den Leuten, die nicht daran zerbrechen!«, versuchte ich es.

Still sahen wir uns in die Augen.

»Lass uns erst einmal die nächsten Tage überleben!«, sagte Ellyn schließlich leise. »Lass uns nicht zerbrechen!«

Ich grinste verlegen und hilflos. »Ich denke, darauf können wir uns vorerst einigen.«

»Auch Liebe und Sehnsucht sind große Reiche, die regiert werden wollen.«

Und erneut zog sie mich zu sich heran und küsste mich. Wieder und wieder. Und die Nacht um uns herum entflammte lodernd.

Stöße in die Seite weckten mich. Zunächst sanft, doch mit zunehmender Nachdrücklichkeit. Schließlich schlug ich die Augen auf.

»Guten Morgen, mein lieber Graf«, begrüßte mich Lemander.

»Was …?«, begann ich und sah mich um. Zerwühlte Laken umgaben mich. Ellyn war fort und zu allem Überfluss war ich nackt.

»Ich stelle keine Fragen«, schmunzelte Lemander, dessen Lächeln jedoch im noch selben Augenblick gefror als er fortfuhr: »Aber deine Königin ist schon seit einigen Stunden wach. Sie wollte dich eigentlich von der Reise ausschlafen lassen. Aber es kam etwas ziemlich Ungünstiges dazwischen. Das ist auch der Grund, warum ich dich wecke.«

»Ziemlich ungünstig?«, gähnte ich und rieb mir den Schlaf aus den Augen. Dem Licht nach zu urteilen, das hereinfiel, war es schon eine ganze Weile hell.

»Ja«, bestätigte Lemander. »Sie sind da!«

Sie sind da! Lemanders Satz hallte in den viel zu leeren Hallen meiner Gedanken wider wie ein Echo im Gebirge. Hastig zog ich mir Kleidung über und sprang förmlich in meine Stiefel aus Robbenleder. Geschwind warf ich Erlenfang über und fischte aus der Obstschale auf meinem Sekretär eine Handvoll Aprikosen, die ich auf meinem Weg durch die Gänge und über die Treppen des Palastes als schnelles Frühstück verschlang.

Sie sind da! Das ging schneller, als erwartet. Ich hatte Eklipto von Pantus' Aussage so gedeutet, dass mir durchaus noch der ein oder andere Tag bleiben würde, um mich mental darauf vorzubereiten, dass hier bald das Chaos losbrechen würde.

Schnell fand ich meinen Weg in das königliche Arbeitszimmer. Zeitgleich mit mir fanden sich in großer Hast etwa zwei Dutzend Leute hier ein.

Die Versammlung, die sich um Ellyns riesigen Schreibtisch bildete, war voller Kommandanten des Ordens der Steinernen Hand. Aber auch Lemander, Lia und den Prinzen der Nordmänner sah ich in Begleitung von Brimbart.

Ellyns Blick war stechend, aber nicht unerbittlich. Ein Kommandant hatte bereits damit begonnen, der Königin Bericht zu erstatten. Offenbar hielt er es für zu dringend, als dass er auf die Anwesenheit aller hätte warten können.

»Bitte fahr fort, es eilt!«, forderte ich ihn auf, denn er hatte kurz innegehalten, als ich den Raum betreten hatte.

Der Kommandant war ein hagerer Mann, mit sehniger Haut an Gesicht und Händen und einem dünnen Spitzbart. Er setzte mit seinen Erörterungen wie gewünscht wieder ein.

»Um auch den *persönlichen Berater der Königin* kurz ins Bilde zu setzen«, versetzte er als Seitenhieb auf mein hektisches Erscheinen, »muss ich konstatieren, dass unsere militärische Lage alles andere als günstig ist. Wir haben zweieinhalbtausend Ordenskrieger unter Waffen in der Hauptstadt. Wenn die Berichte über das Heer, das die Markgrafen von Gamar und Gramenfeld aufgestellt haben korrekt gedeutet wurden, beträgt die Truppenstärke, die den Großen Kamm überquert hat, mindestens das Zehnfache.«

Das Zehnfache! Dieses Wort traf mich wie ein Schlag. Ich war militärisch bewandert, aber kein übergroßes strategisches Genie. Doch auch mir war völlig klar, dass es bei einer Übermacht in dieser Größenordnung Serion von Gamar und Pelikor von Gramenfeld selbstverständlich früher oder später gelingen würde, an irgendeiner Stelle die Mauern zu nehmen. Bei diesen Zahlen würde es in Bedeutungslosigkeit versinken, dass die Ordensleute im Schnitt besser ausgebildet und erfahrener im Kampf waren.

Und so erklärte sich auch Ekliptos Andeutung von selbst, wie König Aan es einst geschafft hatte, diese Stadt – als sie noch von Elben errichtet und verteidigt war – zu stürmen. Er hatte durch die Vereinigung der einzelnen Fürstentümer und Stämme einfach ein Vielfaches mehr an Männern und Frauen gehabt, die er gegen die Verteidigung der Elben hatte anbranden lassen können. Genau wie die See an ihren besonders stürmischen Tagen, würde er sich irgendwann eine Bresche geschlagen haben. Und wenn ein Teil der Mauern, oder gar eines der Stadttore erstmal unter Kontrolle der Aggressoren war, dann konnten diese ihre zahlenmäßige Überlegenheit voll ausspielen.

»Was ist mit den Truppen von Dinster und Lilienbach?«, fragte Lemander dazwischen. »Kommt aus dieser Richtung keine Unterstützung? Denen kann das Ansinnen von Markgraf Serion doch nicht recht sein.«

Der hagere Ordensmann sog die Luft ein, als müsse er sich stark beherrschen. »Erimee von Dinster hat Teile ihrer Truppen in Marnstadt zusammengezogen. Das große Heer hat in strategisch wichtigen Punkten rund um die Marn, den Ammsee und die Küste Lager errichtet, über deren Truppenstärke nicht viel bekannt ist. Gamar und Gramenfeld verstehen es geschickt, unsere Beobachter abzufangen. Abgesehen also von der Tatsache, dass Erimee wohl ebenfalls nicht wissen wird, wie stark sie in Marnstadt eingekesselt ist, wäre sie auch klug beraten, einen Militärschlag möglichst lange hinauszuzögern.«

Lemander nickte ernüchtert. »Natürlich. Krieg auf offenem Land birgt immer die Gefahr von Kollateralschäden an Bevölkerung und Ernten. Der schiere Versuch, sich einem potentiell übermächtigen Feind auf freiem Feld zu stellen wäre äußerst risikoreich. Dumm für uns.«

»*Dumm für uns* ist ein ziemlich plakativer Ausspruch, aber er trifft es wohl leider«, stimmte Eklipto zu.

»Was Lilienbach betrifft«, fuhr der Kommandant mit ernster Stimme fort, »so haben wir dort die Zusicherung von Unterstützung. Doch hat Lilienbach so gut wie kaum Truppen im Landesinneren stationiert. Wozu auch? Der Großteil der Bevölkerung Lilienbachs lebt in und um die Städte auf dem fruchtbaren Boden um die lange Ronar. Also viele Hundert Meilen weit weg von hier. Außerdem ist der bisher einzige größere Aggressor der Bund der fünf Freien Städte gewesen, den man von dort im Auge behält. Ja, es ist ein Heereszug aus Lilienbach unterwegs, aber der wird noch Wochen brauchen, bis er zu unserer Unterstützung eintrifft. Bis dahin ist Anselieth höchstwahrscheinlich längst gefallen.«

»Bleiben die Harjenner«, schloss Lemander.

Der Hagere nickte zustimmend. »Die Nordleute sind zähe und starke Krieger. Und mit ihren Schiffen sind sie verhältnismäßig schnell unterwegs – und außerdem schon lange aufgebrochen. Doch ich weiß nicht, ob die Truppenstärke von König Fjelding ausreicht, um den Vereinigten Kräften von Gramenfeld und Gamar gefährlich zu werden. Außerdem weiß ich nicht, wann König Fjelding eintreffen wird.«

»Berechtigte Bedenken«, fügte Leonhrak hinzu und nagte an seiner Unterlippe. »Ich muss meinen Vater außerdem warnen, damit er nicht sehenden Auges in eine tödliche Falle tappt.«

»Airi kann das übernehmen«, meinte Lemander. »Sie ist schnell, zuverlässig und intelligent genug, den Flottenverband der Harjenner zu finden und außerdem gut darin, sich nicht vom Himmel holen zu lassen.«

»Dann bitte ich darum, dass das möglichst schnell geschieht«, mahnte Eklipto und wandte sich an die große Runde. »Damit wäre alles Wichtige erörtert. Die Aufgaben sind klar verteilt. Daher bitte ich jetzt um die nötige Eile, um unseren Feinden einen angemessenen Empfang zu bereiten.«

Die Menge löste sich auf und ich suchte umgehend Ellyns Nähe.

»Du hättest mich wecken können«, klagte ich.

Sie gab mir einen flüchtigen Kuss auf die Wange. »Ich bin früh aufgestanden und dachte, du könntest den Schlaf gut gebrauchen. Dass es heute schon soweit ist, wusste ich in dem Moment noch nicht. Aber ich habe ja sofort Lemander zu dir geschickt.«

»Der mich mit einem langen Eichenstab wachgestoßen hat«, murrte ich.

»Wäre dir ein Eimer Wasser lieber gewesen?«, grinste Lemander und gab mir einen freundschaftlichen Klaps auf die Schulter.

»Ich bewundere immer noch, dass du im Angesicht des drohenden Untergangs deinen Humor nicht verlierst«, frotzelte ich, wurde aber umgehend wieder ernst: »Was passiert nun?«

»Am besten, wir widmen uns unseren Aufgaben, Herr«,

schaltete sich Eklipto ein, der ebenfalls geblieben war. »Darf ich dich bitten, als Kommandant in der Reserve zur Verfügung zu stehen?«

»Als Kommandant in der Reserve?«

»Wenn wir länger gegen Gramenfeld und Gamar bestehen wollen, müssen wir vor allem die Kräfte der Truppen gut einteilen. Daher die Reserve. Aber ich würde vorschlagen, wir treffen uns mit den Kommandanten zu einer Sitzung gegen Mittag, Herr.«

Ich nickte. Eklipto vertraute mir also ohne Weiteres einen Teil seiner Ordenstruppen an. Jemand musste also abseits der großen Bühne mal wieder sein Wort für mich eingelegt haben.

Ich blickte umgehend Lemander an. Doch der sagte bloß: »Ich für meinen Teil, werde mir jetzt erst einmal einen Überblick über das verschaffen, was dort draußen vor der Stadt vor sich geht. Kommst du mit?«

Fragend sah ich erst zu Ellyn, dann zu Lemander. »Du willst vor die Stadt?«

»Blödsinn«, schüttelte Lemander den Kopf. »Komm einfach mit!«

Vielleicht lag es an meiner Schlaftrunkenheit, aber natürlich hatte ich die einfachste aller Möglichkeiten nicht bedacht. Lemander führte mich die in die Seitenwände des Palastes eingelassenen Treppen hoch. Schmal und beengt war es hier. Je näher wir dem Dach des Palastes kamen, desto schräger neigten sich die Wände nach innen und mit ihnen auch die in sie eingelassenen Gänge, bis wir uns schließlich mit den Händen an der Wand abstützend vorwärts bewegten.

»Gut, dass nur die Lichtwächter und Wachen täglich hier hoch müssen«, meinte ich ächzend.

»Deine Laune lässt heute zu wünschen übrig, Deckard«, machte Lemander sich weiter vorn lustig.

»Dieser Tag hat ja auch von Beginn an das Potential dazu, richtig, richtig ekelhaft zu werden«, gab ich zurück.

Schließlich erreichten wir eine letzte Holzleiter mit wenigen

Stufen und eine kleine Luke, von der aus man sich hinaus auf das Dach zwängen konnte.

Hier oben waren wir sicherlich zweihundert Schrittlängen über dem Meeresspiegel. Der Wind pfiff uns steil um die Ohren. Das Dach des sandsteinweißen Palastes war dreckig vom Kot vieler Seevögel. Es gab einen winzigen Schuppen, dessen Holzwände ebenfalls mit Sandstein befestigt waren. Darin wurden Ölfässer gelagert – kleine Ölfässer wohlgemerkt, Viertelfässchen, denn etwas größeres hätte man kaum den engen Weg hier heraufbekommen. Gefüllt waren sie mit einem besonders hell brennenden Öl.

Und dann war da noch das Signalfeuer, eine enorme weiße Steinschale, in der jeden Tag bei Dunkelheit ein gleißendes Ölfeuer entzündet wurde, um Schiffen auch in großer Entfernung die Orientierung zu ermöglichen. Daneben standen zwei Ordenswachen und nickten uns zum Gruß zu.

Aufbrausend zerrte der Wind an meinen Haaren und an meiner Kleidung und machte es trotz des Sommers empfindlich kühl hier oben. Doch der Blick war atemberaubend. Die gesamte Stadt war ringsum zu sehen, ebenso wie das Umland bis in weite Ferne.

»Dort«, deutete Lemander unbeeindruckt von Wind und Höhe in Richtung Norden.

Ja, man konnte es gut sehen. In sicherer Entfernung zu den Stadtmauern bezog eine schier unglaubliche Masse aus Kriegern und ihrer Begleitung im Tross Stellung. Wie Leonhrak bereits vorausgesagt hatte, belagerten sie lediglich den über Land gut zugänglichen Abschnitt der Mauern. Im Süden und Südwesten lag der Große Golf, im Osten führte zunächst ein dünner Arm des Flussdeltas eng der Stadtmauer Anselieths entlang – quasi als natürlicher Burggraben – und dahinter lagen die Sümpfe von Leith, ein großes Gebiet aus morastigen Tümpeln und Treibsanden, viele Meilen weit und hauptsächlich bewachsen von genügsamen Farnen. Aus diesen Richtungen ließ sich kein Angriff mit einem großen Heer führen.

Ich schluckte bei dem Anblick der gewaltigen Anzahl Bewaffneter, die von Norden herströmten. Wovon war die Rede gewesen? Mindestens fünfundzwanzigtausend Kopf stark? Ich war nicht gut darin, solche Menschenmengen zu schätzen, aber das Heer dort unten schien mir bedeutend größer zu sein. Mir wurde schlecht bei dem Gedanken und ich war froh, nicht mehr als das bisschen Obst nach dem Aufstehen gegessen zu haben.

»Sieht aus, als sei die Herausforderung diesmal ein wenig kniffliger als gegen die Riesen«, kommentierte Lemander, was er sah.

»Wie kannst du so unbekümmert bleiben beim Anblick all dessen?«

Lemander zuckte die Achseln. »Ich habe ein langes und erfülltes Leben geführt, Deckard. Wenn es mich jetzt erwischt, wäre das in Ordnung. Ich habe keine Angst vor dem Tod. Der holt jeden von uns früher oder später auf die sonnenlose Straße. Ich habe nur Angst vor dem Sterben.«

Ich nickte. Das kam mir sehr bekannt vor.

»Dennoch werde ich mein Bestes tun, um jene zu unterstützen, die mir etwas bedeuten«, murmelte er leiser und nahm mich fest in den Blick: »Und jene, die mich durch Aufrichtigkeit und Loyalität beeindruckt haben.«

»Danke«, meinte ich beschämt.

»Nichts zu danken«, grinste Lemander mit seinem altbekannten Zwinkern. »Aber jetzt wird es Zeit, sich auf eine epochale Schlacht vorzubereiten, die noch in vielen Jahrzehnten, vielleicht sogar Jahrhunderten besungen werden wird.«

»Oder verhöhnt wird«, ergänzte ich missmutig. »Je nachdem.«

Kapitel 16

Lieder von Verlangen und Erdulden, von Sommer und Licht

Bitter schmeckte der Wind, der mir die Haare aus dem Gesicht blies. Das schwere Fallgatter des nördlichen Stadttores öffnete sich langsam unter dem Rasseln der Ketten, die es trugen. Der Himmel hatte sich mit Wolken zugezogen und das Tageslicht wirkte schon viel zu herbstlich für einen Spätsommertag. Ellyn ritt auf einem stolzen Schimmel voran, die verwehenden Haare von ihrem Diadem festgehalten. Großmeister Eklipto folgte ihr auf einem Rappen, danach kamen ich und Leonhrak, sowie vier berittene Ordensleute.

Wie hielten langsam auf einen Baldachin zu, den Serion und Pelikor hatten aufstellen lassen. Neben ihm flatterte an einer vier Schrittlängen messenden Bannerstange die Parlamentärflagge. Das Ganze lag außer Reichweite jeglicher Bogenschützen, mitten auf der planen Fläche am Ufer der lange Ronar.

Wenige Schrittlängen vor dem Erreichen des Verhandlungsortes stiegen wir von unseren Pferden und ließen sie samt unserer Waffen in der Obhut der uns begleitenden Ordensleute. Unsere Gegenüber taten dasselbe, bevor sie unter den Baldachin traten.

Serion von Gamar und Pelikor von Gramenfeld waren beide da. Neben ihnen stand Timerion, Ellyns jüngerer Bruder, an der Seite ihres Vaters. Langes rabenschwarzes Haar flatterte um sein Gesicht. Und natürlich Linus, das Ungeheuer in Gestalt eines Elben. Der teuflische Elbenprinz, mit dem alles begonnen hatte und unter dessen Einfluss unsere Gegenüber standen. Ich war insgeheim froh, dass Ellyn sowohl Lia als auch Lemander das Mitkommen untersagt hatte. Auch ich hätte mir sehr gut vorstellen können, dieser schwierigen Szene fernzubleiben.

»Deckard von Falkenberg«, blaffte Serion hasserfüllt, wenn auch nicht ohne Überraschung in der Stimme. »Das sieht dir ähnlich, du verräterischer Hund. Wegen dir hat das hier doch alles angefangen.«

»Ich freue mich auch nicht, dich zu sehen, Serion«, presste ich voll bitterer Ironie zwischen den Zähnen hervor.«

»Ruhe!«, zischte die Königin unwirsch und sowohl ich als auch ihr Vater hörten darauf.

»Ihr wollt also verhandeln?«, eröffnete sie mit einer rhetorischen Frage die Runde.

»Ja«, räumte Serion ein. »Es widerstrebt mir, gegen meine eigene Tochter ins Feld zu ziehen. Also muss ich die Gelegenheit nutzen, Bedingungen auszuhandeln.«

Ein äußerst strenger Blick von Eklipto traf mich wie ein Peitschenhieb und ich hielt den Mund. Der Großmeister wusste genau, dass ich mich auf ein hässliches verbales Stelldichein mit Serion eingelassen hätte.

»Bedingungen?«, fragte Ellyn ehrlich erstaunt und ich war beeindruckt von ihrer Selbstbeherrschung. »Ich sehe keinen Grund, zu verhandeln«, erklärte sie laut. »Die Fürstentümer von Gamar und Gramenfeld begehen einen unfassbaren Affront. Mit einer Streitmacht vor die Hauptstadt des Reiches zu ziehen, entbehrt jeglichen Respekts für das eine Eherne Reich, dem wir alle angehören.«

»Unsinn«, schaltete Pelikor von Gramenfeld sich ein. »Respektlos ist, was hier in Anselieth geschieht. Mein Sohn wurde von ihm ermordet.«

Mit dem Finger zeigte er auf mich. »Und seine Königin deckt ihn einfach so? Woher soll denn bitte dein Herrschaftsanspruch rühren, Ellyn von Gamar, wenn du es nicht einmal fertigbringst den überführten Mörder meines Sohnes zur Rechenschaft zu ziehen?«

»Deckard hat Delan nicht umgebracht«, sagte Ellyn ruhig. »Warum um alles in der Welt hätte er das auch tun sollen?«

»Um sich den Thron unter den Nagel zu reißen?«

»Rede nicht so einen Unsinn, Pelikor! Ich sitze auf dem Ehernen Thron, niemand sonst. Und ihr wart es, die mich dazu bestimmt habt. Ihr habt mich im Konklave dazu gewählt.«

Ihr Blick in die Runde war vernichtend und er verbreitete mehr Unsicherheit, als das gesamte Heer Bewaffneter am Horizont es in diesem Moment zu tun vermochte. »Und jetzt steht ihr mit einer Streitmacht vor meinen Toren, weil ich mich weigere, meine politischen Entscheidungen nach euren Interessen auszurichten? Ich werde Gamar nicht übervorteilen, nur weil ich von dort stamme. Ich werde Falkenberg in kein anderes Fürstentum eingliedern, nur weil seine politische Gleichberechtigung den anderen gegen den Strich geht. An Gramenfeld werde ich niemanden ausliefern, der des Mordes nicht überführt ist – zumal ihr bereits Amondo Lakarr getötet habt.«

»Sie waren damals alle im selben Raum«, beteuerte Pelikor mit zornig geballter Faust. »Man hat Deckard und Amondo mit blutigen Händen und dem Dolch in der Hand gesehen.«

»Und ich habe ein halbes Dutzend Zeugen, die gesehen haben, dass Delan von Gramenfelds tödliche Verletzungen durch grausame Magie beigefügt wurden und ihn niemand auch nur angerührt hat. Zufällig kurz bevor ausgerechnet mein Vater den Raum betrat, der Deckard von Falkenberg ohnehin nicht ausstehen kann? Das klingt doch auf unheimliche Weise nach einem ekelhaften Kalkül.

Aussage steht gegen Aussage.

Ich frage also noch mal: Welchen Sinn soll die Ermordung Delans gehabt haben, außer die Gemüter im Reich gegeneinander aufzuhetzen? Niemand der angeblich Beteiligten hatte einen Groll auf Delan oder hätte durch seinen Tod einen Vorteil erlangt. Im Gegenteil, der damalige Großmeister des Ordens der Steinernen Hand ist tot. Ein hoch angesehener Mann.«

Ich bemerkte, wie sich Ellyns und Linus' Blicke kreuzten. Der Elb zwinkerte ihr boshaft zu und ich sah die Hoffnung aus den Zügen meiner Königin weichen. Sie wusste, dass es egal war, was sie hier vorzutragen hatte. Die Entscheidung über das, was uns bevorstand, war schon vor Wochen gefällt worden.

Ellyn schnaubte.

»Also gut«, meinte sie erschöpft. »Was sind die Bedingungen, derentwegen wir hier sind? Was habt ihr?«

Serion fasste seine Tochter fest ins Auge. »Timerion wird deinen Platz auf dem Ehernen Thron übernehmen. Deckard von Falkenberg wird der Gerichtsbarkeit in Gramenfeld ausgeliefert und das Fürstentum Falkenberg fällt an Gamar. Unter diesen Voraussetzungen werden wir wieder friedlich abziehen.«

Ellyn dachte nicht den Bruchteil eines Augenblicks über das Gesagte nach. »Die Dinge, die du forderst, Vater, stehen gegen jeden Grundsatz, auf dem das Eherne Reich fußt. Ich bin die einstimmig gewählte Königin in Anselieth. Nicht nur, dass die eigenmächtige Besetzung des Ehernen Thrones gegen das Wahlrecht der Fürstentümer verstößt. Auch kann ich nicht daran glauben, dass mit meinem Einverständnis in diese Bedingungen der Friede im Reich gesichert wäre. Die übrigen Fürstentümer würden sich gegen Gamar und Gramenfeld stellen, allen voran das Seenland und ein noch viel größerer, noch viel blutigerer Bürgerkrieg wäre die Folge. Am Ende würden möglicherweise sogar die Freien Städte wie die Krähen über das am Boden liegende Reich herfallen. Nein, dem kann und werde ich niemals zustimmen.«

»Bitte, Ellyn! Zwing mich nicht dazu!«

Zum ersten Mal bekam Serions Stimme etwas Flehendes. Ausgerechnet Serion von Gamar, der an Großspurigkeit ansonsten kaum zu überbieten war.

Doch seine Tochter, die Königin des Ehernen Reiches, blickte erneut in die Runde.

»Jeder Feind, der es wagt, die Mauern dieser Stadt anzugehen, wird daran zerschellen wie ein tönernes Gefäß«, warf sie ihrem Vater entgegen.

»Sei nicht albern, Mädchen!«, höhnte Pelikor von Gramenfeld. »Ihr seid viel zu wenige, um es mit uns aufzunehmen. Diese Stadt wird noch vor dem nächsten Vollmond fallen.«

Wütend funkelte Ellyn den Markgrafen von Gramenfeld an.

»Die Bewohner und Kriegsleute dieser Stadt werden dagegenhalten«, spie sie ihm wütend entgegen. »Jeder Mann und jede Frau auf und hinter den Mauern Anselieths werden das Zehnfache an Feinden aufwiegen. Wir werden jedem Ansturm standhalten. Gramenfeld und Gamar werden schmachvoll vergehen. Ihr werdet zerrieben werden wie Korn in der Mühle. Und glaubt mir, es schmerzt mich sehr, das zu sagen.«

»Bitte«, flehte ihr Vater leise.

»Ihr wolltet verhandeln?«, rief Ellyn verächtlich. »Ich habe nicht danach verlangt!«

Und damit drehte sie um und stapfte zurück zu ihrem Schimmel. Wortlos folgte ihr einer nach dem anderen. Ich war der Letzte und fing zuletzt einen niedergeschlagen Blick von Serion auf, der hin- und hergerissen war zwischen seinem politischen Jähzorn und seiner Vaterliebe, und der unter dem Einfluss dieses überaus gefährlichen Elbenprinzen stand. Waren es nur die charakterlichen Schwächen Serions und Pelikors, die Linus sich zunutze machte? Oder hatte er vielleicht sogar ein Gespinst aus finsteren Elbenliedern über die Herren von Gamar und Gramenfeld gelegt?

Doch im Grunde war es gleich. Dies alles hier war nicht richtig und ich verfluchte die Götter, dass sie es hatten dazu kommen lassen.

Wortlos schlug ich den Kragen meines Gambesons zum Schutz vor dem Wind hoch, drehte mich um und ritt von dannen.

Das Erdulden, ohne selbst eingreifen zu können, war das schlimmste am Krieg. Schlimmer beinahe noch als die Tatsache, dass es überhaupt zum bewaffneten Konflikt gekommen war. Gramenfeld und Gamar hatten sich Zeit gelassen und den Nachmittag mit Vorbereitungen verstreichen lassen. Auch in der Stadt war die Zeit nicht ungenutzt verstrichen. Die Wehrgänge waren voll besetzt und die Reserve war noch verhältnismäßig üppig. Doch es würde bald schon sehr viel schlechter stehen, wenn die Truppen angeschlagen und vor allem müde wurden.

Eklipto von Pantus war ein berechnender Stratege, der eine

eigenartige Mischung aus eindrucksvoller Körperkraft und überbordendem Intellekt in sich vereinte. Wenn er auch, im Gegensatz zu Amondo Lakarr, nicht meine vorbehaltslose Sympathie gewann, musste ich ihm als Anführer dennoch Respekt zollen. Er sah die Schritte des Gegners förmlich voraus.

So auch jetzt, da es Nacht geworden war und ich zusammen mit Leonhrak auf einem der nördlichen Türme des inneren Festungsrings stand. Es war etwas windiger geworden von der Seeseite der Stadt her, wenn auch immer noch sommerlich warm. Doch das subtile Rauschen und Zischen, dass erklang, rührte weder von der See, noch vom Wetter her.

Es war der Beginn der Schlacht. Zermürbungstaktik, wie sie Serion und Pelikor gut zu Gesicht stand. Das Rauschen wurde lauter, das flammende Geschoss war nun gut zu sehen, in der viele Dutzend Schrittlängen beschreibenden Parabel, die es in der Luft zurücklegte. Dann schlug es ein, zerplatzte und trug sein Feuer in die Stadt. Weitere Geschosse folgten. Dutzende. Hunderte. Sie erglühten am Nachthimmel wie viel zu große Sternschnuppen und gingen todbringend auf die Stadtviertel Anselieths nieder, die in Reichweite lagen. Hektik brach dort unten aus und es war beinahe unerträglich, die verzweifelten Schreie derer zu hören, die getroffen wurden, oder die darum kämpften, die Brände unter Kontrolle zu bringen.

Erdulden. Eklipto von Pantus hatte befohlen, den zermürbenden Geschosshagel zu erdulden. Einfach zu ertragen und über sich ergehen zu lassen. Wasser war in vielen Hundert Fässern bereitgestellt worden und jeder in Zivil bemühte sich nach Leibeskräften, die Brandherde einzudämmen. Zumindest von hier oben betrachtet, schien dies auch zu gelingen.

»Es ist bitter«, meinte Leonhrak neben mir. »Aber dieser Eklipto weiß was er tut.«

Ich konnte nur nicken und mit untätigem Entsetzen weiter auf das Bild des Schreckens unter mir starren.

Tatsächlich behielt Eklipto recht. Der Beschuss endete etwa zwei Stunden, nachdem er begonnen hatte. Die Brände waren allesamt unter Kontrolle. Seine Voraussage war jene gewesen, dass Gramenfeld und Gamar im Tross zwar Kriegsmaschinerie mitgebracht hatten, aber nicht so viel, wie sie in der Lage gewesen wären zu tragen, und zudem mussten sie an Munition gespart haben – beides, um ihren Zug nach Anselieth zu beschleunigen. Offenbar traf es zu. Der Geschosshagel sollte Angst schüren. Aber wie Eklipto richtig erörtert hatte, war es unmöglich, Anselieth durch Beschuss einzunehmen. Dazu waren die Mauern viel zu dick und zu hoch. Der zweite Angriff würde bei Tagesanbruch beginnen. Unsere Feinde würden versuchen, mit Leitern die Mauern zu erstürmen, in der Hoffnung, dass sich schon am ersten Tag irgendwo eine Lücke in unserer Verteidigung auftun würde. Wenn wir die ersten Tage überstanden, würde es schlimmer werden. Denn ihre Ingenieure würden genug Zeit haben, mitgebrachte Belagerungstürme zu errichten, die weitaus effektiver für das Erklimmen von feindlichen Mauern waren, als Leitern. Wobei auch Leitern bei genügender Zahl eine erhebliche Bedrohung darstellten.

Auch würde im Laufe der Zeit die Bemannung der Mauern aufgrund der Zahl von Toten und Verwundeten von drei auf zwei Schichten umgestaffelt werden müssen. Die Kunst war, möglichst lange durchzuhalten und darauf zu hoffen, dass die Truppen aus Lilienbach sowie die Harjenner sich beeilten und uns zur Hilfe kamen, bevor alles endete.

»Lass uns versuchen, noch einige Stunden Schlaf zu bekommen«, knurrte Leonhrak, der genau wusste, dass ich wohl kein Auge würde zu tun können, während in der Stadt unten Tod und Verderben miteinander tanzten. Er wusste auch, dass ich mich aus reinem Pflichtbewusstsein doch für einige wenige Stunden hinlegen würde, lauschend und zuckend bei jedem Schrei, der aus der Ferne an meine Ohren dringen würde. Ich war nicht so hart wie die Nordleute, die das Leben als ein stetes Treiben auf dem Strom des Schicksals interpretierten. Sie konnten schlafen, wenn es keine Alternative gab. Ich nicht – an mir nagte stets das Unerträgliche der Hilflosigkeit.

Am Morgen ging es mir nicht besser, im Gegenteil. Der Orden hatte zivil geführte Essensausgaben für die Truppen organisiert. Und auch für die Führungsriege gab es so etwas wie eine Essensausgabe.

Unruhig schritt ich einen Wehrgang der Festungsanlagen des Palastes ab, während ich lustlos an einem Kanten Brot und etwas Käse knabberte. Der Sommermorgen kam grau daher – Rauchschwaden hingen über weiten Teilen der Hauptstadt und tauchten das sonst so strahlend wirkende Antlitz der Stadt in Aschefarben. Gamar und Gramenfeld hatten mit ihrem Sturm auf die Stadt begonnen. Kriegsgetümmel, das Klirren von Metall auf Metall, Schlitzen, Knochenbrechen, all das trugen Wind und Rauch mit sich. Und Schreie, viele und laute Schreie – vor Schmerz, Wut, Zorn, Übermut oder Verzweiflung. Es war keine gute Zeit, um etwas zu Essen zu sich zu nehmen. Niemandem war danach zumute. Aber es half nichts. Wir mussten essen, Friedhofsstimmung hin oder her. Und dann hieß es warten. Warten und ertragen, bis zum Nachmittag.

In der Rüstkammer des Palastes wurde mir auf Ellyns Geheiß hin ein matter, aber äußerst stabiler Plattenpanzer verpasst. Auf den Schulterstücken prangte die Steinerne Hand, als Faust in die Höhe gereckt. Mehrere große rote Wachssiegel an Schultern und Torso kennzeichneten den Rang, den ich innerhalb des militärischen Gefüges innehatte: Höherer Kommandant. Hundertundfünfzig Männer und Frauen des Ordens unterstanden mir direkt – so hatte Eklipto es verlangt.

Dann folgte die Ablösung auf den Mauern. Abschnitt für Abschnitt. Immer dann, wenn eine Angriffswelle abflaute und sich zum nächsten Sturmlauf sammelte, nutzten die Ordensleute die Zeit, um sich zurückzuziehen und ausgeruhte Brüder und Schwestern ihren Platz einnehmen zu lassen.

Mein Verstand umgab sich mit einer schützenden Mauer, die gerade genug durchließ, um militärisch-strategisch zu denken und alles abblockte, was mich im Innern hätte verzweifeln lassen. Hier an der nordwestlichen Seite der äußeren Stadtmauer, blickte ich auf ein Feld von Soldaten. Ein Regiment aus Feinden formierte sich außerhalb der Schussweite neu. Es waren vielleicht doppelt so viele Männer und Frauen, wie ich Ordensleute auf der Mauer hatte. Auf ihren Rüstungen prangte das Gramenfelder Marschenpferd als Wappentier. Dunkelgrüne, sowie blassblaue Bänder an Armen und Beinen machten die Soldaten außerdem für die eigenen Leute kenntlich. Sie schulterten sieben oder acht Leitern und nahmen Kurs auf unseren Abschnitt der Mauer. Ich funktionierte einfach nur – so, wie es von mir erwartet wurde. Mit nahezu mechanischer Ruhe wartete ich, bis die Gramenfelder in Reichweite waren. Dann gab ich den Befehl an meine Schützen. Zusätzlich zu Schild, Spieß und Schwert, waren alle Ordensleute mit Kurzbögen ausgestattet worden. Pfeile gab es in großen Tonnen, die alle paar Schrittlängen entlang der Wehrgänge verteilt waren. So waren wir beim Pfeilhagel nicht allein auf die ausgebildeten Bogenschützen angewiesen, die Eklipto zu diesem Zweck ausschließlich auf den Türmen und Torhäusern positioniert hatte.

Der Beschuss mähte die Gramenfelder in vorderster Reihe nieder. Ihre Kameraden ließen die Leitern geschultert und stiegen über sie hinweg. Sie konnten nicht umdrehen oder Hilfestellung leisten, sonst hätten wir sie über kurz oder lang vernichtet. Eine zweite Pfeilsalve ließ ich noch auf das Leiterregiment niedergehen, dann befahl ich auf Spieße und Schwerter umzurüsten. Wir durften den Pfeilvorrat nicht überstrapazieren.

Zwei Leitern schafften wir, von der Mauer zu stoßen, bevor die ersten Feinde über die Zinnen stiegen. Nun aber ging es darum, Trauben um die Leitern zu bilden und Überzahlsituationen zu schaffen. Ich schrie mir die Kehle aus dem Leib.

»Rüber!«, schrie ich zwei unschlüssige Soldaten an und wies auf die nächsten Leiterholme, die über die Mauer aufragten. »Dort rüber!«

Ich schnellte hinterher und überließ die übrigen Trauben sich selbst, als ich merkte, dass diese gut organisiert waren. Die beiden von mir angeblafften Ordenskrieger rissen ihre Schilde hoch, als ein Gramenfelder schneller über die Zinnen stieg, als sie ihn daran hindern konnten. Krachend ging dessen Schwert auf einen der Schilde nieder. Ich sprintete, sprang zwischen die beiden Zinnen und rammte dem Angreifer meine gepanzerte Schulter vor die Brust. Kreischend stürzte er in die Tiefe, während ich einen Schlag gegen meine rechte Beinschiene spürte. Den Schmerz ignorierend schwang ich Erlenfang in einer kreisenden Bewegung und traf den nachfolgenden Gramenfelder auf der Leiter seitlich am Helm. Scheppernd ruckte sein Kopf zur Seite und er verlor ebenfalls den Halt. So schnell es ging, ergriff ich einen Holm der Leiter und versuchte das Gerät zu kippen. Aber das Gewicht der Gramenfelder, die darauf kletterten oder sich von unten dagegen stemmten, machte das unmöglich. Stattdessen erklomm eine Gramenfelderin das Zinnenzwischenstück neben mir und versuchte es mit einem Schwertstreich aus der Drehung. Doch ihr gelang es nach ihrer Kletterpartie glücklicherweise nicht, genügend Schwung in den Streich zu legen, sodass ich ihn durch eine schnelle Bewegung parieren konnte, wenn auch nur mit meiner Unterarmschiene. Es war eine junge Frau. Trotzig blickte sie mich unter ihrer Helmkrempe an und ihr langes Haar flatterte im Wind. Meine Fassade bröckelte. Sie ist noch so jung, schoss es mir durch den Kopf. Ich merkte, wie die Härte des Krieges wieder ihre Krallen nach der Welt meiner Gefühle ausstreckte. Nein! Ich durfte mich von keinem Gefühl der Welt übermannen lassen! Ich schluckte mein eigenes Entsetzen hinunter. Dann täuschte ich einen Schlag mit Erlenfang an. Ihre Parade war beinahe schon eine halbe Riposte, die ich erneut mit meiner Armschiene abfing, mich um die eigene Achse drehte und ihr Erlenfang mit voller Wucht in die Stelle hieb, in der sich zwischen Torsopanzer und Helm eine Lücke befand. Mit ausdruckslosen Augen kippte sie stumm hintenüber und riss mehrere ihrer Landsleute auf der Leiter unter sich mit in die Tiefe.

Erschüttert trat ich von der Brüstung zurück auf den Wehrgang, lehnte mich mit dem Rücken an eine Zinne und blickte an mir herab. Das Blut der jungen Frau aus Gramenfeld lief in einer dünnen Spur an meinem Brustpanzer herab. Ich rieb mit der

Innenseite meines Unterarms darüber, aber das Kettenhemd, das unter meinen Schienen lag, verschmierte es bloß und zeichnete eine hässliche rote Fratze. Ich würde sie den Rest des Tages als mein eigenes blutrotes Banner vor mir hertragen und es würde mich und jeden daran erinnern, was wir hier eigentlich opferten. Ich kniff die Augen zusammen, verfluchte die Götter. Dann war er vorbei, mein schwacher Moment – niemand brauchte einen Kommandanten, den die Schrecken des Krieges in die Knie zwangen. Ich stieß mich von der Wand ab, verschaffte mir einen kurzen Überblick, erkannte die Schwachstellen in unserer Verteidigung und bellte meine Befehle über die Mauer.

Ertragen. Ich musste es schlicht und ergreifend ertragen.

Die Angriffe brachen ab, als die fortschreitende Dunkelheit sie zu risikoreich für Gramenfeld und Gamar machte. Einen Tag hatten wir überstanden, die Verteidigung auf den Mauern hielt. Die Nachtwache bezog Stück für Stück Stellung auf den Wehrgängen und Türmen. Kleinere und größere Feuer loderten auf den Plätzen und in den großen Straßen auf, um die sich Bewohner der Stadt wie Ordensleute versammelten um nicht allein sein zu müssen mit sich und dem Schrecken der Bilder, die in der Dunkelheit lauerten.

Denn nun kam die Stille. Und in der Stille lauert die Angst.

Im Haupttor des königlichen Palastes wartete Ellyn, meine Königin. Unsere Königin. Schön, aber auch schrecklich, wie der Sturm auf hoher See, stand sie dort, gehüllt in eine reflektierende Bänderrüstung und mit ihrem Diadem in den Haaren, die über ihren Rücken herabfielen. Sie stieg die Stufen vom Eingang hinunter, während ich erschöpft und mit dem Schrecken in den Gliedern über den Hof schlurfte, auf dem sie mich vor wenigen Monaten das erste Mal in Empfang genommen hatte. Nicht als Königin, sondern als Ellyn von Gamar, Tochter des Mannes, der unter dem Einfluss eines gefallenen Elbenprinzen das Verderben über uns brachte. Und von Anfang an hatte ich mich zu ihr hingezogen gefühlt.

Müde drückte sie mir einen Kuss auf die Stirn, der alles sagte.

Ich weiß, das hier sollte nicht sein. Meine Haare hingen mir strähnig von Schweiß und Blut in die Augen, sodass ich sie nur verschwommen sah, während ich innehielt. Sie sang eine Zeile. So, wie sie es getan hatte, als sie mich das erste Mal geküsst hatte. Damals, als die Welt noch eine andere gewesen war.

Käme der Weiseste unter den Weisen dereinst ins Reich der Götter, jenseits der Welt
So wäre er doch nicht mehr als ein unwissendes Kind zwischen ihnen

Ihre Stimme klang brüchiger, ihre Kraft war geschwunden. So, wie alles schwinden würde, was wir kannten. Morgen oder übermorgen – in der nächsten Woche oder in der darauf. Es spielte keine Rolle. Der Elbenprinz hatte uns dort, wo er uns haben wollte: Müde, am Rande des Zerbrechens.

Ich ging weiter, ließ mir von Lemander eine Hand auf die Schulter legen und etwas ins Ohr flüstern, das ich sofort wieder vergaß. Lethargisch ließ ich mir die Teile der Rüstung abnehmen und fiel in der einer Seitenhalle auf eine Bank, bis ein kurzer, traumloser Schlaf mich umnachtete.

Als mich schließlich doch die Bilder des Tages im Traum einholten, schreckte ich hoch. Es war tiefe Nacht, nichts als Schwärze fiel durch die Fenster herein.

Ellyn saß neben meinem Kopfende und hielt meine Hand, während ich, aufgewühlt von den Schreckensbildern der Schlacht, vor mich hinstarrte, bis mein Geist sein volles Bewusstsein wiedererlangt hatte. Dann setzte ich mich gänzlich auf.

»Diese Tage sollten nicht unsere sein«, flüsterte sie und beschwor mich: »Schlaf, Deckard! Schlaf den Schlaf der Tapferen.«

»Ich kann nicht«, gestand ich matt. »Nur wenn mein Körper mich zwingt. Solange meinem Geist die Kraft bleibt, wird er sich wehren. Erbittert wehren. Glaub mir, ich kenne das …«

Daraufhin stand Ellyn auf, anmutig beinahe und zog mich von der Bank zu sich herauf. Sie musterte mein von Schweiß verklebtes Hemd und strich über meine verschmierte Wange.

»Du brauchst ein Bad«, sagte sie.

Doch meine Gedanken waren draußen auf dem Schlachtfeld. »Ich brauche kein Bad. So viele andere haben kein Bad …«

»Du bist nicht wie viele andere, Deckard«, hauchte Ellyn. »Du hast so viel auf dich genommen, nur um am Ende hier zu stehen. Lass mich dir diesen kleinen Gefallen tun.«

Ich konnte mich nicht mehr wehren – hatte mich zu vieler Dinge erwehrt am heutigen Tag. Schläge von Schwertern waren auf mich eingeprasselt und ich hätte noch Hunderte abwehren können. Aber mein Herz lag ermattet danieder und streckte die Waffen.

So folgte ich ihr in die königlichen Gemächer im Nordturm. Dorthin, wo eine steinerne, im Boden eingelassene Wanne auf Ellyns Geheiß selbst mitten in der Nacht mit heißem Wasser gefüllt wurde, vermischt mit einigen exotisch duftenden Ölen.

Trotz in meiner Erschöpfung nahm ich natürlich dennoch wahr, welch atemberaubenden Körper die Königin besaß – sowohl, wenn sie ein teures Kleid trug, aber vor allem, wenn sie es nicht tat. Gefangen zwischen Genuss und Bitterkeit ließ ich Ellyn all den Dreck, den Schweiß, das Blut, die Verzweiflung von mir waschen.

»Was wird aus uns werden?«, fragte ich die Frage erneut, die zwischen uns in der Luft brannte.

»Das wissen nur die Götter«, meinte Ellyn und tauchte den Schwamm ins Wasser, um mir abermals damit über die Schultern zu streichen.

»Dich werden sie in eine Burg am Ende der Welt schicken, damit du dort von nun an die Schwalben regieren kannst.«

Ellyn seufzte. »Das könnte zutreffen. Ich denke nicht, dass mein Vater mich umbringen wird.«

»So wie mich.«

»Stell dir deinen Tod nicht so einfach vor.«

»Ich möchte nicht daran denken. Hast du keinen Funken Hoffnung für mich, meine Königin?«

Ich konnte nicht sehen, wie sie hinter mir traurig lächelte – nur spüren konnte ich es.

»Hast du denn keine Hoffnung mitgebracht von all deinen Reisen und Irrfahrten, Graf von Falkenberg? Jetzt wäre ein guter Zeitpunkt, um zu entscheiden, welche Lieder sie später über dich singen werden. Die voller Heldenmut oder die voller Spott und Häme?«

»Ich wünschte, sie würden ihr Leben in Frieden leben und fröhliche Lieder von Sommer und Licht singen. Keine Lieder über Witwen und Waisen, über untergegangene Träume und verbrannte Zeiten.«

»Wünsche, Deckard«, meinte Ellyn sanft tadelnd in mein Ohr. »Bloß Wünsche.«

Es war ein Funke, der in meinem Inneren aufglomm, nur ein Funke von Hoffnung. Aber ich konnte ihn trotzdem spüren wie einen warmen Schleier, der sich über meine Haut legte.

»Doch«, sagte ich plötzlich in den Raum hinein und hörte, wie es von Wasser und Wänden beinahe einem Echo gleich widerhallte. Ich fuhr hoch. »Doch, es gibt etwas, das Hoffnung verheißt.«

»Ich brauche Hoffnung!«, drängte Ellyn.

Ich holte Luft und dann erzählte ich ihr, was ich in der grünen Bibliothek von Elurian erfahren hatte.

Ich hatte nie besonders viele Gottesdienste besucht. Religiosität hatte in meinem Leben stets eine untergeordnete Rolle gespielt. Ich war mir nie schlüssig darüber gewesen, woran genau es wert war zu glauben.

Meine Mutter Valia von Falkenberg hingegen hatte den Siebengötter-Glauben, wie er den Bewohnern des Reiches quasi verordnet worden war, beinahe täglich praktiziert, in der kleinen Kapelle im Seitenhof der Burg Tanne. Aus diesen Zeiten kannte ich einen kurzen Vers, den ich beinahe vergessen hatte.

Weit über Flur und Feld
Hinter Berg und Tal und hinter dem Rand der Welt
Hinter der Sonne und weit hinter der Nacht
Tagt der Rat der Götter und wacht

Beinahe wie ein Stärkungstrunk halfen mir die wenigen Worte über die Tage des Krieges hinweg.

Mein Tagesablauf blieb derselbe – Eklipto als Oberkommandierender sah keinen Anlass, die Schichten zu verlängern, solange die Zahl der Kämpfenden in Anselieth nicht drastisch gefallen war.

Einfacher war es nicht geworden. Weder das Töten, noch die Anstrengung dahinter. Unsere Körper hatten Blessuren. Blaue Flecken, Prellungen, Schnitte – und damit waren nur die Glücklichen gesegnet. Unter den Unglücklichen ging es meist denen am besten, die ihre Verwundungen nicht überlebten.

Härter wurden die Kämpfe, als unsere Angreifer mit den zwischenzeitlich fertiggestellten Belagerungstürmen anrückten. Zwar gelang es uns durch heißes Öl und Feuer einige der Türme in Brand zu stecken, andere wiederum erreichten die Mauern schadlos. Und so begannen die Kämpfe, sich direkt auf die Mauern zu verlagern. Heldentaten waren selten. Eine Ausnahme bildeten die Harjenner, die trotz ihrer geringen Zahl von etwa zwei Dutzend unter dem Kommando von Leonhrak einen der Türme im Alleingang stürmten und die Truppen von Gamar im Innern völlig vernichteten, bevor sie Feuer im Turm legten. Bereits am ersten Tag, an dem wir uns mit dem Belagerungstürmen abplagen mussten, stieg die Zahl der Gefallenen auf unserer Seite merklich. Hatten von meinen hundertundfünfzig Ordensleuten bisher gut hundertundvierzig die Kämpfe gegen die Leiterangriffe größtenteils schadlos überstanden, fielen alleine an diesem Tag über ein Dutzend weitere. Und das, obwohl die Krieger und Kriegerinnen des Ordens allesamt hervorragend ausgebildete Kämpfer waren.

Schließlich kam der siebte Morgen, den die Kämpfe andauerten. Und eine Entscheidung lauerte.

Denn was die Späher auf dem Dach des Palastes, droben beim Leuchtfeuer, an diesem frühen Morgen zu Gesicht bekamen, ließ die Herzen aller höher schlagen.

Segel waren am nordöstlichen Horizont zu sehen. Großflächige Segel, gestreift und mit wilden Mustern. Die Farben oben an den Masten jedoch waren eindeutig: Weiß und fliederfarben. König Fjelding hatte mit seiner Flotte und Armee den Weg die lange Ronar entlang tatsächlich bereits zurückgelegt.

Sorge machte uns allerdings die geringe Zahl der Harjenner Schiffe. Wir zählten etwa fünfzig, was einer geschätzten Mannstärke zwischen tausendfünfhundert und zweitausend Kriegern entsprach. Auch wenn die Harjenner wilde und entschlossene Kämpfer waren, hart im nehmen und schwerlich unterzukriegen … Diese Zahl reichte bei Weitem nicht aus, um unseren Belagerern gefährlich in den Rücken fallen zu können. Deren Zahl war höchstwahrscheinlich um das Fünfzehnfache höher.

In der Ehernen Halle entbrannte an diesem Morgen eine hitzige Debatte darüber, denn die Ausgangslage war kompliziert. Tatsache war, dass Fjelding mit seinen Männern unmöglich bis nach Anselieth durchbrechen konnte. Die Truppen von Gamar hatten die östliche Hälfte der Belagerungslinie inne und sie würden Fjeldings Flotte mit Brandpfeilen spicken, wenn er es wagen sollte, an den Linien Gamars vorbei in die Stadt zu segeln. Auf der anderen Seite konnten die Harjenner auch nicht ihre Schiffe gen Osten verlassen und die Sümpfe von Leith durchqueren. Sie würden sie mit voller Truppenstärke umgehen müssen, um auf die befestigte Küstenstraße zu gelangen, was sie bis zu einer Woche Zeit kosten würde.

Leonhrak kannte das Temperament seiner Landsleute und den Hang seines Vaters, pragmatische Entscheidungen zu treffen.

»Er wird versuchen, ihnen direkt in den Rücken zu fallen«, erklärte Leonhrak aufgebracht in unserer kleinen Runde. Und genau diese Vermutung bereitete uns Kopfzerbrechen. Selbst Eklipto von Pantus, der gewiefte Militärstratege, schaute mit gequältem Gesicht drein.

»Mein Vater weiß, was seine Männer im Blutrausch anzurichten imstande sind. Er weiß, dass ich hier in Anselieth eingeschlossen bin und er wird alles daransetzen, uns die beste Chance zu verschaffen, die wir in seinen Augen bekommen können.«

»Er wird also sehenden Auges in Gamars Rücken stürmen«, stellte Eklipto besorgt fest.

»Ja, verflucht.«

»Dann wäre es vom Kriegsgeschick des Königs abhängig, welchen Vorteil er uns damit erkaufen könnte. Im besten Falle dezimiert er die Truppen Serions derart, dass sie moralisch versagen.«

»Dann bliebe Gramenfeld übrig und eventuelle Reste von Gamar«, nickte Lemander. »Was es uns erheblich erleichtern würde, bis zur Ankunft Lilienbachs hier auszuharren.«

»Und im schlimmsten Fall würde es zweitausend Harjennern, ihrem König und ihrem jüngsten Prinzen das Leben kosten, richtig?«, bemerkte ich angewidert von dem einfachen, taktischen Hin- und Herschieben von Menschenleben.

»Im schlimmsten Fall?«, fragte Eklipto rhetorisch. »Wenn es zutrifft, was Prinz Leonhrak erzählt, dann tut es das in jedem Fall. Ich habe die Harjenner auf unseren Mauern kämpfen sehen und weiß, dass sie Gamar erheblich zusetzen würden. Aber ganz egal, wie man es dreht und wendet, ein direkter Angriff auf das Lager von Gamar besiegelt das Schicksal der Harjenner.«

»Das ist nicht richtig!«, rief Leonhrak voller Verzweiflung. »Es muss doch einen Weg geben.«

»Und wenn sie wirklich den Weg um die Sümpfe herum nehmen würden?«, fragte ich besorgt.

Eklipto schüttelte den Kopf. »Auch das wäre zu riskant. Gramenfeld und Gamar wissen bescheid, dass tatkräftige Unterstützung unterwegs ist und könnten unberechenbar darauf reagieren. Momentan begnügen sie sich damit, uns nach und nach zu dezimieren. Fjelding weiß genau wie ich, dass er Anselieths Untergang riskieren würde.«

»Danebenstehen und zusehen könnte mein Vater niemals«,

betonte Leonhrak. »Und riskieren, vor verschlossenen feindlichen Toren zu stehen, auch nicht.«

Das war das Dilemma. Fjelding würde wohl handeln, sobald seine Truppen an Land und einsatzbereit waren. Draußen tobte die Schlacht um die Stadt. Und hier drinnen zerbrachen wir uns den Kopf, was zu tun war.

»Was ist mit einem Ausfall?«, fragte ich also.

»Einem Ausfall?«

Lemander fasste meinen Gedanken sofort auf. »Das stimmt. Was wäre, wenn die gesamte Reserve Anselieths auf einmal gegen Gamar ausrücken würde? Die Ordensleute sind die fähigsten Krieger und Kriegerinnen im Reich. Was wäre, wenn wir Gamar überraschen und von zwei Seiten zugleich angreifen würden?«

Eklipto wiegte den Kopf.

»Wir würden alles auf eine Karte setzen«, knurrte er. »Und unser Blatt wäre selbst dann nicht einmal besonders gut. Auch wenn unsere Schlagkraft pro Kopf vielleicht höher ist als die unserer Gegner … Wie viele Männer und Frauen mögen für Serion kämpfen? Zehntausend? Zwölftausend? Den Tross nicht mitgerechnet, der zwar unorganisiert, aber zahlenmäßig nicht besonders klein sein dürfte. Und diese gewaltige Menschenzahl sollen wir mit tausend Ordensleuten von der einen Seite und höchstens zweitausend Harjennern von der anderen Seite angreifen? Das ist schon sehr gewagt.«

»Aber es wäre eine Möglichkeit, die Insignien zusammenzuführen«, meinte Lemander nachdenklich.

»Die Insignien?«, fragte Eklipto irritiert nach. »Was für Insignien?«

Also erklärte Lemander es ihm kurz und bündig.

»Hm«, verfiel Eklipto ins Nachdenken. »Das ist eine hübsche Legende.«

»Und es ist eine Chance«, verteidigte Lemander das Gesagte.

»Als Feldstratege kann ich dem nicht zustimmen«, gab Eklipto zu bedenken und rückte sein Monokel zurecht. »Dagegen stehen allerdings die Umstände, die uns in diese Situation gebracht haben. Wenn ich an die Nollonin denke und daran, wie der

Elbenprinz sie benutzt hat, kann ich nicht von der Hand weisen, dass an der Sache etwas Wahres dran sein könnte. Auch die Jahre, die ich als Marschall durch die Verlorenen Lande gestreift bin, haben mich viele eigenartige Dinge sehen lassen. Aber die Informationen sind mir zu vage. Ich weiß nicht, ob und was passiert, wenn wir die Insignien zusammenführen.

Deshalb kann ich einem Ausfall nicht zustimmen.«

»Nein!«, flehte Leonhrak entsetzt. »Bitte! Ihr könnt eure tapferen Verbündeten nicht ohne jede Hilfe ins Verderben stürzen lassen. Das würde euch niemand verzeihen. Ich nicht, eure Nachkommen nicht und die Götter würden es auch nicht. Man würde euch auf der sonnenlosen Straße mit Schimpf und Schande bedecken.«

Die tiefe Trauer auf Ekliptos Gesicht war nicht gespielt, als er sagte: »Ich kann es nicht tun, Prinz. Ich muss die Hoffnung meiner eigenen Leute hochhalten, dass die Truppen aus Lilienbach irgendwann eintreffen und wir bis dahin durchhalten.«

Leonhrak fiel auf die Knie. »Königin Ellyn! Bitte! Ich bitte dich inständig! Ich habe die größten Wagnisse auf mich genommen: Mein Volk gerettet, den Riesen standgehalten, die anderen Völker vom Fluch der Nollonin erlöst. Nur um auf deinen Zinnen zu stehen und meinem Volk und meinem König und Vater letztlich doch beim Sterben zuzusehen. Das kannst du nicht zulassen!«

Ellyn schwieg und blickte mit Entsetzen auf den Prinzen herab. Ihr Herz war entzweigerissen. Ich sah, wie ihre Augen glänzten, als sie die Tränen darin zurückhielt. Welche Entscheidung sie auch immer treffen würde, sie würde Schmerz verursachen.

Da schwang eine Seitentür der Ehernen Halle auf und ein abgehetzter Bote kam hereingestolpert. Puterrot war sein Gesicht angelaufen und er rang nach Luft.

»Königin«, rief er außer Atem. »Herrin. Es kommen weitere Schiffe an.«

»Weitere Schiffe?«, rief Eklipto mit erstaunter Miene.

»Ja, Herr«, keuchte der Bote. »Das Seenland kommt!«

Kapitel 17

Der Tag der Tränen

Schwer hallten meine Schritte auf dem Steinboden der großen Ehernen Halle.

Ellyn, meine Königin, trug schlichte, grüne Kleidung. Keine Rüstung, noch nicht. Sie hielt einen verschlossenen Köcher aus schwerem Leder in den Händen und saß zerknirscht auf ihrem Thron. Als sie mich erblickte, stand sie auf. Und als ich näherkam, sah ich die Spuren, die die Tränen der letzten beiden Stunden hinterlassen hatten. Und immer noch liefen vereinzelte, stille Tränen ihre Wangen hinunter. Sie versuchte sie nicht einmal zu verbergen.

»Lass es nicht zu einem Tag der Tränen werden!«, sprach ich so gefasst ich eben konnte.

»Das kann ich nicht«, sagte Ellyn mit brüchiger Stimme. Meine Ellyn. Meine Königin. Meine Hoffnung.

Ich legte den Helm, den ich unter meinem Arm trug, auf die Stufen und stieg zu ihr hinauf, um meine Stirn gegen die ihre zu legen.

»Ganz gleich, was heute geschieht, Deckard«, hauchte sie. »Selbst wenn sich das Blatt zu unseren Gunsten wendet: Sei du es nicht, der meinen Vater und meinen Bruder erschlägt! Ich flehe dich an.«

Niemand auf der Welt hätte ihre Zerrissenheit besser nachvollziehen können als ich.

»Nein«, versprach ich und legte ihr die behandschuhte Hand an die Wange. »Ich werde deine Familie nicht anrühren – ich werde tun, worum auch ich dich im Gegenzug gebeten hätte.«

Ellyn drückte mir einen Kuss auf die Lippen. Lang und voll von Sorge. Ihre Tränen liefen heiß über meine Wangen.

»Wir versuchen beide stets das zu tun, was das Beste für die Menschen um uns herum ist«, meinte sie und es hatte niemals so bedrückt geklungen. »Lass das, was zwischen uns ist, nicht über das Schicksal anderer entscheiden!«

Dann hängte sie mir den Köcher um, in dem sich das rubinrote Szepter König Aans befand. Meine Aufgabe an diesem Tag war klar. Ich würde König Fjelding auf dem Schlachtfeld finden müssen und die Insignien zueinander führen.

»Noch etwas«, sagte ich zögerlich und griff in die schwere Ledertasche an meinem Gürtel. Ich zog den Nollonar heraus, den ich aus Noienna mitgebracht hatte, und reichte ihn Ellyn. Vorsichtig nahm sie ihn entgegen wie ein zerbrechliches Gefäß.

»Wenn ich von dort draußen nicht zurückkehren sollte«, erklärte ich bebend. »Dann sorge bitte dafür, dass dieses Instrument kein Leid mehr anrichten kann. Man kann ihn mit Gewalt nicht zerstören. Also verstecke ihn gut und sicher und am besten auf immerdar.«

Ihr stummes Nicken unter Tränen prägte sich in mein Gedächtnis ein wie ein Brandzeichen auf der Haut.

Betäubt von meinen starken Gefühlen für Ellyn, verließ ich die Halle, unschlüssig, ob ich zu irgendeiner der sieben Gottheiten ein Gebet sprechen sollte.

Draußen nahmen mich diejenigen in Empfang, die an meiner Seite in die Schlacht ritten. Meine Gefährten, die mir heute Abend im Siegestaumel in den Armen liegen würden – oder die ich am heutigen Tage zum letzten Mal sehen würde.

Lia war in eine schlanke Bänderrüstung gehüllt, und führte einen Speer und zwei lange Messer an den Seiten mit sich. Der alte Lemander trug ein Kettenhemd, und darüber harte Lederplatten. Leonhrak und die Harjenner hatten aus der Rüstkammer des Palastes mitgenommen, was sie am Leib tragen konnten. Wir alle waren mit Pferden versorgt worden – wertvolle, auf den Kampf trainierte Tiere, die zu großen Teilen den Ordensleuten gehörten, die gerade jetzt in diesem Moment auf den Mauern kämpften.

Eine ganze Armee zu Pferde hatte sich im Hof des Palastes

versammelt, denn so waren wir für Gramenfeld und Gamar außer Sicht. Tausend Kopf stark, angeführt vom ehemaligen Marschall und nun Großmeister des Ordens in seiner prächtigen und voluminösen Rüstung.

Während ich mich zu meinen Leuten begab, fing ich den Blick eines Mannes auf, der mir wissend zunickte. Relend von Ansannen. Mit seinem Besuch hatte dies alles für mich begonnen – jetzt sah ich Relend wieder und nun würde es enden. So erwiderte ich das Nicken, bevor er wieder von seinen Nebenleuten verdeckt wurde.

Dann kam Eklipto von Pantus' leidenschaftliches Auftreten.

»Krieger und Kriegerinnen des Ordens, Harjenner an unserer Seite«, schrie er in den Himmel, während er sein Ross vor seinen Truppen auf und ab lenkte. Ein Meer von weißen Wappenröcken über dicken Rüstungen erstreckte sich vor ihm.

»Der Tod wird euer emsiger Gefährte sein. Ihr seid Lanze und Schwert des eindrucksvollsten Reiches, das diese Welt jemals gesehen hat.

Lasst es nicht untergehen! Nicht heute und auch nicht in hundert Jahren!

Wenn jene dort draußen ihren Arm erheben und sagen ›*Wir wollen das Reich entzweireißen und seine rechtmäßige und gerechte Königin vom Thron stoßen*‹, dann nehmen wir diesen Arm und schlagen ihn ab!«

Jubel brandete auf und ebbte wieder ab als Eklipto fortfuhr.

»Dort draußen vor den Toren stehen nicht nur unsere Brüder und Schwestern aus dem Seenland, die den weiten Weg gekommen sind, um unser Reich zu beschützen. Nein, dort draußen steht auch der König der Harjenner. Und auch er ist bereit, sein Leben für dieses Reich zu geben.«

Erneut jubelten die Ordensleute.

»Auf dem Ehernen Thron dürfen niemals Tyrannen einkehren. So war es seit der Proklamation und so wird es immer bleiben. Wir beschützen dieses Reich und die Leute darin mit unserem Leben. So, wie es unser erster König seinerzeit gewollt hätte.

Und mit seinem Namen auf den Lippen werden wir hinausreiten und Tod unter unseren Feinden säen.

Ich rufe *Aan*!«

Ein tausendstimmiger Chor antwortete ihm: »Aan!«

Er wiederholte es: »Aan!«

Und er bekam dieselbe Antwort, laut und aufgeheizt. Dann zog er die Zügel und ließ sein Ross kunstvoll unter einer halb aufgebäumten Bewegung wenden, um hinunter in die Straßen Anselieths zu preschen. Tausend Ordenskrieger und -kriegerinnen folgten ihm lauthals. Zwei Dutzend Harjenner ebenfalls. An ihrer Spitze: Ein alter Mann, eine Elbin und ein junger Markgraf ohne Land und Gefolge.

Nachdem der Palastberg hinter uns lag und die Straße breiter wurde, nahm der tausendköpfige Zug Tempo auf, preschte voran, auf das nördliche Tor zu, dessen Fallgatter nach oben gezogen wurde und den Blick auf die erschrockenen Belagerer freigab.

»Aan!«, rief Eklipto als er als Erster hinausrauschte. Und ein vielstimmiges Echo folgte ihm, hinein in das Schlachtfeld vor den Toren.

Die Wucht der berittenen Armee war entsetzlich. Es gab keinen Aufprall, da die unvorbereiteten Reihen der Angreifer in lockerer Formation um das Besteigen der Mauer kämpften. Tausend Reiter kamen wie ein Sturm heran und mähten alles nieder, was sich in ihrer Reichweite befand. Schneller und schneller entfernten wir uns vom Tor. Schreie ertönten links wie rechts, ich sah die Toten und Verwundeten, mit denen das Reiterheer von Eklipto seinen Weg pflasterte. Ich hatte Erlenfang noch kein einziges Mal gegen einen Feind erhoben, denn die geschickten Hände der Ordensleute ließen den Tod über die Menschen von Gramenfeld und Gamar hereinbrechen, wie die Sturmfluten des Herbstes über die Docks im Hafen von Anselieth hereinbrachen.

Wir fegten über die Ebene vor der Stadt wie der Wind. Zu unserer Rechten strömte die Lange Ronar hin zur Stadt und dann ins Meer. Zu unserer Linken sorgten die Regimenter von

Gramenfeld hektisch für Ordnung unter ihren Truppen. Rasend schnell eilten wir auf die Hauptstreitmacht von Gamar zu, die sich bereits positioniert hatte, um dem Angriff von Norden her durch Harjenner und Seenländer standzuhalten. Nur sehr langsam gelang es ihnen, Ordnung in die eigenen Reihen zu kriegen. Doch einem plötzlichen Ansturm einer riesigen Reiterschar zu begegnen, die ihnen in den Rücken fiel, überraschte sie. Keine Speere oder Lanzen stachen uns entgegen, lediglich eine Front roter Schilde, geziert mit dem Bergwerkshammer Gamars. Dahinter kauerten verängstigte Soldaten und erwarteten ihren Untergang. Hundert Schrittlängen vor dem Zusammenstoß fächerten die Ordensleute auf und bildeten so eine breite Front vor Gamar. Zusammen mit einigen übrigen Abteilungen, bildeten die Harjenner und ich eine kleine Nachhut, während nicht weit vor uns Stahl und Fleisch in brutalster und grässlichster Form aufeinanderprallten. Die Schreie ließen mir die Seele gefrieren, doch es gab kein Zurück: Der Orden der Steinernen Hand wütete entsetzlich unter den größtenteils unberittenen Truppen Gamars.

Jetzt stießen auch wir hinzu. Kampf! Es spielte keine Rolle mehr, zu fühlen, klar zu denken. Das Einzige was jetzt noch zählte, war Blut.

Mein Pferd trat nach hinten aus und zerschmetterte einem Kämpfer in rotem Wappenrock den Schädel unter dem Helm. Mit Erlenfang schlug ich nach der nächsten rotgewandeten Person, die ich erspähte und traf sie an der Schulter. Mit einem Keuchen ging sie zu Boden. Die Harjenner um mich herum waren ebenso entsetzliche Gegner für ihre Feinde. Sie waren wilder als die Krieger der Fürstentümer des Reiches und hatten außerdem andere Schulen durchlaufen. Ich sah Brimbart, wie er die stahlverstärkte Kante seines hölzernen Rundschildes von oben auf den Helm einer Soldatin niedersausen ließ. Eine rote Wolke zerstob.

Die Bresche, die die Ordensleute vor uns in die Reihen Gamars geschlagen hatten, war breit und verwüstet. Wenige Männer und Frauen in rot waren übriggeblieben und kämpften verzweifelt darum, einen Ausweg aus ihrer Situation zu finden. Wir mussten nur diejenigen ausschalten, die den ersten Ansturm der Ordensleute vor uns überstanden hatten und sich nicht umgehend zur Flucht wandten.

Aber der Ansturm der Ordensleute wurde langsamer. Erste Verwundete blieben auf der Strecke. Pferde wurden zurückgelassen, häufig schreiend im Todeskampf. Es roch nach Blut und Angst.

Vom Rücken meines Rosses sah ich die Vielzahl der Banner im Heer von Gamar. Auch wenn ich die Zahl der Köpfe nicht überblicken konnte, konnte ich anhand der Dutzenden, wenn nicht Hunderten von hoch aufragenden Standarten erkennen, wie wenig wir bisher erreicht hatten.

Schließlich kam der Orden der Steinernen Hand zum Stehen, um nun Reihe gegen Reihe den Kampf gegen Gamar aufzunehmen.

Wieder rannte ein rotgewandeter Soldat in meine Richtung, wich dann jedoch aus und suchte das Weite. Er stolperte über gefallene Freunde und Gefährten hinweg in Richtung Fluss. Keiner setzte ihm nach.

Auf einmal brandete Jubel in den Reihen der Ordensleute auf.

»Die Harjenner!«, drang es zu uns durch. »Das Seenland!«

Sofort schob sich die Front einige Schrittlängen nach vorn. Trotz ihrer Überzahl war es ein erheblicher moralischer Nachteil für unsere Gegner, zu wissen, dass sie nun von Feinden umzingelt waren.

»Aan!«, klangen langgezogene Schlachtrufe. »Aan!«

Lia kam an meine Seite geritten, wie eine Kriegerprinzessin aus einer der wilden Geschichten über die Barbarenvölker der Eislande im höchsten Norden.

»Da«, schrie sie über den Lärm hinweg und zeigte mit ihrem Speer in eine Richtung. »Duain Lar!«

»Was?«, rief ich. Ich hatte den Begriff nicht verstanden, wusste nicht, was sie wollte.

»Duain Lar«, wiederholte sie noch lauter. »Der Totenhügel vor der Stadt.«

Ich folgte mit Blicken der Richtung, in die sie zeigte und sah, was sie meinte. Natürlich! Der Totenhügel. Die wörtliche Übersetzung von *Duain Lar*. Hier hatten Elben und Menschen nach jener Schlacht, die König Aan seinerzeit um Anselieth gefochten hatte, ihre Toten beigesetzt. Ein allerletztes Zeichen gegenseitigen Respekts, bevor die Elben ins Exil abgezogen waren.

Doch wichtiger war, was ich auf dem Duain Lar sah: Ein riesiges rotes Banner, reich verziert. Und in der Mitte prangte ein riesiger Bergwerkshammer. Die Rüstungen derjenigen, die ihn umgaben, blitzten förmlich, trotz des bedeckten Wetters und des aufgewirbelten Staubes auf der Ebene. Ich konnte einzelne Personen nicht sicher ausmachen, aber ich hatte einen Verdacht.

»Wen siehst du?«

»Linus«, schrie Lia mir ins Ohr.

Linus! Und die prächtig gerüsteten Männer und Frauen samt Banner dort sahen verdächtig nach einer Leibgarde aus. Und sie waren so nah! Keine hundertfünfzig Schrittlängen waren es bis zum Totenhügel – auch wenn diese Entfernung in der Schlacht natürlich nur relativ war.

Ich trieb mein Pferd an und schloss auf zur Front.

»Eklipto«, brüllte ich so laut ich konnte. »Eklipto von Pantus!«

Ich ritt die Reihen ab. Der Großmeister hatte die zentrale Einheit angeführt. Wenn er nicht gefallen war, konnte er nicht weit sein.

Ich fand ihn schneller als gedacht. Seine prächtige Rüstung stach zwischen seinen Brüdern und Schwestern hervor. Ich beobachtete, wie er einer Soldatin sein Schwert von oben bis zur Parierstange in die Schulter neben das Schlüsselbein bohrte. Die Waffe blieb stecken und wurde ihm aus der Hand gerissen, während ein weiterer Soldat seine Chance nutzen wollte, den unbewaffneten Großmeister zur Strecke zu bringen. Doch der Hüne wischte den Schwertstreich lässig mit seinem dicken Armpanzer zur Seite, beugte sich vor und ergriff den Mann aus Gamar, um ihn hochzuheben. Bleich vor Schreck wollte der Soldat schreien, doch Eklipto hieb ihm seinen mächtigen Helm mitten ins Gesicht. Ein weiteres Mal, und noch einmal, dann warf er den leblosen Körper weg und ließ sich aus der Reihe zurückfallen, um eine neuen Waffe zu suchen.

»Eklipto!«, rief ich wieder und galoppierte auf ihn zu.

»Deckard«, musterte er mich rasch. Ich war nicht halb so blutverschmiert, wie er, doch ich hatte auch nicht wie der fleischgewordene Sturm unter meinen Feinden gewütet.

»Was gibt es?«, fragte er beinahe beiläufig, während er sich auf dem Boden nach etwas Brauchbarem umsah. Schließlich ließ er sich von einem mittlerweile unberittenen Ordensbruder ein Langschwert reichen, schwang es probehalber zweimal quer in der Luft und nickte zufrieden.

»Dort auf dem Duain Lar, dem Totenhügel.«

Ekliptos Blick folgte meinem ausgestreckten Arm.

»Da ist der Elbenprinz und die Leibgarde von Serion. Das heißt, der Markgraf ist auch unter ihnen.«

»Das ist nicht besonders weit«, nickte der Großmeister.

»Eklipto! Wir können das alles hier sofort beenden, wenn wir Serion von Gamar gefangen nehmen!«

Der hünenhafte Ordensmann sah mich einen Augenblick lang abschätzend an. Schließlich nickte er.

»Du hast völlig recht«, sagte er laut. »Diese ganze Aktion ist ohnehin ein immenses Wagnis, beinahe ein Himmelfahrtskommando. Wir sollten versuchen, es so kurz wie möglich zu halten. Wo ist Prinz Leonhrak?«

Ich deutete in die Richtung aus der ich gekommen war. Die Harjenner folgten zusammen mit der Nachhut des Ordens ihren Befehlen und sicherten die erste Schlachtreihe von hinten.

»Dann nehmen wir sie und einen Teil der Nachhut dazu«, erklärte Eklipto knapp. »Wir bilden hinter unserer Reihe einen Keil und stoßen vor, so haben wir eine Chance, bis zum Hügel durchzustoßen. Verstanden?«

Natürlich hatte ich das und folgte dem Großmeister, während er Harjenner und Ordensleute sammelte und formierte. Solange die erste Linie durchhielt, konnten wir uns mit vielleicht vier Dutzend Reitern formieren, darunter die Harjenner und alle, die ich liebte: Der alte Mann, der Nordmannprinz, das Elbenmädchen.

Der Rest der Nachhut übernahm ihre Aufgaben. Was auch immer geschehen sollte, es musste schnell gehen.

Gramenfeld hatte mittlerweile den Sturmangriff auf die Mauer auf ganzer Front abgeblasen und zog sich außerhalb der Schussweite zurück. Dafür konnte es nur einen Grund geben: Sie wollten sich formieren, um uns nun ihrerseits in den Rücken zu fallen. Zwar würde das Umorganisieren der Truppen noch seine Zeit in Anspruch nehmen, aber es war jedem klar, dass auch die versammelten Truppen aus Harjennern und Seenländern auf der Nordseite der Schlacht das Heer aus Gamar nicht schnell genug würde aufreiben können, um zu verhindern, dass der Orden zwischen die Fronten geriet.

Wie im Rausch folgten wir Eklipto von Pantus an unserer Spitze in die Schlacht und gruben uns als todbringender Keil tief hinein in die feindlichen Massen. Die Soldaten und Soldatinnen von Gamar wichen in langsamem Tempo vor den Ordenskriegern zurück.

Mein Blut wurde heißer denn je und mein Blick verengte sich zu einem Tunnel, der alles außer das Kampfgeschehen ausblendete. Ich handelte und reagierte nur noch, schlug mit Erlenfang zu, parierte, schlug erneut zu und hielt an der Seite des Keils mit. Vor Eklipto von Pantus brachen die Truppen von Gamar auseinander wie Eisschollen im Winter vor dem Bug eines Schiffes. Panisch. Wer nicht schnell genug war, wurde niedergewalzt von den Hufen unserer Tiere oder zerschmettert von den Klingen unserer Waffen.

Zügiger als gedacht, erreichten wir den Fuß des uralten Massengrabs. Große Steine und Findlinge hatte man hier übereinandergeschichtet, um die Tausenden von Toten zu bedecken. Im Laufe der Zeit waren die Steine größtenteils unter einer Schicht Erde bedeckt worden, mit Gras und Moos überwuchert – für Pferde nicht zu erklimmen! Schweren Herzens schwangen wir uns hinunter und erstürmten die Flanken des Hügels zu Fuß, während einige wenige Ordenskrieger unseren Rücken deckten. Neben mir fiel Lemander schwer atmend auf einen Stein. Erschöpfung zeichnete sich in seinem Gesicht ab. Er blutete nicht.

»Weiter mit dir!«, blaffte er mich an und stieß meinen Arm weg, als ich ihm aufhelfen wollte. Als ich es dennoch versuchte, drängte Lia mich weiter. Mit ihrem Speer stach sie nach einem der Gardisten, die uns nun von oberhalb attackierten. Natürlich waren wir taktisch klar im Nachteil, wenn wir den schwierig zu begehenden Hügel von unten erstürmen wollten, doch sowohl Harjenner als auch Ordensleute waren gewiefte und gut ausgebildete Krieger. Langsam drängten wir die Garde von Gamar zurück, Schritt für Schritt, während Lia und ich dafür sorgten, dass uns niemand nachkletterte. Tatsächlich gab es vereinzelte Versuche, die meist ein schnelles und tödliches Ende an den Spitzen unserer Waffen fanden. Doch richtete sich die größte Aufmerksamkeit Gamars noch immer gegen den berittenen Angriff des Ordens.

Je höher wir kamen, desto weiter konnte ich in die Ferne sehen, wo die Harjenner einen Keil in das rote Heer von Gamar trieben. Auch sie strebten auf den Duain Lar zu und waren nicht mehr allzu weit entfernt. Fjelding spielte uns strategisch in die Karten. Wenn wir hier oben lang genug ausharrten, konnten wir die Insignien vielleicht tatsächlich zusammenführen, bevor sich das Schlachtenglück gegen uns wendete. Das Seenland in ihrem hellen Blau hatte sich den Harjennern angeschlossen und wiegte viel von unserer zahlenmäßigen Unterlegenheit auf. Es wirkte von hier oben beinahe, als ob ein blaues Band im Norden und ein weißes im Süden versuchten einen Ameisenhaufen einzuschnüren.

»Nein!«, hörte ich von weiter oberhalb und drehte mich um.

Eklipto ging in die Knie. Ein Speer hatte seine Oberschenkelpanzerung durchstoßen. Doch die Gardisten von Gamar waren nicht in der Lage, dem Großmeister weiteren Schaden zuzufügen. Im Gegenteil – wie bei einem wilden Eber machte ihn die Wunde umso schwerer zu bändigen.

Jetzt holte ich auf und stieß einem Gardisten die Spitze von Erlenfang direkt in die Armbeuge, riss sie heraus, drehte mich und parierte den Schlag des nächsten Gardisten. Ich schlug dessen Schwert zur Seite und trat dem überraschten Mann vor die Brust, sodass er nach hinten stolperte.

Ein Kampf zu Fuß, Klinge gegen Klinge. Dazu war ich ausgebildet worden. Erhitztes Blut rauschte durch meine Adern, während ich das Maximum an Beweglichkeit aus meiner Panzerung herausholte. Ich wusste, dass ich dieses Tempo nicht ewig würde aufrecht erhalten können, doch wir waren dem einzigen Ziel, das wir hatten, so nahe und ich wusste nicht, wann ich meine Kräfte besser einsetzen sollte als jetzt.

Lia kam mir zur Hilfe. Rücken an Rücken wirbelten wir durch- und umeinander. Die Elbin war erstaunlich geschickt darin, meine Bewegungen im Voraus zu erahnen und entsprechend darauf zu reagieren.

Ein Gardist ging zu Boden, ein zweiter, ein dritter. Ein vierter schrie vor Schmerz, als Lia ihm ihren Speer zwischen Brust- und Schulterplatte stieß. Der Mann riss ihr den Schaft im Fallen aus der Hand. Lia verzichtete auf ihre Messer und sammelte blitzschnell eines der fallen gelassenen Schwerter auf.

Wir kämpften uns weiter voran, hin zum Kamm des Duain Lar. Wie im Rausch nutzte ich Lias geschickte Ergänzung meiner eigenen Bewegungen, um die Auseinandersetzungen mit Gardisten und Gardistinnen entweder schnell zu beenden, oder ihnen zu entgehen.

Als wir uns schließlich wieder trennten, stolperte ich an einem fallenden Gardisten vorbei ins Leere. Der Schlachtenlärm in meiner Nähe verstummte. Als ich wieder aufstand, traten die Feinde vor mir auf einen Befehl hin zurück. Sie gaben den Blick frei auf den Mann, dessen Tochter ich liebte und der mich wie keinen zweiten verachtete. Serion von Gamar. In einer prachtvollen Rüstung, mit einem auf dem Torso eingravierten und rötlich gefärbten Hammer, stand er keine fünf Schrittlängen entfernt. Bewacht von einer Handvoll Gardisten, seinem Bannerträger und seinem Sohn Timerion. Weitere Gardisten hatten uns umstellt.

»Deckard!«, schrie Serion wutentbrannt. »Du Sohn einer Dinsterer Hure! Es war klar, dass all das auf deinem Mist gewachsen ist. Deine Familie ist wie der Stachel im Genick des Reiches. Euer Ziel war es seit jeher, das Recht der Mächtigen zu stören.«

Ich überging die Beleidigung meiner verstorbenen Mutter und meiner Familie. »War das so klar, Serion? Dass ich kommen würde, deine Pläne zu durchkreuzen?«

Da lachte der Markgraf von Gamar schallend. »Du bist hier mit einer kleinen Schar von Kämpfern, mitten in meinem riesigen Heer. Um dich herum wartet nur der Tod, Deckard. Jetzt habe ich dich.«

»Und doch habe ich es bis hierher geschafft«, sagte ich laut.

Es wirkte. Serions Grinsen verflog, als ihm die Wahrheit hinter meinen Worten bewusst wurde. Ich, Deckard von Falkenberg, hatte es tatsächlich geschafft, ihn in der Mitte eines Heeres von Zigtausend Menschen aufzuspüren. Dass viel Glück dabei im Spiel war, war einerlei.

»Was willst du hier?«, wollte er drohend wissen. Lia und ich waren zu weit vorausgeprescht. Eingekesselt von seinen Leuten, saßen wir der Falle. Jetzt war es an Serion, mich zur Rede zu stellen.

Doch die Antwort auf seine Frage kam nicht von mir, sondern von einer grollenden, tiefen Stimme in meinem Rücken.

»Die Insignien«, hörte ich es und wandte mich um. Dort stand Linus, boshaft grinsend wie eh und je. Aus seinem androgynen Antlitz starrten mir seine giftgrünen Augen entgegen. Er trug eine dunkle und sehr schlanke Bänderrüstung, die dem grazilen Äußeren des Elbenprinzen Rechnung trug.

»In dem Köcher auf deinem Rücken befindet sich das Szepter, richtig?«, mutmaßte er finster. Seine Stimme war trotz ihrer geringen Lautstärke für jeden hier gut zu vernehmen. Unweit von mir gefror Lia zu einer Eisskulptur. »Du hast es weit gebracht und viel unternommen, um mich aufzuhalten.«

»Noch bin ich am Leben«, zischte ich. »Und mit jedem Atemzug den ich tue, werde ich weiter am Bestehen des Ehernen Reiches festhalten.«

»Du bist ein Verräter!«, schrie Serion von seinem Banner her. »Das Reich wäre besser dran, wenn du nie begonnen hättest, Einfluss darauf zu nehmen.«

»Nenn' mich, wie du willst, Serion! Und stell meine Absichten meinetwegen infrage!«, gab ich zurück. »Aber siehst du nicht, wie die Harjenner unter deinen Leuten wüten?«

Ich wies auf die Bresche, die König Fjelding in Begriff war von Norden her zum Duain Lar zu schlagen. »Ich muss nur so lange überleben, bis der König der Nordleute hier ist.«

»Um die Insignien zusammenzuführen«, folgerte Linus scharf. »Ihr seid zahlenmäßig in der Unterzahl. Trotzdem wagt ihr diesen Ausfall, um die Harjenner hier draußen nicht den Tod der Tapferen sterben zu lassen. Auch mit der Unterstützung des Seenlandes wäre das ein großes Wagnis. Das hier muss also einem anderen Zweck dienen als der Vernichtung der Truppen Gamars.«

Ein Schauer überlief mich. War es für Linus so leicht zu durchschauen, was ich hier tat? Worauf ich hoffte?

»Du warst in der grünen Bibliothek und hast dort den Brief des Magiers Mundus gelesen, habe ich Recht?«, fuhr Linus fort, kalt wie der Nordwind. »Und nun willst du mit einem verzweifelten Kommando die Insignien König Aans zusammenführen und hoffst, es würde dein Reich auf geheimnisvolle Weise vor dem Untergang bewahren.

Ein wirklich respektabler Plan, Deckard von Falkenberg.«

Dann verbreiterte sich sein Grinsen. »Aber was ist, wenn ich dir sage, dass ich den Zauber des königlichen Magiers schon vor langer Zeit unwirksam gemacht habe? Du erinnerst dich? Ich hatte während des Konklaves eine Menge Zeit.«

Er bluffte. Er log mir ins Gesicht, ohne mit der Wimper zu zucken. Es musste so sein! Ich konnte nicht hier stehen, mit nichts in der Hand als leerer Hoffnung. Ein seltsamer Zorn, der aus Panik geboren wurde, erfüllte mich.

»Diese Schlacht wendet sich zu unseren Gunsten«, schrie ich.

»Das glaube ich nicht«, konterte Serion und zog sein Schwert. »Und selbst wenn, dann wird es dich nicht mehr kümmern. Denn jetzt ist das Ende des Hauses von Falkenberg gekommen.«

Er gebot seinen Gardisten, nicht einzugreifen, zog sein Schwert Briskan und stapfte auf mich los.

Komm schon!, dachte ich, wild vor Verzweiflung. *Komm schon!* Serion würde keine drei Streiche gegen mich führen können, ohne verblutend zu Boden zu gehen. Aber wenn er das Duell wollte, sollte er es kriegen. Noch bevor Serion sein Schwert vollends erhoben hatte, sprang ich mit aller Kraft vorwärts und rammte ihn mit dem vollen Gewicht meiner Rüstung zu Boden. Dieser Narr! Es gab nichts mehr zu verlieren für mich. Was sollte mir da ausgerechnet Serion von Gamar im Duell Mann gegen Mann antun können?

Drohend richtete ich Erlenfang am ausgestreckten Arm mit der Spitze auf den Markgrafen von Gamar, der stöhnend auf dem Rücken lag. »Und wenn du noch so viele Männer und Frauen in den Krieg führst, Serion: Du kannst unmöglich so ignorant sein, dich mit mir eins gegen eins messen zu wollen.«

Mit einem Schrei wollte sich Timerion auf mich stürzen, doch ich schritt näher an seinen Vater heran und setzte ihm Erlenfangs Klinge in die Nahtstelle zwischen Brustpanzer und Helm. Timerion von Gamar stoppte ab und vernichtete mich mit einem Blick voll Hass.

Timerions wilder Gesichtsausdruck traf mich im Mark. Er sah seiner Schwester so ähnlich, nur dass er einen Schatten vom Bartwuchs im Gesicht trug und sein Haar schwarz wie die Nacht war. Wie ein seichtes Lied zum Ende des Tages, fiel mir ein, worum Ellyn mich gebeten hatte: *Sei du es nicht!*

Ein harter Schlag traf mich an der Schulter und ließ mich zur Seite weg taumeln, bevor ich mich wieder fing.

»*Er* kann dich vielleicht nicht töten, Deckard«, lachte Linus das gehässigste aller Lachen. »Aber *ich* kann es.«

Wie der Wind, drehte er sich um seine eigene Achse und

schlug mit dem Schwert nach mir. Ich bekam Erlenfang nur rechtzeitig hochgerissen, weil es so leicht war.

Ein Schlag, eine Finte, noch ein Schlag. Eine Drehung, ein Tritt gegen meine Brust. Ich keuchte.

Linus war in seiner leichten Rüstung um ein vielfaches beweglicher als ich. Außerdem war er im Gegensatz zu mir nahezu ausgeruht – und ein tödlicher Kämpfer war er obendrein. Wussten die Götter, welche magischen Tricks er beherrschte? Was für Lieder voller Dunkelheit er gesungen haben mochte?

Linus setzte nach. Schlag links, links, rechts. Finte, Riposte, Drehung. Ich kam nicht mehr mit und ließ Erlenfang von ihm zur Seite schlagen. Linus machte einen Sprung aus der Drehung und trat mir erneut gegen den ungedeckten Brustpanzer. Ich keuchte, als mir die Luft aus den Lungen fuhr, stolperte nach hinten, versuchte mich zu fangen, aber es gelang mir nicht. Ich fiel und verlor meinen Helm. Irgendwann musste der Elb mir mein Helmband zerschnitten haben. Verflucht! Er hatte mit mir gespielt – nur gespielt, um seinen Sieg vollends auszukosten. Wie eine Katze, die die Maus noch eine Weile am Leben lässt.

Lachend sah ich Linus drei oder vier Schrittlängen von mir entfernt stehen. Er sog die Luft ein, als sei sie geschwängert vom endgültigen Triumph über mich.

Dann hob er einen fallen gelassenen Speer vom Boden auf und holte Schwung. Ja, er hatte das Lederband meines Helms mit voller Absicht zerschnitten. Genau so wollte er mich sehen: Den Kopf auf einem Präsentierteller. Dann warf er. Und während des endlosen Wimpernschlags, den die Speerspitze für die Strecke auf mich zurasend benötigte, sah ich alles an mir vorbeiziehen. Meine Eltern, meine Freunde, die vergangenen Wochen und Monate, Ellyn.

Dann schnellte ein Schatten vor mich und fing den Wurf ab.

Zum ersten Mal seit unserer unscheinbaren aber schicksalhaften Begegnung, als wir uns im Konklave gegenübergesessen hatten, entglitten Linus die Gesichtszüge.

»Nein!«, schrie er wie von Sinnen. »Nein, nein!«

Als ob ihm jemand das Herz bei lebendigem Leibe herausschnitt. Es klang beinahe schon wimmernd.

Entsetzen packte mich, als mein verwirrter Verstand mit Verzögerung begriff, was geschehen war.

Lia hatte sich im allerletzten Moment in den Speer geworfen. Der übermenschliche Wurf hatte sie trotz ihrer Rüstung von einer Seite zur anderen durchbohrt. Blut sickerte aus ihrer Seite. So viel Blut!

Ich merkte nicht, wie um uns her das Chaos losbrach, als Leonhraks Harjenner den Kamm des Duain Lar erreichten. Ich hatte nur Augen und Ohren für Lia.

Entsetzt warf ich mich herum und krabbelte auf allen Vieren so schnell es ging zu Lia. Ihr finsterer Bruder wollte herbeistürzen, doch sein eigenes Entsetzen ließ ihn unaufmerksam werden. Und in dem einzigen Moment, der nicht in seinen niederträchtigen Plan passte, endete auch das Leben des Elben Linus. Es war Leonhrak, der sich zwischen seinen Leuten einen Augenblick zu spät den Totenhügel hinaufgekämpft hatte. Als er uns erreicht hatte, ging Lia bereits tödlich verwundet zu Boden. Und es gab nur eine Reaktion, zu der der von seinen Gefühlen überwältigte Prinz der Nordleute in der Lage gewesen war: Er schwang mit einem Schrei aus Schmerz und Wut seine breite Klinge und schlug Linus von hinten nieder.

Ich sah nicht hin. Die aufbrandenden Kämpfe um mich her waren mir egal geworden. Ich kauerte neben Lia, ergriff sie bei den Schultern.

»Lia«, schrie ich sie an. Immer wieder. Doch statt Worten sah ich die schöne und anmutige Elbin nur Blut spucken.

»Nein«, jammerte ich, genau wissend, dass alles zu spät war.

Während ihr Atem flacher wurde, ergoss sich immer mehr Blut aus ihren Seiten. Ihr Blick wurde ruhiger, dann hob sie zitternd die Hand und griff sich an den Hals. Sie fingerte mit letzter Konzentration ihren silbernen Anhänger hervor und riss ihn ab, um ihn mir in die Hand zu legen.

Heiße Tränen liefen mir in Strömen die Wangen hinunter.

Während Lia in meinen Armen starb, bekam ich nicht mehr mit, was die Welt um mich herum bewegte.

Ich sah nicht, wie all der Zauber von Serion von Gamar abfiel, mit dem Linus ihn kunstvoll umsponnen hatte. Seine düsteren Lieder würden niemals wieder erschallen.

Ich bekam nicht mit, wie Serion sich Leonhrak und später König Fjelding ergab und diesen furchtbaren Krieg mit einem einzigen Befehl beendete.

Ich hatte nur Augen für das bleiche Gesicht des Elbenmädchens, das so friedlich dreinblickte. Wie sie mit ihrem schwarzen Haar auf meinem Schoß ruhte und nicht mehr atmete. Wie die Wärme von ihrer Haut wich und sich ihre Hand in meiner nicht mehr regte …

Kannst Du mich beschützen?, hallte es in meinem Kopf nach, was Lia mich bei unserer ersten Begegnung in einer kalten Frühjahrsnacht gefragt hatte. Damals, als sie Zuflucht bei mir gesucht und ich sie ihr gewährt hatte.

Nein, ich hatte sie nicht beschützen können. Wir hatten Abenteuer und Schlachten geschlagen, waren Freunde geworden, hatten die Freuden und Ängste des jeweils anderen gesehen und geteilt. Aber zu beschützen hatte ich sie nicht vermocht.

Am Ende war sie es gewesen, die mich beschützt hatte. Mich und alle Menschen, die diesen Tag der Tränen überlebt hatten.

Während der Staub sich über dem Schlachtfeld legte, weinte ich. Ich weinte so lange und ausgiebig, wie ich es nicht mehr getan hatte, seit ich ein kleines Kind gewesen war.

Postludium

Worauf es sich zu warten lohnt

In Wahrheit ist die Hoffnung ein wildes Tier, das sich ungezähmt und mit markerschütterndem Geschrei immer wieder gegen seine Gitterstäbe aus Vernunft wirft

Und während Hinck hoffte, dass die Geschichte immer weiter gehen würde – ihn forttragen würde von dem ach so langweiligen Leben des Wirtsjungen – war es schon längst Vormittag geworden. Morgens brachte der Herbst mittlerweile bittere Kälte, obwohl er dann im Laufe des Tages noch immer seine goldene Wärme über die Welt legte.

Beinahe zweieinhalb Wochen lang hatte Graf Deckard erzählt, immer dann, wenn Hinck Zeit gehabt hatte. Geduldig hatte er zugehört und mitgefiebert. Aber das Rätsel, das ihn eigentlich beschäftigte, hatte er letztlich nicht gelöst.

»Ich glaube, das ist ein guter Schluss für meine Geschichte«, meinte Deckard schließlich an diesem Vormittag. Und es klang recht zufrieden, wie er es sagte. Als ob jemand ein gelungenes Stück Handarbeit betrachtete. Nur, dass Graf Deckrad dabei versonnen in die Ferne blickte, wo der Himmel in blassen Farben den letzten Hauch des späten Sonnenaufgangs erahnen ließ. Er schien erleichtert, dass er sich das, was ihn im Inneren beschäftigte, zu großen Teilen von der Seele geredet hatte.

»Wie? Das war's?«, fragte Hinck beinahe empört. »Aber was ist denn anschließend passiert?«

Deckard musterte ihn. Eine kleine Lachfalte zeigte die Spur eines Lächelns in seinem Gesicht an. Es schimmerte etwas von uralter Weisheit darin, obwohl Deckard doch wirklich noch sehr jung war für einen Grafen. Doch seine Augen, dachte Hinck.

Seine Augen waren so furchtbar alt geworden. Aber sie waren auch milde.

Und nach allem, was Hinck in den letzten Tagen gehört hatte, war Graf Deckard innerlich in diesem Jahr mehr gealtert als in den dreißig Jahren zuvor.

»Es ist nicht mehr viel geschehen«, sagte Deckard schließlich. »Serion von Gamar hat seine Fehler in Teilen eingesehen. Natürlich ist er immer noch ein hochtrabender und viel zu stolzer Mann, wie ich finde. Aber Linus intrigante Einschmeicheleien hatten ihn benebelt. Wer weiß, welche magischen Lieder Linus überhaupt ersonnen hatte, um die Welt um ihn herum zu kontrollieren? Bedauerlich ist es bloß, dass es das Leben derart vieler guter Menschen und Elben kosten musste, bis das Eherne Reich endlich wieder zueinander gefunden hat.«

Hinck nickte bedrückt. Immer wenn die erzählende Stimme Deckards vor schmerzlicher Erinnerung bebte, war es ihm beinahe unangenehm, zuzuhören. Und noch viel unangenehmer, den Graf überhaupt gefragt zu haben.

»Was hatte es denn nun mit den Insignien auf sich?«, wollte Hinck schließlich doch noch wissen.

»Das ist eine gute Frage«, meinte Deckard. »Und ich habe sie mir auch schon oft gestellt in der letzten Zeit. Vielleicht hatte Linus den alten Zauber tatsächlich von ihnen entfernt. Vielleicht mussten sie ihren Zauber aber auch gar nicht mehr zur Entfaltung bringen, weil der Fortbestand des Reiches ja nicht mehr in Gefahr war, als König Fjelding auf dem Duain Lar zu uns stieß. Denn zu diesem Zeitpunkt hatte Serion das weitere Blutvergießen bereits unterbunden.

Letztlich bleiben sie wohl nur Symbole, Hinck. Symbole eines Reiches, wie es einst gedacht war. Und wer weiß, vielleicht wird es ja auch wieder ein wenig so?«

»Aber warum lässt man die Insignien dann nicht für den Notfall in der Hauptstadt?«

»Zum einen werden sie dort hoffentlich nie wieder benötigt. Zum anderen gehören sie nicht dorthin. Die Krone ist den Harjennern überlassen worden, das Schwert hat über viele Umwege nach Falkenberg in den Besitz meiner Familie gefunden. Wer weiß, vielleicht hat König Aan es meinen Vorfahren sogar selbst überantwortet? Aber letztlich gehören Krone und Schwert nicht mehr rechtmäßig in die Hauptstadt – was sollte man auch dort mit ihnen?«

»Hm«, machte Hinck. »Und was ist nun mit Gamar?«

»Nichts weiter. Die Herrscher der Fürstentümer kamen erneut in der Hauptstadt zusammen. Nach zähen Tagen voller Verhandlungen in Anselieth wurde die ganze Geschichte geklärt. Ich weiß immer noch nicht, mit welchem finsteren Zauber Linus Delan von Gramenfeld umgebracht hatte. Aber es war in diesem Augenblick der perfekte Hebel gewesen, um die gesamte Maschinerie von aufgestauter Missgunst im Reich in Bewegung zu setzen.

Strafen wurden keine verhängt. Es hatten schon viel zu viele Bewohner des Reiches in diesem Konflikt ihr Leben gelassen. Stattdessen legten alle Herrscher des Reiches erneut einen Eid auf die niedergeschriebenen Gesetze ab und darauf, die Ordnung des Reiches künftig nie wieder infrage zu stellen. Außerdem verpflichteten wir uns, in den nächsten Monaten vielerorts Mahnmale zu errichten.

Natürlich hat Serion all das sehr zerknirscht. Doch trotz aller angesammelten Wut und allen fehlgeleiteten Stolzes im Innern, ist er trotzdem manchmal ein verständiger Mann. Auch er muss schließlich ein Volk regieren und letztlich auch seine eigenen Interessen von Zeit zu Zeit dahinter zurückstellen.«

Hinck nickte. Er hatte verstanden. Das, was Deckard von Falkenberg da erzählte, klang nach einer recht gescheiten und vernünftigen Lösung. Aber es interessierten ihn noch mehr Dinge.

»Ist dieser Anhänger dort derjenige, den Lia getragen hat?«, fragte er zögerlich und deutete auf Deckards Hals.

»Ja«, meinte der Graf und schloss für einen kurzen Moment die Augen. Als er sie wieder öffnete, tippte er sich mit dem Zeigefinger an die Narbe, die sich über Augenbraue und Wange zog. »Und dies ist Schekichs Schwertstreich im Palast der Dämmerung gewesen. Wenn ich lache, zieht es in der Haut darum herum und erinnert mich stets daran, wie viel Glück ich in den letzten Monaten hatte, um trotz allem noch hier stehen zu können.«

Dann fasste Hinck allen Mut zusammen und stellte die letzte, entscheidende Frage. Er befand, dass jetzt der Zeitpunkt dafür gekommen war. Und eine Antwort hatte er bisher nicht: »Und worauf wartest du nun hier?«

Da beugte sich Deckard von Falkenberg vor und flüsterte es Hinck ins Ohr. Der Wirtsjunge bekam große Augen.

»Verstehst du nun, warum ich lieber nicht möchte, dass jemand weiß, warum ich hier bin?«

Eifrig nickte Hinck. Ja, jetzt hatte er verstanden, worauf der Graf hier wartete. Jetzt machte all das hier auf einmal Sinn.

Es war der frühe Morgen des übernächsten Tages. Ein Herbststurm hatte nachts über das Fischerdorf hinweggefegt und die Fensterläden klappern lassen. Die Dunkelheit hob sich mit jedem Tag später von der Welt.

Noch vor dem Morgengrauen klopfte es an Deckards Tür. Der Markgraf schreckte aus einem seichten Schlaf hoch und griff aus purem Reflex zum Griff von Erlenfang.

»Ja?«, ließ er vernehmen.

Die Klinke wurde heruntergedrückt und Hinck betrat die Kammer.

»Es ist soweit«, flüsterte der Junge mit einem verstohlenen Grinsen auf dem Gesicht. »Ich habe deinen Fjordfalben reisefertig gemacht. Er befindet sich im Stall. Sanfte Wege, Herr Deckard. Lebe wohl und … Danke!«

Deckard nickte ihm freundlich zu, stand auf und straffte sich, um die Müdigkeit aus seinen Gelenken zu vertreiben.

»Hab ebenfalls Dank, Hinck, treuer Wirtsjunge! Und sanfte Wege!«

»Sanfte Wege!«, flüsterte Hinck. Dann trat er zurück und verschwand. Zurück ließ er eine große, schlanke Gestalt, gehüllt in einen schweren, dunklen Umhang. Sie trat zwei Schritt vor in die kleine Kammer und schlug die Kapuze zurück, die sie tief ins Gesicht gezogen hatte.

Langes, goldenes Haar fiel an ihr herunter. Der wachsame Blick aus smaragdgrünen Augen durchschnitt das dämmrige Licht im Raum.

Deckard ging auf die Königin zu und küsste sie leidenschaftlich.

»Ich bin froh, dass du gekommen bist«, sagte er.

Und auf Ellyn von Gamars Gesicht zeichnete sich ein glückliches Lächeln ab.

»Ja, ich habe mich letztlich tatsächlich so entschieden«, meinte sie. »Es ist besser so: Der Thron gehört in anderer Leute Hände. Ich danke dir für alles, Deckard.«

»Nein«, schüttelte dieser den Kopf. »Ich habe *dir* zu danken. Für alles und noch viel mehr.«

Da trat Ellyn einen Schritt zurück, nahm ihren Reiserucksack ab und holte eine nachtschwarze Kugel daraus hervor.

»Was tun wir nun?«, wollte sie wissen.

Deckard zuckte mit den Schultern. »Es gibt eine Schiffspassage, zwei Orte weiter. Jeden Monat werden dort einige Güter über den Golf nach Falkenberg verschifft. Vornehmlich Wolle. Noch ist der Winter nicht angebrochen und wir könnten die Passage buchen.

Das wäre es, was ich dir zu bieten habe, Ellyn. Ein Leben in Frieden, ohne Krone, jedoch an einem der schönsten Orte Dorns.«

»Klingt verlockend«, sagte sie und hauchte ihm einen Kuss auf die Wange.

»Den Nollonar werden wir auf halben Wege im Meer versenken«, erklärte Deckard weiter. »Weit weg von jedem, der Unheil mit ihm anzurichten vermag. So haben es auch König Fjelding und König Ruhman mit den Nollonin gehalten, die wir bei ihnen gelassen haben. Niemals wieder soll jemand einen anderen damit verfluchen.«

»Ist das alles?«, fragte Ellyn mit einem Grinsen.

»Ich bin überglücklich«, meinte Deckard erleichtert. »Ich muss gestehen: Ich wusste bis zuletzt nicht, was dir die Krone von Anselieth wert ist.«

Sie spitzte verschmitzt die Lippen. »Jetzt weißt du es. Und gibt es sonst noch etwas?«

Deckard senkte den Blick. »Das wäre alles.«

Ellyn legte einen Finger an die Lippen, als müsse sie über sein Angebot nachdenken. Schließlich nickte sie zufrieden und eröffnete mit einem befreienden Lächeln: »Ich nehme an, Deckard. Unter einer Voraussetzung.«

»Eine Voraussetzung?«

Ellyn nickte bestätigend und ihr Lächeln verließ ihre Mundwinkel nicht.

»Ich hätte gerne einen neuen Namen«, sagte sie schlicht. »Ellyn von Falkenberg.«

Nachwort und Danksagungen

Liebe Leser und Leserinnen,

jetzt bin ich am Ende angelangt. Und ich muss gestehen: Es fühlt sich reichlich seltsam an. Das hat weniger damit zu tun, dass ich wieder ein Buch beendet habe und mir das Schreiben daran eine Menge Spaß bereitet hat. Vielmehr liegt es an dem Umstand, dass dies hier *das* Buch ist. Jenes Buch, das ich zuerst und schon immer schreiben wollte.

Die Wurzeln Dorns reichen zurück bis zu meiner Konfirmation, als ich von meiner Schwester Julie Tolkiens »Der Herr der Ringe« geschenkt bekam. Zwar hatte ich schon zuvor Bücher gelesen, die eine klassische Heldenreise schilderten, wie es sie vielfach in der Fantasy gibt (mein Dank geht hier wie so oft an Ralf Isau, mit dessen »Neschan«-Trilogie meine Reise in diese Gefilde begann). Doch die schiere Komplexität Mittelerdes war erschlagend und sie findet sich in der phantastischen Literatur sicherlich kein zweites Mal.

Der Weltenschöpfer in mir war erwacht. Und so stapelten sich bald Notizen über Elben und Orks, über Menschenreiche und magische Schwerter, über Götter und Magie und noch über vieles mehr auf meinem Schreibtisch. Dorn hatte seinen Anfang genommen. Und die Grundelemente der Geschichte, die ich zu erzählen hatte, waren schon damals dieselben, wie sie heute hier in diesem Buch stehen: Graf Deckard von Falkenberg, Serion und seine Tochter Ellyn, die Elbengeschwister Lia und Linus, der finstere Schekich, das Eherne Reich, Prinz Leonhrak und die Harjenner, die Nollonin … all das gab es damals schon.

Nur eines war mir wichtig: Es sollte konsistent sein. Ich mochte jene Fantasy-Geschichten nicht, denen man anmerkte, dass es rechts und links abseits des erzählten Weges nichts zu entdecken gab. Jene Geschichten, die außer einem Plot kein Fleisch besaßen.

Also setzte ich mich über die Jahre immer mal wieder daran und ersann neue Hintergründe, Länder und Figuren für die Welt Dorn. Ich dachte mir Schöpfungsmythen aus, schrieb eine Kurzgrammatik für die elbische Sprache, führte Stammbäume und Chronologien sorgfältig, dachte über Politik nach. Natürlich war mir immer bewusst, dass Tolkiens Werk einmalig und in seinem Umfang unübertroffen bleiben würde. Aber es machte mir eine Menge Spaß, Dorn mit mehr und mehr Geschichten zu füllen.

Ein paar mal habe ich den zaghaften Versuch gemacht, die Geschichte über Deckard, Lia und die Nollonin aufzuschreiben, aber ich bin nie über die ersten Seiten hinausgekommen.

Zwischenzeitlich schrieb ich sogar ganz andere Bücher. Aber die Welt Dorn ist mir über all die Jahre stets ein treuer Begleiter gewesen. Und sie wuchs natürlich mit den Eindrücken, die ich im Laufe der Zeit sammelte (wer also in Deckard von Falkenberg beispielsweise einige Wesenszüge eines Eddard Stark oder der Ridley-Scott-Interpretation des Balian von Ibelin wiederfindet, der liegt sicherlich nicht ganz falsch). Ich wollte nicht das Rad neu erfinden, ich wollte meine Sache lediglich gut machen.

Im Frühjahr 2012 rief mich schließlich Carsten Polzin vom Piper Verlag an und fragte, ob ich nicht einmal eine klassischere Fantasy-Geschichte schreiben wollte, als ich es bisher getan hatte. Kurzentschlossen reichte ich also einen Entwurf der Geschichte ein, die ich schon immer über den Beinahe-Untergang des Ehernen Reiches erzählen wollte. Und sie fand Anklang.

Und hier ist sie nun. Dorn. Jene Erzählung, die seit anderthalb Jahrzehnten in meinem Geist herumspukt, ist Wirklichkeit geworden. Ich bin überglücklich, denn ich durfte damit etwas tun, was vielen anderen Autoren versagt bleibt. Dafür bin ich unendlich dankbar.

In allererster Linie natürlich Ihnen und Euch, liebe Leser und Leserinnen. Denn ohne Leser und Leserinnen ist ein Autor nichts. Und ich hoffe, die Geschichte von Deckard, Lia und all den anderen hat gefallen. Für eine kleine Rückmeldung bin ich übrigens immer offen. Erreichbar bin ich recht zuverlässig unter kontakt@thilocorzilius.de.

Aber auch ein Autor hat (einem Helden in dieser Hinsicht nicht unähnlich) eine Reihe von Gefährten, die ihn durch die Hochs und die Tiefs seiner Reise begleiten. Mein aufrichtiger Dank gilt:

Programmchef Carsten Polzin für das Vertrauen; meiner Lektorin Sabrina Lorenz für eine tolle Arbeit am Text; dem gesamten Team von Piper-Fantasy; Julia Abrahams und Natalja Schmidt, meinen Agentinnen; Fabienne, Diana, Gero für das kritische Testlesen; ganz besonders Uwe, nicht nur für's Lesen, für all die anderen Abstecher nach Dorn und für seinen Ideenreichtum, sondern auch für das Lied vom tanzenden König, das aus seiner Feder stammt; jenen treuen Ratgebern für meine Reisen durch phantastische Welten: Ann-Kathrin, Tom, Thomas, Ole und Verena; und natürlich jenen, die aufrichtigen Dank verdienen aber bisher in diesem Nachwort noch unerwähnt geblieben sind: Gesche, Chrischan, Sabrina, Josef, Dave, Didi, Susann, Mareike, meinen Eltern Rolf und Brigitte.

Ganz zum Schluss geht der tiefste Dank an Anne. So wie er es stets tut, selbst wenn ich noch tausend Nachworte schreiben sollte. Danke für alles, für noch viel mehr und das immer und immer wieder!

Das Lied vom Tanzenden König
(von Uwe Reckzeh)

Vor langer Zeit, das Land war jung
Und wild und wund die Welt.
Und Menschen kämpften Tag um Tag
Ohn' Hoffen, ohne Held.

Da stieg empor ein Menschenkind
Von allerschönstem Bild.
Und ohne Arg war Herz und Leib
Doch wahrhaftig und mild.

Tanzen war sein erster Sinn,
Für Hoffnung, Herzensglut.
Und alle, die ihn tanzen sah'n
Erfasste neuer Mut.

Kein Feind bestand, kein Schwert kein Schild,
kein Rüstungszeug der Welt,
Wo immer man ihn tanzen sah.
Da war das Kind ein Held.

Es neigt' sich jedes Menschenhaupt
Wo tanzt' der Heldenfuß.
So ward erst heil, dann reich das Land
Im Segensüberfluss.

Und alles Volk, das mit ihm tanzt,
das gab ihm eine Kron'.
Doch weder Krone wollt der Held
Noch Zepter oder Thron.

Denn König war der Held bereits
Durch seinen göttlich' Tanz.
Denn wo er tanzt, wird Böses gut,
Zerbrochenes wird ganz.

Als jeder Turm vom Feind genommen,
den Herrschern ach so alt,
da flohen sie für immer fort
zu einem fernen Wald.

Da tanzt das ganze Menschenvolk
Um seinen König her.
Nun tanzt man auch im fernsten Land
Und überm weiten Meer.

Als Frieden war und reich das Land
Und glücklich Greis wie Kind,
da tanzt' er seinen letzten Tanz
und ging dann mit dem Wind.

Und selbst die Götter liebten ihn,
Ihn sahen sie als Sohn.
Und bauten ihm unter der Welt
Einen elfenbeinern' Thron.

Dort ruht er nun vom langen Tanz
Und träumt von seinem Land.
Bis alter Feind sich wieder regt
Und hebt im Zorn die Hand.

Dann steht der alte König auf
Vom Thron unter der Welt.
Dann tanzt er wieder wundergleich,
Auf dass sein Volk nicht fällt.